ノー

保坂祐希

ポプラ文庫

プロローグ

深夜十二時。

日付が変わるのと同時に、社内の全システムが停止した。十五分後にはここにシステムエンジニアたちがやってきて、サーバーメンテナンスが始まる。

誰もいない事務所で待機していた男は、左手首の時計に視線を落とし、十二を指していた秒針がひとつ進むのを確認してから、静かに立ち上がった。

デスク上に百台近いPCが並ぶ部屋の中央を進み、奥にある静脈認証装置に右手の人差し指を突っ込む。ジー、と静かにドアの内側でロックが解除される音。

重い扉を開けた瞬間、中から乾いた空気と冷却ファンの唸る音が流れ出してくる。その空気は外より五度以上低いはずであるにもかかわらず、全く寒さを感じない。緊張しているせいだろう。男は嘲笑する。——自分はこれほど小心者だっただろうかと。

自身を落ち着かせるために小さく息を吐いてから、慎重にサーバー室のドアを閉め、静かに室内を見渡す。

男が立っている狭い通路に面し、全く同じ形状のガラスの扉が十数枚連なっているが、彼は迷うことなく中ほどにある一枚へと歩みより、その扉を開けた。

現れるのは十段以上あるラック。それぞれの棚に長方形のブラックボックスが納められ、ディスクアクセスを示す緑のランプがポツポツ点滅している。

男はもう一度、腕時計に視線をやった。十二時三分。

——さっさと終わらせなければ。

覆いかぶさっているストレスのヴェールを払いのけるように大きく肩を上下させた男は、ちょうど胸の高さにある箱、コンソール・ドロワーを選んでラックから引っぱり出した。

その黒い箱を開くと、ノート型パソコンと同様、上部はモニター、底部はキーボードに分かれる。男は氷のように冷えているキーを軽やかに叩き、アドミニストレーター権限でサーバーにログインした。

時折、冷気で強張る指先に息を吐きかけながら、セキュリティソフトの設定を変え、特定のポートにＵＳＢメモリを挿入してもアラートを示さないようコマンドを打ち込む。

——あと五分。

目的のファイルを見つけてからメディアをポートに押し込み、急いでデータを入れ替える。

不意にドアの向こうから足音と声が聞こえてきた。いつもより少し早めにエンジニアたちが到着したようだ。

もう何年も味わったことのないような心臓の強い拍動を感じながら、自分がここにいる言い訳を考える。脳が思考する間も、指は独立した生き物のようにキーを叩き続けた。

サーバー室の扉に近づいてくる数名の気配。

データの移行を確認した男は最後にログファイルの一部を削除して、自分の入室記録とサーバーアクセスの形跡を完全に消去した。

十二時十四分。

ようやく取り戻した余裕を口許に張り付ける。

――私が失敗するはずないじゃないか。

ピッ。ドアの向こうでセキュリティボックスが反応する音がして、ロックが解除された。

頭の中で何度も行ったイメージトレーニングの通り、男はドロワーを畳んで元に戻し、入口のドアノブが回る直前に内側からのみ開く、奥の非常用ドアからサーバー室を脱出した。

第一章

一

日本最大の自動車生産ラインは、その全長が約十二キロメートルにもおよぶ。

この長大な製造工程は、日本最大手にして世界第二位の自動車販売台数を誇るボディメーカー、『キャピタル自動車』横浜本社工場の中に集約されている。

工場の総敷地面積は約二百万平方メートル。東京ドーム四十個分以上に相当する構内に、本社ビルを始め、巨大なマッチ箱のような製造施設が機能的に配置されている。中でも、ひと際大きな第四工場の建屋《たてや》には、キャピタル自動車の看板車種のひとつであるクーペの名車『BALLET《バレット》』に約五千点もの大型部品を組み付ける専用の最終工程、『ファイナル・アッセンブリー・ライン』が収まっている。

ここには、かつて日本初の国産自動車が製造された組み付けラインが残されている。それは、一九六〇年、その品質の高さが世界市場で認められ、日本の自動車メーカーとして初めて年間輸出台数一万台を達成した栄光の生産ラインである。

キャピタル自動車は高度経済成長期、横浜市街の一等地から臨海工業地帯の造成を目的に埋め立てられたここ、磯子区に本社機能ごと移転してきた。以来、幾度となく改装や設備の入れ替えを行ってきた。天井は体育館のように高くなったが、ライン作業者の頭上を走るレールや配管の位置は移設された当時のままで、開放感はあまりない。

壁の上部には明かり取りの窓もあるが、そこから差し込む僅かな陽光より、ラインの上に並ぶ蛍光灯の方が遥かに明るく、薄いグリーンの床を照らす。

一度入ってしまうと昼夜もわからなくなる人工の照明を浴び続ける生活は、往々にして作業者の体内時計を狂わせる。だが、午前六時から午後三時、午後四時から午前一時という二種類のシフトを一週間おきに繰り返す二交替勤務の彼らにとって、昼夜の境が曖昧になるのは逆に好都合だったりする。

工場内に充満する溶接アークの焦げ臭いにおい。大型部品を組み付けるときのガチャンガチャンという機械音や、ギュルルギュルルという電動ドリルの音が作業者の腹に響く。それに加え、そこここで聞こえるアニメソングや流行歌のサビのフレーズ。これらはＢＧＭではなく、ラインの遅延や異常を告げるアラームだ。単音の明るいメロディーが鳴るたびに、それぞれの班を担当している責任者が場内を走り回る。

とにかく広すぎて空調の効きが悪く、夏場は地獄だ。ようやく九月に入り、僅かに室温は下がったものの、夏の盛りに食欲と体重を失った作業者たちの大半はまだげっそり痩せたまま。そんなお世辞にも快適とはいえないこの組み立て工場の中を、芸術的かつ機能的に走っているのは上下のコンベアラインだ。

塗装工程である向かいの第三工場から運ばれてきた車体が、上部のコンベア、鈍く銀色に光るレールにぶらさがっている。『車体』といっても、このスタート時点ではまだ窓もシートもないがらんどうだ。つまり、塗装を終えただけの鉄の『骨格フレーム』だ。その色は受注順に、黒、白、黒、白、赤、黒……という風に並んでいる。これを見ると現在ラインを流れている車種の人気の車体色がわかる。

今日の一直目の組み付けノルマは百五十台。常に三十台あまりの骨格フレームがリフトで持ち上げられたり、下のコンベアにそっと下ろされたりしながら一定の間隔を保って工場内を進んでいる。

ここパレットの最終工程で最初に骨格フレームに装着されるのは、カーナビや速度計といった計器類が並ぶインストルメントパネル。通称、インパネだ。コンベアで運ばれてきたフレームが定位置で止まるのと同時に、ロボットアームが部品コンテナからインパネの一枚を軽々と持ち上げ、運転席の横まで運ぶ。作業者は運転席に乗り込んで待ち構え、機械の腕によって差し出された一枚板を、パズルのピースでもはめ込むような容易さでトントンと叩いて座席の前にカッチリと定位置に固定する。

　車の外では、フェイスの下部を形成するバンパーが組み付けられていく。こちらも、蟹のようにふたつのハサミがついたアームで所定の位置まで運ばれる。あとはインパネ同様、作業者ひとりがバンパーの上下左右を軽く叩くようにしてあっと言う間に完了させてしまうのだ。

　大物部品は軽量化が進んでいて、最近は女性でも簡単に作業できるようになっている。とはいえ、それなりの重量がある部品や嵩の大きい部品はロボットアームの力を借りて組み付けることが多い。今や生産工場は人間とロボットのコラボレーションによって成り立っていると言っても過言ではない。こうしてなにもなかった骨格に大型部品が次々装着され、やがて公道を走る自動車の体《てい》をなしていくのだ。

　大学卒業後、この会社に入社して三年目のエンジニア、藤沢美希《ふじさわみき》が立っているのは、車の心臓部、エンジン部品の組み付け工程だ。正門に一番近い場所にあるエンジン組み立て専用工場、第一工場で作られている新型エンジンは、アルミとプラスチックが複雑にからみあった大型の構成部品。これを搭載するため、リフトが車体をぐんと上げる。その隙に作業者がプラットフォームの下に潜り込んで、両側からエンジンを持ち上げるようにして手作業で組み付けるのだ。

「行くぞ！」

班長の白取京平《しらとりきょうへい》が現在、教育のためにコンビを組んでいる新人に声をかけた。

彼がかぶっているキャップの黄色いラインが班長のしるしであり、十名から二十名ほどの部下を束ねる職位だ。班長は別名『ＥＸ』、エキスパートとも呼ばれる。工程の中で誰が抜けてもリリーフに入ることができ、その作業を完璧にこなせる、正社員の中で十年以上の経験を持つ熟練工の中から選ばれる。

「あ。はい！」

流れてくる車の群れに見惚れるような顔をしてぼんやりと立っていた新人が、白取班長の声に反応して慌てて腰を屈めた。

「しっかり支えろ！　上げるぞ！」

白取の合図で両側から持ち上げられた部品が、エンジンルームにせり上がり、空洞だった場所を埋める。こうして心臓を搭載された車体は再びコンベアに戻され、ボンネットを開けたままの状態でさらにレールの上を進んでくる。

――さあ、おいで。

少し先で待ち構えていた美希は、上から吊るされている電動工具を摑《つか》んで、巨大なカバの虫歯でも治療するようにエンジンルームをのぞきこむ。

ギュン、ギュン、と工具の先が音を立てて回転し、美希の手がエンジン部品を確実に固定していく。一見、市販されている普通の電動ドライバーと同じように見えるが、コンピューター制御により、締め具合が一定、最適になるよう設定され、手に伝わる振動も低減されている最新ツールだ。

「一ヶ所、二ヶ所、三ヶ所、四ヶ所……。オッケー!」

最後に指さし確認を行った美希は車体が再び動き出す前に、自分が組み付けたエンジンを右手でそっと撫でた。

──頼んだよ。

この車を買ってくれるドライバーの安全を祈る、いつもの儀式。だが、その真摯な祈願は、遅延を意味するアラートメロディーと白取班長の罵声によって乱された。

「トロ！　グズグズすんな！　キビキビ動けって言ってるだろ！」

白取が一緒に作業している新人を怒鳴っている。部下の間近に顔を寄せて叱責するその様子はハリウッド映画にしばしば登場する米軍の教官、鬼軍曹のようだ。

「す、すみません。でも僕、トロじゃないです……。ツジです……」

遠慮がちに言葉を返しているのは、新人の都路航大《つじこうだい》。新人といっても、去年の夏、研修を終えてこの最終工程に配属された高卒入社二年目の十九歳だ。普通、ライン二年目ともなればひとりでこなせる持ち場なのだが、未だに白取班長がつきっきり。

ぽっちゃり体型の都路は動作が緩慢で、少々不器用なところもあるが、ふっくらした白い頬と鋭さの欠片もない澄んだ瞳が憎めない、白取班のマスコット的な存在なのだが、作業がもたつき、今のようによくラインを止めてしまう。その度に都路の二倍近く生きている白取が喚く。

「トロ。今月の目標は三十秒のタクトアップだ！　いつもより三十秒も早くラインを動かさないと生産が受注に追いつかないんだぞ？　ダウンじゃない、速度アップだ！　止めてどうすんだ！」

白取班がその一部を受け持つ工程、『ファイナル・アッセンブリー・ライン』は約四十五分で一台の車を組み付ける。自工程の生産速度はディーラーからの受注の増減によって、秒単位で変わる。その日の目標生産数は決まっているから遅れ分はそのまま残業時間になる。ペースの遅延は電光掲示板に『残業時間』となって刻々表示される。工員は『ホットタイム』と呼ばれる休憩まではトイレに行く暇もない。

しかも、ここで作っている新型バレットはクーペファン待望の七年ぶりのフルモデルチェンジということもあり、受注が好調で、作っても作っても製造が追いつかないような状況だ。

「トロ！　今日も俺を帰らせないつもりかっ！　家で可愛い盛りの娘が三人、俺の帰りを待ってんだぞ！」

班長には作業が終わったあとも報告書を作ったり、同じ工程を受け持つ二直目の班長への申し送りをメモにしたり、といろいろな残務があるから、帰りは一般の作業者より遅くなる。

「そ、そんなつもりはないです……。それと何度も言いますが、僕の名前はツジです……。そんな美味しそうな名前じゃありません」

我慢強く何度でも、やんわりと訂正する都路。笑えないコントのようだ、と美希はふたりの会話に溜息をつく。

一年以上もの間、ここで繰り返されているいつもの風景。

よく飽きないものだ、ふたりとも。長閑な気分になった美希は、ラインが止まっている隙に作業で固まった腰を伸ばし、上半身を左右に捩じった。

――お。汐爺《しおじい》、今日もクールだな。

はからずも美希の視界に入ったのは、組み付け工程の終盤に立っている男。

白取班が担う工程が終わった車列の前に仁王立ちになって組み付けの最終チェックを行っているのが、『汐爺』こと汐川直正《しおかわなおまさ》。

一九六八年に広島県の寒村から集団就職で神奈川にやってきて、キャピタル自動車に入ったという金の卵は、今年の四月、五回目の定年延長をした。小柄な老人だが、汐川には恐ろしいほどの存在感があり、ラインに立っているとき、その顔には常に緊張感が漲っている。

この老兵の目はどんな些細なミスも見逃さない。ボルトの緩み、組み付けの僅かなズレなど、一切の妥協はなく、すべて『やり直し』を命じられる。

こうして今でこそ内外装とユニット部品を組み付ける工程の最終関門に立っている汐川だが、それまでさまざまな現場を経験し、定年前の持ち場は全部品の装着が終わった完成品の総点検を行う現場だった。

キャピタル自動車の検査項目は二千五百ヶ所。

工程の要所要所でチェックされた完成品は、第四工場の一角で最終検査が実施される。外光の一切入らない専用の検査場で、ずらっと並んだ蛍光灯に囲まれて行われるのだ。あらゆる角度から光を照射することで、塗装にムラがないかを屈折により視覚でチェックするとともに、熟練の作業者が完成車両の僅かな歪みや段差、隙間の有無を指先で確認する。その現場に立つ人間は毎日試験を受けさせられる。わざと作られた段差や隙間を百分の一ミリまで言い当てることができなければ、その日は検査の仕事から外されるという厳しいものだ。

汐川はかつてその現場の総責任者であり、『汐爺の最終確認』が終わって初めて、完成車は『CAPITAL』のメーカーエンブレムをつけることが許されたのだ。

——キンコン。キンコン。キンコン。キンコン……。

不意にチャイムが鳴り響き、組み付けライン全ての車の流れが停止した。ラインを止めるための『ひもスイッチ』、通称『アンドン』が引かれたようだ。人が主体となって製造を行う工程では、このアンドンがラインに沿って送電線のように張られているか、スイッチボタンが一定の間隔で設置されている。作業に異常や遅れが発生したときに工員の手が届く場所にあり、迅速にラインを停止させることで事故や組み付け不良を未然に防ぐ。

また都路がもたついたかと美希はそちらに目をやるが、彼の傍にいる白取班長は不思議そうな顔をして首をひねっている。たしかに『遅れ』のアラームであるアニメソングが一回も鳴らないまま、いきなりラインが停止することは珍しい。

「誰だ！　止めたヤツは！」

持ち場を離れ通路へ出て犯人を捜す白取の厳しい顔に、ポカンとした表情が混ざった。その目は工場の入口辺りに向けられている。美希がその視線の先を追うと、製造本部の責任者、入江《いりえ》本部長が立っていた。ベージュの作業服かバレットのロゴが入ったブルゾンを着たエンジニアしかいない工場に、ダブルのスーツをビシッと着こなした管理職は目立つ。

どうやら、この男がラインを止めたようだと美希は訝る。

ここ第四工場を含む本社工場の全てを統括管理する製造本部長の入江は、海外のボディメーカー視察などのビッグなイベントでもない限り、現場へは姿を見せない。彼が常駐している管理棟からここまでは、歩いて十分ほどなのだが。そんな入江がわざわざ現場の奥までやってきて、組み付け作業を停止させた……。

美希も白取と同じように、何事かと入江の姿を見守った。

入江はしばらくキョロキョロしていたが、近くで作業していた男を捕まえ、なにか耳打ちをする。無言でうなずき、「藤沢！」とこちらへ駆け寄ってきて美希を苗字で呼んだのは、彼女の同期、工藤涼介《くどうりょうすけ》だ。

「は？　私、なにかした？」

本部長直々にラインを止めてまで作業者を呼び出すなんてよっぽどのことだと美希は目を瞬かせる。

「知らねー。とにかく、本部長が管理棟の事務所に来いってよ」

いつものぶっきらぼうな口調で工藤が伝言したときにはもう、入江の姿は消えていた。

「じゃあな。伝えたからな」

と踵を返した工藤は、長身で整った顔をしている。が、彼女いない歴二十五年なのだそうだ。誰に対しても愛想がなく、まったく空気が読めない、いわゆる『コミュ力』というヤツが絶望的に低いせいだろうと美希は推測している。この男の口調が熱くなるのは自動車について語るときぐらいだ。

事情が呑み込めないまま、美希は上司である白取に声をかけた。

「班長。本部長が呼んでるらしいので、管理棟まで行ってきます」

ちっ、と舌打ちをした白取が、露骨に不機嫌な顔になる。

「十分で戻って来い」

「は？　ここから管理棟まで、走っても片道七、八分はかかります。物理的に無理です」

製造ラインで班長に口答えをする部下は少ない。車両が次々と流れてくる現場で、上司と部下が言い争うような暇がないこともあるだろうが、一番の理由は班長が自分たちの人事権を持っているからだろう。しかし、白取班は違った。理不尽だと思ったことは、新人でも言い返す。それは白取が「上司が言うことを疑問に思うのは、真剣に仕事をしている証拠だ」と評価し、たとえ口論になったとしても根に持ったりしないことを部下たちが知っているからだ。

無茶な要求を突き付けられた美希が言い返すと、白取は、

「とにかく全速力で走れ！　戻るまで、お前の持ち場は俺がやってやる」

頭ごなしの命令と恩着せがましいセリフを投げ返してきた。

「あのねえ……」

カチンときた美希は危うくタメ口でラインが止まったのは自分のせいではない、と反論しそうになったが、そんな彼女を無視して白取は停止解除ボタンに手を伸ばす。

「動かすぞ！」

今度はラインが動き出すことを作業者に知らせるためのアラームが鳴り響き、何事もなかったかのようにコンベアが整然と動き始める。

大小合わせて三万点以上の部品から成り立つ自動車を完成させるには、裁断からプレス、溶接、塗装、各部品の組み立て、全体の組み付け、検査までを入れると一台あたりの製造に十八時間前後を要すると言われている。

ならば一分やそこら遅れたからと言って大したことではないと新人の頃の美希は

軽く考えていた。しかし、この本社工場をはじめ、国内だけで十八ヶ所ある生産拠点のいくつかが連動し、受注台数に応じて一日に一万台以上の車両を製造している。それは計算上、六十秒から九十秒で一台を生産していることになるらしい。しかも、キャピタル自動車の生産方式は『パンクチュアル方式』だ。『必要なものを必要なときに必要なだけ』しか作らない。この無駄のない方法によってキャピタル自動車の生産拠点だけでなく、たくさんの仕入れ先が連動して一台の車を作っている。

だからこそ、効率よく、無駄なく、在庫のリスクを負うこともなく、良いものが作れるわけだが、逆に誰かのせいで残業となった『一分』は、間接的な労働者も含めれば、延べ数千人、いや数万人もの人間の労働時間に影響するという恐ろしい理屈になるのだ。

この三年間で一分一秒の重みを叩き込まれた美希は仕方なく手袋を外し、作業ズボンのポケットに押し込んでラインを離れた。

第四工場の外へ出た途端、美希の口から、ふうと溜息混じりの声が出た。屋外は残暑の厳しい時期とはいえ、組み立て工場の中に比べれば漂う空気がいくらか清浄に感じられる。

作業中の白取がピリピリしているのはいつものこと。そして、彼が部下たちの安全のために神経を張り巡らせていることも美希は知っている。だから彼女自身も本気で怒っているわけではない。なにより、自分が抜けるだけで皆の負担が増えることもわかっている。

全速力で走れ、という白取の声が鼓膜に甦るが、製造部の事務所が入っている管理棟は広大な敷地の端にある。

——意地でも三十分以内で戻ってやる。

現在、午前十時十分前。美希は腕時計のストップウォッチ機能をオンにしてから走り出した。

けれど、巨大な本社ビルと広大な六つの工場、管理棟や研究棟など大小合わせて十棟近い建物が立ち並ぶ構内には、いくつもの横断歩道がある。建屋から建屋へと部品を運ぶフォークリフトや輸送用のトラック、人を運ぶバスや乗用車が走り回っているからだ。

どんなに急いでいても斜め横断は許されず、白線の前で一旦停止し、『右、左、右』と指さし確認することが義務づけられている。

途中、社員の乗った自転車やシャトルバスに追い抜かれ、結局、管理棟に着いたときには十分が経っていた。

美希は諦めの溜息をつくと、製造部の事務所がある三階へとエレベーターで上がった。

いざ、ドアを開ける段になってやっと、なぜ呼ばれたのだろうと首を捻る。

まあ、いい。本人に聞けばわかることだ。

「失礼します！」

美希が帽子を取って製造部のフロアに足を踏み入れると、本部長席の横にほっそりした、現場事務所には場違いな、ひどく上品な空気を纏った女が立っていた。

製造部門の事務方《じむかた》は地味な事務服か間接部門用のグレーのブルゾンを私服の上に着るかのどちらかだ。そんな中にひとりだけ、濃紺のスーツの襟元に淡い紫のスカーフを結んだ女が立っているのだ。

「本部長。お呼びでしょうか」

あたかも客室乗務員のような女の存在を意識しながらも、一刻も早くラインに戻るため、美希は女の横から入江に声をかけた。

「え？」

入江が驚いたように美希を見ている。自分で呼んでおいて、なにを驚いているのか。

「え？　君が？」

入江は目をパチパチさせながら確認する。

「はい……。私が藤沢です……けど」

「へえ。そうなんだ」

製造本部は同じ部内での人員異動も多く、現場に立ち入ることが少ない入江は美希のような一般社員の顔など覚えていなかったのだろう。が、その拍子抜けしたような顔を見て、美希は腹立たしい気分になった。

険悪な空気を変えるように、ＣＡ風の女が柔らかく言葉を挟んだ。

「入江本部長。ご内諾、ありがとうございました。あとは私の方から藤沢さんに説明します。藤沢さん、こちらへ」

状況が呑み込めないまま美希は奥のミーティングルームへと誘われていた。

「どうぞ。そちらへかけてください」

女は脇に抱えていたタブレットを白い長机の上に置き、自分の正面に座るよう美希を促した。

向かいに座ってから女の前に置かれているタブレットに目をやると、そこには美希の顔写真と経歴が浮かび上がっている。

「私は秘書室長の真柴《ましば》です」

役職と名前を告げられても、美希には呼びつけられる心当たりがない。

四十代だろうか、肌が白く、整った目鼻立ち。メイクは濃すぎることもなく、薄すぎることもなく、髪の毛はすっきりと後頭部でまとめられている。

キャリアウーマンを絵に描いたような人だ。そんな感想を美希が持ったのと同時に、有無を言わせない威圧感が伝わってきた。ついさっき、本部長の入江と和やかに談笑していたときとは別人のように背筋を伸ばし、隙のない表情になっている。

真柴のナチュラルな色のルージュをのせた唇が動いた。

「製造部門の役員、谷原《たにはら》専務の秘書が間もなく産休に入ります。本当はもう少し先の予定だったんですが、体調不良のため、早めに取ることになりました」

「はあ……」

秘書の休暇が自分とどう関係があるのかまったく想像がつかない美希は、ただ曖昧に相づちを打つ。

「なにしろ急なことだったので、派遣でつなぐか社員で調整するか、専務も迷われたようなんですが……。あなたに後任をお願いすることになりました」

「はい？」

役員人事に興味のない美希でも谷原の名前ぐらいは知っていた。本部長の入江も、美希自身も所属している製造部門のトップに君臨する役員。つまり、この本社工場を含む国内十八工場、海外にある約五十工場、それらすべての製造拠点を統括する男だ。

ラインに立っているとき、海外から視察に来るボディメーカーや主要取引先の見学を引率している谷原の姿を見かけることがある。

背が高く、欧米人と一緒にいても引けを取らない。語学が堪能らしく、彼が通訳を介さずに外国人クライアントと対等に喋っている様は、製造部門の末端にいる美希の目に頼もしく映った。

といっても、谷原に関する記憶はそれぐらいで、挨拶すら交わしたことがない。

そもそも役員秘書には新卒か総務や人事部といった間接部門、とにかく事務方の女性が採用されるのが慣例だ。製造部のエンジニアが秘書室に異動なんて聞いたことがない。だが、さきほど入江が自分の顔を見てきょとんとした理由はわかったような気がした。美希自身、自分が『秘書』のイメージからほど遠いという自覚があるからだ。

「あの……。どうして私なんでしょうか」

恐るおそる尋ねる美希に、真柴が、

「知りません。また、知る必要もありません」

と、冷たく言い放った。

「は？　異動の理由がわからないまま、部署を替われって言うんですか？」

「どんな理由であれ、役員が希望し、あなたの所属長が了承しているのです。これは決定です」

「お断りします」

咄嗟にそう言い返していた。直後、感情的になってきている自分に気づき、心の隅に小さな後悔が芽吹く。しかし、その僅かな反省も、

「ラインにはあなたの代わりのエンジニアが補充されます。もう製造現場にあなたのいる場所はありません。断れば、どこか総合職の空きが出る部署を探すことになりますが、それでも断りますか？」

という真柴の言葉で吹き飛んだ。あまりの理不尽さに、『辞めてやる』というフレーズが美希の頭の中をぐるぐる回る。

そのとき、日頃から白取に『条件反射みたいにポンポン言い返すな』と注意されていたのを思い出した。

『いいか。腹が立ったときは、花の名前を五つ思い出せ。怒るのはそれからだ』

その風変わりなおまじないは、喧嘩っ早い我が子を心配した白取の母直伝のトラブル回避法だという。美しい花を思い浮かべているうちに怒りが収まるという思惑だというが、そのときも『瞬間湯沸かし器の班長にだけは言われたくありません』と速攻で言い返してしまった。そもそも白取自身がそれを実践しているとは到底思えない。

それなのに、美希は今日に限って花の名前を心の中で呟いてみる気になった。冷静にならなければと思うほど頭にきているという自覚があったからだ。

――バラ。スズラン。ユリ。カスミソウ。それから……それから……。

急におとなしくなった美希を『了承した』と受け取ったのか、真柴が席を立った。

「では、月曜日からお願いします」

「え？」

美希に『まだ話は終わっていない』と言わせる隙も与えず、真柴が先に口を開く。

「月曜日、始業の十五分前に秘書室へ来てください」

「いきなり来週から？　いや、あの……」

まだ頭の中の整理がつかない美希はしどろもどろになる。

そのまま部屋を出て行こうとした真柴がふと足を止めて振り返った。

「さっき、異動の理由を知る必要はないと言いましたが、専務のされることには必ず意味があります。あなたはそれだけ知っておけば十分です」

白黒をはっきりさせたい性格の美希にとってはなんの解決にもならない言葉を残し、真柴は静かにミーティングルームを出て行った。

二

理不尽な人事に溜息をつきながら管理棟の外へ出ると、構内に現場の休憩時間を告げるチャイムが響き渡っている。

三十分どころか、製造ラインに戻る前に昼休みになってしまった。白取はさぞかし機嫌が悪いだろうと想像しながら、美希は重い足を進める。

——そりゃあ、引き継ぎとかいろいろあるんだろうけど、いきなり週明けからって。そんなこと、あり得るんだろうか。

今、第四工場に戻っても意味がない。かといって思いもよらなかった異動のことを考えると食欲も湧かず、彼女の足は社員食堂へは向かわなかった。知らず知らず、プレスと溶接工程のある第二工場へと歩いている。

できるだけなにも考えないようにして、入口にかけてある来客用のヘルメットをかぶり、工場内を見渡せるブリッジへ上がった。

社員なら大抵の人間が入れるセキュリティレベルの低い工場だが、場内は人間が立ち入れないエリアが面積の半分以上を占める、二十四時間稼働のオートメーション・ファクトリーだ。

近づくと危険な大型機械が数多くあるため、その周辺には金網が張り巡らされ、注意喚起の看板がそこかしこに立てられている。

中でも圧巻なのは五千トンの大型プレス機だ。裁断機によって服の身ごろのように一定のパターンに切り取られた鉄板が、上下に分かれるプレス機械の間に送りこまれ、強烈な圧力をかけられて立体となる。これがボディパーツだ。

こうしてさほど大きな音も立てずにプレス成形が終わる。するとすぐに女郎蜘蛛の足のような多関節を持つ機械が忍び寄ってきて、パーツを持ち上げては運び、脇のスペースに整然と並べていく。コンテナがパーツでいっぱいになると、下の台車が勝手に動きだし、自走で次の工程へと運んでいく。

こういったロボットやマシンが主体となって作業する工程では、アンドンもコンピューター制御で行われる。機械についている工具が外れたり、刃が折れるなどの異常をセンサーが感知すると自動で作業が止まる。そして、電光掲示板にどこでどういうトラブルが起きているかが表示されるのだ。

従って作業者はひとつの工程につき、ひとりかふたり。最小限の人間がコンピューターの数値を見張っているだけの工程を初めて見たとき、これは近未来の世界だと感動した。

絶え間なく上下するプレス機を眺めながら、美希はブリッジの上を進んだ。その足が彼女の一番好きなスポット、溶接工程の上で止まる。

最新のロボットアームは動きがとてもしなやかだ。車体を運んでくるコンベアの両側に二十五基ずつ向かい合っているマシン。そこから伸びる機械の腕は、まるでピアニストの手指のような繊細さで一斉に動き、一台のフレームにつき五本。アークとスポットそれぞれの溶接機の先端が決まった場所を最適の圧力で挟み、一万アンペアの電熱によって溶けた鉄でアンダー、サイド、メインボディを確実に溶接する。飛び散るアーク。オレンジ色の火花がバチバチッと光る。

一度に五台もの車体フレームを一気に溶接してしまう圧倒的な威力と速度。何度見ても、この迫力には目を奪われる。ブリッジの手すりに寄りかかり、正確に同じ動作を繰り返す機械やロボットを眺めながら、美希は思わず呟く。

「なんで断らなかったんだろ、秘書の話……」

真柴の無機質な態度を思い出し、美希はまた憂鬱になった。だが、人事は人事だ。自分の居場所だと思っていた職場を奪われた美希に選択の余地はなかった。意地を張って秘書室以外の部署を希望したところで、そこは望まれてもいない職場。ロクなことにならないだろう。美希の心は諦めの境地へと傾き始める。

「やっぱり、ここにいたか」

低い声にハッとして首を捩じると、白取がこちらに向かって歩いてくるところだった。呆れ顔で笑っているのを見ると、どうやら怒ってはいないようだ。

「ここに来ると落ち着くんです」

そう返しながら、彼女は初めてこのブリッジに立った日のことを思い出していた。それは入社してすぐの、社内研修のときだ。

キャピタル自動車の歴史を延々と聞かされた後、自動車ができるまでの工程を見学した。睡魔との戦いだった座学の後で目の当たりにした、ダイナミックな製造現場の印象は鮮烈だった。ここ、第二工場では巨大な圧造機械や精巧な動きをするロボットを見て鳥肌が立ち、第四工場では人間と機械が協働するからこそ成しえる、力強く、それでいて気持ちの行き届いた作業に感動した。『現場で働きたい』美希は強くそう思った。

入社直後の記憶を手繰っている彼女の隣りで同じように手すりにもたれた白取が、やはり懐かしそうな目をする。

「工藤も入社当時、同じようなこと言ってたっけな」

先ほど美希に素っ気なく用件だけ伝えた、同じ白取班の同期のことだ。

「俺に言わせりゃあ、お前らは変人だ。大卒入社のくせに、こんなキツいシフトで働こうなんて、頭がどうかしてる」

大卒新卒採用は通常、総合職のため、研修後ほぼその全員が営業、研究開発、製造管理もしくは経理総務といったデスクワークに配属される。会社にしても、通常は高卒入社の社員を配属する現場に給料の高い大卒を置くメリットは少ないため、本人が相当強く希望しない限り大卒者が現場に回されることはない。実際、美希の同期は四百人ほどいたが、大卒で自ら現場を志願したのは工藤と彼女だけだった。しかも、それは就職氷河期以来、二十数年ぶりのことだという。

言い換えれば、製造部門には大卒のライバルが少ないとも言える。そのせいか、『工藤と藤沢は、工場長から役員への道を狙っている』と噂されたりした。それは高校を出てすぐに現場を経験する叩き上げの人間が登りつめる出世コースだ。工藤の中には多少そういった打算のようなものがあるのかもしれないが、摑みどころのない男なので彼の本心はよくわからない。

ただ、美希の場合は少し事情が違った。父親が所有していた小さな町工場の様子を見て育った彼女にとって、働くこととは体を動かし、物を作ることだった。美希はそこで働く工員たちが好きで、自分もいつか彼らの仲間になれると信じていた。つまり、現場を志望したのも彼女の中では自然なことだったのだ。

「んで？　本部長、なんの話だったんだ？」

「え？」

どうやら白取はまだ異動の話を知らないらしい。上層部で決定したばかりなのだ。それがわかった美希はなんと切り出せばいいのか悩んだが、どう説明したところで結果は同じだ。

「私、谷原専務の秘書をやることになりました」

「はあ？　秘書？　お前が？　ぶはははははっ！」

予想通り爆笑する白取を、美希は冷めた目で見る。

「秘書ってアレか、枕詞に『美人』とか『有能』とか付くアレのことか」

「そうです。よくアタマに『美人』とか『有能』とか付けられる、あの『秘書』のことです」

「マジかあ～！」

と、白取はひとしきり笑った後で今度は、ふうんと感心したように美希を眺める。

「谷原専務の秘書が産休に入るらしくて。だからって、なんで私なのかはわかりませんが」

「だよなあ」

うんうん、とそこだけは納得がいくように白取がうなずく。

「たぶん、終業後、班長にも入江本部長から話があると思います」

美希はそう言った後で、もしかしたら白取が入江にこの人事を考え直すよう意見してくれるかも知れない、と淡い期待を抱いた。

「まあ、俺の頭を飛び越えた勝手な人事は許せねえけど、谷原がお前を秘書にほしいって言ってるんなら仕方ないな」

　白取はすっかり諦めモードだ。

「谷原って……役員殿を呼び捨てですか」

「同期なんだよ、アイツとは。入社年度が同じなんだ。といっても、アイツは大卒だから俺より四つ年上だけどな、あんなに気が合ったヤツはそうそういない」

　ということは谷原専務は四十歳か。美希はすばやく計算する。

　それにしても班長が専務と気が合うなんて意外だった。美希はまだ谷原がどんな人柄なのかまったく知らない。ただ、工場見学のときに見た限りでは、穏やかで、そこはかとないインテリジェンスを漂わせていた。製造部の武闘派と言われる白取とでは、対照的なタイプである。

「アイツも相当な車好きだからな」

　ふうんとうなずきながらも、美希はまだふたりが意気投合している場面を想像できないでいた。

「んで？　いつからだ？」

「来週です」

「それはまた急な話だな」

「ラインには別の人が来るそうです」

真柴からの言葉を伝えると、白取は「そっか」とどうでもいいようにうなずき、手すりを離れ、うーん、と伸びをした。

「じゃあ、早くトロを一人前にしねえとな」

作業者のフォローは班長の仕事だ。まだ手がかかる都路と、初めて最終工程のラインに立つ新人。その両方に目を光らせなくてはならない状況は、さすがの白取も辛いだろう。

もし班長が『都路は使えない』と見限れば、配置が換わる。都路自身も、もっと単純な作業に回されれば楽なはずだ。たとえば検査とか出荷とか。だが、白取は決してそれをしようとしない。なんとか自分の手で鍛え上げようとしている。——私のことはもう、手放す気満々に見えるのに。

美希は要領の悪い後輩に軽い嫉妬を覚えた。

「美希。お前、俺がトロに目をかけ過ぎだって思ってんだろ」

「は？　あれって目をかけてる態度なんですか？　ずっとパワハラだと思ってました」

図星を指された美希は反射的に言い返した。白取自身がざっくばらんに部下と喋るからだろう、美希も白取が相手だと上司であることを忘れ、ついつい言いたい放題言ってしまう。

「バカヤロ。俺はアイツを早く一人前にしたいから、あえて憎まれ役をやってんだよ」

白取は冗談めかして言っているが、それが本気だということを美希は知っていた。

これは以前、汐川から聞いた話だ。

本人は決してそのことに触れないのだが、白取は西日本にある工場で働いていたときに後輩をひとり亡くしたのだそうだ。それは十年以上前の話で、原因は日本の各所に甚大な被害をもたらした巨大地震だったという。

夜明け前の列島を襲ったマグニチュード8の揺れは、二直目が終わりかけていた工場を揺るがした。当時、白取が勤務していたのは古い工場で、設計時、大地震の振動までは想定していなかった。強烈な揺れのためにレールに吊るされていた車体が落下し、ライン作業をしていた工員を直撃して、ひとりが死んだ。それは振り替え出勤によるシフト変更で組み付け工程に入っていた白取の後輩。工業高校を出たばかりの男子で、白取が弟のように可愛がっていた新人だった——。

製造業に危険はつきものだ。どこのメーカーにも、事故のひとつやふたつは恐ろしい伝説となって転がっている。プレス機にはさまれたり、裁断機に巻き込まれたり、溶鉱炉に転落したり。そういったヒューマンエラーによる事故の再発防止に、日本最大手のキャピタル自動車は真剣に取り組んでいる。たとえば、本社構内にある『危機体験教室』。ここは過去の事故を説明したり、疑似体験させたりする施設だ。

もちろん、安全装置がついてはいるが、機械が指を巻き込むときの強さ、落下する人間の重さ、微弱電流による感電体験など、事故状況を再現した装置で実際にヒヤリとする体験をさせられる。

キャピタルグループの工場は世界中にあり、歴史も長い。膨大な災害例から集められた生々しい話を聞かされ、事故を体感した社員の中にはトラウマになる者が出るほどだ。それでも、新入社員から役員まで全社員が定期的にここでの研修を義務付けられ、徹底的に安全教育を叩き込まれる。

こうした企業努力によって、キャピタルグループ内での事故は年々減少している。が、地震で足元が波打っているときに上から落ちてくるものを避けるのは、どんなに訓練し、注意喚起していたとしても難しいだろう。

しかも、その事故は白取本人がいなかったシフトで起きた。それでも白取は、『もっと機敏に動くよう日頃から言っていれば』と遺族を前に号泣しながら土下座したという。

その話を聞いて以来、美希の白取を見る目が変わった。

「じゃあ、三日以内に五千円な」

過去の記憶にしんみりしてしまった美希に突然、白取が言った。

「は？　三日？」

まったく脈絡を感じられない発言に美希がぽかんと聞き返すと、白取はニヤリと笑う。

「お前が秘書をクビになるまでの日数だよ。三日以内に秘書室辞めさせられて現場に出戻ったら、五千円払えよ?」

「はあ?」

爆笑されたうえに、そんな賭けまでされて頭にきた。

「三日でクビなんてあり得ません。現場の仕事に比べたら、秘書なんてチョロいもんですよ」

「そうは言っても、あそこは伏魔殿って呼ばれるぐらい恐ろしい女の園みたいだからな。ま、秘書としてモノにならないようなら、いつでも帰って来い」

強がりを言った美希をブリッジに残し、白取は笑いながらステップを軽快に降りていく。その黒いブルゾンの背中にはスタイリッシュに白く染め抜かれた『BALLET』のロゴ。

一般社員に会社から貸与されるのはオールシーズン着ることができるベージュのジャンパーだ。車種の名前入りブルゾンが配られるのは、ある二車種の製造スタッフだけ。

ひとつは富裕層に根強い人気を持つ高級セダンの名車『CLAUDIA《クラウディア》』、そしてヨーロッパメーカーの開発者をも唸らせたクーペの名車『BALLET』。この二車種の生産関係者にだけはそれぞれの車名が入ったブルゾンが配布される。

クラウディアとバレットは一九七〇年代の発売以来、フルモデルチェンジを何度も繰り返している人気車種であり、キャピタル自動車の二枚看板だ。その生産に携わっているという自覚を忘れないためにこの二車種の関係者は専用のブルゾンを着る。中でもとことん走行性にこだわって開発されたバレットの製造スタッフであることは美希の誇りでもあった。だが、今はその背中の文字が眩しい。

――来週からこのブルゾン、着られないのか……。

美希はしょんぼりと肩を落としたまま、ブリッジを出口へと引き返した。

三

「おーい！　飲みに行くぞー！　美希の送別会だ」

早番のラインが止まった直後、白取が言い出した。驚いた班のメンバーがこちらに集まってくる。

「え？　ウチで待ってる可愛い盛りの三人娘はいいんですか？」

一斉に出口へと向かい始める作業者の群れを横目に、美希は皮肉な冗談を返す。

「今日は特別だ。来週から美人で色っぽい人妻アルバイトが配属されることを期待して、祝杯だ」

「はあ？」

むしろ嬉しそうに軽口を叩く白取にそう返してから、美希は異動をメンバーに説明した。

「で、班長、藤沢の代わりにそんな人が来るんですか？」

と、工藤。ふだん無口なくせに、こんなときだけ真に受けて白取の話に食いつく同期が腹立たしい。

「人妻かあ。でも、僕はそんな人より美希先輩の方がいいなあ」

「航大〜。お前はほんとにいい子だね」

自分を慕っているということを自然体でぽやっと呟いてくれる後輩が可愛くて、美希は都路の頭を撫で回す。

「ま。そんな人材、このむさくるしい白取班に配属されるわけないか」

自分で言っておいて、がははは、と笑う白取。金曜日の仕事終わりのせいか、急にテンションが高くなっている。

「悪かったですね。むさくるしい女で」

ふんっ、と美希がそっぽを向く素振りに、皆が笑う。そうやってチームで他愛もない話をしながら、ぞろぞろと工場を出た。

キャピタル自動車は業種柄、社員の自動車通勤を認めており、会社の構内や周辺に広大な社員専用の駐車場がある。会社が電車通勤には少々不便な場所にあることもあり、社員の七割ほどが自動車通勤、さらに自社製品を購入すると会社がローンの金利補助をするなどの優遇制度もあるので、駐車場内の多くはキャピタル車だ。

しかし、自動車メーカーだけにルールは厳しく、飲酒運転はもちろん、その自動車に同乗していたことが発覚しただけでも懲戒解雇となる。歓送迎会や忘年会などの宴会シーズンには会社から会場、そして会場から最寄りの駅まで送迎バスが出るほどだ。

だが、個人的に少人数で集まっての飲み会の場合は、たいてい会社から近場の店になる。わかっていれば最初から電車で出勤するのだが、急な飲み会が入ったときは車を会社の駐車場に置いて帰らざるを得ない。今日のように週末だと、土日のどちらかで愛車を引き取りにくるハメになる。

会社から歩いて行ける居酒屋『轟《とどろき》』が白取班の行きつけだ。若手はメニューの豊富なところが気に入っている。白取と汐川は店の名前に『車』という文字が三つもあるところがお気に入りだ。

午後三時。九月になって少し日が短くなったとはいえ、少しくらい残業して、着替えて店まで歩いてもまだまだ外は明るい。この時間でもアルコールを提供してくれる店があるのは、巨大企業、キャピタル自動車の城下町ならではだ。

「何人だ?」

入口にぶらさがる垢じみた縄暖簾を右手で除けながら、白取が振り返る。

「六人です」

毎度のことなのに確認する白取に、数えもせずに美希が即答する。実際、付いてきたのは汐川、工藤、都路と美希、それに期間工の上村永一《うえむらえいいち》を入れて総勢六人。白取班は十人ほどいるが、飲むときは決まってこのメンツだ。来ないメンバーは会社の付き合いが嫌いだったり、家庭第一主義だったり。

「大将！　六人！」

「へーい。喜んで！」

白取の声にカウンターの中から返事をした初老の店主と愛嬌のあるおかみさん、あとは大学生らしいアルバイトがひとりだけ。カウンターとふたつのテーブル席と小さな座敷がひとつ。二十人も入ればいっぱいになるような店だ。

定位置である店の奥の座敷に陣取った六人は一斉にグラスを掲げる。

「んじゃ、むさくるしい白取班から誕生した美人秘書に、かんぱーい！」

「お疲れー！」

白取の乾杯の音頭はいつも適当だ。美希は苦笑してからグラスに口をつけた。

肉体労働の後のビールは五臓六腑に沁み渡る。皆、一気にジョッキを傾けるから白い泡で揃いの髭ができる。そして、ジョッキをテーブルに戻したときには、発泡酒のＣＭよろしく、クウウウとかプハアとか声を合わせて快感を漏らしてしまう。それをまだ未成年の都路が烏龍茶を片手に羨ましそうに見る。いつも通りの白取班の飲み会風景だ。

「お待ち遠さんです」

店主自ら、刺身やフライ、煮物や唐揚げを運んでくる。

皆が一通りの料理を平らげた頃、期間工の上村が立ち上がった。

「すんません。勉強があるんで、これで帰ります」

これもいつものこと。些細なことで高校を中退してしまったという上村は、就職がうまくいかず、キャピタル自動車で期間契約の作業者として働いている。自動車業界の場合、期間工として働けるのは通算二年十一ヶ月までと決まっている。その期限に達すると、いったん辞めて、最低半年ほどは別の会社で働かざるを得ない。

それでも上村はキャピタル自動車に執着のようなものがあるのか、半年後に再び戻ってくるというパターンをすでに二回ほど繰り返している。通算五年ほどキャピタル自動車で働いていることになるが、なかなか正社員に登用されず、今は通信教育で大学入学資格検定、いわゆる『大検』合格を目指している、と聞いていた。

「ああ。気をつけて帰れ。勉強、頑張れよ」

すでにほろ酔い状態に見える白取が、上機嫌で右手を上げる。上昇志向が強い上村は、自分がいつまでも正社員に採用されないことを不満に思っている様子だった。

キャピタル自動車では社員の約三割が、一年契約で働く期間工や派遣といった非正規雇用だと言われている。正社員の数も日本一なら、非正規雇用者の数も日本一。時期にもよるが、ラインで働く作業者の三人にひとりが非正規社員という計算だ。

期間工の日給は初年度が一万円程度。もちろん、時間外労働の賃金や休日出勤手当もつく。希望すれば社員寮に入ることができ、食事も安く提供される。そして半年以上働けば、給料とは別に結構な額の報奨金がもらえる。キャリアにもよるが、期間工の年収はだいたい四百万から六百万ほどだ。

労働条件や賃金待遇は正社員より劣るが、真面目に働けば期間工の中から約十パーセントの人間が本採用への道を開かれる。仕事の内容自体は代わり映えしないかも知れないが、期間アルバイトから福利厚生のしっかりした一流企業の正社員に転身できるわけだから決して悪い条件ではない。

人事権は班長の上の係長が持っているが、班長が『ノー』と言えば正社員としての採用はなくなる。「だから、くだらない飲み会にも付き合ってるんだ」と上村は同じ期間工の仲間内で言っているらしい。そんなことで白取が部下の評価を変えるわけもなく、上村の行動こそが浅はかでくだらないのだが、考え方は人それぞれだからそれはそれで構わない、と美希は思っている。

彼女が許せないのは、上村がときどき都路に向かって『デブ、さっさとしろよ』とか『もたもたすんな、グズ』とか小声で言っていることだ。それは一瞬のことで、たいていは美希が気づいて持ち場を離れる前に、上村はその場を去っている。次こそ現場を押さえて冷静に注意してやる、と思っているうちに自分が異動になってしまった——。

「私、生中《なまちゆう》、お代わりー」

「あ、俺も同じの」

美希と競うように、同じペースでお代わりするのは工藤だ。白取班に配属されて生まれて初めてアルコールを口にしたという男は、早くも頬を少し上気させている。

「んじゃあ、俺は八海山。冷でちょうだい」

「ワシはそれを熱燗でもらおうか」

白取と汐川は途中から清酒に突入する。

「あ。僕、おにぎりとお漬物、ください」

すぐにご飯モノを注文するのはノンアルコールの都路だ。

上村が帰る頃には、都路以外の男たちはすっかり出来上がっている。現場は体力勝負。睡眠時間をきっちり確保するためには、二時間が限度だ。さっさと酔っ払い、早めに引き上げて、ちゃんと体を休めなければ翌日に差し障る。

もはや特技ではないかというぐらい、あっと言う間に酔っぱらう白取に、ほろ酔いの工藤がスルメを齧《かじ》りながら話しかけた。

「班長。バレットの事故、どう思います？」

聞いた瞬間、美希も最近よく目にする交通事故のニュースを思い出す。

「それ、私も気になってました。『ブレーキ踏んでないのに止まった』とか言ってるドライバー、多いですよね」

その真偽は不明のまま、ドライバーの証言だけを伝えるニュースは多い。入社以来、美希は事故現場の映像を見ると、必ずどこのメーカーの車両か確認してしまう。そして、他社の車種名やメーカーエンブレムを見つけると、ホッとする。不謹慎だとわかっているが、自分が組み付けている車種ではありませんように、と祈ってしまうのだ。

しかし、ここのところ、またバレットの事故かと失望させられることが多い。

「俺も新型のバレットに乗ってるんですけど、もちろん不具合は感じられなくて……」

と、工藤はさりげなく自分が新型バレットのオーナーであることを誇示する。六百五十万円もする上級グレードを十年ローンで購入したと以前、美希にも自慢していた。

今年の一月に発売された新型バレットの売りは、自社で独自に開発したAＩが設計したシステムを搭載していることだ。世界初、最先端の人工知能が、エンジンを制御するプログラムを開発したのだ。

「もうちょっと走ったら、エンジンチューニングに出そうと思ってるんすけどね」

誰も聞いてないのに自慢かと他人がチューニングした中古のバレットに乗っている美希はやっかみ半分、心の中で毒づく。

工藤の言うチューニングとは、運転を総合的に制御しているエンジンコントロールユニット、いわゆるECUに介入することで特性を整え、エンジンのパワーアップを図ることだ。バレットのようなクーペを好む、いわゆる『走り屋』と呼ばれるようなドライバーはショップやディーラーに車を持ち込んでこの作業を依頼する。

「事故の話はやめろ。せっかくの酒がまずくなる」

こうやって白取が不機嫌になるということは、彼も気にしているということだ。白取は深く考えまいとしているかのように、グラスの底に残っている日本酒を飲み干し、吐き捨てるように言う。

「会社が動かねえんだから、運転ミスか整備不良だろ」

上司の言葉に工藤は黙ってうなずく。実際、キャピタル自動車はこれまで自社で生産した車の不具合に対し、誠実にリコールで対処してきた。

ときどきニュースの見出しなどで『キャピタル自動車、××で×万台のリコール』というようなタイトルが躍っているのを見かけることがある。たとえそこに数十万台という数字があったとしても、一度に全数が返品され、一気に修理を余儀なくされるわけではなく、ばらばらと回収されるリコール対象車を数年かけて改修する。だからすぐさま経営の屋台骨を揺るがすような大損害にはならないのが実情だ。

もちろん、それなりの予算を割かねばならないのは事実だが、リコールは企業の良心だ。これを誠実に行うことで、消費者の信頼を獲得することができ、購入を決定する際の判断基準にもなる。美希はそれを白取から教えられた。

そして彼女が知る限り、キャピタル自動車はほとんど事故につながる可能性はないと思われるような事例でも、不具合を見つけたときには必ずリコールしてきたのだ。

「会社がリコールしないってことは、やっぱ車両側の問題じゃないんでしょうね……」

そう呟いた美希同様、工藤も会社の判断を信用しきっている様子だ。

「まあ、今のところ『いきなり車が止まった』って言ってるのは高齢ドライバーばかりですからねえ。車両に問題なかったみたいだし、たぶん無意識にブレーキ踏んでたんだと思いますけど……」

バレットファンには、バブル期に発売された八十年代のモデルに惚れ込んだというドライバーが多い。価格が高いせいもあり、走りに特化したスポーツカータイプでありながら、ユーザーは熟年以上の年齢層にも広く分布する。

「いわゆるヒューマンエラーだろ」

白取は決めつけるように言って熱燗の二合徳利から猪口に酒を注ぐ。製造ラインの人間はそうやって納得するしかない。開発者や設計者なら、さらに踏み込んで考えられるのだろうが……。

座敷の空気が重くなったとき、白取がなにか面白いことでも思いついたように、スマホを取り出す。

「トロ。アレやろ、アレ」

始まった。うんざりする美希を尻目に白取はスマホの上で指を滑らせる。

「まずは……この車！　開発コードだ」

そう言って皆の方に向けられた画面には、いかにも古い型の車の画像。

「えっと。『スカイスクレイパー』の１９８４バージョンです。たしか、開発コードはＣＸ７８、号口コードは……ＣＧ９１です！」

都路がおっとりと答えた。

新型モデルの開発期間は一年半。これでも昔に比べるとだいぶ短くなったらしい。開発に何年かかろうが、車名というのは最後につけられる。とはいえ、開発中の車に呼び名がないと不便なので、どこの自動車メーカーでも正式名が決まるまではコードナンバーをつけるのが普通だ。

キャピタル自動車の場合、開発段階では頭にＣＸがつき、その後に二から三桁のコードが付与され、量産が始まると新たにＣＧで始まる別のコードが振り直される。これを開発コードと号口コードという。

都路の頭の中には、キャピタル自動車が初めて発売した国産自動車第一号から直近の新型車両まで、全てのコードが頭に入っているらしい。

「正解！」

正誤の判断を下すのはキャピタル自動車の生き字引、汐川だ。汐川は、ほとんどの車型の順建てに立ち合い、組み付けに携わってきたのだから当然と言えば当然なのだが、それにしてもすごい記憶力だと美希はいつも感心させられる。

が、不思議なのは都路だ。彼は自分が生まれる前の車種や実物は見たこともない車種まで言い当てるのだ。

「いいぞ、トロ！　正解だってよ！」

これは白取のお気に入りのゲームだが、自動車業界の人間にしかウケない遊びだ。

「じゃあ、次はコレだ」

なにが面白いんだか。白けた気分でスマホを一瞥すると、今度は割合新しい車種の画像が出ていた。美希はつい、テーブルに身を乗り出し、手を挙げてゲームに参加してしまう。

「はい！　知ってる！　『デニッシュ』の前のバージョンだよね。えっと、CG105だ！」

「あー、惜しい。美希先輩、惜しいんですけど、ちょっと違います。これ、『デニッシュ』には違いないんですが、発売から二年後にマイナーチェンジしたCG114です」

真顔の都路にやんわりと解答を修正され、美希はきょとんとする。

「へ？　丸マ？」

業界用語で『丸マ』とはマイナーチェンジの略であり、素材やメカニズムの改良を目的とした設計変更だ。従って、見た目はほとんど変わらないことが多い。一方、『丸モ』はモデルチェンジの略で、車の形が完全に変わる。

「丸マなんで、パッと見はわかりませんが、実はヘッドライトの光源が微妙に大きいんです」

都路のマニアックな説明を、汐川が「正解」と判定し、白取が爆笑する。

「ぎゃはは。すげえな、トロ。なんでその記憶力を仕事にいかせねえんだろうなあ」

そう言いながらも彼の顔は満足そうだ。どれぐらい車が好きか。それが白取の評価基準だ。

「航大は天才だな」

うんうんとうなずく工藤も、都路の車への愛と記憶力を認めている。

こうやって短時間で盛り上がる宴会の終盤になって口を開くのは決まって汐川だ。

「まあ、三十年以上前の話じゃけど」

と、毎回同じセリフで昔話を切り出す。その老兵の顔は皺が深い。

ラインの仕事は二交替制勤務だ。基本的には五日間昼間働き、二日休んで、今度は五日夜勤をしてまた二日休む。そんな早番と遅番の繰り返し。しかも、バレットやクラウディアといった人気車種の立ち上がり時期には休日出勤も余儀なくされる。

汐川が若かった頃には、二交替よりもさらに過酷な三交替シフトが普通だったと聞く。

生産ラインの仕事はとにかくきつい。毎月発行される社内報にその月に定年退職を迎える社員の顔が載っているのだが、経理や総務、営業といった間接部門の人間に比べ、製造部門の退職者の顔は十歳ぐらい老けて見える。ときに昼夜が逆転する仕事は、それほど消耗するのだ。

だが、彼らの技術は機械化はもちろん、マニュアル化も不可能だと言われている。会社としては、腕のあるベテラン、いわゆる『熟練工』には定年後もラインに残って、後輩の育成に当たってもらいたいのが本音だ。だから、再雇用後もこれまでの職位と収入を保証したり、シフトを短くしたりと好条件を提示して引き止めを図る。が、大抵の社員は辞めてしまう。これ以上働いたら『寿命が縮まる』と言って。

あっさり退職していく熟練工が多い中で汐川のような存在は稀少だ。しかも彼は、現役時代、限定車のエンジン組み立て工に何度も選抜されたという匠のひとりだ。マニュアルでは伝えきれない技術を後進に継承してほしいという会社の意向もあって、退職前と同じ条件で働いている。

そんな汐川の自慢はキャピタル創業者一族である近藤《こんどう》家の人間の中で唯一、現場からの叩き上げで社長になった近藤陽平《ようへい》現名誉顧問と一緒に働いた経験があることだ。

「あの人は凄いエンジニアじゃった。どうしたら作業が簡単確実にできるかを常に考えて下の人間を動かす、ワシなんか足許にも及ばんかった。あの人は製造現場の鬼じゃ」

　今のように工員の作業軽減が重んじられていない時代、近藤陽平は実際に現場に入り、そこで働く社員と労苦を共にすることで作業の効率化や軽減を推進した。それが現在の改善活動の中にも生きているという。

　陽平自身の組み付け作業は誰よりも的確で、動線は流れるようだったという。第四工場に配属されて以来、汐川の口から百回以上聞かされた近藤顧問の武勇伝。

　酔っぱらうと同じ話ばかりを繰り返す。真っ赤な顔をした匠は飲み会の終盤になると決まって、

「ワシは女房が死んだときも、工場のラインに立っとったんじゃ」

　と、故郷の広島弁で懺悔を始める。

「あれはキャピタル自動車が初めてダカールラリーに参戦した日じゃった。二十歳《はたち》でワシのところに嫁にきた女房はもともと体が弱い女子《おなご》でのう……。腎臓の病気で、結婚した頃からずっと通院しとった。じゃが、あの日、上司から『奥さんが危篤だ。すぐ病院に行け』て言われてのう。けど、ワシは行かんかった。仕事が忙しいというのもあったんじゃが、それよりもずっと仕事ばっかりで、十五年間、家庭を顧みんかったワシを死にかけとる女房がどんな目で見るか、想像したら恐ろしかったん

じゃ。けど、女房は看取ってくれた看護師に、今度は元気な体で生まれてくるから、またお嫁さんにしてください、ってワシに伝えてくれ、て言い残してくれたんじゃ……うううぅ……」

真っ赤な顔をくしゃくしゃにして、おしぼりで涙を拭う汐川に、しんみりした空気が立ち込める。

飲み会の最後には必ずこの話を聞かされて盛り下がり、『んじゃ、そろそろ行くか』という班長の声で宴が終了する。皆、汐川を尊敬しているから、この流れは誰にも止められない。

「じゃけん、ワシは死ぬまでラインを離れん。そしたら、あの世で待っとる女房も許してくれるような気がするんじゃ」

それも汐川の口癖で、皆うんうんと神妙な顔でうなずく。そろそろ『お開き』になることを予想しながら。

そうやって二時間、泣いたり笑ったりした後、ひとりだけ飲酒していない未成年の都路が、白取のミニバンを運転して全員を自宅に送り届ける。都路はそのまま白取家に泊まって、翌日はそこから出勤する。これが白取班の飲み会の締めくくりパターンだ。

そして、次の日には皆、何事もなかったように組み付けラインの持ち場に立ち、さっぱりした顔をして黙々と作業を始めるのだ。

だが、自分はもうその現場にはいない。

自宅の玄関前で都路の運転するミニバンを降りた美希は、寂しい気持ちを隠し、車中の同僚に手を振った。

四

「ただいまー」

自宅玄関の引き戸を開けようとしたが、最近、建てつけが悪く、少し開いたところを拳で二、三回、ガンガン叩かないと開かない。京急沿線、横浜駅からも近い上大岡駅が最寄りの一戸建てと言えば聞こえはいいが、築四十年の木造建築はあちこちガタがきている。

会社が近いこともあって、大学卒業後もここで実家暮らしを続けている美希だが、そろそろ家を出てひとり暮らしをしたいと思いつつ、独立のタイミングを逸したままズルズル先延ばしになっていた。

「お母さん、ただいま」

自宅の台所では美希の母親、秀子《ひでこ》が夕食の準備をしている。

「あら。お帰り。飲んで来たの？　お茶漬け、食べる？」

「うん。食べる」

入社当初は『食べて帰るなら連絡しなさい』とうるさく言っていた母親も、白取班三年目ともなると、突発的な飲み会が多い職場だとわかり、諦めている。

「今日はちょっと飲み過ぎちゃった」

異動には触れず、軽く報告しながら冷蔵庫から麦茶を出してグラスに注ぎ、リビングへ移動すると、美希の父が車椅子から身を乗り出すようにしてマガジンラックの新聞に手を伸ばしていた。

美希の父、高史《たかし》は六十になったばかりだが、美希の目に、ここ数年でずいぶん老けたように映る。

高史は十年前まで『フジサワ加工』という社員十五人ほどの部品工場を経営していた。自動車の構成部品をつなぎ合わせる小さなビスやクリップといったプラスチック部品を成形する工場で、高史の父親、つまり美希の祖父が興した会社だ。

フジサワ加工はキャピタル自動車の下請けの下請け、いわゆる『孫請け』に当たる零細企業だった。キャピタルの城下町と言われるこの辺りには、大小数えきれないほどの仕入れ先が犇《ひし》めき合っており、フジサワ加工のような吹けば飛ぶような町工場は山ほどある。が、それでも世界的な大企業からの大量注文のおこぼれは、コンスタントな収入源となって藤沢家の家業を支えた。なにより、自分の工場で作っている小さな部品が、日本一のボディメーカーが生産する自動車に使われていることが父、高史の誇りでもあった。

『ヤマト部品の営業さんが言ってたんだが、ウチのクリップはバリがないって評判らしい』

と、美希が小さい頃、高史は取引先から聞いた評価を自慢していた。バリというのはプラスチックを成形するとき、金型からはみ出して部品にくっついてしまう樹脂のことだ。これをきれいに切り取るのは秀子の内職だった。

『キャピタルの工場長さんも、えらい褒めてくれてるらしい』

キャピタル自動車と直接取引のある業者が言っていたと高史は胸を張ったものだが、それが真実ではなかったことを、彼女は実際にキャピタル自動車の工場で働くようになって知った。

車は大小合わせて三万点以上の部品で成り立っている。

その中で小さなクリップは大型部品を構成する部品と部品をつなぐために使われ、あっという間に見えなくなってしまう。そんなわずか数センチほどの留め具がどこの会社で作られているのかなんて、少なくとも工場長は知らないだろう。なにしろ、キャピタル自動車の下請けは、キャピタルと直接取引できる銀行口座を持つ第一次取引先だけで約三百社、ここから二次三次と下へいくほど会社の数が増え、裾野の広がるピラミッドを形成している。しかも、第十次下請けまであるのだから。

小さな部品の製造者を知っている人間がキャピタル自動車の社内にいるとしたら、実際に部品を触る現場の人間ではなく、サプライチェーンを管理する調達部のごく一部だ。

無駄な在庫を持たず、パンクチュアル方式で部品を動かすキャピタル自動車では、たとえ小さな部品一個でも供給が途絶えると、自動車が生産できなくなる。

震災で仕入れ先が被災し、何日もラインが止まった過去の教訓から、調達部門では自然災害や工場火災などに備え、全部品の素性が明らかにされ、なにがどこで作られているかがわかるようになった。万一の場合、製造現場復旧の見通し、代替品の有無を明らかにするためだ。それがサプライチェーンの管理であるが、これは調達部門の仕事であって製造部門の仕事ではない。

ヤマト部品の担当者は、父に気分よく納品させるためにお世辞を言っていたのだろう。

美希が赤ん坊の頃にはこんなこともあった。

大きな台風で工場が被災した朝、屋根の吹き飛んだ工場を前に途方に暮れている高史の前に一台のマイクロバスがやってきて、そこから降りてきたキャピタル自動車の社員たち十人ほどが、あっという間に機械の修理や工場の片づけをやってくれたという。

『あのときはありがたかった。ウチみたいなボロ工場のために黙々と作業してくれる社員さんたちに、後光が差してるように見えたなあ』

子供の頃、美希はその話を百回以上聞かされた。そんなこともあってか、当時の美希の父親の口癖は『キャピタルさんあってのフジサワ加工だ。キャピタルさんには足を向けて寝られねえ』だった。それほどキャピタル自動車に対して愛着と恩義を感じていた。

『いいか、美希。こんなちっこい部品工場の社長でもバカにしちゃあいけねえ。お前の結婚式にはキャピタル自動車の重役さんが主賓で挨拶してくれるんだぞ？』

キャピタル自動車は貢献してくれる仕入れ先には、その規模の大小にかかわらず、慶弔の際には礼を尽くすのだという。

だが、その夢は潰えた。夢が実現する前に『フジサワ加工』は廃業してしまったからだ。

十年前、高史が配達のために乗っていた古いピックアップトラックが、高速道路で急にエンストを起こし、後続車に追突された。荷物を積んだトラックが横転し、脊椎を損傷した高史はそれ以来、車椅子での生活を余儀なくされている。

不幸は続き、この事故の後、日本経済をリーマン・ショックが襲った。国内市場は冷え込み、贅沢品は買い控えられ、キャピタル自動車の発注は激減した。

下請け企業はこれまで孫請けに回していたあまり儲からない仕事も、自分たちの食い扶持として引き受けるようになった。たちまち、『フジサワ加工』に回ってくる仕事はなくなり、経営は立ち行かなくなった。

体が不自由になり気弱になっていたのか、高史は退院後、工場を手放し、その売却金を取引先への返済に充てた。

『せめて美希の結婚式まで踏ん張れればよかったんだがなぁ』

それが今でも高史の口癖だ。そんなとき美希は、『班長とか係長ぐらいまでなら来てくれるかもね』と結婚するような相手もいないことは棚に上げたまま笑い飛ばす。

『いいじゃねえか。天下のキャピタル自動車の班長さんが来てくれるんなら上等だ』

相変わらず、キャピタル自動車を崇めている高史は工場を閉めた今でも工業新聞を取り続け、キャピタル関連の記事をスクラップブックに貼りつけている。

――また、やってる。

飽きもせず、膝の上に載せた新聞から自動車関連の記事を切り抜いている父親を、美希は切ない気持ちで見つめる。

美希がキャピタル自動車に内定したとき、大きな鯛を買ってきてくれた。そんな父に、自分が秘書室へ異動になったことを切り出せないでいた。

父の耳に届かないように小さく溜息をついた美希は、お茶漬けを掻き込むと残りの麦茶を飲み干し、二階の自室に入った。すぐにゴロンとベッドに転がったが、ふとサッシの隅に見えた白い半月に誘われるように、小さなベランダに出た。まだアルコールの残る体に秋の夜風が心地いい。

自宅前の細い道を挟んで向かいの敷地には五階建てのマンションが建っている。

そこはかつて『フジサワ加工』の工場があった場所だが、もはやその面影はない。

十年前までそこにあった古びた工場にも、景気のいいときには社員だけでなく学生アルバイトやパートのおばさんたちもいて、それなりに活気があった。

小さい頃から機械に興味があった美希は、プラスチックの部品を作る射出成形機を見たくて、工場に忍び込んでは母親から『危ない！』と叱られた。あんなに好きだった場所が、もう跡形もない。

感傷に浸る美希の鼻腔を季節の変わり目を感じさせる微かな香りがくすぐった。

——あ……。この匂い。

初秋の風が庭の金木犀の馨しい匂いをベランダまで届ける。この香りを嗅ぐと、美希は決まって思い出すことがあった。

それは十年前、父の高史が病院でのリハビリを終えて、車イスで初めて自宅に戻ってきた日の記憶だ。そのとき美希は、まだ中学生だった。


夜、退院した父を背広姿の男がひとり訪ねてきた。その少し前に工場は一回目の不渡りを出していて、債権者が数人、押しかけてきたことがある。景気のいいときには父にペコペコ頭を下げていた取引先の社長が、恐ろしい形相で母に支払いを求めていた。美希はまた債権者が取り立てに来たのかと不安になり、和室の障子を細く開け、こっそりと中の様子を盗み見た。

「藤沢さん。どうかこれを収めてください」

男の手がポケットから出した封筒をテーブルの上に置いた。その白い封筒の厚みは一センチぐらいあるように見えた。

どうやら債権者ではないらしいと胸を撫で下ろした美希は和室の声に耳を澄ませた。

「課長さん。これはもらえません。俺がこれをもらっちまったら、キャピタルさんのトラックに不具合でもあったみたいになるじゃないですか」

そう言って高史は軽く笑った。すると、男は座っていた座布団を脇によけ、深々と頭を下げた。

「その可能性がゼロとは言えないんです！ 設計段階ではプラスチックで成形するはずだったキャブレターが、なぜか金属の切削によって作られてるんです。部品の溝を作るときに削った金属粉がフィルターに詰まった可能性もあります」

それは振り絞るような声だった。

中学生の美希にも、それが重大な話であることはわかった。

「藤沢さんが乗られていたトラックは補給部品も打ち切られてるような古い車種ということもあって、原因を特定するだけの証拠も十分に集められない。つまり、リコールに持ち込むのも不可能で、これ以上、私の力ではどうすることもできない……」

悔しそうに語尾が震えていた。

「これは会社の金ではありません。無力な私からのせめてもの見舞いです」

高史は困ったように、そうですか、と小さく言って封筒に手を伸ばした。そのお金で債権者への返済をするのだろうと思い、美希の不安は僅かに緩んだ。全額は無理だとしても、多少の猶予をもらうためのつなぎぐらいにはなると想像したからだ。

が、高史は封筒から一万円札を一枚だけ抜いて、残りの金を返してしまった。

「課長さん。見舞いなら、これで十分です」

「え？　しかし……」

「いくら古い車種とはいえ、壊れないことが唯一の欠点だ、なんて言われてるキャピタルさんの車だ。俺の日ごろの整備が足りなかったんでしょう」

ふたりのやりとりからして、じっと頭を下げている男はキャピタル自動車の課長らしい。黙っていればわからないのに、個人的に償おうとしている姿勢に美希は子どもながらに感銘を受けた。

顔を見ようと美希が知らず知らず前のめりになったとき、母がお茶を運んできた。

「なにしてるのっ。部屋に戻りなさいっ」

和室の客に聞こえないよう潜められた声で追い払われた美希は、母が障子を開けた隙に振り返り、ちら、と室内を見た。やはり顔は見えなかったが、客人の後頭部の黒い短髪の髪の流れに小さな違和感を覚えた。

その後、同じ型のピックアップトラックがリコールになることはなかった。だから、父が言っていたように整備不良によるエンストだったのかも知れない。それなのに自腹で見舞い金を持参したあの『課長さん』が美希の心に強く焼きついたのだった。

玄関から出ていく彼をこのベランダから見送ったあの夜も、庭の金木犀の匂いが家の中にまで漂っていた。が、『課長さん』に関する記憶はもうところどころが薄れている。唯一の手がかりといっても過言ではない、彼の後頭部を見て感じた違和感も、単なる寝癖だったのか、頭の形が悪かったのか、今となっては定かではない。

キャピタル自動車に就職したばかりの頃は、あのときの立派な『課長さん』に会えるかも知れない、と期待したりもしたが、入社してみるとキャピタル自動車には『課長』と呼ばれる人間が数百人もいた。

「美希ー！　お風呂入りなさーい！」

階下から聞こえる母親の声にハッとした美希は返事をした後、もう一度大きな月を見上げた。その青白さが、真柴の頬の色と重なる。

「はあ……っ」

美希は今日何度目かわからない溜息を吐き出していた。

五

月曜の朝は目が覚めた瞬間から憂鬱だった。それでも両親に心配をかけないよう、いつものようにしっかり朝食をとった。

「いってきます!」

できるだけ元気な声をかけてから昨日ピックアップしてきた愛車の待つガレージへと歩く。美希が乗っているのは中古で買った七年落ちの『バレット』だが、この車は基本的にふたりで乗るためのクーペだ。そのため、後部座席は狭くて座り心地が悪いと母親の秀子からは不評だった。

バレットの隣りには運転席にも後部座席にも車椅子のまま乗ることができる介護用のバンがある。足が不自由になった高史の行動範囲が狭まってしまわないようにと、美希と秀子とでお金を出し合ってプレゼントしたウェルキャブ、いわゆる福祉車両だが、事故後の高史が積極的に外出することはなく、車のルーフはうっすら埃をかぶっている。

通勤の途中、渋滞にはまった。遥か前方にパトカーの赤いターンライトが見える。よりによって秘書室初出勤の日に事故渋滞とは、と美希は前の車のテイルランプを恨めしく見つめる。

美希は真柴の顔を思い出し、暗鬱な気分になった。が、徐々に車列が進み、中央分離帯に乗り上げている車と、どうやらその車に追突したらしく路側帯に停止しているボンネットのへこんだ車体を見た瞬間、秘書室長の顔は彼女の頭の中から霧散した。

「また、バレットだ……」

瞬時に美希の背中が冷える。

車外に出て救急車を待っているのか、額にタオルを当てて路肩に座り込んでいるのは、どう見ても二十代前半の若者だ。血に染まった青いタオル。そのぞっとするような赤さに美希の目が釘づけになったとき、パパッと後続車からクラクションが鳴らされた。

気づけば、事故車がレッカー移動され、渋滞が解消され始めている。美希も慌てて車を進めた。が、ずっと心に刺さったままになっていた微小な棘が、急激にその大きさと鋭さを増して彼女の神経を苛み始める。

——やっぱりおかしい。

すぐにでも、この事故のことをＬＩＮＥで現場の同僚たちに報告し、意見を求めたい衝動に駆られたが、そんな時間もないまま美希は秘書室へと急いだ。

秘書室は本社本館社屋の最上階、十二階にある。本館は正門を入ってすぐの所にある、構内で一番高い、幹線道路から見える唯一の建物だ。

一方、先週まで美希が働いていた建物は敷地の奥に位置し、他の工場同様、天井は高いが広大な平屋である。

美希は雰囲気の違いに緊張しながら、社員通用口から本館に入った。すでに異動が反映されているのか、首から下げているIDカードをエレベーターのセキュリティボックスにタッチすると、全てのボタンが点灯し、どのフロアでも選択可能になっている。

キャピタル自動車のセキュリティレベルは五段階に分かれている。六階以上にあるのは設計、デザイン、経営部門等の最高機密が詰まったエリア、つまりマックスのレベル5だ。立ち入り可能な社員の数はぐっと少なくなる。

この人事にまだ半信半疑の美希は、躊躇いながらも十二階のボタンを押した。ポーン、と温かみのある音がして、エレベーターの扉が開く。これまで会社のトップがいる場所として知ってはいたが、実際に足を踏み入れるのは初めてだった。

カーペットも木目調の壁も、まるでキャピタルの最高級セダン、クラウディアの内装みたいだと感動しながらフロアをキョロキョロしているうちに、美希の足は『秘書室』と表示のあるドアに辿り着いた。腕の時計に目を落とすと、八時十分。真柴と約束した就業十五分前より少し早い。

よし、と自分に気合を入れて真鍮のノブを回した。

「おはようございます！」

美希は工場に入るときと同じように大きな声で言って、ペコリと頭を下げる。すると、中でクスクスと笑い声がした。

怪訝に思いながら美希が顔を上げると、さざめきはピタリと止み、真柴だけがこちらを見ている。

「ここはそれほど広くありません。もう少し小さい声で挨拶してください」

室内にいた三人の女性社員がまたクスクス笑う。とても感じが悪い。女性ばかりの職場とはこんなものなのだろうか。首を傾げる美希を、真柴が呼んだ。

「制服が届いているので着替えてください。もちろん、それに準ずる私服でも構いません」

そう言われて改めて室内を見回してみると、秘書たちは皆、膝丈のスカートにローヒールのパンプスを着用している。

「きちんとした恰好なら、パンツスーツにビジネスシューズでも構いません。ただし、ジーンズとスニーカー以外にしてください」

真柴の目がじろりと美希の足元を見る。美希は工場に出勤するときと同じ服装——トレーナーにデニムを合わせていた。自宅にそれしか服がなかったので、深く考えずにいつもの恰好で来たのだ。

「とりあえず……制服をお借りします……」

近いうちに新しい服とパンプスを買いに行かなければ。おずおずと答えた美希に、真柴は、

「八時半になったらミーティングを始めます。それまでに着替えて、こちらに目を通しておいてください」

と分厚いファイルに真新しい制服を上にのせて寄越す。

「あの……、私に引き継ぎしてくださる秘書さんは……」

恐るおそる尋ねた美希に、真柴は「ああ」と言い忘れたことを思い出したような顔をする。

「昨夜連絡があって、大事をとって今日から休むことになりました」

「え？」

「ですが、必要なことは全てその中にあります。わからないことは室内の誰にでも聞いてください」

「で、でも……」

右も左もわからない部署に、未経験の業務。不安でいっぱいになる美希に有無を言わせず、真柴が続ける。

「あなたのデスクはそこです」

大きな窓を背にして座る真柴の前にデスクが四つ固まってひとつの島になっている。その一番入口に近い席を真柴が指し示した。

「専務室にも秘書用の執務机があります。他の秘書と連携するときや自分の仕事を処理するときはこちら、専務の意見をお聞きしながら書類や資料を作成したりする場合は専務室の方が便利です。自分で考えて臨機応変に使い分けてください」

真柴の説明を聞いた後、美希は早速、更衣室へ行った。

真柴が用意していた制服のサイズは美希にピッタリだった。あの短い面談の間に自分の体形を把握したのかと、美希はその観察力に驚かされる。

再び秘書室に戻った美希は、久しぶりに外気に晒された膝下が落ち着かないのを感じながら、真柴から指定されたデスクに着いてファイルを開いた。それは秘書の心得や業務内容、接客態度などが細々と書かれた、いわば秘書マニュアルだった。

それによると、重役秘書の主な仕事は上司のスケジュール管理のようだ。それだけ聞くと簡単そうに思えるが、相手は大企業の重役。半端なく時給の高い人間を、駅のホームで何十分も待たせたり、間違った飛行機に乗せたりすることは許されない。彼らを無駄なく行動させ、最大限のパフォーマンスを発揮させなくてはならない。

そのためには相当な緊張感を持ってスケジュールを作成、管理する必要がある。海外出張の項目を見ると、子会社のツーリストに依頼してスケジュールを作成すると記載されていた。この旅行代理店は自社内にあるため、チケットの発券やビザの発給も同時にやり、すぐに届けてもらえるなど融通が利き、子会社を使うことで経費をグループ内で循環させる目的もある――。

それ以外にも、重役が会議で使用する資料を揃えたり、会食の場所を予約したり、手土産の用意をしたりと項目は多岐に渡っていた。お礼状の代筆や主賓で出席するパーティーの挨拶文の下書きなど、資料は膨大で、とても今この時間で確認できる量ではない。

――まるで雑用係ではないか！　いや、雑用には違いないが、失敗すれば会社の顔である重役が恥を掻くことになる。ストレスの大きな雑用だ。

マニュアルを読んでいるだけで、美希は胃痛を覚えた。

それでもなんとか読み進めていくと、後半に、顔写真とプロフィールがずらりと並んでいるページがあった。

キャピタル自動車の役員に始まり、グループ会社十数社の役員、主要取引先や政府関係者など、それぞれの最終学歴や入社年月日、就任履歴がこと細かに記載されている。

とても覚えきれない、と美希は溜息をついた。ただひとつ、これから自分の上司となる谷原勇人《ゆうと》が東京大学工学部を首席で卒業し、異例の早さで専務に昇進しているという経歴だけは彼女の胸に脅威となって残った。

――こんなすごい重役の秘書が私みたいなド素人でいいわけ？

今さらながら戸惑っている美希に、真柴が声をかけた。

「ではミーティングを始めましょう」

真柴が立ち上がると、三人の女性社員がその後に続く。

「え？　もう？」

マニュアルに没頭していた美希が我に返ると、真柴を先頭に秘書たちが隣りの会議室に移動し始めている。美希も慌てて立ち上がり、後に続いた。そこは役員も使う部屋なのだろう、全ての什器が上質で、肘かけのある椅子の座り心地のよさが美希を驚かせる。

最初にメンバーの紹介があった。

「社長秘書の三雲香苗《みくもかなえ》です」

美希の目に香苗は三十代前半に見えた。艶やかな黒髪を顎のラインでシャープに切り揃えている。日本的で清楚な雰囲気の美人だ。

「宇佐木奈々《うさきなな》です。会長付きの秘書です」

こちらは二十代半ばに見えた。ゆる巻きヘアでアイドルみたいに愛くるしい顔をしている。

「副社長秘書の竹宮《たけみや》クレアです」

最後に自己紹介した秘書は金髪碧眼で、どう見ても白人なのだが、彼女の口から出る日本語にはまったく違和感がなく、流暢だ。

——え？　秘書ってこれだけなの？

そんな美希の疑問に答えるように、真柴が口を開いた。

「我が社には海外拠点を含めると、百人近い役員がいます。が、このフロアに部屋があるのは代表権を持っている役員、会長、社長、副社長のボードメンバーだけです。谷原専務はまだ代表権をお持ちではありませんが、代表取締役の皆さんを補佐する仕事が多いため、便宜上ここに部屋をお持ちです。それ以外の役員は、受け持ちの部署に職場秘書と一緒に常駐しています」

つまり、谷原は製造部門トップとしての仕事だけではなく、ボードメンバーの仕事もサポートしている。敏腕なのだろう、と美希は認識した。

「皆さん。こちらは藤沢美希さんです。今日から谷原専務の秘書についてもらいます」

真柴から紹介されると、他の三人の秘書たちが、へえと露骨に意外そうな表情を浮かべる。

やはり誰の目にも違和感のある人事なのだ。

美希は内心の気まずさを押し隠し、それぞれの秘書がボードメンバーのスケジュール報告をそつなく行うのを聞いた。最後に真柴からの業務連絡があって、ぴったり十五分でミーティングは終わった。

秘書室に戻るとやがて九時のチャイムが始業開始を告げ、それと同時に秘書室の電話が漣のように一斉に鳴り始めた。

「Yes, This is Capital Motor Company, May I help you?」

向かいの席で電話を取った竹宮クレアの発する言語が、途中からいきなり流暢な英語に変わる。

「はい。キャピタル自動車でございます」

美希も緊張しながら電話を取ってみた。

しばらくしてわかったのは、この時間帯にかかってくる電話が重役たちの今日のアポが急遽キャンセルになっていることを期待して殺到する面談の申し込みだということだ。

十五分もすると、諦めたように電話は鳴らなくなり、唐突な静寂が秘書室に訪れる。

「藤沢さんって前はどこの部署にいたんですかあ?」

真柴が離席した途端、子猫のように大きな目で美希の顔を覗き込んできたのは、会長秘書だと自己紹介した宇佐木奈々だった。

「製造部です」

「えー? 製造部って、現場のことですかあ?」

「はい。昨日までバレットの組み付けラインで働いてました」

「まさかの工場で肉体労働してた人が、いきなり専務秘書ですかあ? 信じられなあい」

本当にびっくりしたみたいに大きな目をさらに大きく見開いている。

「まあ……。今回の人事には私も驚いてますけど」

そう答えたものの、奈々の発言が嫌みなのか正直な感想なのか、美希にはわからない。現場の男たちの本音はすぐにわかるのに、とその曖昧さに戸惑った。

「ウサギちゃん、やめときなさい。真柴室長にチクられるわよ？」

そのとき、社長秘書の三雲香苗が奈々に注意を与えながら、席を立った。どうやら奈々は『ウサギちゃん』と呼ばれているらしい。そして、彼女の大げさなリアクションはやはり、前例のない人事異動への『嫌み』だったのだと美希は理解した。

「はーい」

奈々が素直に口をつぐんだ。

――わかりづらい……。マジでわかりづらい。

頭を抱えそうになる美希の斜め前で、青い目の副社長秘書、竹宮クレアは、我関せずといった顔で黙々と書類を片づけている。

これまで秘書室と接点のなかった美希の耳にも、秘書のご機嫌を損ねると大変だという噂は届いていた。キャピタル自動車の役員は多忙だ。秘書に大半の判断を任せている役員も多いと聞く。だから秘書に睨まれると役員との面談時間を取ってもらうのもままならなくなり、業務に支障をきたすのだ。

外から見ていたときの秘書室に対する畏怖とはまた違う、孤独感のようなものに襲われ、途方に暮れる美希を呼ぶ声がある。

「藤沢さん」

「は、はい」

いつの間に秘書室に戻っていたのか、真柴の感情を表さない目がこちらを見ていた。美希が急いで真柴の前へ行くと、

「専務が出社されました。ご挨拶に行ってください。それから専務に本日のスケジュールに変更がないかを確認して」

と、電話の受話器を置きながら言う。谷原の運転手からの連絡だったのだろう。

「専務室は通路の奥、右手の部屋です。表示があるのですぐにわかります」

「あ。はい」

出て行こうとする美希を、真柴が「ちょっと」と引きとめる。

「その前に髪の毛を整えなさい」

「え?」

「乱れています。すぐに来客があることもあります。身だしなみは上司の出社前に整えなさい」

美希は自分の髪の毛が乱れているという自覚がないまま頭に手をやった。また、背後からクスクスさざめくような笑い声がする。美希が振り返ると、その気配は消える。教室でイジメに遭っている転校生のような気分になりながら、美希は秘書室

を出てトイレに駆け込んだ。

「言うほどボサボサでもないじゃん」

ブツブツ言いながら、手櫛で髪を整える。思えば、ブラシは更衣室にあるロッカーのバッグの中だ。現場に持参したことなどない。思えば、工場の中ではずっとヘルメットかキャップをかぶっていたから、どんなに寝癖がひどい日でも作業をしているうちに乱れた髪の毛はキャップの形に収まっていた。

――ラインの仕事に戻りたいな。

出社してまだ一時間も経っていないのに、もう弱音を吐きそうになる自分の顔を鏡で見た。思いきり口角が下がっている美希の鼓膜に、白取の『三日でクビに五千円』の声が甦る。負けるもんか、と美希は両手の人差し指で無理やり唇の端を持ち上げてからトイレを出た。


コンコンコン。ノックは三回。向こうに人がいることも想定し、扉は優しく開けて静かに閉める。

マニュアルでそこまでは読んでいた。美希は秘書の心得を実践しつつ、「失礼します」とできるだけ上品に声をかけて専務室へ入った。

「おはよう」

美希が挨拶をする前に、上着を脱いでハンガーにかけようとしている谷原の方から挨拶をしてきた。声も笑顔も爽やかだ。

谷原勇人。実年齢より少し若く見えるが、それ以外は美希が以前、工場で遠目に見たときの印象と変わらない、知的で物静かな雰囲気の男だ。

「おはようございます。本日より専務の秘書をさせていただくことになった藤沢です」

美希は自分がここにいる理由を谷原に説明しながらも、まだこの人事に半信半疑だった。実は、同姓同名の社員がもうひとりいたなんてこともあるかも知れないという疑念を払拭できないでいる。

「もちろん知ってるよ。僕が頼んだんだからね」

返された谷原の言葉で、やはりこの人事は冗談や間違いではないとわかる。自分は当分、工場へは戻れないんだと絶望的な気持ちになった。

そんな彼女の気持ちを知ってか知らずか、谷原は笑顔のまま椅子に腰を下ろし、机に肘をついて指を組む。工場の人間がこんな仕草をした日には『意識高い系』と揶揄されるのがオチだが、谷原がやるととてもナチュラルだ。

「あの……」

どうして自分を秘書に選んだのか、美希は自分の頭の中に滞っている疑問を吐き出したい衝動に駆られた。しかし、これまで会話をしたこともない雲の上の存在だった役員にそんな不躾な質問をしていいのだろうか。

美希の内心の衝動と躊躇を察したように谷原が切り出した。

「秘書には若い女性が多いせいか、異動してすぐに結婚や出産で辞めたり、体調を崩して休暇に入ってしまう人が多いんだ」

それが自分の採用にどう結びついているのかわからないまま、「はあ」と美希は曖昧に相づちを打つ。つまり、結婚や出産に縁がなく、体が丈夫そうな女性というのが選考基準だったのだろうか、と首を傾げながら。

「それならいっそ、できるだけたくさんの部署の社員を傍に置いて、それぞれの角度から見える会社の姿や意見を聞きたいと思ってね。そんなわけで、僕はずっと、とくに現場の社員を秘書に選びたいと思ってたんだ」

言われてみれば、製造現場には女性社員が少ない。だが、ここ横浜の本社だけでも五千人近い工員がいるのだから、探せば他に適任の女性がいるだろう。

谷原が言った説明だけでは、美希の中の、どうして自分なのか、という疑問は消えなかった。それも察しているかのように谷原が口を開く。

「僕が君を選んだ理由は三つある」

——三つも……。

美希は息を呑んだ。自分と谷原の間に、そんなに多くの理由が生まれるほど接点があったとは思えないのだが。

「覚えてないかなあ。前に工場で会ってるんだけどな」

谷原が少し焦れったそうに言う。

「はい。専務が取引先の方をご案内されてる様子は、何度もお見かけしてますけど……」

「そうじゃなくて、二年前、僕が引率で最終工程を回ってたとき、靴の上に落ちてた重油を素手で拭いてくれたじゃないか」

「あ……」

ようやく美希の頭の中にひとつの記憶が映像を結んだ。グリーンのフロアの上に、磨き込まれたピカピカの革靴。その上で揺れる濃厚な黒い液体。そういえば、あれは専務の靴だったっけ、と美希は記憶を辿る。

最終工程である第四工場に見学に来る前に、隣接する廃油のリサイクル施設に立ち寄ったのだろう。あそこは最新の研究施設だが、前日からボイラーの調子が悪く、汚れた床の大掃除をした、と美希は人づてに聞いていた。

「あのときは助かったよ。ドイツから来たクライアントだったんだが、フライトの関係で見学時間が押してたし、現場に油を落とすわけにはいかないだろ？　万一車体にでも散ったら、と思って気が気じゃなかった」

美希は見学通路で困ったように立ち尽くしていた谷原の姿を思い出した。すぐに、靴の上で黒光りしている液体が原因だとわかった彼女は、咄嗟に谷原の足許にしゃがみ込んで、つけていた手袋を外し、素手でそっとその油を拭った。

『作業着も手袋も絶対に汚すな！』

という白取の教えが美希の骨の髄まで沁みついていた。

グリーンの床面、白い天井と壁、工場内部は清掃が完璧に行き届いている。ここでもし作業着や手袋が汚れたら、それは即ち、完璧なはずの現場のどこかに埃か汚れがあるということになる。精巧な組み付けを行い、一ミリの傷も汚れもない新車を生産するのがこの工場の責務である以上、それは許されなかった。

あの日、美希は手で重油を拭い、その手を首に巻いていたタオルで丹念に拭ってから再び白い手袋をはめた。それはラインが動いている最中のことだったので、美希は瞬間的に持ち場を離れて重油を拭うと、挨拶もせずにさっさと仕事に戻った。

その後で、最初からタオルで油を拭けばよかったじゃん、と間抜けな自分を笑った記憶が甦る。それからしばらく、指紋に入り込んだ油が取れなくて困ったっけ。

そんなことで自分は選ばれたのかと思うと、美希は少し拍子抜けする。が、作業中に役員と交流する暇などない現場の状況を考えると、あんな些細な出来事でも、数少ない女性エンジニアの中から自分を抜擢するきっかけとなるのかも知れない。

「あとふたつの理由については、また時間のあるときにおいおい話そう」

そう言われてやっと、美希はミーティング時に真柴から渡された谷原のスケジュールを思い出した。この後、夜までずっと埋まっている。こんな雑談をしている暇はない。

「あ。えっと、では、本日のスケジュールを確認させていただきます」

今朝のミーティングで上司が出社したら、真っ先にその日の予定を確認するようにと真柴から全員にマニュアルの再徹底が促された。役員の中には気分屋も多く、大した仕事ではないと自分で勝手に判断し、予定を変更してしまう者がいる。そんなとき、謝罪やリスケの後始末に追われ、割を食うのは秘書なのだから、と。

「本日、九時半から予定されておりますガイアとの会議ですが、あちらはＣＥＯと通訳のおふたりで来られるという情報が入りまして、十名用の第一応接室から八名用の役員会議室に場所が変更となりました」

ガイアは『ＡＩの巨人』と称されるアメリカのＩＴ企業で、呼び名通り、とくに人工知能の分野では先駆者であり最大手だ。世間では、数ある外資系企業の中でも、キャピタル自動車が今最も手を組みたい企業のひとつだと言われている。そんな世界的大企業の最高経営責任者が通訳ひとりだけを連れて乗り込んでくることを、今朝、真柴からの業務連絡の中で知り、美希は少なからず驚いた。しかし、谷原はそれを想定していたように、うん、と軽くうなずいた。

「えっと……。その後、一時間ほど契約書や稟議書などの書類をご確認いただきまして、ご昼食。午後一時半から仕入れ先連絡会。三時から経営企画会議が二時間ありまして――」

美希は定時以降もぎっしり予定が詰まった役員スケジュールに目を凝らしなが

ら、なんとか報告を終えた。一日の予定を聞き終わった後で谷原はもう一度、うん、とうなずいてから口を開いた。

「あっちはあまり興味のない会議だろうから、一時間ほどで終わるだろう」

あっちというのはガイアのことなのだろうが、世界第二位のボディメーカーに興味がないとはどういう意味なんだろうかと美希は首を捻る。

「会議が終わり次第、ガイアのトップに限定車の組み立て工程を見せたい。一時間取ってくれ」

え？　と聞き返しながら、美希は手元のスケジュール表を見直す。

「そうすると契約書などをご確認いただく時間がなくなりますけど……」

証拠を提示するような気持ちで美希が手にしているスケジュールを谷原のデスクに置くと「それは昼やるから」と彼は即座に答えた。

「となりますと、専務のご昼食は……」

「売店でおにぎりかサンドイッチでも買ってきといてくれ。もちろん、君は十二時になったら食事に行ってくれていい。ただ、一時半の仕入れ先連絡会には同行して議事録を作成してほしい」

忙しさをまったく苦にしていない様子の谷原に、美希は、わかりましたと返事をして退室し、秘書室に戻った。

すぐに席のパソコンで工場へ事前の入場申請を行おうとしたが、限定モデルの組み立てが行われている第六工場への立ち入り手続きは容易ではなかった。管理担当のみならず、工場長、生産本部長、役員までの承認が必要らしい。仕方なく美希は承認者の一人ひとりに内線電話をかけ、

「十一時から専務とＶＩＰの来訪者が見学するので、至急ご承認をお願いします。多少、時間が前後するかも知れませんので、三十分ほどバッファをとっておいてください」

と頼み込み、安全靴と保護ゴーグルを来客の人数分手配する。なんとか十時半以降の立ち入り許可が下りてホッとした美希が一息つく間もなく真柴が呼んだ。

「藤沢さん、間もなくガイアのＣＥＯがお見えになりますので、お茶とおしぼりを出してください。宇佐木さん、給湯室の場所を藤沢さんに教えてあげて」

「はい」

愛想よく返事をして立ち上がった奈々を見て、美希もすぐに席を立った。

奈々について入った秘書室用の給湯室は工場事務所のそれとは比べものにならないくらい広く、ガラスの扉がついたカップボードには高級そうなカップやグラス、ティーポットが並んでいる。

「三雲さん。悔しそうな顔してたでしょう？」

奈々が突然そう言った。

「え？　見てませんでしたけど、どうしてですか？」

フフフと思わせぶりな含み笑いをした奈々は、シンクに置いたステンレスのウォッシュタブにお湯を溜め、そこにエッセンシャルオイルを滴らせた。

給湯室の中に爽やかなラベンダーの香りが立ち込める。慣れた手つきで奈々はオイルが溶けて乳白色になったお湯におしぼりを浸し、キュッと絞ってトレーの上で三等分に畳んでから手の平で転がしクルクルと丸める。美希はそれを見よう見真似で手伝った。

おしぼりの準備ができた後で、奈々は再び口を開く。

「今日来るの、ガイアのCEO、ジョージ＝アンダーソンだから」

「それは知ってますけど……」

「ジョージ＝アンダーソンって、まだ三十代前半で独身なのよ。しかもイケメン。理想の高い三雲さんが彼を狙ってることは知ってるんだけど、わざと今日のお茶出しから外したの。接待のシフト決めるの私の仕事だから」

それがさも楽しいことであるかのようにクスッと小さく噴き出す奈々を、美希は不思議な生物でも見るような気持ちで眺める。

「実はね。三雲さんって、入社当時は谷原専務のことが好きだったの。あの頃はまだ専務じゃなくて広報部の部長だったけど、すごい嗅覚でしょ？　山ほどいる部長の中からキャピタル史上最年少で役員になる有望株に目をつけてたのよ。でも谷原専務、結婚しちゃったから」

「はあ……」

谷原のことをとくに異性として見ていたわけではないが、美希も今朝、彼の薬指にリングがあるのを見て妻帯者だと気づいていた。

「そりゃ勝てないわよね。谷原専務の奥さん、中沢社長のご令嬢だもの」

「え？　そうなんですか？」

「そ。中沢社長のひとり娘。若くて美人らしいし、これからの人事にメリットあるだろうし」

そうやって毒を含んだ口調で喋りながらも、奈々の桜色のジェルネイルを施した指先は優雅に、そして着々とウェッジウッドのカップをトレーに並べていく。

「………」

美希は相づちを打つのも気が引けて黙った。同僚の片想いを、初対面の自分にペラペラ暴露する奈々の神経が理解できなかった。

そんな美希の居たたまれない気持ちをよそに、奈々がニッコリと笑う。その表情は同性でも見惚れるくらい愛くるしい。

「私、三雲さんより藤沢さんの方が好きよ？」

「どうしてですか？　私なんて今朝会ったばかりなのに」

美希も奈々にならってポーションタイプのミルクとシュガー、そしてティースプーンをソーサーの上に置きながら聞き返した。

「だって、藤沢さんって私の立場を脅かしそうにないもの」

——はい？　それは私のルックスや能力が、奈々より遥かに劣っているという意味だろうか。それとも私からは敵意が感じられないという意味だろうか。

真意を図りかね、美希は首を捻る。馬鹿にされているような、彼女特有の親しみの表現であるような、花の名前を五つ数え始めるタイミングがわからない。

——わかりづらい……。マジでわかりづらい……。

髪の毛を掻きむしりたい衝動に駆られている美希に、奈々が何事もなかったかのようにトレーを差し出す。その上にはティーカップがふたつ、ポットがひとつ、完璧に準備されていた。

「じゃ、行こっか」

キャピタル側の出席者七人分ものセットがのったトレーを軽々と持ち上げる奈々の甘ったるい声と黒目がちな大きな目にはまったく邪気がない。まさに天使と悪魔が共存しているという表現が相応しい奈々に先導され、美希も役員会議室に向かった。

会議室に入って一番最初に目につくのは、正面の壁にかけられた一枚の肖像画だ。その重厚な額の下に『近藤陽平』と刻まれた金属のプレート。キャピタル自動車第六代目社長であり、現在は現役を退き、名誉顧問として経営に睨みをきかせている。

美希にとっては現場の老兵、汐川直正が最も崇拝する男という方がしっくりくるのだが、額の中の人物は他人を圧倒するような空気は醸し出しておらず、ただ柔らかく鷹揚な笑みを浮かべている。

「藤沢さん」

入口に立って近藤陽平の肖像画をぼんやり見ている美希に、奈々がそっと声をかける。

「あ、はい」

会議室中央に置かれている重厚で大きな楕円形のテーブルを挟み、向かい合っているのはテレビで見たことのあるひとりの外国人と、キャピタル自動車のボードメンバーである会長、社長、副社長、そして谷原だ。

経営のトップスリーの背後にはひとりずつ通訳らしき人間が半歩下がるように座っている。一対四の構図だが、ガイアのCEO、アンダーソンはリラックスした様子でキャピタル自動車の会社パンフレットを眺めている。

――ガイアのトップ、本物だ……。

分厚い冊子に視線を落としたまま、退屈そうに欠伸を噛み殺すCEO。実物は画面を通して見るよりずっと若く見えた。

キャピタル側の一番上座にいる会長は近藤高嗣《たかつぐ》といい、陽平に見込まれてその妹を娶り、創業家の流れを汲む近藤家の婿養子になっている。この近藤会長はもうすぐ八十になるが、見た目はまだまだダンディーで若々しい。

その隣りには現社長である中沢雄一《なかざわゆういち》、六十二歳。現在、十五社ほどあるキャピタル自動車グループのひとつであり、主に電子部品を扱っている世界的な企業、ナカザワ電子工業の御曹司だ。この中沢も、陽平顧問のお眼鏡にかなったらしく近藤高嗣の娘を嫁にもらっているが、こちらはまだ創業家との養子縁組はしておらず、近藤姓を名乗るには至っていない。

その横に座るのは副社長の穂積健介《ほづみけんすけ》、六十歳。彼も近藤高嗣の三女を妻に迎えている。マサチューセッツ工科大学卒のこの男が虎視眈々と次の社長の座を狙っているという話は社内でも有名だ。

そして、末席に座る谷原は今年四十になったばかりで、キャピタルグループ内でも最年少の役員だ。もちろん優秀な社員ではあったのだろうが、この役員人事には、奈々が言っていた『中沢社長の娘との結婚』も少なからず影響していたのかも知れない、と美希は考えた。

なぜなら、ここにいる全員が近藤家とつながりを持つ『一族』だからだ。表向きは、キャピタル自動車は同族企業ではないことになっているが、本社の主要ポストが近藤家の人間で占められていることは否めない事実だ。

とはいえ、ここにいるメンバーで近藤姓を名乗っているのは会長である高嗣だけ。彼はもう高齢であるにもかかわらず、中沢も穂積もまだ近藤姓を得ていないところを見ると、陽平顧問は創業家の莫大な資産とキャピタル自動車の株式を継がせる人間を決めかねているのかも知れない。

　今朝、真柴から渡されたファイルにはキャピタル自動車の社史も載っていた。それに添付されていた近藤家の家系図の一部が立体となって美希の目の前に座っている。美希はトレーを持ったまま、彼らの思惑を想像しながらちらちらとボードメンバーに目をやっていた。

　そのときふと、さっき奈々が言った『谷原の妻』の存在が家系図に書かれていなかったことに気づいた。現社長の娘であり、専務の妻、なにより秘書である奈々も知っている存在なのだから隠しているわけではないのだろうが、書かれていないことは不自然だ。

「藤沢さん、お客様に紅茶をお出ししてください」

　奈々に小声で指示され、美希は我に返る。

「あ、はい」

　指示された通り、アンダーソンの前にティーカップを置き、キルトのポットウォーマーを外して紅茶を注ごうとした。すると、アンダーソンが拒絶するように片手を横に振り、突然早口でまくしたて始めた。

「Sorry, I cannot take a drink with caffeine. Even if it is not it, I won't sleep for jet lag tonight」

　まだビジネスの話が始まっていないせいか、通訳もプロフィールのチェックに余念がなく、こちらを見ることさえしない。

「え？　え？」

なにかを訴えていることはわかるのだが、相手の言葉がまったく聞き取れない。美希が焦っていると、近藤会長の前に紅茶を置いていた奈々が、「It's all right. That is decaffeinated tea」と、さらりと助け舟を出してくれた。

すると、アンダーソンが笑顔になって、美希に会釈をする。

「Oh, OK. Thanks. ドモ、アリガト」

なにがなんだかわからないうちに問題が解決してしまったようだ。作り笑いを浮かべた美希は、唇の端が引きつるのを感じながら、彼の通訳の脇に置かれている小さなテーブルにもティーカップを置く。その間に奈々はすでに七人分の飲み物を配り終えていた。

あんなに子供っぽく頼りなさそうに見えた奈々の堂々たる接客ぶりに美希は目を瞠る。アイドルのような見た目に反し、所作も英語もパーフェクトに見える。甘えるような表情を浮かべ、陰では先輩や同僚をバカにしたような態度を取っている女の子とは思えない。

――ダメだ。完全に負けてる。

美希は一気に自信を喪失し、会議室を後にした。

それから僅か三十分で専務室に戻ってきた谷原に、美希は深々と頭を下げた。

「すみませんでした」

「え？　なにが？」

「英語……苦手なんです」

「ははは、そんなことか。別にどうでもいいよ、そんなことは」

あっさり笑い飛ばした谷原は、上着を脱いでブルゾンを羽織った。

「それより、工程見学、一緒に行くかい？」

「え？　私も行っていいんですか？」

「もちろん」

——現場に行ける！

美希は弾けそうな気持ちを抑えながら谷原の背中に従った。

六

谷原がアンダーソンを案内すると言ったのは、意外にも最新鋭の設備が整った工場ではなく、敷地内でかなり古い工場のひとつ、しかも改装や改築がなされていない第六工場の一角に作られた『バレット』の『リミテッド・エディション』、いわゆる『限定車』に搭載するエンジンの組み立て工程だった。

限定車はスタンダード車とは異なり、限定台数と発売期間を決めて、社内でも最高の技術を持つエンジニアが一台一台、ほぼ手作りで完成させる。従って一日に生産できる台数は二、三台が限度であり、販売台数も百台程度、価格は通常の一・五倍。それでも注文が殺到し、いつも抽選販売になる。

が、限定車はその工程のほとんどが手作業で生産されるため、そのラインは現役を退いた古い工場の中にあるのだ。

「専務。どうしてこの第六なんですか?」

美希はアンダーソンに聞こえないよう、声を潜めて谷原に聞いた。相手はＩＴ企業のトップである。どうせなら自分が昨日までいた第四工場のような、最新鋭のオートメーションラインを見せて日本一の技術力を誇示すべきではないか、と思ったのだ。

「まあ、見ていなさい」

意味ありげに口角を上げた谷原は、本社と同時期に建てられた第六工場の扉にセキュリティカードをかざした。

意外ではあったが、ここは美希にとって、いつか入ってみたいと思っていた憧れの場所だ。期待に胸が膨らむ。

倉庫のような工場の一番奥。パーティションで仕切られた二十畳ほどの部屋がある。

——あそこが限定車用エンジンの組み立てを許された精鋭がいる場所か。

清浄な空気が満ちる室内に限定車専用のエンジン工程があり、わずか五人のエンジニアが落ち着いた手つきで組み立てを行っている。

ギュル、キュルルル。コン、カコン……。電動ドライバーの回し方は恐ろしいほど慎重で、部品の打ち込みはハンマーを使って手作業で行われている。他のエンジン工場と違い、ロボットやコンベアが動く音はしない。もちろん、ラインの異常を知らせるアニメのメロディーが鳴り響くこともない。

同じ『バレット』や『クラウディア』のスタンダード車用エンジン組み付けをやっている第一工場とはずいぶん様子が違う。美希は興味津々な目で熟練工の手先を見つめた。組み立ての一つひとつの作業が終わるたびに目や指先で自分の『仕事』を確認している。

限定車の原価や工数は、一般車ほどシビアには考えられていないので、車の土台となるプラットフォームなど一部の共通部品を除き、エンジンも内装も外装も、全てが特別仕様となる。

製造ラインがスタンダード車とは異なり、ひとりの人間がひとつのエンジンを手作業で組み上げるのでベルトコンベアは使われず、完成に八時間あまりを要する。エンジンだけでもこれだけの手間がかかるので、発売前から販売台数は決まっている。にもかかわらず、納車は半年待ちが当たり前だ。

いくら払ってでも手に入れたい、どんなに待たされてもほしい、というファンがおり、オークションに出せばプレミアがつく。最近は転売屋も抽選に参加するらしく、当選倍率は『えげつない』という噂だ。ましてやこのバレットは満を持して七年ぶりのフルモデルチェンジを記念しての発売。

今、生え抜きのエンジニアたちが組み立てているバレット特別仕様車のエンジンはV型8気筒スーパーチャージド。燃料噴射機構はコモンレール式高圧直噴システム。着火はエンジン上死点付近で複数回にわたり、精密に制御される。

クランクシャフトは伝統のフラットプレーン形式で、片バンク四気筒は等間隔爆発となるので排気脈動効果によって充填効率が向上する。また、フラットプレーンクランクシャフトのカウンターウェイトは軽量なのでエンジンのピックアップ特性と、アクセル・レスポンスが優れている。

簡単に言えば、アクセルを踏んでわずか三・五秒で百キロのスピードが出る。イタリアの跳ね馬と遜色ない仕様のエンジンだ。

組み立て技術の高さは世界トップレベルと定評のあるキャピタル自動車のエンジニアたち。その中でも選りすぐりのメンバーだけが、この限定工程に立つことを許される。彼らはここで、エンジニアではなく『クラフトマン』と呼ばれ、自分が組み立てた限定車用エンジンに氏名を刻めるという特権を持っている。

限定車の『走り』に感動する購入者は少なくない。愛車を手がけた『クラフトマン』に会いたくて、わざわざ工場まで来るユーザーもいるという。エンジンにつけられている小さなネームプレートの氏名だけを頼りに。

美希は話には聞いていたものの、実際にクラフトマンたちの魂のこもる作業を目の当たりにし、感動していた。

——汐爺も昔はこういう所でエンジンを組み立ててたんだな……。

そう思うと、宴会の最後は必ず泣き上戸の酔っ払いになりさがる同僚の偉大さに心が震える。

ここで熟練工が一つひとつのエンジンを手作業で作っていることが、限定車工場の責任者の口から説明された。

手作業？　と、通訳の言葉に反応したアンダーソンが目を丸くする。その反応で、やはり彼も最新鋭の工場を期待していたことがわかる。

だが、谷原はその不満も想定内であったらしく、ここが私たちの原点なのだ、と流暢な英語で返した。それでも、最初は古い工場で手作りのエンジン工程を見せられ、拍子抜けした様子だったアンダーソンだったが、クラフトマンたちの魂がこもる、真剣な作業を観察している内に目を輝かせ始める。

「Oh, great! What a precision machine!」

自動車のことはあまり知らないというアンダーソンにも、この限定車の唯一無二の価値が伝わったようだ。さっきから美希にもわかる『クール』『グレイト』の言葉を連発し、少年のように頬を紅潮させ、手作りのエンジンを褒め称えている。

その様子を見ている谷原の顔も、まるで自慢のクワガタを見せびらかす子供のように満足そうだ。

そんな谷原を見て、美希はなんとも言えない親近感を覚えた。この人も本当に車を愛し、自社の車に誇りを持っているんだ、と。白取班長と気が合うわけだ。美希はようやく合点がいった。

感動しきりのアンダーソンに、谷原が、エンジン組み立てにおける〇・一ミリの違いが『走り』に影響することを説明した後、唇の両端を引くようにして笑い、「Let's try」と親指で工場の出口を指し示す。

そこにはすでに人の手だけで組み立てられたエンジンを搭載した、完成したばかりの限定車がテストコースに出発する時を待っていた。

アンダーソンは『トライ』の意味がわからない様子で首を傾げながらも谷原の後についていく。完全に谷原のペースにはまっているようだ。

谷原が運転席のテストドライバーに声をかけると、彼はあっさり車を降り、予備のものらしいフルフェイスのヘルメットをふたつ、谷原に手渡した。それはよくあることなのか、彼はいきなり現れた重役に驚いた様子もない。

「Oh, Can I?」

戸惑っているアンダーソンにヘルメットをかぶって助手席へ乗るよう指示した谷原が、自分もヘルメットをかぶって運転席に乗り込む。

工場のシャッターが開き、ゆっくりと走り出す車の後を美希は小走りに追いかけた。これからなにが起こるのか、期待に胸を躍らせながら。

ブウンッ！　バウンッ！　ブワンッ！

構内を静かに徐行し、テストコースに滑り込んだ限定車が、突然エンジンを噴かし、楕円形の場内に爆音を轟かせる。

ゴ――ッ！

白い車体が走り出すや、瞬きする間にトップスピードである二八〇キロに到達する。GPSでサーキットに入ったことを認識したバレットのリミッターが外れたのだ。そして谷原の、レーサー顔負けの鮮やかなコーナリング。

コースよりも少し高い場所にある観覧席に立った美希は運転しているのが大企業の重役であることを忘れ、その走りに見惚れた。が、すぐに、万一のことがあったらどうしよう、と青ざめる。日本最大手の自動車メーカーの重役がハンドルを握っているのもさることながら、世界的ＩＴ企業であるガイアのＣＥＯを助手席に乗せてこんな猛スピードで走るなんて無謀すぎる、と。

そんな美希の不安を察したように、隣りでチェックシートを片手にコースを見下ろしていたスタッフが、

「大丈夫ですよ。専務、国際レースにも出られるライセンス持ってますから」

と宥めるように言う。

「そうなんですか？」

「あれでも、まだ手加減して走ってくれてますよ」

「え？　専務がここを走るのって、今日が初めてじゃないんですか？」

驚く美希を見て、スタッフはさも可笑しそうに笑った。

「最近はあまりここに顔を出さなくなりましたが、五、六年前ぐらいまではしょっちゅう来て、テストドライバーの仕事を横取りしてましたよ」

つまり、谷原は役員になる前、ときどきこのコースで完成車の運転をさせてもらっていたらしい。

コースを二周ほどして最初の位置で停車した車から颯爽と谷原が降り、助手席のドアを開ける。谷原の手を借りて降りてきたアンダーソンは足が震え、ふらふらになっていた。にもかかわらず、若きＣＥＯは谷原になにかを訴え、今度は自分が運転席に乗り込んだ。谷原も助手席に同乗する。

どうやら競争心を煽られたようだ、と美希は観覧席の手すりから身を乗り出す。

メディアに対し、

『正直、車をコントロールするシステムには興味があるが、車自体には興味がない。自動運転が実現すれば、車はただのコモディティになる。どうして僕が部品アイテムのひとつに過ぎないものに興味を持たなければならないんだい？』

と言ってはばからなかったガイアのトップが谷原の挑発に乗り、必死でハンドルを握っている。　美希はヘルメットの下のアンダーソンの顔を想像し、溜飲が下がる思いだ。

谷原の走りを見た後だけに、アンダーソンがハンドルを握った限定車の走行は安全運転にしか見えなかった。が、車を降りた谷原はアンダーソンの健闘を称えるように彼の背中を叩いた。

テストコースでの対決を終えたアンダーソンは、谷原と正面玄関で握手を交わした。そして、まだ興奮が収まらない様子でまくしたてるアンダーソンの言葉を、通訳が、匠の技に感銘を受けたこと、その走りを体感し、感動したこと、来月の再来日を楽しみにしていること、などを日本語にして伝えた。

会議室で見たときとは明らかに違う、アンダーソンの血の通った表情を見て、美希は谷原の作戦が功を奏したのだ、と気づいた。

ハイヤーに乗り込んだアンダーソンが後部座席の窓越しに、子供のように手を振るのを谷原と美希はお辞儀をして見送る。

「自動車業界は今、百年に一度の転換期にある」

深々と下げていた頭をゆっくりと上げた谷原が真剣な口調で呟いた。その顔に先ほどまでの笑みはなく、深刻で憂鬱そうな表情が浮かんでいる。

「ＡＩによる自動運転のことですか？」

「そうだ。もうすぐ自動車は事故を起こさなくなる。それはそれで歓迎すべきことだが」

美希自身、キャピタル自動車がＡＩ業界の巨人、ガイアＣＥＯを招いた理由はなんらかの協業を見据え、来《きた》るべき自動運転社会に対応するための準備なのだろうとは思っていた。

カーナビに行き先を入力しさえすれば、どこにもぶつからずに目的地へと運ばれる時代が来る。しかも、それは、そう遠い未来のことではない。二、三年のうちにコンピューターが、ドライバーを支配する時代が来ると言われている。

そうなったら自動車はただの箱になる、という見識者もいる。車はただの個室となり、運転する楽しみはなくなるだろう、と。そしてモータリゼーションの覇者、キャピタル自動車でさえも、ＡＩ企業の傘下に入らざるを得ない日が来ると予言する経済学者は少なくないのだ。

二〇四五年には自動運転どころか、シンギュラリティ――ＡＩが人間の知能を追い抜く日が来ると言われている。そのときには、バレットのように『走り』に特化した車は必要なくなるかも知れない……。人間の生活をＡＩが支配する時代を想像し、美希は寂しくなった。

「ここからは、ビッグデータやディープラーニングを制したＩＴ企業と、食うか食われるかの戦いだ」

谷原が玄関を離れ、エレベーターホールへと戻りながら続けた。

「でも、ガイアとは協業を模索してるんじゃないんですか？」

「協業にも力関係が存在する」

そういえば、と美希は最近のキャピタル自動車の動向を思い出した。キャピタル自動車でもＩＴ部門出身の穂積副社長を中心に、完全自動運転システムの開発に力を入れている。と同時にアメリカに作ったＡＩ関連の研究所と連携し、自社で開発したＡＩを使ってエンジン制御システムをプログラミングし、最新のバレットに搭載したばかりだ。

ガイアの力を借りなくても自力で未来の車を開発できるという、足許を見られないためのアピールだったのか……。

会議室を辞するときも副社長の穂積が、やたら『世界初』を連発し、実績を強調していたのを、美希は背中で聞いたのだ。

「キャピタル自動車が一方的にガイアに吸収される可能性があるということですか？」

「吸収合併とまではいかなくても、どちらがどちらの傘下に入るかによって、自動車の未来は大きく変わるだろう。今、ガイアが開発中の車両には、ステアリングもアクセルペダルもブレーキも存在しないそうだ」

アンダーソン本人から聞かされたのであろう内部情報に、美希は衝撃を受けた。

「つまり……。ガイアが主導権を握れば、自動車はこれまでの個性を失って、ただの移動手段、『箱』にされてしまうってことですか?」

「アンダーソンはこれからの社会に『自家用車は必要ない』って主張しているぐらいだからな」

たしかに自動運転が進めばカーシェアリングが加速し、自家用車は無用の長物になるだろう。

呼べばいつでも自動車が家の前まで来てくれて、どこにもぶつかることなく安全に目的地まで運んでくれる日がやってきたとき、誰が自家用車を必要とするだろうか。これまで車庫として使われてきた膨大な土地は空地になり、自動車保険も必要なくなる。そんな記事を過去に読んだのを思い出し、美希は暗然とする。

「だが、僕は車をただの移動空間にさせる気はない。自動車には個性と運転する喜びがある。乗る者のステイタスであり、乗る者の生き方を表す象徴的存在なんだ」

と、谷原が毅然とした口調で断言した。

「そうですよね！　私も、ＡＩ自体が自動車を開発したり、製造したりする時代が来ることを考えると気分が暗くなります」

美希は思わず睫毛を伏せる。自動車製造に携わってきた美希にとってもまた、コンピューターやロボットだけが自動車を作る近未来は受け入れ難いものだった。その切実な思いに、谷原は深くうなずく。

「ＡＩは未熟なドライバーの運転技術を補い、ヒューマンエラーを抑止する存在であるべきだ。人々の生活を安全で自由で、より豊かなものにするために。それ以上でもそれ以下でもない」

美希の言いたいことを的確な言葉で表した後、谷原は爽やかに笑った。

「それに、ＡＩには決して真似できないものが、ここには山ほどある。キャピタル自動車が百年近くかけて磨き上げてきたモノづくりの技術は後世に継承されるべき『宝』だ。このＤＮＡはなんとしても未来に残さなければならない。それだけの価値がある。だから今日ミスター・アンダーソンにあえて第六工場を見せたんだ。ＡＩやロボットにはできないものを感じてほしくてね」

会心の笑みを見せた谷原の顔がすぐに引き締まり、その瞳に強い決意の光が現れた。

「自動車の未来をガイアの好きなようにはさせない。ピンチは必ずチャンスを伴って現れる。この絶望的な『時代の変化』こそキャピタル自動車が進化できる最高のチャンスだと僕は思ってるんだ」

嘘も気負いも感じられない、真っ直ぐな口調だった。

この瞬間、美希の心は秘書でもいい、谷原についていこうと決まったのだった。

ちょうどそのとき、現場一直目の昼休憩を告げるチャイムが鳴った。

「少し早いが、君は休憩に行きなさい。僕は自分でサンドイッチを買っていくから」

そう言って、谷原はさっさと受付の前を横切っていった。

役員をひとりで売店に行かせてもいいのだろうか、それさえも美希には判断できなかったが、右も左もわからない今日だけは素直に上司の厚意に甘えることにして食堂へ向かう。

構内に点在するいくつもの工場から社員たちがぞろぞろ出てきて、食堂や休憩室へ移動している。

一般社員用の大きな食堂は構内にふたつある。本社ビルの地下と管理棟の二階だ。暗黙のルールでもないだろうが、管理棟の食堂には作業着姿のエンジニアが多く、スーツや私服の社員は本社ビルの食堂に多い。

今日は事務服を着ている美希だが、いつものように管理棟に向かう行列に加わった。

そのまま管理棟の社食に行き、トレーを抱えて日替わり定食の列に並ぶ。混雑するキッチン脇をすり抜け、技術系の役員らしきスーツ姿が食堂の奥にある立派な扉の向こうへ消えていく。一般社員が利用するふたつの食堂の奥には、それぞれ役員用の豪華なカフェテリアがあるのだ。

谷原は今ごろサンドイッチを片手に専務室で仕事を続けているはずだ。そのことを考えると美希は少し申しわけない気持ちになりながらも、定食の小鉢を選ぶ。

美希は、和風ハンバーグ、ご飯、味噌汁を手早くトレーにのせて、いつも白取班がいるテーブルの方を見た。案の定、奥の窓際に白取と汐川、工藤に都路、それに期間工の上村もいる。

「班長！」

美希は白取の斜め前の席に定食がのったトレーを置いて座った。制服姿の彼女をまじまじと見て、馬子にも衣装だな、と笑った白取が、

「どうだ？　伏魔殿の居心地は？」

と秘書室の仇名を口にする。

実際に半日、秘書室で働いただけだが、あながち間違っていないなと美希は思った。

「そんなことより、バレットの事故、放っておいていいんですか？　私、今朝も見ちゃったんですけど。中央分離帯に乗り上げてるバレット」

父親が脊髄を損傷するような交通事故に遭ったこともあり、美希は車両の不具合に敏感だった。しかも、問題の車種は美希がいつも乗る人の無事を祈りながら組み付けを行ってきたバレットだ。

「今、品質保証部の上層部が、原因を特定しようと動き出してるって話だ」

白取の返事に、思わず美希は安堵の息を漏らす。

「なんだ。もう会社は動いてるんだ。よかった……」

ホッとして食欲が出てきた美希は、付け合わせの人参のグラッセに箸を伸ばした。

「会社もガイアとの合併だか協業だかの話でナーバスになってるときだからな、慎重に調べてリコールの発表と同時に一気に片づけるつもりなんだろ」

白取も、会社の動きに安堵しているらしく、飲み会のときとは別人のように、さらっとバレットの話を流すと、茶碗を持ち上げて美味しそうに白米を搔き込む。

「会社はきっと、リコールのタイミングを見定めようとしてるんでしょうね」

ガイアとの提携を有利に進めるためにも、きっと今は慎重にならざるを得ない時期なのだ。

「あ。そういえば、今、第六工場で限定モデルのエンジン組み立て工程、見てきました」

「は？　第六!?　マジかよ!!」

周囲が何事かと驚くような勢いで、箸を持ったまま工藤が立ち上がった。

「美希先輩、いいなあ」

都路が味噌汁のお椀を抱えたまま何度も、いいなあと羨ましそうな声をふわふわ漏らす。

「なんで藤沢だけ、そんなレアな現場、見れんだよ」

やっと落ち着いた様子で椅子に腰を落とした工藤だが、まだ悔しそうな表情をしているのを見て、美希は優越感に浸った。

「ふふん。役員同伴の特権よ。でも、汐爺もあそこでエンジンを組み立ててたことがあるんですよね。すごい。汐爺、心から尊敬します」

左胸に手を当てて敬意を示す美希の言葉に、汐川は目を細めた。

「懐かしいのう。ワシが初めて限定工場に入ったのは二代目クラウディアの時代じゃけ。あの頃は三日ぐらい家に帰らんことはザラじゃったんよ。まあ、昔はブラック企業だの社畜だのっちゅう言葉はなかったからのう。朝まで仕事しとっても、上司もなにも言わん。ええ時代じゃったのう」

「三日……」

絶句する美希を尻目に、汐川はなんでもないことのように小皿の漬物を頬張った。

「限定車と言えばロンサム・ロードの限定モデルもよかったよな」

工藤がマニアックな四駆の名前を持ち出すと、「ああ、あった、あった！」と、白取が懐かしそうに膝を叩く。

「あの車種はなあ、日本よりオーストラリアの西部で人気に火がついたんだよ。あの辺、ちょっと奥へ入ると砂漠だからさ。しかも、珊瑚の欠片でできたサラサラの真っ白な砂だから、スタックしにくい四駆の性能をいかんなく発揮できたんだよ」

純白の丘陵をスタイリッシュな四駆が走り抜けるシーンを想像して、美希はしばしうっとりする。そして彼女がふと我に返ったとき、白取も工藤も都路も、同じように緩んだ表情をしているのがおかしくて笑いそうになる。

その後も歴代限定車の話が尽きず、もうバレットの件は話すことのないまま時間が過ぎていった。

「どうして副社長は自分の間違いを認めないんですか!?」

気の置けない元同僚との昼食で気持ちを和ませて秘書室に戻った美希の耳に、金髪の副社長秘書、竹宮クレアのヒステリックな声が響いた。

険しい顔で主張するクレアに対し、真柴の態度と口調は落ち着いている。

「それを議論する必要はありません。あなたのアドバイスをお聞きになったうえで、あえて副社長がこちらの資料でいく、とおっしゃってるんです。その通りにしなさい」

明らかに感情的になっているクレアに、真柴は静かな口調で反論する。

「いいえ。絶対こちらの資料を使うべきです！　どうしてハイブリッド車の説明に電気自動車の機構を添付するんですか！」

「副社長のご意見です」

「間違ってます！」

クレアは真柴室長を相手に一歩も譲らない。どんな顔をしていればいいのかわからない美希に、宇佐木奈々が小声で、「彼女、帰国子女だから」と耳打ちする。

そんな情報をインプットされても、美希はどうリアクションしていいのかわからず、黙ってパソコンを立ち上げて谷原の午後のスケジュールを確認しようとした。

その間もふたりのディベートは続いている。

『役員の意見に従いなさい』という真柴と『たとえ役員の意見でも間違っているものは正すべきだ』というクレアの正論とが平行線を辿っていた。

「身の程を知りなさい」

突然、そう一言ピシャリとはねつけるような真柴の声がして、クレアが黙る。

美希は真柴から渡された秘書心得を思い出していた。それは『偉いのは上司であって、秘書ではない』という教訓だ。秘書は、メールや電話で上司の言葉を他人に伝えることが多々ある。伝えられた方は重役の言葉なので、へりくだって拝聴する。そんなとき自分が偉くなったように勘違いしてしまうことがあるのだと。マニュアルにはそれを戒めるようなことが書かれていた。

たしかに、美希もここで働くまでは、一般的な事務職の女性より社長などの役員秘書の方が偉いと錯覚していた。けれど、勘違いしてはいけない。偉いのは上司であって秘書ではないのだ。いくら重役秘書でも、辞令ひとつで翌日から普通の社員になるのだから。

「あなたは副社長ですか？」

恐ろしいほど静かな口調で真柴が問う。

「……いいえ」

「私たちは影です。あなたは副社長の影に徹しなさい。あなたの態度が副社長の意見を硬化させることもあるんですよ？　そんなことになれば、会社の損失にもつながりかねません」

クレアは一瞬、言葉を呑むように押し黙った。が、すぐに「やっぱり、納得できません！」と叫ぶように言って秘書室を出て行ってしまった。

真柴が、ふうっ、と息を吐く。

奈々は野次馬根性を隠す様子もなく真柴の顔を見つめ、社長秘書の香苗は黙ってキーボードを叩いていた。

美希はふたりのやりとりを聞いていただけで、自分の体が固まってしまったように感じ、パソコンのモニターに目をやったまま意識して肩を軽く上下させた。白取班との楽しい休憩時間が遠い昔の出来事のようだ。

「藤沢さん。一時半からの専務のスケジュールは大丈夫ですか？」

不意に真柴が、美希の方を向いて声をかけてきた。

「え？」

知らず知らず、ふたりの議論に耳を傾けてしまっていた美希は、ハッとして時計を見る。

――一時二十五分？

今日のスケジュールでは、一時半から谷原が出席する仕入れ先向けの定期連絡会に同行し、美希が議事録を作成することになっていた。会議が始まる十五分前には専務室に声をかけて谷原と一緒に会場へ向かうつもりだった。

美希は慌てて席を立ち、ノックをするのももどかしく専務室に駆け込んだが、室内にはすでに谷原の姿はない。自分が声をかけなかったので、別々に会場へ行くつもりだと判断したのかも知れない。

はあはあと息を切らしながら、やっと到着した研究棟の第一講堂の中からは、粛々と生産スケジュールに関する報告を行う声が漏れ聞こえていた。

——完全に遅刻だ……！

美希は冷や汗をかきながら一番後ろの扉をそっと押した。プロジェクターを使用しているため、明かりは絞られている。乱れた息を整えながら、空いていた後方の席に目立たぬよう腰を下ろした。

式次第と照らし合わせてみると、議事録を頼まれた最初の議題が終わり、ふたつめの海外拠点の生産報告に移っている。谷原から議事録を依頼された国内の生産報告後の質疑応答の時間も過ぎていた。

——どうしよう……。

美希は誰か議事録を取っている人はいないかと薄暗い講堂の中を見回す。出席会社は一次取引先である約三百社。報告書を書くためにメモを取っている人間は大勢いるが、美希に頼めるような顔見知りはいるはずもない。

椅子から腰を浮かせるようにして前方の席に視線を走らせていた美希は、不意に隣りに誰かが座る気配を感じた。

「なにか困りごと？」

「え？」

小声ながらとても優しく、憔悴を静かに宥めるような深い声だった。

「もしかして、大事なところ、聞き逃した？」

それはスーツ姿ではなくジーンズにジャケットを羽織った男。恰好はラフだが、どこか知的で凛とした雰囲気だ。きっと、取引先のデザイナーだろうと思い、美希は曖昧に微笑む。

「これ、貸してあげるよ」

と、男がＩＣレコーダーを差し出す。赤いランプが点いているから、今もこの定期連絡会を録音しているのだろう。美希は、喉から手が出るほどほしいと思いながらも、見ず知らずの人間から借りてもよいものかと躊躇した。

「でも……」

「職業柄こういうの、いっぱい持ってるから、返すのはいつでもいいよ」

男は美希の手を取ってレコーダーを握らせ、ニッコリと微笑む。

自動車業界でＩＣレコーダーをよく使う職種を考えながら見つめた相手は、薄暗い室内でも女性のような整った顔立ちの男だとわかる。

片耳だけのピアス。そして、肩につくかつかないかぐらいの長髪がとてもよく似合っていた。

ふと、どこかで見たことがあるような気がして美希が首を傾げているうちに、男は席を立ち、会場を出て行ってしまった。それは一瞬の出来事で、男がどこの取引先のなんという名前の社員なのか尋ね、レコーダーを返却する手段を確認する暇もなかった。

とりあえず、美希はレコーダーをポケットに入れた。

終了後、秘書室に戻って雑務をこなす。夕方、社用車で取引先との会食会場へ向かおうとした谷原が、玄関前で見送る美希を労った。

「慣れない仕事で疲れたんじゃないかい？　議事録は明日でいいから、君はもう帰りなさい」

「はい。ありがとうございます」

上司の想像通り疲れていた美希は、その言葉に甘えることにして、定時で秘書室勤務初日を終えた。


翌朝、美希は秘書室の自席でレコーダーにイヤホンをつなぎ、録音されている内容をデータに書き起こしていく。

ヒアリングに集中し、キーボードを叩きながら時折、音声を止めては聞き直す。慣れない仕事に二時間以上を費しただろうか。

「あ!」

作業の終盤になって美希はやっと、ICレコーダーを貸してくれた男の顔をどこで見たのかを思い出した。

瞬時にレコーダーを一時停止し、急いでデスクの引き出しを開け、昨日、真柴から渡されたファイルを開く。秘書の業務マニュアルの最後にある顔写真が並んだ百ページ近い添付書類だ。グループや関係会社の役員、省庁の関係者、そして……。

——要注意人物。いわゆるブラックリストだ。主に暴力団、右翼、総会屋など、過去になんらかの目的を持ってキャピタル自動車に接触してきた反社会的勢力の関係者など、強面の顔写真が載っている。その中にひとりだけ、女性と見まがうぐらい優美に整った顔があったのを記憶していた。

朝倉広樹《あさくらひろき》。四十歳。東京大学工学部卒。

目撃した会場が薄暗かったせいか、美希には朝倉が実年齢よりも十歳近く若く見えた。それ以上に美希が驚いたのは、朝倉が谷原と同い年で、同じ大学の同じ学部を卒業していることだ。

記載されているごく簡単なプロフィールによると、朝倉はプロカメラマンであり、数年前までは東都《とうと》出版でメジャーな車の専門誌、『モーター・ワールド』の編集に携わっていた。その後、退職してフリーになっている。

キャピタル自動車との間に発生した過去のトラブル内容は『盗撮』となっている。

あのどこかノーブルな空気をまとっていた男には似つかわしくない前歴だ。

が、問題は、この要注意人物と接触してしまったことを真柴に報告すべきか、だ。打ち明ければICレコーダーを借りることになった顚末も話さなければならなくなる。かといって、もし黙っていて、あの男が『レコーダーを返せ』と乗り込んできたら困る。

美希が内心の焦燥を押し隠し逡巡していると真柴のデスクの電話が鳴り、彼女は、深刻な顔をして席を立った。

「竹宮さん。私と一緒に副社長室へ」

クレアは呼ばれた理由がわかっているかのように唇を嚙み、無言で真柴の後に従う。

「クレア、副社長に叱られるのかしら」

どこかワクワクするような顔でふたりを見送る奈々を、美希はやはり不思議な生物を見るような気持ちで見つめる。

「だいたい、あの子、自信過剰なのよ。スタンフォード出身だかなんだか知らないけど、自分は頭がよくて、いつも自分が正しいって顔してる。意識高い系って言うのかしら、ああいうの」

同僚を痛烈に批判する奈々を、三雲香苗が「やめなさいよ、ウサギちゃん。藤沢さんが困ってるじゃない」と美希をダシに使って窘める。

「あ。いえ。私は別に……」

美希は保身の言葉を口走りながら、秘書室勤務二日目にして、なるべく面倒なことには関わらないようにうまく立ち回ろうとしている自分に気づいて自己嫌悪に陥った。

三雲と奈々の間に挟まれている立場に息苦しさを感じた美希は、再びイヤホンをつけ、議事録の作成に没頭した。が、その間も脳裏に朝倉の顔がちらつく。

なんとか雑念を追い払って完成させた議事録を抱えると、秘書室を出て専務室に向かった。

「専務。昨日の議事録をお持ちしました」

稟議書に目を通していた谷原は視線を上げ、ありがとう、と穏やかに微笑んだ。

「あの……」

執務机の端にある未決済箱に議事録を入れた後、美希は迷いながらも声をかけた。

「うん？」

どんなに忙しくても表情に余裕がある。そんな上司に対して誠実でありたい、という気持ちが美希の口を開かせる。

「実は昨日……。仕入れ先定期連絡会に行くのが遅れてしまいまして……」

そこまで言うと、谷原はたった今、美希が提出した書類に手を伸ばし、ぱらぱらと眺める。どの議題までが議事録に記載されていないのかを確認しているようだ。

「最初から最後まで網羅されてると思うが……」

怪訝な顔をする谷原に、美希は思い切って打ち明けた。

「実は隣りの人に、ＩＣレコーダーを借りたんです……」

語尾を沈ませる美希に谷原が鷹揚に微笑む。

「そんなの気にしなくていい。リカバーできたんだから、別に構わないよ」

「それが……。借りた相手が悪かったみたいでして……」

「取引先の社員じゃないのか？」

谷原が意外そうな顔をする。

定例の仕入れ先総会では生産予定や品質実績など機密扱いの情報も開示される。従って、出席できるのはキャピタルの社員か、直接取引のある一次仕入れ先、いわゆるティア・ワンの社員に限られている。研究棟の第一講堂も関係者以外出入りできないはずの場所であるだけに、谷原の驚きは当然だ。

「私もそう思ってたんですが……。あれはたぶん、朝倉広樹という男でした」

ガタン。谷原が立ち上がった反動で椅子が後ろの壁にぶつかった。

「まさか……！」

それは美希が想像した以上の反応だった。谷原が初めて見せた動揺。愕然としたその表情を見て、朝倉広樹との接触は、自分が考えていたより遥かに取り返しのつかない失敗だったのだと血の気が引く。

谷原が放つただならぬ空気を感じ、美希は深く頭を下げた。

「すみません！　後から気づいたんです。まさかあんな場所にブラックリストに載るような男がいるなんて思わなくて……」

困惑するように伏せた目を泳がせていた谷原だったが、すぐに落ち着きを取り戻したように口角を持ち上げる。

「君のせいじゃない。あの男が会社の敷地内に入り込んでるなんて、誰も想像してなかっただろう」

声のトーンを落として慰めるが、美希の網膜には、ついさっき見た谷原の啞然とした顔が焼きついている。

「でも……」

「気にしなくていい。総務に連絡して、立ち入り許可証発行の基準を厳しくさせる。警備にもこれまで以上に本人確認を徹底させるよう連絡しておくから」

そう言って椅子に座り直した谷原は何事もなかったように執務に戻った。

「専務。朝倉という男は、いったいどういう……」

「パパラッチだ。関わらない方がいい」

朝倉とキャピタル自動車との関係を尋ねようとした美希の言葉を遮るように、谷原が短く説明し、忠告した。

関わらない方がいい相手だということは先刻の谷原の様子を見てよくわかった。

美希が知りたいのはその理由だ。スクープ狙いの記者なんて世の中に掃いて捨てるほどいる。が、ブラックリストに載っている人物の中でカメラマンは朝倉ひとりだけだったのだ。

「あの男はいったいなにを……」

「議事録、ありがとう」

美希が尋ね終わらないうちに、谷原が彼女の作成した議事録を未決済箱に戻した。遠回しに、話は終わりだと言われたのだと理解する。

「……失礼します」

美希は頭を下げ、退室するほかなかった。

とんでもないことをしてしまったと廊下に出た美希は頭を抱えた。頼まれていた会議に遅刻し、重役を震撼させるような要注意人物と接触……。

戻った秘書室は全員が出払っていて無人だった。ひとり、席について、ぼんやりと時間をやり過ごす美希の頭の中ではまた、谷原の動揺した様子が再生される。

――なにやってんだろ、私。

ふう、と大きく息をつき、席を立って窓辺に寄る。ちょうど工場から作業着姿の男女がぞろぞろ出て来て食堂へと向かっている。その様子を見ていると、なぜ自分がここにいるのかわからなくなる。美希はまた溜息をついた。

「まるで山に帰りたがってるハイジね」

抑揚のない声にハッとして振り返ると、いつの間に戻ってきたのか、午前中ずっと席を外していた真柴が立っている。今までクレアと話し合っていたのか、目許に微かな虚脱感を漂わせている。

「でも、あなたは幸運だわ」

そう言いながら、真柴がバッグをデスクに置いて美希の隣りに立つ。

「幸運？　私がですか？」

自分なりにやり甲斐と誇りを持っていた生産ラインの仕事から外され、まったく向いていないという自覚のある役員秘書をやらされている。そんな自分のどこが幸運なのだろうか。

「谷原専務は尊敬に値する上司だと思うけど。あなたはそうは思わないの？」

窓の外を眺めて眩しそうに目を細める真柴に、美希は自分の中の劣等感を吐き出した。

「思います。立派な方です。ダメなのは私だって、わかってます」

「自分はダメだって思ったとき、人は成長しているのよ。自分はデキるって思ってる人間には伸びしろがないわ」

美希はそこまで聞いてやっと、自分は今、真柴に励まされているのだと気づいた。

それまで気づかなかった理由は、彼女の声音に起伏がないからだということにも。

「面従腹背。顔では笑って服従しながらも、内心では軽蔑する。秘書は尊敬できないと思う上司に仕えなければならないこともある。これほど不幸なことはないわ」

　真柴の横顔が冷たく笑う。

「もちろん、谷原専務は尊敬できる上司だと思います」

「それなら専務の気持ちを理解し、専務の影になりなさい。アーデルハイド。少しでも専務が働きやすくなるように黒子として動きなさい」

　美希自身、許されるなら自分の失敗を取り戻し、もう少し谷原の役に立ってから、秘書室を去りたいと思った。

　以来、美希は一心不乱に秘書の仕事をこなした。マニュアルを頭に叩き込んでミスのないように動き、谷原が少しでも楽にスケジュールをこなせるよう調整する。

　これまでやったことのなかった出張の手配や、ＴＰＯに合った会食場所や贈答品のセレクトにも最初は手間取ることが多く時間を要したが、一ヶ月もすると谷原との間に阿吽の呼吸のようなリズムが生まれていることに気づいた。上司が次になにをしたいかが、手に取るようにわかる。

　そしてなにより、谷原がいろいろな会議でよく口にする、

「僕はずっと事故のない社会を夢見てきた。だが、それはモータースポーツの楽しさを失った世界であってはならない」

　という言葉に、美希は強く共感した。

七

その日、美希は車を車検に出していたため、電車で出勤していた。こんなときに限って残業で帰りが遅くなる。

構内にあるシャトルバス乗り場で時刻表を見たが、タイミングが悪く、駅へ行く便はたった今、出たばかりだった。仕方なく、最寄りである京急の駅まで歩くと決めて会社を出た美希の前に、ゆらりとトレンチコートを羽織った男が現れた。その顔に、美希は一瞬、息を止めた。

——朝倉広樹……。

コートの下のトップスはシンプルな白いシャツ。ボトムスはダメージジーンズにイタリアンテイストの革靴。暗い講堂ではわからなかったが、髪の毛はミルクティーのような色に染められている。片耳のピアスはシンプルなゴールドから大粒のダイヤに替わっていた。

こうして見るとかなりチャラい容姿なのに、なぜあのとき、まったく警戒しなかったのか、今さらながら愚鈍だった自分が悔やまれる。

「久しぶり」

軽やかに声をかけられても、美希はすぐに返事ができないでいた。

「その様子からして……。もしかして、もう俺のこと知っちゃった？」

美希は呆然と要注意人物の顔を見つめた後、すぐに目を逸らす。

「失礼します！」

これ以上関わってはいけない。美希はそのまま朝倉の脇を通り抜けようとした。

「待てよ」

すれ違いざま強い力で二の腕を摑まれた美希は、軽い恐怖を感じた。低い声。こちらを見据える鋭い視線。相手の中性的な雰囲気に油断しきっていたせいか、朝倉の豹変ぶりに身が竦む。

「な、なにか用ですか？」

美希は自分の中の怖れを隠し、朝倉を睨んだ。毅然と振る舞っているつもりなのに口から出た声が震える。そんな反応を想定していたように、朝倉はすぐ優しげな表情に戻り、口角を持ち上げる。

「ＩＣレコーダー貸してやったのに、あんたが冷たくするから。俺だって気分害するじゃん」

「あ……」

借りていたものをすぐに返して金輪際関わるまいと美希はバッグを探り、あの日以来持ち歩いていたレコーダーを差し出す。

「あげるよ。谷原の秘書になったお祝いに」

「どうしてそれを……」

人事はイントラ、いわゆる社内ネットワークにアクセスできる正社員しか知らない情報だ。しかも、秘書に関する内容は社外秘となっている。このデリケートな内部情報を知っている要注意人物を目の前にして美希は言葉を失う。

「まさか……最初から知ってて……」

意味ありげな笑みを浮かべる朝倉。

「それより、レコーダーのお礼に、一杯だけ俺に付き合うっていうのはどう？」

——ダメに決まってる。

これ以上関わってはいけない相手だということは、あの日、谷原の反応を見てよくわかった。美希は穏便に断る言葉を探す。

「君だって知りたいだろ？　俺がなにをどうしてキャピタル自動車のブラックリストに載ってるのか」

自分自身がブラックリストに入っていることまで知っている。それも、美希にとって衝撃だった。

「谷原が本当はどういう男なのか、とか」

朝倉は形のいい唇からポロポロと餌をまきながら、美希の反応を興味深そうに観察している。

「専務が本当はどういう男……なのか……？」

美希には朝倉のしでかした悪事よりも、自分の尊敬する上司の人格に疑念を抱かせるような言い方が引っかかった。

「それって、どういう意味ですか？」

「決まり！　じゃ、一軒だけ」

「え？」

美希が戸惑っているうちに、朝倉がタクシーに手を上げ、後部座席に乗り込んだ。

「早く乗って、人に見られるから」

早口で言われ、美希は思わずタクシーに乗ってしまった。会社のブラックリストに載っているようなパパラッチと一緒にいるところを誰かに見られてはいけない、という心理につけこまれた。

後部座席のドアがドンと重い音を立てて閉まった瞬間、我に返ったが、もう遅い。

「私、やっぱり……」

「大丈夫だって。誰も見てなかったから」

「いや、そういう問題じゃなくて」

反論しかけた美希の言葉を封じるように、朝倉が再び口を開く。

「君だって知りたいんだろ？　上司の本性」

あの清廉潔白そうな谷原にどんな秘密があるというのだろう。美希は完全に朝倉の術中にはまっている、という自覚がありながらも、その正体とやらを確認したい気持ちに支配されていた。

後部座席に先に乗り込んでいた朝倉が「銀座」とドライバーに行き先を告げた。

「は？　銀座？　一杯飲むだけなのにわざわざ東京まで行くの？」

「ちょっとしたドライブだろ？」

気が重くなった。一時間近い道のりを、この得体の知れない男とふたりきり……。美希は朝倉の口車に乗ってしまったことを激しく後悔した。

それっきり朝倉は喋らず、隣りでスマホをいじっている。沈黙の立ちこめる車内には爽やかなグリーンノートの香りが漂っていた。それがコロンなのか整髪料の匂いなのか、美希にはわからない。ただ、朝倉がまとっているジェンダーレスな香りと雰囲気に、同性と一緒にいるような安心感を与えられる。

――いや。油断しちゃいけない。

ついさっき、自分の腕を摑んできた握力を思い出しながら、美希はチラチラと朝倉を観察した。

それがくせなのか、朝倉はスマホを見下ろしながら、ときどき女性のように左サイドの髪と前髪を一緒に掻き上げる。そのとき、左のこめかみに深い傷があるのが見えた。きめの細かい皮膚をしているだけに、縫った痕跡のある裂傷が目立つ。

外見は中性的でチャラく見えるが、実はカタギの人間でないということも考えられる。

見た目が優美なだけに、得も言われぬ不気味さに襲われる。だが、乗りかかった船だ。美希は『話を聞いたらすぐに帰ろう』と腹をくくり、高速道路を走る車の外に目をやった。

十月になって一気に日が短くなった。外はもう真っ暗なのに自宅からどんどん遠ざかっていく。美希は心細い気分になりながら、朝倉の言う『谷原の本性』がどういうものなのか、想像していた。

この一ヶ月あまりで、谷原の誠実さや聡明さがよくわかった。それを裏切るような過去や性癖のようなものが朝倉の口から語られるとは思えない。

この男がなにを言おうが自分の見た谷原専務が全てだ、と自分に言い聞かせ、美希は己の中の不安を押し鎮めた。

「運転手さん、この辺でいいや」

銀座中央通りから裏通りに入ったあたりで朝倉がタクシーを止めた。そして華やかな街に降り立つと、迷いなく歩いて大理石の壁が高級感を醸し出すビルの中に入っていく。

狭いエレベーターに乗って、最上階で降りた所は高級そうなクラブの入口だった。

「あら。ヒロちゃん。お久しぶり」

カウンターにもたれるようにしてバーテンダーと喋っていた年配の和装美人が、朝倉を見つけて入口まで出迎える。

「ママ、元気だった？」

朝倉は良家の子息が本当の母親に声をかけるような口調で言った。

バロックの調べが流れる空間へ一歩踏み出すと、臙脂色のカーペットにパンプスが埋まる。天井には無数のクリスタルが光を反射する煌びやかなシャンデリア。壁のロートレックやミュシャが本物なのかどうか美希にはわからなかったが、全て本物だと言われても納得してしまう豪華さだ。

「特等席、空いてるわよ？」

朝倉のコートを脱がせたママの後について、店の中ほどにある広いボックス席に通された。途中、他のテーブルについているホステスたちが朝倉に声をかけていく。

「へえ。広樹が女性同伴なんて珍しいわね」

「ヒロ。あとで指名してね」

「朝倉さん。メール、読んでくれました？」

朝倉は適当な口調で「うん、うん」と愛想よく笑みを返しながら、案内されたソファに腰を下ろす。

「お連れの方はなにを飲まれますか？」

尋ねるママの後ろから現れた赤いドレスの女性がおしぼりを差し出す。美希はメニューに視線を落とすが、いつも居酒屋で飲んでいるビールが二倍以上の値段だ。

「えっと……。この、グラスビールで」

「んじゃ、それと俺はシーバス、ロックで」

はい、と注文だけ聞いて優雅に立ち上がった和服のママは、「マキちゃん。あとお願い」と赤いドレスに席を譲る。マキと呼ばれた女性は胸元にラメをはたいているのか、胸の谷間がキラキラして同性の美希の目にも眩しい。

「朝倉さん。あれからいい写真、撮れました？」

マキがふたりの前にコースターを並べ、ロックグラスに氷を入れる。

「ああ。バッチリだよ。見たい？」

見たい見たい、と小さく手を叩くマキ。

ジャケットの内ポケットを探った朝倉が、五枚ほどの写真をテーブルの上に投げた。

どこか南国だろうか。ヤシの木の向こうに白亜のホテルが建っている。そのバルコニーらしき場所で抱き合う男女。中でも美希の目が釘づけになったのは、ズームで撮られ、ふたりの顔がはっきりと判別できる一枚だ。

「これって……」

男の方はJポップにあまり興味のない美希でも知っているくらい有名なダンスユニットのイケメンボーカル。その男の日焼けした首にほっそりとした白い腕を回しているのは、月9ドラマでも見かける清純派の若い女優。

スキャンダラスなゴシップ写真に絶句する美希を後目に、ホステスは「うそーっ！」と悲鳴のような声を上げた。すると、集まってきたホステスたちが写真を回し見て、同じような嬌声を上げる。その場に居合わせた客まで寄ってきた。

「ちょ、ちょっと。いいの？」

「別にいいさ。このクラブで噂になったところで、明日には週刊誌に載る」

美希は絶句した。

「ほんとにパパラッチだったんだ……」

美希は自分も愛読している『モーター・ワールド』のカメラマンだったという朝倉の経歴にだけは一目置いていた。乗り物好きにはたまらない情報や写真が満載の月刊誌だ。その制作に携わっていた人間が商業カメラマンを辞め、芸能人を外国まで追い回してスキャンダルを撮る様子に失望した。

「写真のふたり……、きっと事務所に引き離されちゃうんだろうね」

美人女優の幸せそうな表情を美希は感傷的な気持ちで眺めるが、朝倉は冷たく笑っている。

「ま、脇が甘かったってことだよ」

「こんな仕事してて楽しい？」

「楽しいとか楽しくないとかは別として、みんなが見たいと思う画《え》はいい金になるんだな、これが」

顔に似合わず浅ましい男だ。

美希が朝倉の顔を睨んだとき、再び和装のママがワインを抱えてボックスへ戻ってきた。

「ヒロちゃん。いつものお客さんからよ？」

艶然と微笑みながら、親戚から預かった小遣いを渡すように、満面の笑みで高そうなフルボトルをテーブルの上に置く。

その瞬間、朝倉の表情が僅かに引き締まった。腰を浮かせ、きょろきょろと店内を見回し、奥の方に目を定めて小さく会釈をする。

美希が追いかけた朝倉の視線の先には大きなボックス席があり、ひとりの男がソファに溢れるほどのホステスたちを侍らせていた。

女たちの真ん中に陣取る仕立てのよさそうなスーツを着た男の顔の上部は、夜の室内であるにもかかわらず、サングラスで覆われている。その一角を守るよう立っているのは、見るからにボディガード風の男たち。

店の一番奥で静かな威圧感を漂わせている男が、朝倉に向けて軽くグラスを持ち上げる。

それを見た朝倉が少し困ったように微笑んだ。どう見ても裏社会の人間と思われる男の方から、朝倉に対する一方的な好意をアピールしているように見えた。その不可解な様子が美希に口を開かせる。

「あなたいったい、何者？　ただのパパラッチに見えないんだけど。いったいなにを盗撮して、ウチの会社のブラックリストに載ったの？」

ああ、とまだインテリヤクザ風の男に気を取られている様子の朝倉が、引きはがすようにして美希へ視線を移す。

「キャピタル自動車をビビらせたのはたぶん『コレ』だな」

朝倉は隠すこともなくそう言うと、名刺入れに挟んでいる写真を美希の前に置いた。

「これって……二世代前のクラウディア？」

それは高級セダン、クラウディアがモデルチェンジする前の写真だ。自動車のトレンドは移り変わりが早い。発売当時は一世を風靡したような人気車種でも、四、五年後には新型モデルに取って代わられる。

美希の記憶では、この写真のモデルは彼女が入社する五年前、つまり今から約八年前のものだ。いまだに街中で見かける人気のある車型だが最新モデルを見慣れている美希の目には、色もボディスタイルもやや古臭く映る。もちろん、それがいいと言って中古車を探し歩くユーザーもいる。

「この写真でブラックリスト入り？　どうして？」

普通にどこででも見ることができる車の写真を撮って、どうして要注意人物になるのだろうか。

「ここ」

ロックグラスの中の氷を揺らしながら、朝倉が反対の指で写真の隅を指さす。そこには白抜きの日づけが西暦で印字されている。

「三世代前のクラウディアの発売日は二〇一四年の四月五日だ」

と朝倉が続けるが、美希が見ている写真の右端に刻印されている日づけは発売日よりも一ヶ月以上前……。

「二〇一四年三月一日? つまり発売前にこの写真を撮ったっていうの? どうやって?」

キャピタル自動車の新型モデルに関する情報セキュリティはレベル5、つまり最高機密のひとつだ。

発表前の車両が展示されている特別ショールームに立ち入ることができるIDを持っているのは社内でもごく僅か、開発部門の基幹職と役員のみだ。それが本館の十階にあることすら知らない社員がほとんどだろう。

実際、美希も谷原の立ち入り申請をするようになるまでその存在を知らなかった。同じ階で働く一般職のデザイナーや設計者は特別ショールームがあることは知っていても、入室はできない。特別な仕事で入室する際はワンタイムIDを発行し、その都度セキュリティを解除してもらうことになる。

「いったい、どうやって……」

「魔法のIDがあるのさ」

訝る美希を横目にさらりと言った朝倉は、空になったグラスを持ち上げ、向かいでまだ芸能人のスクープ写真に見入っているホステスに、お替わりのジェスチャーをした。

「魔法の……ＩＤ……」

美希はオウム返しに呟いてみるが、セキュリティ管理の厳しいキャピタル自動車にそんなものが存在するとは思えない。

まさか、内部にパパラッチを手引きするような輩がいるのだろうか。美希が疑惑の目を向けた朝倉は、ふふ、とそのときのことを思い出すように笑っている。その唇は女性のような桜色をしていた。

「まだ謎のベールに包まれてた姫君にどうしても会いたくなって夜中、展示ルームに忍び込んだんだ。けど、赤外線センサーに引っかかっちゃったみたいでさ、撮影中に警報が鳴り出して」

そんな緊迫した様子を、さもおかしそうに話す朝倉。美希は極秘の展示ルームに駆けつける警備員たちを想像し、ドキドキしながら事件の顛末が語られるのを待った。

「非常階段で六階までは下りたんだけど、警備員が上がって来るのは時間の問題だったから、手すりを乗り越えて飛んだんだ」

「飛んだ？　六階から？」

「そう。イチかバチか中庭の植え込みに向かってね」

実際に本社本館の高さを知っている美希は絶句した。ビルの中ほどとはいえ、軽く二十メートルは超えているはずだ。

「そしたら、運よく植え込みの中にはまり込んだのはいいんだけどさ。両足の骨にヒビが入って動けなくなって。でも、警備員は建物の外も走り回ってるし、逃げるに逃げられなくて」

「それで、どうなったの?」

「朝まで植え込みに埋まったままじっとして、明るくなって警備員がいなくなってから、他の社員にまぎれてなんとかシャトルバスの乗り場まで移動した。あんとき、無理やりとはいえ、歩けたのは奇跡だな」

朝は七時から夜は九時半まで、構内の建物と建物、点在する工場と工場、工場から最寄りの駅、という風に何種類かのシャトルバスが社員利用の多い場所を巡回している。来社する取引先の人間も、事前にパスを発行してもらえば乗ることができる。

「あの頃、谷原は広報部の部長だった。新型モデルの写真がマスコミにリリースされる前に人目に晒されたら、広報のメンツは丸つぶれだ。アイツの顔に泥を塗ってやりたくて、写真を週刊誌に売った。三〇〇万ぐらいだったかな」

「嘘……」

この優しげな顔をした男の名前に、なぜ谷原が過剰に反応したのか、ようやく理由がわかった。

「どうして谷原専務に……」

「復讐だよ」

美希の言葉が終わるのを待てないかのように、朝倉が畳みかける。

「復讐？」

「谷原は俺の女を盗ったんだ。自分の出世のために」

「女？　それって中沢社長のお嬢さんのことを言ってるの？」

あり得ない、と美希は笑いそうになった。中沢社長はキャピタル自動車の代表だ。しかも、創業家である近藤家から妻を迎えている直系のファミリーであり、その娘である深窓のご令嬢がこんなパパラッチと付き合うはずがない。

「嘘だと思うなら聞いてみなよ、谷原に」

そこまで言われ、美希は押し黙るしかなかった。

実際、美希は谷原の妻、真由子《まゆこ》とは面識がない。想像上の『お嬢様』だ。

秘書になってから知ったのだが、キャピタル自動車には、役員の妻たちで構成される『サクラ会』という団体がある。役員が夫婦同伴で出席する、創業記念日のパーティーや年始の賀詞交歓会の他に、サクラ会のメンバー、つまり役員の妻だけが集まる機会もいくつかある。

ひとつはキャピタル自動車のドン、近藤陽平顧問の妻が開く女性だけのパーティー。それ以外に、彼女たちは懇親会も兼ね、年に二回ほど日帰りで旅行に行くのが恒例だ。

地方の窯元で陶器づくりを体験したり、ワイナリーの見学に行ったり。その際、出欠の取りまとめや準備は秘書室で行う。だが、谷原真由子だけはいつも『欠席』で回答が来るのだそうだ。美希が手伝う順番はまだ回ってきていないが、その話を聞いたとき出席する側もサポートする側も気を遣う行事なのだろうな、と想像して気が重くなった。

美希が別の役員からの届け物を谷原の自宅に持参したときも、本人が玄関先に現れることはなく、家政婦らしき女性が丁寧に礼を言って受け取った。奥の方では子供がはしゃぐ声と、それをやんわりと窘める谷原の妻らしき女性の声が聞こえただけ。

シャイで奥ゆかしいのだろうと、そのとき美希は勝手に思い込んでいたのだが……。

そんな女性が朝倉のような男と交際するだろうか。

「女房も出世のためのコマ。谷原の頭の中には、ＣＭＣの社長になることしかないのさ」

と、朝倉が吐き捨てるように言う。キャピタル自動車のことを『ＣＭＣ（キャピタル・モーター・カンパニー)』と呼ぶあたりがいかにも自動車業界に精通している人間らしい。

谷原が専務に昇格した当初は、谷原と社長の娘、真由子との間に男の子が生まれたことへのご祝儀人事だと陰口を叩く者もあったようだ。が、当時、『誰がなにをやってもダメ』と言われるほど、売り上げが伸び悩んでいたEU市場のテコ入れに谷原が名乗りを上げ、ベルギーに合弁会社を作った。その成果が数字に現れ始めると、誰もなにも言わなくなったと聞く。

抗弁せず、実績で相手を黙らせる。それが彼のやり方だということは、この一ヶ月で美希にも徐々にわかってきていた。

「社長の中沢も同じだ。娘の結婚を会社のために利用してる。社長になる見込みのある男に娘を当てがったんだよ」

谷原を信頼している美希は、朝倉の言葉に怒りが湧いてきた。

「もう帰ります。明日も仕事があるので」

美希がグラスに残っていたビールを一気に飲み干して立ち上がろうとしたとき、朝倉が自分の指先で軽く叩くようにしてこめかみを指した。

「この傷、アイツらにやられたんだ」

「え?」

まさか、と美希は半信半疑で朝倉を見る。タクシーの中で気づいていたその傷痕。

長さは三センチにも満たないが、深く抉れた裂傷を縫ったような形跡がある。

「もちろん、中沢や谷原が直接手を下したりはしないけど。真由子が結婚したことを知って、俺が谷原の家に行こうとしたら、半グレどもが徒党を組んで現れてさ。フルボッコだよ」

「中沢社長と谷原専務が雇ってやらせたっていうの？」

大企業の重役がパパラッチごときにそんなことをするだろうか。美希には朝倉の話が信じがたかった。半グレを雇うにはそれ相応のリスクが伴うはずだ。

「都心ならいざ知らず、谷原の自宅は鎌倉の高級住宅地だぞ？　ちょうど俺がいるとき、あんな物騒な連中が閑静な住宅街を通りかかるなんて、タイミングよすぎだろ」

「それは……そうかも知れないけど……」

社会的地位のある中沢や谷原が暴力事件に関わっているとは思えないと、美希は疑惑の目を向ける。

「キャピタルグループの重役には、黒い関係を噂されてるヤツもいるしな」

「本気でそう思ってるんなら、どうして警察に行かなかったの？」

美希の真剣な質問に朝倉は軽く笑う。

「行ったさ。そしたらどうなったと思う？」

「どう、って……」

犯人を見つけてくれたわけではないのだろうか。朝倉のクイズでも出すような言い方が引っかかる。

「今後、谷原真由子の半径二百メートル以内に近づいたら逮捕するってストーカー扱いだよ。こっちは怪我してんのに」

朝倉の口調は、会社がこの暴行事件を揉み消したと言わんばかりだ。

「いくら大企業の役員だからって、警察沙汰になった事件をなかったことになんてできないと思うけど」

「それはどうかな。CMCはいろいろな所に顔が利くからな。間に何人か嚙ませれば、誰にでも辿り着けるだろ」

「だからあなたも裏社会の人間とつながることにしたってわけ？」

美希は暗にこのテーブルにワインの差し入れを寄越した人物を示唆する。だが、朝倉に乾杯のジェスチャーを見せた男のいるボックスは薄いレースのカーテンで覆われ、中の様子はもう見えない。

「いや。あれは……。同業者から、あの人のヤバい写真を取り戻してやっただけ。昔の話だよ。ああいう人種は義理堅いっていうか……」

歯切れが悪くなったところを見ると、それが善行であったとは思えない。

「あなたみたいな人間の言うこと、信じろって言う方が無理でしょ。私には谷原専務がそこまでするとは思えない」

なんとか言葉を返した美希だが、その声は自分でも驚くぐらい弱々しいものだった。

「真由子はアイツがＣＭＣの社長になるための大事な切り札だ。交際相手だった俺がウロつくのは目障りなんだよ」

その言葉を黙って聞いてはいたが、美希には朝倉が言っている人物と自分が全幅の信頼を寄せている上司とが同一人物と思えない。

「アイツの人生で出世以外のものは全てオプションさ。出世のためには手段を選ばない」

朝倉の用いる言葉には妙な説得力がある。このまま聞いていたら、その深い声に洗脳されてしまいそうだ。

「とにかく。私、もう行くわ。一杯だけの約束だから」

今度こそ立ち上がり、財布から一万円札を抜いてテーブルに置いた。ふだん居酒屋でしか飲まない美希にとって、銀座のクラブでこの金額が多いのか少ないのかわからない。ただ、朝倉のせいで味がわからなかったビールにこの出費は痛いと思いながら、彼女はクラブを後にした。

ＪＲ新橋駅まで歩き、なんとか間に合った自宅の最寄り駅への終電に揺られながら、美希は朝倉の口から語られた話を頭の中で反芻していた。

――谷原専務が朝倉から真由子さんを奪った。社長の座を手に入れるために……。

わずか一ヶ月あまりとはいえ、谷原の実直な仕事ぶりや、物作りへの情熱、誠実な人となりを間近で見てきた美希には到底信じられない。

『アイツの人生で出世以外のものは全てオプションさ』

自宅までの道のりの間ずっと、朝倉の声が暗くつきまとっていた。

八

昼休み、美希は谷原と一緒に社内のデザインコンペに投票するため、エレベーターに乗っていた。

キャピタル自動車では数年に一度、モーターショーに出品するコンセプトカーの車体デザインを社内コンテストで決定する。不定期で行われるこのコンペにはデザイン部の部長から新人まで、海外事業体駐在者を合わせて二百名以上のデザイナーが全員参加して腕を競う。

選考方法は全デザイナーの絵コンテが広い会議室に無記名で貼り出され、デザイン関係者だけでなく、工場で働く技術者や事務系の社員、社長を含む重役まで、男女問わずキャピタル自動車で働く数万人の正社員全員が、それぞれの空き時間を利用して投票を行うというものだ。興味のある社員は誰でも投票に参加できるため、遠隔地の拠点から出向いてくる者までいる。

会場は十階のセキュリティフロア。このフロアの警備レベルはマックスで、例の未発表の新型モデルを展示する特別ショールームもある極秘ゾーンだ。

デザイン投票のときだけは正社員に期間限定のＩＤが配布され、厳戒態勢ながら一般社員の立ち入りが許可されるので、中にはこのフロア見たさに訪れる者もいる。リスクがあっても大勢が出入りする投票をわざわざこのフロアでやるのは、それほどこのデザインコンペが特別なものだからだろう。

投票会場のドアの前には、警備員がふたり立っていた。その間を通り抜けるとき、美希の耳に朝倉の『魔法のＩＤがあるのさ』と言う声が甦る。

通路のさらに奥にも警備員がふたり。その背後には厳重に扉が閉ざされたショールームがあり、通路の途中には関係者以外立入禁止の立て看板。

――あの奥に今も未発表の新型モデルが安置され、発表のときを待っている。朝倉はあそこに忍び込んだのだ。いったい、どうやって……。美希は夕べのことを思い出さずにはいられなかった。

「さすがにガラガラだな」

先に投票会場へ入った谷原が苦笑した。

デザインコンペの投票も今日が最終日。谷原も美希も忙しさにかまけてついつい先延ばしにしてしまった業務だ。デザイン画の公開は今日の定時で終了する。夕方には駆け込みの投票者がやってくるのだろうが、時間の限られている昼休みの会場には人影がまばらだった。

広い会場の壁一面に、ギッシリと貼られた数百枚のデザイン画。美希がこの投票に参加するのは二度目だ。入社した年に彼女にとって初めてのコンセプトカー向けコンペがあった。そのときにも感じたことだが、会場に足を踏み入れた瞬間、絵コンテ一枚一枚に閉じ込められている情熱に圧倒された。

もしかしたら、今年の春入社したばかりの新入社員の描いたデザインがコンセプトカーとして具現化され、モーターショーでの評判がよければ自動車メーカー最大手のバッジを背負って新型モデルとして公道を走る日が来るかも知れないのだ。これらの絵の中には自動車への純粋な思いだけでなく、大きな野心も内在している。静まり返った会場には心躍るような楽しさと、真剣さを帯びた緊張感とが溢れていた。

バレットを進化させたようなシャープでスタイリッシュな形のスポーツカー。ヨーロッパの香りが漂う上品なセダン。球体を組み合わせたような、可愛らしい形の小型車。

昼休みだからか、さらっと眺め、さっさと投票する社員も多い中、谷原は熱い目をして一枚一枚のデザイン画を見てはバインダーにはさんだレポート用紙になにかを書き込んでいる。

「このボディライン、よく描けてるな」

上司の呟きを聞いた美希は、谷原の傍に寄って彼がよく描けていると言ったデザイン画を見た。

真っ赤なSUV、いわゆるスポーツ・ユーティリティ・ヴィークルだった。SUVは最近の人気車種だ。それが世界的なトレンドなのか、会場には同じようなデザインが山ほどある。たしかにその絵は少し近未来的な形をしていて、乗ってみたいなとは思うが、美希にはその絵コンテと他の絵との違いもよさもわからなかった。

「これは若いデザイナーだ」

谷原が断言する。どうしてそんなことがわかるんだろう、と美希は上司の顔を見る。

「車のデザインは経験を積めば積むほど、公道を走るための認証やら規格やらが気になって、自由な発想ができなくなる」

「そういうものなんですか？」

「うん。たとえば、テイルランプはここになきゃいけないとか、ミラーはこの大きさまでとか、だんだんルールや既成概念にとらわれるようになる。未熟だからこそ、自由な発想でこういう絵が描けるんだよ」

そう言った谷原は若いデザイナーのものだと言い切った絵を、陶酔するような目で見ている。そして、いとおしい物を愛でるみたいに、描かれている真っ赤な車体をそっと手の甲で撫でた。

「専務は本当に車がお好きなんですね」

自動車やモータースポーツが好きでキャピタル自動車を希望する新卒者もいるが、最近ではその安定性や年収といった条件面で学生に人気がある。とくに事務系の間接部門を希望する人間は、それほど車に興味がないまま入社してくる場合が多いそうだ。

純粋に車が好きでたまらないという社員は開発部門や製造部門に多いらしいが、志望理由に『車が好き』と書く学生は近年、減ってきていると聞く。いわゆる若者の車離れだ。

「好きというよりは憧れかな。うちには車がなかったからね」

「そうなんですか?」

意外な声が出てしまう。美希は、中沢家のひとり娘を妻に迎えている谷原の実家は資産家なのだろうと、勝手に思い込んでいた。

谷原は目の前のデザイン画を真っ直ぐに見つめながら話を続ける。

「うちは母ひとり子ひとりでね。月並みな言い方だが、母は女手ひとつで僕を育ててくれた。『やるからには一番になれ』っていうのが母の口癖でね。いつも古い自転車に乗って『うちにも車があればねえ』って言いながら遠い所まで働きに行ってたよ。そうやってパートをいくつもかけ持ちして学費を払ってくれる母に『俺は今に日本で一番いい大学へ行って、日本で一番大きな自動車会社の社長になって、母さんに一番高い車をプレゼントするから』って言い続けてた」

　その約束通り谷原は日本で最も偏差値の高い大学を卒業し、キャピタル自動車に就職した。しかし、創業家の意向が大きく反映されるキャピタル自動車の中では、いくら優秀でも近藤家の後ろ盾がなければトップの座に座るのは困難だと言われている。暗黙のルールのようなものがある、と。

　だが、近藤家の血を引く中沢真由子との結婚で、谷原は社長への切符も手に入れたことになる。苦労をかけた母親との約束を着実に果たしているのだ。

『アイツの人生で出世以外のものは全てオプションさ』

　不意に朝倉の言葉が美希の鼓膜に甦った。

『谷原は俺の女を盗ったんだ。自分の出世のために』

　谷原が語った生い立ちが朝倉の言葉を裏づけてしまったような気がして、美希は憂鬱な気分になる。

『嘘だと思うなら聞いてみなよ、谷原に』

　聞けるわけがない。いや、聞く必要もない。この上司が私利私欲のためだけで生きているなんて考えられない。美希はそそのかされまいと両手の指をギュッと握りしめる。

「そんなに怖い顔をして見なくても、自分の感性で選べばいいんだよ」

谷原に笑われ、美希は自分が唇を噛みしめていたことに気づいた。

「あの……。秘書室で渡された要注意人物のリストを見たんですけど……」

おずおずと口を開く美希に、谷原が身構えるような空気が伝わってくる。それでも彼女は質問を止めることができなかった。

「朝倉って、専務と同じ大学、同じ学部だったんですよね？　そんな男がどうして……」

ついに朝倉の名前を口にしてしまった。しかも、一緒に銀座まで行った話は伏せたままで。

「実は、大学時代は顔を知ってる程度で、そんなに親しかったわけじゃないんだ」

すぐにそう答えた谷原は、いつもの穏やかな表情で朝倉との思いがけない再会について語った。

「アイツの写真を初めて見たのも雑誌で、バイクの広告だった。無機質なはずの車体を、まるで生き物みたいに景色ごと切り取る感性に、一目で惚れたよ」

朝倉にそんな才能があったとは、美希には意外だった。

「写真を見て、すぐさま雑誌の出版元に連絡を取ったんだ。そしたら大学時代の同級生でさ。お互いの第一声が『なんだ、お前だったのか』って。その夜、すぐ飲みに行ったよ」

その晩はモータースポーツの話で意気投合し、役員決裁も取らずにその場で新型バレットの撮影を依頼してしまったと谷原は懐かしそうに笑う。朝倉の撮った写真を見せて通らないはずがないと思ったのだ、と。

「アイツの写真に対する情熱は本物だ。広報部の打ち合わせでは、撮影場所を北海道にあるCMCの寒冷地用テストコースに決めてた。新型バレットの実車を秘密裏に空輸してポスター撮りする予定だったんだ。それを朝倉は、絶対に海岸線を走らせるべきだ、って譲らなかった」

まだ雪の残る北海道の海岸線を走り抜ける黒い弾丸のようなクーペを想像した。たしかにインパクトがある、と美希は心の中で唸る。

「二月の海岸は雪がちらついてた。その冷たい海に、アイツは躊躇なく入って行って、腰まで水に浸かりながらシャッターを切ってたよ」

聞いただけで、寒さに身が縮む。

「イカれてるだろ？　だが、そうやって撮った写真のバレットは、その走行性まで感じさせた。アイツは天才だ」

「紙一重ですね」

谷原は朝倉の才能を認めているらしいが、美希は嫌みな発言をしてしまう。谷原に称賛されるほどの才能があるのに、スキャンダルを追い回すような生き方しかしない男を好きになれない。

美希の吐き捨てるような口調に、谷原がふっと噴き出すように笑う。

「手厳しいな。けど、ICレコーダーのことはもう忘れていいよ」

朝倉と銀座に行ったことを隠している美希は谷原の寛大さに罪悪感を覚えたが、打ち明けるタイミングを逸してしまったまま、デザイン画を眺めていた。そこへ警備員がやってきて、「昼の部は間もなく、閉場します」と公開時間の終了を告げた。


それから二十日が経った月曜日、美希は思いもよらない場所で、また朝倉の顔を見ることになった。

その日は朝から真柴が外出し、手綱を引き締める者のいない秘書室の中に週明けの気だるい空気が流れていた。

「藤沢さん。来週の金曜日に竹宮さんの送別会をやることになったんだけど」

そう言ったのは社長秘書の三雲香苗だった。

「え？　送別会？　辞めるんですか？　クレアさん」

彼女が上司である副社長とうまくいっていないことには薄々感づいていた美希だった。が、まさかそんなことでこの優良企業を退職するのだろうか。

「異動願いとか、辞める以外に方法はなかったんでしょうか」

差し出がましいとは思いながらも、そう尋ねずにはいられない。

「転職するらしいわ。ガイアに」

香苗が忌々しさを隠すように軽い口調で説明する。

「え？　ガイアに？」

たしかに外資系の企業なら、上司にはっきりと物を言う彼女の気質にも合っている気がする。歴史は新しいが、規模的にはキャピタル自動車を凌駕しているとも言える。

だが、ガイアはキャピタル自動車が警戒しながらも、なんとか有利な協業ができないかと今まさに模索している企業だ。そこに役員と折り合いの悪かった秘書が転職するとは……。

クレアが何年ぐらいキャピタル自動車に在籍していたのか美希は知らない。が、役員秘書という立場で知り得た情報を持って、これから食うか食われるかの戦いを始める相手の会社へ移る。それは一種の裏切りではないだろうか。もちろん、社内規定の中には社内で知り得た情報を退職後も口外してはならないという条項はあるだろうが、それが遵守されるかどうかなんて調べようがないだろう。

「退職日は年末なんだけど、真柴室長のスケジュールがなかなか空いてなくて。竹宮さんも有給消化で来たり来なかったりになるし」

「はあ……」

「ま、考えといて。来れる人だけでやっちゃうから、欠席なら欠席でいいわ」

香苗は、形式だけだと言わんばかりに言って美希の傍を離れ、次は宇佐木奈々に声をかけている。

「えー？　必要ありますう？　竹宮さんの送別会なんて」

例によって奈々は純真無垢な瞳のまま毒を吐く。

「だって、後任が決まるまで、絶対私たちに仕事振られますよお？」

「私もそう思うんだけど。真柴室長がひとつの区切りだからって」

「だいたいキャピタル自動車を踏み台にしてガイアに鞍替えなんて、最低の裏切り行為ですよ」

「私もそこは納得いかないんだけどね。ガイアだってこっちの情報がほしいだろうし、元副社長秘書は大歓迎でしょ」

「そうですよ。そんな裏切り者の送別会しようなんて、真柴室長もどうかしてますよ」

そのままふたりがクレア批判を繰り広げる様子を見て、美希は溜息をついた。と、目の前の電話が内線の着信を告げる。

「はい。藤沢です」

「来客なんだ。濃い目のコーヒーを入れてくれないか。できればビターテイストの豆で」

それは谷原の声だったが、今日は来客の予定はなく、受付からの連絡もない。そもそも誰の案内もなしにこのフロアに立ち入ることができる人間は限られている。重役とその秘書。他には同じグループ会社のトップ。しかし、それなら到着時にすぐさま受付から連絡があるはずだ。

「まさか……」

美希の頭の中にひとつのワードが閃いた。――魔法のＩＤ。

急いで給湯室にあるコーヒー豆のストックを漁り、その中で苦味の強そうなマンデリンを選んだ。

「失礼します」

最近、よく使っている安定感のあるマイセンのコーヒーカップをトレーにのせて専務室に入ると、美希が想像した通り、朝倉広樹が谷原の向かいに座っていた。

前よりセキュリティが厳しくなっているはずなのに、いったい、どうやって入り込んだのだろう。

マジックのようにどこにでも現れる朝倉にぞっとしながら、美希はカップをセンターテーブルの上に置こうとした。が、朝倉はそれを待ちきれないかのように、肩越しに受け取り、すぐさまカップに口をつけた。

「うん。リクエスト通りの味だ」

やはり、この男が図々しくコーヒーを要求したのだ。美希は怒りを押し鎮めながら、ソファに両腕を広げ、我が家のように寛いでいる朝倉を見た。

「このソファ、カッシーナかな。うん。いい座り心地だ」

その傍若無人な態度を正面から見据えている谷原の目はいつになく険しい。

美希はこれ以上、なるべくなにも見ないようにしてその場を去ろうとした。が、朝倉はそれよりも先に口を開く。

「んで、この写真、いくらで買ってくれる？　専務さん」

あえて美希の目にも晒そうとするかのように、数枚の写真をセンターテーブルの上に投げた。

「……！」

中央に映っているのは美希も面識のある生産技術部の部長、高橋《たかはし》だった。

生産技術部というのは製造ラインをコンパクトに設計変更したり、人や設備の配置を工夫して作業者の動線を短くすることで作業効率を向上させ、製造原価を下げる部署だ。そのトップである高橋は自らストップウォッチを持って現場を訪れる。そして、作業者が動く際の歩数まで決まっているキャピタル自動車の生産ラインで、まだどこかに無駄はないかと目を光らせるような『生技の鬼』だ。

コスト低減一辺倒で頑固なところがあり、高橋から製造工程に立つ人員を減らせ、と提案されるたびに、班長の白取が『ラインで働いてんのはロボットだけじゃねえんだぞ！』と激昂し、噛みついているのを、よく美希は若干呆れながら見ていたものだ。

ときには調達部と生技部が一緒に下請けの工場へ出向き、購入部品の仕入れ単価が妥当なものか、製造ラインにコスト削減のヒントはないか、メジャーやストップウォッチを片手に検証することもある。

『高橋が現場を見に来る』という情報が入ると、下請けの工場では立ち入り禁止を示す白線をできるだけ遠くに引き直すという噂まであった。仔細に工程を見られた結果、改善のネタが見つかれば合理化を求められ、それに応じれば作業効率が上がった分だけ値段は下がるはずだと詰め寄られる。売価引き下げに応じざるを得なくなるのだ。

それはたとえ十円単位であったとしても、納入ロットは一ヶ月に数千から数万という単位になるのが自動車部品だ。しかも納品は何年にもわたる。零細企業の場合、一個あたり数十円、数百円の値下げでも大打撃になりかねない。

そんな融通の利かない生真面目な印象しかなかった高橋が、写真の中で東南アジア系の貧相な男からなにかを受け取っている。美希は違和感とともに嫌な予感を覚えた。

「これが薬物だという証拠がどこにある」

谷原が低い声で疑念を投げる。

薬物。美希の知っている高橋にはあまりにも似つかわしくない単語だった。が、目の前の写真が美希に連想させた不吉な予感にはしっくりはまる。

朝倉はゆっくりと足を組み替えた。

「こんな男とキャピタルの部長が接触する理由なんて他にないだろ。それに、こっちのアジア系のプッシャーは、販売目的で違法薬物を所持してたって理由で先週もう捕まっちゃってるから」

一流企業の部長職が見るからに怪しげな外国人から薬物を買っている。

地味な話ではある。が、週刊誌に載れば、それなりに読者の興味をそそる記事になるかも知れない。どんな不況下でも『ひとり勝ち』と言われてきたキャピタル自動車の、管理職の薬物スキャンダル。給料や待遇のいい大企業の管理職にも、薬物に走るほど強いストレスがあってほしいと思う人々の好奇心が集まるだろう、と美希は想像した。

「谷原、知ってるか？　警察は薬物常習者をひとり見つけたら、その人間が属していた組織を徹底的に調べる。そして芋づる式に常習者が見つかるなんてのはよくあることだ。つまり、このキャピタル自動車の本社工場に大勢の捜査関係者が乗り込んでくる。いい画が撮れると思わないか」

その光景を想像し、美希は身震いしたが、谷原は微塵の動揺も見せない。

「そんな脅しにのると思うのか。脅す相手を間違えてるんじゃないか？」

それは朝倉を挑発しているようにも見える、不敵な態度だった。

「いいカッコすんなよ。せっかく社長の椅子を手に入れても、そのとき会社がスキャンダルまみれの三流企業になってたら意味ないだろ。もうちょっとなりふり構わず会社を守ったらどうだ」

ふたりはしばらくの間、無言で睨み合った。

「朝倉。もう、諦めろ」

谷原が僅かに表情を緩め、朝倉の顔を見る。その顔には微かな憐憫が含まれていた。

「真由子はお前のことなんかとうに忘れてる。彼女の穏やかな生活をかき乱すな」

谷原の口からその名前が出た途端、朝倉の顔色が変わった。

「穏やか？　お前たちが家の中に閉じ込めてるだけじゃないか」

「違う。俺は彼女の行動を制限したことなんかない」

「嘘だ。あんなに活発だったヤツが家の中に閉じこもってるなんてあり得ない」

「だから……。それが、今の彼女の意思なんだよ」

そう訴える谷原の顔はなぜか苦しそうだった。

「人間の本質が、五年やそこらで変わるわけがない」

朝倉は谷原の言葉を信用せず、交わらない会話がしばらく続く。

「一生、苦しめてやるからな」

瞳を暗く光らせた朝倉が、谷原に向かって人差し指を突きつけるようにして言い放った。そして足を組み替えるのと同時に、今度は一転して柔らかな微笑を浮かべる。

「三日以内だ。二百万、用意しろ」

「断る」

「お前が独断で決められる話じゃないだろ。ボードのメンバーに相談してみろよ」

こういった交渉には慣れている様子で、朝倉は一歩も譲らずソファを立った。大企業にとっては、はした金とも思える金額の提示にもトラップのにおいがする。

「ちょっと！」

会社に無断で侵入した挙句、こんな卑怯な手を使って強請ろうとする朝倉が許し難く、美希はそこに谷原が同席していることも忘れて朝倉を睨みつける。しかし、朝倉は美希の怒りなど眼中になく、その瞳は谷原しか見ていない。

「肚が決まったら連絡してくれ。タイムオーバーの場合は週刊誌に売る」

朝倉はそう言い残して専務室を出て行った。

それまで毅然とした態度で朝倉に向き合っていた谷原が、今はソファに座ったまま、疲れた様子で額に手をやって俯いている。

美希は朝倉が飲み干したカップを片づけながら、どうして朝倉は過去の恋愛をそこまで引きずるんだろうかと首を捻った。

朝倉の優しく整った顔立ちと、少し線は細いが均整の取れたスタイルは、一定数の女性から好まれそうだ。銀座のホステスにも人気があるように見えた。もし、愛していた女性を谷原に奪われたとしても、他の魅力的な女性と出会う機会はいくらでもありそうなのだが……。

じっと目を閉じて考え込んでいる谷原に、朝倉が真由子にこだわる理由を尋ねられるような状況ではない。しばらくの間そっとしておこう。幸い、今日はこの後、変更がきくアポしか入っていない。

疲労を露わにしている上司には声をかけず、秘書室に下がろうとした美希の目にソファの背もたれに無造作にかけられているコートが映った。

「あ……。これ」

谷原のコートは今朝、美希が預かってロッカーのハンガーにかけた。状況から見てこれは朝倉のものだ。

「僕が処分する。置いといてくれ」

いつの間にか落ち着いた態度に戻っている谷原が申しわけ程度にコーヒーカップに口をつけ、すぐにソファを立つ。

「はい……」

美希は谷原のカップもトレーにのせ、ダスターでセンターテーブルを拭いた。

谷原はあのスキャンダラスな写真をどうするのだろう。朝倉に脅迫された、と警察に届けたとしても社内への立ち入り捜査は免れない。どうすれば……。美希がその先を考える前に谷原が口を開く。

「定時後、警察に電話して僕につないでくれ」

「え？　警察ですか？」

どきりとしてテーブルの上を片づける美希の手が止まる。

「社内に薬物の使用を疑われる社員がいることがわかった。通報するのは当然の義務だ」

「ですが……」

警察が乗り込んでくれば、社内は大変な騒ぎになるだろう。騒動を聞きつけた報道関係者が記事にしないとも限らない。美希は動揺を隠せなかった。

「ボードのメンバーに諮っても答えは同じだ。うちが朝倉と交渉することはあり得ない。だとしたら、アイツが記事にする前に、先に企業としての誠意を世間に見せるしかない。高橋部長本人には事実確認の上で上司から話をしてもらって辞表を書かせる。記事になる頃には『元社員』だ」

「わかりました……」

「悪いが、この後のスケジュールを変更してくれないか。これから僕が職場に出向いて話すが、高橋君の上司も本人も心の準備がいるだろう。警察に電話をかけるのは夕方でいい」

「はい……」

美希はうなずいてから谷原を見た。ブルゾンを羽織るその横顔は苦渋に満ちている。たぶんその後、ボードのメンバーにも説明するのだろう。谷原は事なかれ主義の上層部と、一悶着あるだろうことも予想しているに違いない。

やがて五時になってから、美希は真柴に事情を話し、警察に連絡を入れた。真柴は驚いたようだが、とくになにかを言うことはなかった。

通報から数十分ほどで警察関係者が専務室にやってきたが、地元の優良企業に配慮してか、構内に乗りつけたのはパトカーではなく普通の乗用車で、本館に入ってきたのは私服刑事だった。

事前に谷原は副社長の穂積に相談しにいったが、すぐに帰ってきた。ボードメンバーは誰ひとり関与せず、この面倒な仕事は谷原に一任されたようだ。

「この写真なんですが」

谷原は現時点では入手経路を明かさずに、刑事のひとりに写真を差し出した。が、捜査員も、できることなら穏便に事件を解決したいという大企業の思惑を察しているのか、深く追及することなく白い手袋をして受け取る。

「今日のところはこれはお預かりして精査した上でご連絡します。その際にもう少し事情をお聞きすることになると思います」

捜査員らしき男は含みを持たせる言い方をし、敬礼を残して帰っていった。

――数時間後。

「これは、いわゆるコラージュです」

という連絡が警察から入った。朝倉が持ち込んだ写真が、合成であることが判明したのだ。谷原からそれを聞いた美希の拳は怒りに震えた。

「専務。恐喝で訴えた方がいいんではないでしょうか」

「そうだな。警察からも今の電話で、もしこの件で金銭の要求があるようなら被害届を出すよう言われたよ。もちろんそれも上層部の判断次第だが」

曖昧に答える谷原の顔が美希には、これ以上、朝倉とは関わりたくないと言っているように見えた。

しかしその翌日、部長の高橋が辞表を出し、警察に出頭した。そして尿検査の結果、薬物使用の疑いで逮捕されたのだ。これは一部ニュースでも小さく報道されたが、自主退職後の出頭だったため高橋の職業は『無職』となっていた。

その事実を真柴から聞かされた美希は、狐につままれたような気分になる。

「いったい、どういうことなんでしょうか？」

わけがわからず谷原に尋ねると、彼は苦い表情で不愉快そうに言った。

「罠だったんだよ、朝倉の」

「罠？」

「朝倉は高橋部長が薬物を買っているというネタは摑んでいた。だが、決定的な証拠は持ってなかったんだろう。だから偽物の写真を見せて会社を強請ろうとした」

「なんて卑劣な……」

美希の中の朝倉に対する嫌悪感は頂点に達する。

「だがあの日、上司から『パパラッチが写真を持って会社を強請りにきた』と言われて事情を聞かれた高橋部長は、売買の瞬間を撮られたと思い込んだんだろうな。もう逃げきれないと考えたのか、辞表を出してから出頭したらしい。会社の名前が大々的に出なかったのはせめてもの救いだ」

「つまり……専務のご判断は正しかったんですね」

「辛うじてね」

谷原が苦笑する。その視線が注がれたソファには、まだ朝倉のコートが放置されたままになっていた。美希は置き去りにされているコートを焼却炉に投げ込みたい衝動に駆られる。

しかし、それから数日経っても、コートは放置されたままで、その高級ブランドのタグを見るたびに美希の朝倉に対する怒りは再燃した。

朝倉の脅迫まがいの言動が思い出され、その記憶ばかりに気を取られていた十月も最終日の昼休み、美希は真柴から声をかけられた。

「藤沢さん。たぶん、専務からあなたにお願いがあると思うので、先に言っておきます」

お願い、というワードが含まれているフレーズでありながらも、真柴の高圧的なトーンはいつもと変わらない。

「あ、はい。なんでしょうか?」

美希が席を立って真柴の前へ行くと、真柴は机の上で書類の束をトントンと揃えながら切り出した。

「来週の火曜日は谷原専務の奥様、真由子さんのお誕生日です」

「えっ？　専務の奥様の？」

美希が秘書室に配属されて以来、一度も、そして誰の口にも上らなかった人物の名が、このタイミングで真柴から飛び出した。真柴は美希の過剰な反応に怪訝な顔になる。

「去年と一昨年のお誕生日には、前任の秘書が専務に頼まれてプレゼントを選び、用意しました。今年はあなたが頼まれるかも知れません。そのつもりで候補を探しておきなさい。デパートに行ってから迷うのは時間のロスです」

「あの……。秘書が役員の奥様へのプレゼントを考えるんですか？」

そんなことまで秘書の仕事なのだろうか。

「専務もご自身で決めようとなさっているそうなんですが、毎年、悩みすぎて決まらないようです。最終的に奥様と年齢の近い女性秘書に意見を求めることになるみたいですから」

言われてみれば、谷原が美希をプライベートなことに付き合わせたり、個人的な頼みごとをしたことなど一度もない。よっぽど悩んでのことなのだろう。相談された前の秘書も、見るに見かねて自分から準備を申し出たのかも知れない。

が、そのエピソードを聞いただけで、谷原が愛妻家だということが伝わってくる。

「そうなんですね。でも、私でいいんでしょうか？　私、そういうのセンスないんですよね……」

正直に答えながら、美希は自分自身の女子力の低さに失望する。

「だろうと思って、奥様の誕生日から逆算して余裕を持って言っているんです。今日からちょうど一週間あります」

「………」

当たっているだけに傷つく。美希は凹みそうになったが、これは谷原真由子という女性を知るためのチャンスだと気持ちを切り替える。

「専務の奥様ってどんな方ですか？　プレゼントを選ぶ参考までに教えてください」

「知りません」

真柴は即答した。

「は？」

「少なくとも秘書室には、会った者がいないんです。ただ、大学生の頃にお会いした社員の話では、とても可愛らしい、性格が素直で溌剌としたお嬢さんだったと聞いています」

そのイメージは美希が思い描く社長令嬢像にしっくりきたが、ふたりの男を惑わせ、三角関係に陥るような魔性の女にはそぐわない。やはり朝倉が一方的に執着しているのに違いない、と美希は確信した。

「年齢は今度のお誕生日で二十七歳になられるはずです。無難に花束とジュエリーでいいと思いますが。これが過去二回の購入リスト。ショップ名と予算も書いてあります」

そつのない依頼に、わかりましたとうなずいて美希は差し出されたOA用紙を受け取った。

九

夕方、美希は専務室で秋の受勲の新聞記事をチェックしていた。その中にキャピタル自動車の関係者がいないか確認するためだった。関係会社や主要取引先の人間が勲章を授与されたら、会社からお祝いを贈るのが慣例だ。

美希がぎっしりと並ぶ小さな活字に目を凝らしていたとき、同じように新聞を開いている谷原が少し言いにくそうに切り出した。

「藤沢君。ちょっと君の意見を聞きたいんだが……」

「はい。なんでしょうか?」

事前に真柴からバースデープレゼントの話を聞いていた美希は、待ってましたと笑顔で返す。当たり前のような顔で妻へのプレゼントを任されたら腹立たしい気分になっただろうが、普段つまらない雑用をさせることのない上司が考えあぐねて頼ってきたのだと思うと、むしろ嬉しい。

「実は来月の六日が妻の誕生日なんだが……、なかなかいいプレゼントが見つからなくてね」

谷原はいつになく自信のなさそうな顔をして、妻への誕生日プレゼントを決めかねていることを打ち明けた。

「わかりました。私でよろしければ考えてみます」

美希があっさり引き受けると、谷原はほっとしたような顔になる。美希はそんな上司を見て初めて可愛いと思った。

「あの……。参考までにお聞きしていいですか？」

再び紙面に視線を落とす谷原に、美希は思い切って尋ねた。

「うん？」

谷原が新聞に目をやったまま、なにげない様子で聞き返す。

「おふたりはどうやって知り合われたんですか？」

「え？」

美希の質問を予期していなかったのか、谷原は珍しくあたふたした様子で新聞を閉じたりめくったりした。いつもは冷静沈着な上司が見せる狼狽ぶりを、美希は微笑ましいものを見るような気分になりながら観察してしまう。

「あ、ああ。えっと。北海道でバレットのポスターを撮影したとき、中沢社長が彼女を同伴してて……。そのとき僕は広報部長で、撮影クルーの責任者だったから。それが初対面だったな」

そういえば、雑誌で朝倉が撮った写真に惚れ込んだ谷原はバレットの撮影を朝倉に依頼し、その撮影は北海道で行われたと言っていた。だとすると、谷原が初めて真由子に会ったとき朝倉もその場にいたはずだ、と美希は想像する。

自分と真由子の出会いがプレゼントを選ぶ参考になるのだろうかと訝る余裕すらない様子で、谷原は薬指のリングを弄りつつ、出会ったときの状況を説明した。

「そのときに、ひと目惚れした、って感じですか？」

美希はわざと軽く聞こえるように言ってみた。すると、谷原もようやく笑う。上司を冷やかしてやろうとしている部下の魂胆に気づいたような顔で。

「ははは。こっちは三十過ぎのオッサンで、向こうはまだ大学生で十九の未成年だったからね。ひと目惚れなんてしてないな」

「そうなんですか？」

「そりゃそうだよ」

谷原はすっかり平常心を取り戻した様子でゆったり椅子の背にもたれ、思い出話を続ける。

「三日間の撮影スケジュールでね。最初はこっちが呆れるぐらい、広報や撮影のことをアレコレ聞いてきて参ったよ。けど、そんなことを三日もやってると、徐々にわかってきたんだ。真剣に広報の仕事をしたいと思ってるんだなって」

あくまでも熱心な就活生を見るような気持ちだった、と言いたげな口調。

「じゃあ、どういうタイミングで奥様が恋愛対象になったんですか？」

美希がそう尋ねたとき、谷原は少年のように頰を上気させた。片想いの相手のことを告白させられる少年のような反応だ。

「あ。すみません。今後の参考に、と思いまして」

美希が冗談っぽく付け加えると、谷原は観念したように、

「撮影日程が全部終わったとき、彼女が僕に言ったんだ。『あなたはきっと、この会社を世界一の自動車メーカーにする』って。変化点があったとしたら、あのとき、かな」

と、真由子の『予言』を思い出すような遠い目をして言った。

「北海道を離れた後もその言葉と彼女の真っ直ぐな視線が頭から離れなくてね。たかだか世間知らずの女子大生の発言じゃないかって思う一方で、彼女が言うと全てが本当になるような気がしたんだ。真由子が傍にいてくれたら、不可能を可能にできるような気が……」

その言葉はもしかしたら、彼に、女手ひとつで育てた母親の『やるからには一番になれ』という言葉を思い出させたのかも知れない。母の言葉を実現してきた谷原

自身の成功体験とともに。

当時を懐かしむように目を細める谷原の口許は優しく綻んでいる。きっと十三歳も年下の女性に心を奪われている自分に気づいた瞬間も、こんな顔をしていたに違いない。

そして、妻のことを話題にするだけで頬を紅潮させたり、誕生日プレゼントに悩み、迷うのは、彼女に対する気持ちがその頃とまったく変わっていない証拠であるような気がした。

「素敵ですね。私もそんな風に思い続けてくれる男性、探します」

「え？」

谷原はいきなり過去から引き戻され、バツの悪そうな顔をした。

その日、谷原は珍しく定時に退社した。谷原を見送った後、美希が専務室の片づけに入ると、しばらくソファの上に放置されていた朝倉のコートが消えていた。谷原が処分したのかどこかへ送り返したのだろうか。いずれにせよ、朝倉を連想させるものが専務室からなくなって美希はせいせいした。

その日は真柴が中沢社長の同行秘書として、夕方から東北の工場へ泊まりがけの出張に出た。国内はもちろん、世界中に拠点があるキャピタル自動車のボードメンバーはどこへでもひとりで出張する。目的地の最寄り駅や空港までは現地スタッフが丁重に送迎してくれるからだ。が、今夜は新工場の竣工パーティーがあり、県庁のお偉方や地元の名士との懇談、ローカルテレビの取材など、不手際の許されない対応があることから、社長直々に真柴を指名し、彼女が同行することになった。

このときとばかり、他の秘書たち同様、美希も早々に帰宅し、久しぶりに家族三人で食卓を囲む。

母がはりきって用意してくれた温かいうどんすきでお腹を満たした美希は、二階の自室にこもって小学生のときから使っている学習机の上に昼間、奈々から借りたファッション雑誌を置いた。パラパラとページをめくりながら、二十七歳の重役夫人に相応しいジュエリーを探す。

二十七歳。谷原と世代のギャップを感じることもあるだろう。年が近いはずの自分にも、彼女のほしがる物が想像できない。

ハイブランドのアクセサリーに興味の湧かない美希は、バースデープレゼントのことはそっちのけで、谷原真由子という人間を想像してばかりいた。今日、谷原から聞いた話で、想像上の真由子が少しだけ厚みを増した気がしている。だが、やはりふたりの男を振り回すような魔性は感じられない。

谷原から聞いた話を総合すると、朝倉広樹がキャピタル自動車と初めて関わったのも、北海道でバレットの撮影をしたときだ。

『北海道でポスター撮影したバレットって、いつのヤツだっけ』

思いついて白取班の飲み会常連メンバーで作っているＬＩＮＥグループにこの質

問を投げてみた。

『七年前です。二〇一一年発売のバレットですね。小樽と余市の間を抜ける国道五号線を走る画だったと思います』

そんな都路のトークを皮切りに、工藤がその性能の素晴らしさを語り、白取が当時の製造秘話や苦労を語る。が、スマホに乗り換えたばかりの汐川は手間取って入力が追いつかないのだろう、車の話に興味のない期間工の上村とともに二件の既読スルー。

「やっぱり七年前……。バレット2011の発売前か……」

このときに谷原は北海道での撮影に立ち合い、朝倉は写真を撮っていた。そこに中沢社長が娘である真由子を同伴。谷原が自分の中に芽生えた真由子への恋愛感情に気づいたのが撮影三日目以降。そのときにはもう三角関係が始まっていたのだろうか。それとも、北海道を離れてから再会して、複雑な関係に陥ったのだろうか……。

美希は相変わらず雑誌のページはめくっているだけで、気もそぞろに真由子と谷原、そして朝倉のことばかり妄想してしまい、結局、気の利いたプレゼントを見つけることができないままだった。

諦めて雑誌を閉じベッドに寝転がったとき、ふと、スマートフォンの隅で赤い光が点灯していることに気づく。

「あれ？　着信あり？」

バイブレーションに気づかなかった美希は、着信履歴に『真柴室長』の名前を見て反射的に飛び起き、ベッドの上で正座して背筋を伸ばす。

今夜は仙台に一泊のはずだったが、と訝りながらリダイヤルしてみる。幸い、電話があったのは数分前のようだ。

「藤沢です。お電話に気づかなくてすみませんでした」

「谷原専務を迎えに行ってください」

挨拶もなにもなく、真柴は要件だけを告げた。

「え？　お迎えですか？」

今日は谷原は定時に帰宅したはずだが……。美希は上司の行動を把握できていないことにおろおろした。

「は、はい。どちらへうかがえばいいんでしょうか」

「ユナイテッドホテルのバー、『ディアボロ』です」

それは、谷原が行きつけの会員制バーだ。

といっても、美希が知っているのはその店の名前だけ。谷原は、仕事以外で美希を外へ連れ出すことはない。ただ立場上、常に居場所を明確にしておかなければならないため、彼がときどき帰宅前にこのバーで飲んでいるということは聞いていた。

「会社の運転手には頼まずに、タクシーで行きなさい」

真柴の口調が差し迫った状況を想像させる。しかも、運転手を使わないということは、なにか秘匿性の高いことが起きているに違いない。美希は緊張した。

「私は今、最終の新幹線に飛び乗ったのですが、閉店の時間には間に合いそうにないので、会社で待ちます」

つまり、真柴はスケジュールを変更し、ホテルをキャンセルしてこちらへ戻ろうとしている。よっぽどのことだ。

「わかりました。これからすぐに出ます」

緊急事態だと察した美希は上着を摑み、部屋を出た。

「ちょっと、出てくる！」

階段を駆け下りて洗い物をしている母親に声だけを投げ、走って大通りに出る。

いつもなら、ひっきりなしにタクシーが流している道。それが今日に限って空車のサインがなかなか見つからない。時計を見ると、午後十時。平日のこの時間帯、住宅街ではタクシーの需要が少ないのかも知れない。

谷原の身になにかあったのだろうか、美希は悪い予感を払拭できず、知らず知らずその場で足踏みしてしまう。

「ユナイテッドホテルまでお願いします」

やっと止まってくれたタクシーに乗り込み、山下公園からそう遠くない場所にあるホテルの名前を告げる。

──なにがあったんだろう。まさか、倒れたとか？　それなら、秘書よりも救急車を呼ぶか……。

タクシーに乗っても落ち着かず、美希は懸命に胸騒ぎを鎮めようとしていた。

「あ、もうここで」

高速を使ってわずか二十分の距離だったが、タクシーがホテルの正面玄関に向かって徐行するのも待てず、美希は慌ただしく財布を出した。

焦り過ぎて領収書をもらうのを忘れたことを後悔しながらも引き返す時間が惜しく、そのまま早足でロビーを横切る。

急いでエレベーターを降りると、こんな時間に高級ホテルのバーに駆け込む客はいないのだろう、入口で待っていた従業員らしき男が足早に近寄ってきた。

「失礼ですが、キャピタル自動車の方ですか？」

「そうです。谷原の秘書の藤沢です」

美希に確認した男が店内に目配せし、すぐに『Manager』と刻印された金色のネームプレートを黒いスーツの胸許につけている男が駆け寄ってくる。その支配人らしき黒服の男は、どうぞと先立って奥へ案内しながら、困惑気味に説明した。

「いつものようにカウンターで静かに飲んでおられたんですが、急にスツールから落ちて動けなくなってしまわれまして。今は奥のソファでお休みいただいております」

「体調が悪くなったということですか？」

それなら救急車を要請しなくてはならない。

「いえ。アルコールが過ぎられたご様子でして……」

バーの責任者は『酔っぱらう』という品のない単語を避けるようにして丁寧に説明する。

「どうしても、ご自宅ではなく会社に連絡を、とおっしゃるもので」

「家でなく会社に……」

夜間、秘書室へのダイレクト・インは真柴の携帯につながるようになっている。もちろん、それは谷原も知っているはずだ。つまり、自力でタクシーに乗ることはおろか、スマホの操作も店の人間に頼まなければならないほど泥酔しているにもかかわらず、家族への連絡を拒み、真柴への転送ダイヤルを選んだことになる。

一瞬、真柴との不倫関係を疑った美希だが、それなら最初から真柴の携帯にかけるはずだと考え直す。美希は高潔で愛妻家の谷原を疑った自分を恥じる。

その人柄から、乱れた自分を家族に見せたくなかったんだろうと察することはできたが、飲みすぎて我が儘なことを言っている上司の姿はまったく想像できない。

とはいえ、ここが会員制のバーであり、谷原が常連客だからだろう。支配人の対応は丁寧で、大企業の重役である谷原の立場に配慮している様子が感じられた。

「こちらです」

谷原は大きな窓から海の見えるボックス席に座っていた。

ネクタイを緩め、顔が見えないぐらい項垂れてはいるが、だらしなくソファに横たわる上司を想像していた美希は、意外にもしっかり座っている谷原を見て、小さく安堵の息を漏らす。

「専務。お迎えに参りました」

美希を見上げた谷原の顔は蒼白だった。やはりなにかあったのだ。泥酔者の赤らんだ顔と濁った目を想像していた美希は逆に不安を覚えたが、なにも気づかないふりをして谷原に肩を貸し、立ち上がらせた。

その体と吐息から強烈なアルコールの匂いがする。上背のある谷原の体を半分だけ背負うような恰好でタクシーに乗せたものの、どうすればいいのかわからない。

そのとき、絶妙なタイミングで真柴から連絡が入り、美希はそれまでの緊迫感が僅かに緩むのを感じた。

「はい。藤沢です。今、専務と一緒にタクシーに乗りました」

「私も今、会社に着きました。正門ではなく裏門を開けておきます。そこから構内に入りなさい。あとは私がやりますから」

「わかりました。会社へ向かいます」

運転手に行き先を告げ、スマホで時間を確認した。深夜十二時。工場は二直目で稼働中。製造エリアには煌々と灯りがついているものの、本社本館は暗く静まり返り、見回りの警備関係者以外は誰もいない時間帯だ。ここから会社まで四十分ほどだろうかと、美希は頭の中に地図と経路を思い描く。

後部座席に座った谷原は相変わらず俯いたまま。話しかけられるような空気ではなく、タクシーの車内には重い沈黙が立ち込めている。

真っ暗な裏門をタクシーのヘッドライトが照らした瞬間、そこに立っている真柴の姿が見え、美希は少し気持ちが楽になった。薄暗い外灯の下、さすがの真柴も憔悴した表情を見せている。

が、谷原が自分の足で車を降り、続いて降りた美希に向かって「面倒をかけてすまなかった」としっかりした口調で喋るのを聞いて、彼女も安心したように愁眉を開いた。

「専務。クッションとブランケットしかありませんが、専務室のソファで休まれますか？」

真柴がペットボトルのミネラルウォーターを手渡しながら尋ねる。

「ああ」

覇気のない声で短く答えた後、谷原は裏口から本館の中へ消えた。

「ありがとう。今日はもういいわ。わかっているると思いますが、今日のことは他言しないように」

美希にそう言い含めた真柴も、谷原の後を追って建物の中に戻って行く。

ひとり残された美希は国道に向かう道を歩きながら、谷原が泥酔した理由を考えていた。一番に思い当たったのは朝倉の存在だが、先日朝倉と対峙した谷原は落ち着いた様子で脅しに対しても闘争心すら見せていた。

それが理由ではないとすると、自分の知らないところで、専務はなにか大きな悩みを抱えているのだろうか。このところ仕事で大きなトラブルはなく、業績も問題がない。聡明な上司を酩酊させるほどの悩みに心当たりがなかった。

美希は星空を見上げ、溜息をつく。もしかしたら自分には上司のことがなにもわかってないのかも知れない、と。

翌朝、谷原はいつもと同じように爽やかな顔をして専務室に座っていた。昨夜の出来事が嘘だったかのように。だが、背広もネクタイも昨日と同じもので、やはり昨夜はここに泊まったのだと美希は気づいた。

「夕べは迷惑をかけてしまって申しわけなかった」

真顔で謝る上司に、美希は、いえ、としか答えられない。照れ臭そうな顔でもしてくれれば、なにかあったんですか？　と気軽に尋ねることもできるのだが、彼はそんな隙を見せない。

「間もなく、経営会議が始まります」

午前中のスケジュールだけ告げると、谷原は、ああ、と少し緊張した表情になり、ネクタイを締め直した。

上司を専務室から送り出して秘書室に戻ると、真柴の不在をいいことに隣りの席の宇佐木奈々が自席から身を乗り出してきた。

「ねえ、昨日の夜、谷原専務と真柴室長、ずっと会社にいたみたいなんだけど、藤沢さん、なにか知ってる？」

「え？　そうなの？」

咄嗟にそう答えたが、必要以上に反応してしまったかも知れない。美希は気持ちを落ち着けながらとぼけた。

「私はなにも知らないけど。宇佐木さん、どうしてそんなこと、知ってるの？」

奈々は最初から美希に対してタメ口だったが、美希も最近ようやく彼女との会話から敬語を排除できるようになった。といっても、一定の距離感を持って接しているのは変わらないのだが。

「ふふふ。お喋りな守衛さんがいるのよ」

「ふ、ふうん。そうなんだ……」

「真柴さん、仙台に泊まってたはずなのに、夕べここにいたなんて変じゃない？専務も帰宅したはずなのに、また戻ってくるなんて、やっぱり変よ」

「それって、守衛さんの見間違いなんじゃない？」

美希は奈々の疑いを打ち消そうと試みた。

「十年以上ここで見回りしてる人なんだから、それはないでしょ。不倫でもしてんのかなあ、あのふたり」

腕組みをして、大きな黒目を斜め上に持ち上げる。

「不倫？　そんなわけないでしょう」

「だって、役員とそういう関係になった方が、仕事が楽になったりするじゃない？」

「は？　楽？」

「ま、ないか。真柴室長、美人だけど色気も可愛げもないし」

奈々は勝手な妄想を巡らせた後、あはは、と笑ってＰＣの前に体を戻した。

「ところで藤沢さんはクレアの送別会、どうするの？」

「私は行くつもりだけど。もしかして、宇佐木さん、まだ返事してないの？　回答期限、今日じゃなかった？」

「そうなんだけどさあ。その日、ミシュランに載ってるフレンチ連れてってもらえるかも知れないんだよね」

どうやらデートと送別会を天秤にかけているようだ。

「宇佐木さん、セレブな彼氏がいるのね」

美希は呆れながらも笑っておく。すると、奈々は「まあね」と思わせぶりに言ってほくそ笑んだ。

ＰＣに谷原のスケジュールを入力しながら、奈々の雑談に付き合っているうちに二時間が経ち、会議から戻ってくる上司を迎えるため、美希は秘書室を出た。

急いでおしぼりとお茶を用意し、専務室で谷原を待った。ところが、経営会議終了予定の十一時半になっても、役員会議室の扉が開く気配はない。また谷原の昼食時間がなくなると危惧し、美希はそわそわした。

結果、会議は昼前まで長引き、正午になってようやく谷原が戻ってきた。

この後、午後一時から自動車工業会の会合が入っている。

「あと十分で出発のお時間です。お昼、どうされますか？　すぐに買ってきますので、移動のお車の中でサンドイッチかなにか、つまれますか？」

美希がデスクの谷原に尋ねたとき、ノックもなく専務室の扉が勢いよく開いた。

美希は反射的に振り返り、無作法な闖入者を見た。

「谷原！　さっきの態度はなんだ！」

怒鳴りながら入って来たのは社長の中沢だった。普段は温厚な顔しか見せない会社のトップが、一直線にこちらまで歩いてくる。

谷原が瞬間的に立ち上がり、美希はその勢いに圧されるようにして谷原の執務机から離れ、脇へよけた。

「お前、何様だ？　ちょっといい大学を出ただけの貧乏人の子が！　誰のおかげで、ここまで上がってこれたと思ってるんだ！」

怒りというものは人の本性を露呈させる。グローバル・カンパニーのトップである中沢が、こんな差別的な言葉を吐いたことに美希は耳を疑った。

しかし、侮辱された谷原自身は、舅の本音などとうに知っていたかのように無表情だ。彼は中沢を観察するようにじっと見つめながら、ひどく冷静な顔つきで口を開く。

「僕は当たり前のことを言っただけです。なんらかの不具合によってユーザーの生命に関わるような事故が起きる可能性が一パーセントでもあるなら、その車種は販売を中止してリコールすべきだ」

「リコール？　馬鹿なことを言うな。社内でこれだけ調べても原因がわからないものを、誰が特定できるというんだ。うちでわからない原因が国交省に究明できるわけがない。そもそも、新型バレットには国交省の保安基準を満たしていない項目などない。そんなものをいちいちリコールの対象にしてたら、会社は潰れるぞ」

リコールとは、設計や製造過程に問題が生じた際、自動車メーカーが自ら、国土交通大臣に事前届出を行った上で回収や修理を行い、事故を未然に防ぐ制度のことだ。国土交通省はリコールの届け出があれば、不具合情報の収集や分析を行い、メーカーの調査や取り組みが不適切であれば指導する。

メーカーが自主的にリコールを行わず、かつ、事故が頻発している場合などには、国交省が勧告や命令を発令することもある。

「理由がわからなくても、間違いなくバレットにはなにかが起きているんです」

美希はふたりの会話の焦点が頻発するバレットの事故についてなのだ、と耳を澄ませる。

「原因が特定できれば必ず対応する。わざわざリコールしなくても、サービスキャンペーンで部品を交換する手立てもある。とにかく今は企業イメージが大切な時期だ。ガイアに弱味は見せられない。あっちに頭を下げさせなければ、協業の意味がない。そのために自社開発のＡＩにもこだわった。そんなこともわからんのか！」

この一年の間でキャピタル自動車はガイアのお膝元、北米市場でのリコールを二件、立て続けに行っていた。いずれも数千台と、そう大きな規模ではなく、主力車種でもない一三〇〇㏄のコンパクトカーが対象だったが、中沢にはこれ以上、会社の印象を悪くしたくないという思惑があるようだ。

本人も言っているように会社は今、ガイアとの協業を有利に運ぼうと目論んでいるデリケートな時期だ。そのために莫大な投資も行っている。

しかも今回、問題になっているのはキャピタル自動車の二大看板車種のひとつ、欧米でも人気のあるバレットだ。この大切な時期に主力モデルの信頼性が疑われるのが好ましくないことは、美希にも理解できた。

激昂する中沢とは対照的に、谷原は静かな口調で続ける。

「車は凶器です。我々はその凶器を作っているということをもう一度、肝に銘じるべきだ。どんな些細な危険も見逃すべきではない。新型バレットはその対象だと僕は考えています。原因が究明されるまで販売は一時中止して原因をとことん究明し、必要ならリコールを……」

「偉そうな口を利くな！」

大声で叱責したあと、中沢はふとなにかに気づいたような表情をした。

「お前、まさか、ＡＩ事業を失敗させて私と穂積を失脚させようというつもりじゃないだろうな？　社長の座を狙って」

「まさか……」

「いいや、お前ならやりかねん。意外に手の早い男だからな」

「僕はただ、ボディメーカーとしての責任を……」

さらに意見を重ねようとした谷原に、中沢は人差し指を突きつけた。

「いいか。これ以上、私に恥をかかせるようなことをしたら、他のグループ会社に行ってもらうからな！」

その高圧的な言動からは『お前ごとき、どうにでもできる』という脅迫めいたものが感じられた。それでも谷原は落ち着き払った態度で、黙って中沢を見ている。

その冷静すぎる態度が、中沢の怒りをさらに増幅させることがわからない谷原ではない。美希は息をするのも忘れ、視線をぶつけ合うふたりを見守っていた。

しばらくして中沢は急に表情を緩めた。

「谷原。自分の立場をよく考えろ。キャピタル自動車だけで八万人もの社員を抱えているんだぞ。国内の子会社を含めれば四十万人だ。それを路頭に迷わす気か。いや、それだけじゃない。キャピタルグループ連結の売上は日本のＧＤＰ全体の十パーセントを占めている。我が社になにかあれば、日本経済全体が打撃を受けることになるんだぞ」

「しかし……」

「君がグループ会社に転籍したり、子会社に出向になったら真由子はどう思う？私だって娘に悲しい思いはさせたくない。わかるな？」

最後は露骨な泣き落としに切り替え、中沢は哀願するように言って部屋を出て行った。谷原は中沢が退室するのを見届けた後、大きな溜息をついた。

谷原が貫こうとする正義とは相反する上層部の主張。

泥酔するほど飲酒した原因はこれだったのだろうか。彼は再び椅子に座り込み、なにかを考えるように目を閉じている。たぶん彼の中で、自分の良心と会社での立場とがせめぎ合っているのだろう。

「専務……。私、専務のお考えは正しいと思います」

黙っていられなくなった美希は谷原に声をかけた。美希の声にハッとするように谷原が顔を上げる。そこに誰かがいることを忘れていたかのように。

「私の父は昔、小さな部品をキャピタル自動車に納めてました。本当に小さな部品だったけど、『このクリップは日本一、品質のいい車の一部になるんだ』って、キャピタル自動車に納品できることを誇りに思っていました。部品が詰められた段ボールを一つひとつ撫でて、『乗る人の命、頼んだよ』って念じてました。キャピタルの車はそんな部品の集合体です。企業の誇りと安全への祈りでできてるんだと思います。いや、そうあるべきだと思います」

美希自身、出過ぎたことを言っているという自覚はあったが、谷原は間違っていないということをどうしても伝えたかった。

美希の言葉を黙って聞いていた谷原はただ、ありがとう、と言って力なく笑う。

「食事はいい。車を回してくれ」

そう言い残し、専務室を出て行く谷原の背中が、孤独に包まれているように見えた。

十

翌週の月曜日にも経営会議が招集された。

また、バレットをリコールにするかどうかで紛糾しているのかもしれない。そう思うと、美希は仕事が手につかなかった。会議が終わるのをじっと待つことができなくなり、美希は秘書室と役員会議室の間を行ったり来たりしていた。

その日は予定より少し早く会議室の扉が開き、むっつりとした表情の会長の近藤と副社長の穂積が出てきた。すぐさま脇に寄りお辞儀をした美希の耳に、室内から、

「谷原。首を洗って待っとけよ」

というドスの利いた捨て台詞が聞こえ、憤然とした様子の中沢社長も会議室から出て来る。

谷原はまだ中におり、黙ってテーブルの書類を片づけていた。その横顔には悲壮感が漂っている。

声をかけることもできず、美希はもう一度秘書室に戻った。

「藤沢さん、ちょっと」

電話をしていた真柴が受話器を置いたと同時に美希を呼び、隣りのミーティングルームへ連れ出される。なにかしでかしただろうかと記憶を辿っている美希に、真柴は重々しく口を開いた。

「谷原専務が転籍されることになりました」

「え？　転籍？」

「辞令が出るのは来月になりますが、明日から『キャピタル・ナビゲーション神奈川支社』の営業部長として、そちらへ赴任されることになるそうです」

キャピタル・ナビゲーションは新しい会社だ。その名の通り、カーナビや音響システムなどを開発販売するメーカーで、キャピタル自動車本体の資本が五十一パーセント入っている。それぞれが独立しているグループ会社ではなく、完全な子会社であり、資本金も従業員数もキャピタル自動車本体の百分の一以下だ。キャピタル自動車の影響をモロに受けるような会社だと言える。

「明日？　どうして、そんな急に。しかも、そんな小さな会社の、しかも支社の部長って……。それに、どうして出向じゃなくて転籍なんですか？」

役員がグループ会社や子会社を立て直すため、社長として出向するケースは少なくない。出向なら別会社で実績を作り、キャピタル自動車本体に返り咲く可能性がある。が、転籍になった役員が戻ってきたという前例はない。どんな職位の人間でも『転籍になったら終わり』というのが、社内では暗黙の了解となっている。

「理由は知りません。また、知る必要もありません。社長のご判断ですから」

真柴の言い方は相変わらず冷淡で、取りつく島もない。美希はなにも言えなくなって黙り込んだ。絶望感に襲われている美希に、真柴が尋ねた。

「あなたはどうしますか？」

「え？　私、ですか？」

美希自身、こんなに早く谷原が失脚するとは思ってもおらず、秘書を辞めた後のことなど考えたこともなかった。

「専務がボードメンバーに入っていたのはイレギュラーなケースです。従って、もうこのフロアに常駐する専務はいません。どうしますか？　製造ラインに戻りますか？」

「え？　いいんですか？」

一瞬、状況を忘れ、美希は色めき立ってしまった。そんな美希を見て、真柴はなぜか失望したような顔になる。

「事情が変わりましたから。今後の処遇はあなたの希望に添って私が考えます」

「………」

これが秘書室への異動が決まった直後の話なら、ふたつ返事で元の職場に戻っただろう。しかし、今はバレットを組み付ける気になれない。美希は憂鬱な気持ちになって、真柴に尋ねる。

「製造ライン以外で、なにか私にできる仕事ってあるんでしょうか」

そう言った後ですぐに美希は後悔する。真柴が美希の行く先など心配してくれるはずがないのに、つまらない質問をしてしまった。

ところが、真柴の答えは美希にとって意外なものだった。

「あります。間もなく竹宮クレアさんが有給消化に入りますので、穂積副社長秘書が空席になります。それでよければ、人事に推薦しますが」

「副社長の秘書……」

経営会議が終わった後の空気からして、谷原以外はリコール反対派なのだろう。原因が究明できないことを理由に、問題があるかも知れない車両を売り続ける。そんな上司に従うなんて自分にできるわけがない。美希は唇を噛んだ。

「まだ一週間あります。ゆっくり考えて返事をください」

行き場を失った美希が、路頭に迷うような気持ちで席を立とうとした時、真柴が数枚の書類と郵便物を差し出した。

「専務宛ての郵便物です」

それは、最後の、とでも言いたげな冷たい口調だった。


コンコンコン。美希がノックをして専務室に入ると、谷原はキャビネットの前に立ち、もう部屋の片づけを始めていた。

「あ、お手伝いします」

美希は胸に抱いた書類をデスクの端に置き、慌てて谷原が抱えているファイルを受け取った。

「君には申しわけないことをしたね。やっと仕事を覚えてもらったところなのに」

谷原が力なく笑う。

「いえ」

美希は首を振り、受け取ったファイルを段ボールへ詰めた。目の前に広がっていた洋々たる未来が暗転したといっても過言ではないときに、新米秘書の気持ちを思いやる谷原に、美希は改めて感銘を受ける。

「君を秘書に選んだのには理由があると言ったの、覚えてるかい?」

キャビネットの整理を終えて執務机に戻った谷原が、引き出しのファイルを出して中の書類を確認しながら、美希に尋ねる。

「はい。覚えてます」

「本当は君にやってもらいたいことがあったんだ」

「私にですか？」

不要品の箱に入れられたファイルから書類を抜いていた美希の手が止まる。

「君はバレットのエンジン組み付けをやってただろ？」

谷原は片づけの手を止めずに淡々と続ける。

「僕はバレットの問題はエンジンにあると思ってる。それで、君にエンジン部品を調べる方法がないか相談しようと思ってた」

「エンジンに……。それが私を秘書に起用したふたつ目の理由ですか？」

「そうだ」

「どうしてもっと早く、言ってくださらなかったんですか？」

自分にできることがあるなら、いくらでも協力したのに。なにもできないまま、谷原が追放されたことが美希には悔しい。

「社員を巻き込むことに躊躇があったんだ。それにまさかこんなに早く、義理の父親に切られるとは思ってなかったしね」

軽い口調とは裏腹に、谷原の右手はぎゅっと握りしめられ、震えている。

「専務……」

自分が思っている何倍も上司は悔しいのだと美希は痛感する。

「あ。これ、専務宛ての郵便物だそうです」

美希は気を取り直し、デスクに放置していた書類や封筒を手に取って差し出す。

うん、といつもと変わらない笑顔で受け取った谷原は、デスクにもたれたまま、真柴が仕分けた郵便物を眺めた。が、それらを確認している途中、ふと怪訝そうに眉根を寄せた。

「うん？　これは僕宛ての書類じゃないな」

え？　と美希も谷原の傍に寄って、そのエクセルデータらしきものに視線をやる。

「中沢ラボラトリ……」

用紙の上部にはナカザワ電子工業の子会社であり、親会社で製造している車載カメラの映像を解析する業者、中沢ラボラトリの刻印が見える。ただ、データといっても、美希には日付と数字の羅列にしか見えなかった。その書類をしばらくじっと見つめた後、谷原はそのOA用紙を美希に差し出す。

「他の役員宛てのものだ。真柴君に返しておいてくれ」

真柴室長にしては珍しいミスだと、美希は軽い違和感を覚えたが、それっきりふたりは雑談もせず、ひたすら片づけを続けた。ときおり美希が盗み見た谷原は、なにかを考え込んでいるように見えた。

「あとは全て処分してくれ」

二時間ほど経ってから、谷原が作業を打ち切った。

もう、明日はこの部屋に谷原はいないのだ。彼の無念さを思うと、美希の瞳は怒りで熱くなる。

——どうして当たり前のことを言っている役員が、この会社を去らなければならないんだろうか。

理不尽な現状への憤りを必死で押し鎮めている美希に、谷原が意外なことを言った。

「短い間だったけど、これまでよくやってくれたね。お礼に家まで送らせてくれないか」

畏れ多いことだと思う反面、一秒でも長く、ひとつでも多くのことを谷原から学びたい一心で美希は谷原の申し出を快諾した。

十一

フレックスで帰宅することを真柴に告げ、美希は急いで退社した。

四時ちょうど。会社の玄関に停めた社用車の後部座席で谷原が待っている。すぐ運転手が降りてきて美希のためにドアを開けた。美希は恐縮して頭を下げ、急いで谷原の隣りに乗り込む。

手で触れたシートの滑らかさと、座った瞬間に体が優しく包み込まれるような快適さにこれがクラウディアの『役員モデル』なのだと実感し、緊張する。

同じ最上級クラスでも近藤ファミリーとキャピタルグループの役員が乗るクラウディアだけは、その車体色と内装が市販のものとは微妙に異なっている。塗料には美しい雲母が配合され、深みのある光沢を醸し出す。そして、車内は最高級の一枚革を使ったシート。そのすべすべした表皮は手を触れるだけで心地よい。

「出してくれ」

運転手にはすでに行き先が伝えてあるらしく、車は会社を出ると、美希の家がある上大岡方面とは逆方向に走り出した。

「君に見てもらいたい場所があるんだ」

海岸線から緩やかな坂道に入ると、やがて広いがあまり人のいない公園に着いた。

「ここでいい」

公園入口の路肩に車を止めさせた谷原がシートベルトを外す。上司の意図が見えないまま、美希も後から車を降りた。太陽が輝く西の空には雲もなく、さほど寒さは感じられない。

「あそこ、見えるかい？」

展望台のようになっている場所にふたり並んで見下ろした街並みの先に、かなり古そうな団地が見える。

「団地……ですか？」

「そう。僕はあそこで育ったんだ」

「え？」

中沢社長が彼に言い放った『貧乏人の子が！』という言葉が美希の鼓膜に甦る。

「団地ってさ」

と、谷原はこれまでにないような砕けた口調で話を続ける。

「貧富の差が小さいんだ。とくにあの団地には残酷なほど貧富の差がなかった」

みんな貧しくもなく、飛び抜けて金持ちでもなかった。バブルは弾けた後で、世間には一攫千金の夢もそうそう転がってはおらず、親がいきなり大金を手に入れて高級住宅地へ引っ越す子供もいなかった、と語る谷原が眩しそうに目を細め、同じような低層の建物が等間隔に並んでいる辺りを見つめている。

「同級生はみんないわゆる中産階級の子で、僕はなんとかあそこから頭ひとつ抜け出したいって考えてるような、生意気な子供だったんだ」

午後の日差しが照らしているのは、住む人たちの個性さえもスポイルしてしまいそうなステレオタイプの建物。昭和を思わせるレトロな景色を見ながら、美希は谷原の言葉に耳を傾けていた。

「僕はとにかく勉強して、通ってた公立小学校からは誰も受かったことのない私立中学に合格した」

けど……、とそこで谷原の口調が急に沈む。

「高校のときにオヤジが死んで、うちの家計は僕が大嫌いだった中産階級より、もっと下へ落ちた」

　彼の顔立ちには貪欲さや険しさがなく、美希の目には貧困という言葉からはほど遠く見える。なにより、彼の言動はいつもどの役員よりも余裕と品格が感じられ、スマートだった。裕福な家庭に育ったどの役員よりも。

「それでも、僕の母親は『やるからには一番になれ』って言って、私立の高い学費を捻出してくれた。三年間も……。幸い、大学は奨学金で行けた。そして就職して三年目には約束通り、キャピタル自動車で一番高いクラウディアをローンで買った。けど、それまでの無理が祟ったんだろうな。母は納車の日を待っていたように倒れて、長いこと入院した。結局、日本一高い車には乗らないまま亡くなったんだ」

　それは他人の人生を語るような、飄々とした口調だった。が、その横顔はやりきれない寂しさを堪えていた。

　やるからには一番になる。表面的にはスマートだが、努力を惜しまず、決して諦めない彼の仕事ぶりは、まさにその一言に集約されているような気がした。

　努力してあの団地から抜け出した少年が、世界でも一、二位を争う自動車メーカーの社長になるはずだった。そう思うと、美希は残念でたまらない気持ちになる。

「挫けそうになるとここに来た。あの頃の経験を無駄にするものか、って自分を奮い立たせるために」

「そうなんですか……」

他に言葉が見つからず、美希は言葉を途切れさせる。

「じゃ、送って行こう。久しぶりにここへ来たかったんだ。付き合わせて悪かったね」

「いえ……」

そこから美希の自宅までの道のりは会話もなく、しんみりした空気が車内に立ち込めていた。

十二

「君のお父さんにご挨拶していってもいいかな」

自宅の前で美希が車を降りようとしたとき、谷原が突然そんなことを言い出して、美希は大いに慌てた。

「えっ？　いや、うちなんて古くて汚い家ですし、散らかってるし、専務にお見せできるような家では……」

「前にも一度お邪魔してるから、そんなに慌てなくてもいいよ」

「へ？」

まさか……、と美希は谷原の背後に回ってその後頭部を見た。谷原が十年前に父親のお見舞いにきてくれた『課長さん』なのだろうか。だが、こうやって下から見る限り、長身の上司の後ろ頭にはなんの不自然さもない。

「うん？」

伸び上がるようにしている美希を、上司は不思議そうな顔で見る。

「あ、いえ。なんでもありません。じゃあ、コーヒーでも。ほんとに汚い所ですけど」

恐縮しながら美希は谷原を和室に通し、急いで父親の高史を呼びに行った。

「え？　キャピタルの専務さんが俺に？」

リビングで寛いでいた高史は、やはり身に覚えがないらしく、恐縮しきりで、「母さん、礼服ってまだあったかい？」と正装までしようとする。

「いや、帰り道にちょっと寄ってくださっただけだから、上にカーディガン羽織るぐらいでいいよ」

美希は椅子の背にかけたままになっていたニットを父親に渡し、車椅子を押す。

「ご無沙汰しております」

谷原の挨拶を不思議に思いながら、美希は父親が座布団に座るのを介助する。そして、コーヒーを取りに台所へ戻ろうとした彼女は、初めて上司の頭を上から見た。

──あれ？　ツムジがふたつ……。

そう思った瞬間、一気に中学生だったときの記憶が甦った。彼女の父に深々と下げた『課長さん』の頭にもふたつのツムジがあり、そのせいで髪の毛の流れが複雑なものになっている。中学生ながらに、セットの難しそうな頭だなと思ったことも同時に思い出す。

そんな美希の驚きを代弁するように、高史が先に声を上げた。

「ああ！　あのときの課長さんでしたか！　まさか、たった十年で専務さんにまでなられてたとは！」

「いえ、その役職も今日でクビになりまして」

「え？」

谷原の言い方があまりにも平坦だったせいか、高史はそれが冗談なのか本気なのかわからない様子で言葉に詰まっている。

「あのときは本当に申しわけないことをしたと今でも思っています」

「いやいや、もうその話は……」

高史は顔の前で右手を振った。

「基幹となる組織を離れましたので、僕でなにかできることがあれば、なんでもおっしゃってください。といっても、逆に今度はそれほど力もありませんが」

「いや。そうやって心にかけていただいてるだけで十分です。この通り、元気ですから」

高史は薄い胸板をドンと叩いて見せた。その様子を見て、しみじみとうなずいた谷原は、

「そうですね。お元気そうでなによりでした。では、これからも、お体を大切になさってください」

と、それだけのやりとりで、コーヒーにも手をつけず、藤沢家を後にした。

美希も谷原と一緒に玄関を出て、上司を社用車まで送ろうとすると、谷原が立ち止まり、高史の起こした交通事故の真相を話し始める。

「僕は当時、シート設計部の課長のひとりに過ぎなかった。あるとき、研修を終えたばかりの新人が古い図面を持ってきて、『このキャブレター部品の材料、なんで樹脂から金属に変更になったんでしょうか？』って言うんだ」

当時は新人教育で、廃棄する期限の来た紙図面を使って車の構造を教えていたのだという。あとは捨てるだけの紙には、なんでも自由に書き込めるからだ。

「その社員は勘どころがよくて古い図面に違和感を覚えたらしくてね。言われて見ると、スクリューボルトの溝が、最初に予定していた樹脂成型から金属の切削部品に変更されていた。構造上、金属を削って溝を作った方が安くつく、という判断で材料を変更したようだったんだが……」

金属は削れば僅かだが微細な金属粉が出る。部品に付着した金属粉がエンジンに多用されているフィルター類に付着する可能性があり、下手をすればフィルターが

目詰まりを起こし、エンストしてしまう恐れがある。高速道路でエンストを起こせば、即、大事故につながる。

「あのとき僕は、その部品の設計ミスに気づきながら、告発できなかったんだ」

「どうしてですか？」

「説得されたんだよ。その当時の上司に」

「説得……」

ふと、美希の脳裏を中沢の顔がよぎる。彼もまた、リコールを主張する谷原を強く罵ったり、泣き落としをしたりして、考え直すよう説得していた。

「あの頃のキャピタル自動車は欧州での訴訟を抱えていた。それは高級車のギアチェンジトラブルを巡る裁判だった。まったく違う車種と部品だったが、日本国内でも車両不具合があったとなると、陪審員の心証が悪くなる」

「だから、揉み消したんですか？」

過去のこととはいえ、許せない。美希は強い口調で聞き返した。

「最初は相談に行ったエンジン設計の部長に『シート設計の人間がエンジン設計のやることに口を出すな』って頭ごなしに怒鳴られたよ」

「そんな……」

キャピタル自動車の設計部門はプライドが高い。他部署の人間から指摘されることは、エンジン設計の責任者としてプライドが許さなかったのだろうと美希は推測する。

「その後、シート設計部の部長から呼ばれて、『該当するのは相当古い部品だし、もう国内ではほとんど走っていないような車に使われているだけだ。たとえ事故を起こしても、その金属粉が原因かどうかもわからない。だから騒ぐな』って言われた」

だが、役員の椅子を捨ててまでリコールを主張した谷原が、そんなことで上への意見を思いとどまったとは美希には思えなかった。

「あのときもクビを覚悟で戦うべきだった。だが、そのときの僕にはできなかった。当時の僕は仕事を失うわけにいかなかった。倒れた母の治療費が莫大なものだったんだ」

――それでも専務は父のために、自分で見舞金を工面してきたんだ……。

胸を震わせる美希の中で悔しさが再燃した。この人こそ、キャピタル自動車のトップに相応しい男だ。

「専務。もう一度、会社に戻りましょう。今すぐに！」

思わず、谷原の背広の袖を摑んでいた。

「え？　会社に？」

「専務の従業員コード、日付が変わるまでは有効ですよね？」

「それはそうだが、いったい、なにを……」

「今日のうちに、専務の権限でやれることを全部やりましょう。たとえばバレットの設計図をダウンロードするとか、構成部品の品番を全部洗い出すとか。とにかく、部外者ではアクセスできない情報を入手しましょう」

美希の言葉に谷原の目は大きく見開かれる。

「まさか……」

「はい！　明日から専務ができなくなることを、私にやらせてください。私なら専務の同志になれる。それが私を選んだ三つ目の理由ですよね？」

美希の言葉に、一瞬、谷原が言葉に詰まる。

「……だが、僕の考えている方法はかなりのリスクと困難を伴う。とてもやり遂げられるとは思えない」

「そんなこと、やる前から言うなんて、専務らしくないですよ。おこがましいかも知れませんが、私を専務の片腕にしてください」

「藤沢君……」

谷原は心を打たれたように美希を見つめ、言葉を途切れさせた。


ふたりが会社に着いたとき、時刻はすでに午後八時を回っていた。

「今夜は帰宅時間がわからないから、ここで。今までありがとう」

谷原は運転手に労いの言葉をかけて帰した。

ガランと静まり返っている役員フロアを見て、美希は今日が経産省絡みの会合がある日で、ボードのメンバー全員が霞が関に行っていることを思い出した。秘書たちもとっくに退社しているだろう。

が、エレベーターホールに一番近い部屋だけには、ひっそりと明かりが灯っていた。こんなときも秘書室にひとり残っているのは室長の真柴しか考えられない。

フレックスで帰ったはずの自分が専務を伴って再び出社するのはかなり不自然だ。が、悩んでいる時間はない。美希はあえて秘書室に顔を出した。

「室長。専務が忘れ物をされたので、取りにきました」

「そうですか」

毎晩遅くまで残業しているせいか、少し疲れた表情をしている真柴は、引き返してきた谷原と美希に不思議そうな顔すら見せず、小さくうなずいた。

「では、専務のＩＤの有効期限を退室されるまで延長しておきます。お帰りになるとき、また声をかけてください」

ＩＤが切れた後で谷原がゲートを通ればアラームが鳴る。セキュリティフロアに部外者がいると勘違いした警備員が飛んできたら面倒だ。騒動を嫌う真柴らしい事務的な配慮だ、と美希は思った。

「ありがとうございます」

ラッキーなことに時間が稼げた。美希はペコリと頭を下げ、専務室へ向かう谷原の後を追う。

谷原はすぐに専務席のパソコンを立ち上げ、設計情報にアクセスした。

「ログイン権限、まだ有効ですね」

美希が起動したデスクトップ画面を覗き込み、ほっと胸を撫で下ろしたとき、谷原が意を決したように口を開いた。

「実は以前、僕も中沢ラボからバレットの事故解析データを取り寄せたことがあったんだ。そのときの情報によると、新型バレットの事故は車台番号の若いもの、それも初期販のものに集中していた」

え？　と美希は聞き返すように谷原の顔を見る。

「そして今日、真柴君から誤って渡されたデータには、それが更に顕著な数字となって現れてた」

谷原がマウスを動かしながら言う。

――初期販ロットに事故が集中している……。

その衝撃的な事実を美希は頭の中で反芻する。

キャピタル自動車では、新型モデルの最初の出荷ロットを『初期販』と呼ぶ。

「出荷の時期によって事故の発生率に偏りがあるとなると、ラインが新型車用に変更されたせいで、不慣れな作業が原因の不具合が発生してるってことですか？」

「いや、それなら、作業者の慣れに従って、不具合は緩やかに減るはずなんだが、二期以降のバレットではほとんどと言っていいほど事故が起きてない」

「たしかに不自然ですね。では、ボードの中の誰かも、専務と同じように事故について調べ始めているということなんですか？」

「その『誰か』の良心に期待したいところだがね」

言葉とは裏腹にまったく当てにできない、と言いたげな含みのある口調だ。

「初期販って五千台ぐらいですか？」

まだ確実な売れ行きが読めない段階で製造される最初のロットは、通常、五千から八千台。日本中に散らばるキャピタル自動車の販売会社いわゆるディーラーに置く展示用や、工藤のように実車を見るまでもなく、カタログだけで購入を決めている熱烈なファンの予約分で埋まってしまう。

「今回のバレットの初期ロットは二万だ」

「そんなに……」

高級なクーペにしては異例の数量だ、と美希は舌を巻く。四百万円を超えるような高級車の発売一ヶ月目の受注目標は五千から六千台が一般的だからだ。

高級車に限らず、新型モデルの発表が近づくと、三ヶ月前には旧型モデルのオーダーストップがかかる。そして、新型モデル発表の一ヶ月前には生産ラインを停止し、二、三週間かけて新型用のラインへの入れ替えが行われる。

生産ラインが入れ替えられた直後は、製造現場が新しい工程に慣れていないこともあり、それまでよりヒューマンエラーが多くなる。もちろん初期ロットのチェックは入念に行われるが、それでもすり抜ける個体が市場へ出てしまうのが通例だ。

従って、この業界では一般的に新型モデルを購入するのは、製造現場が新しいラインに慣れる三ヶ月後以降がよいと言われている。だが、そうなると発売前から予約をしても半年待ちになることもザラにあるため、結果、一年近く待つハメになることも少なくない。

「前にも言ったが、僕は新型バレットの事故原因はエンジンにあると思ってる。二期以降の出荷ロットが事故を起こしたという報告がほとんどないところを見ると、やはり初期販バレットと今ラインを流れているバレットのエンジンはなにかが違う」

「では、初期販と二期の図面を比較すればいいんですか?」

「いや、そう簡単にはいかないようだ。社内のウェブ上で管理されている図面を調べたんだが、初期のものしかない。つまり、表向きはこれまで設計変更は一切していないということになってる。にもかかわらず、バレットの事故が二期出荷以降、劇的に減っているということは、図面には残していないが、誰かがなにかをいじっているはずなんだ。それを見つけ出したい」

つまり、今、ラインを流れている部品とウェブにある図面を照らし合わせればよいということになるが、そんなことができるのだろうか、と美希は考え込む。

「具体的にはどうやって?」

「まず、社内ウェブからバレットのエンジン設計図、つまり初期販の図面をダウンロードしよう。そこから部品の品番コードを拾う。無駄な作業になるかもしれないんだが、付き合ってくれるかい?」

「もちろんです!」

設計部にも在籍していた経験があるという谷原の仕事は早かった。が、当然のことながら役員室には自動車専用CAD、『CATIA《キャティア》』の設計図を印刷できるような大型プロッターがない。そのため、一度に全てを印字することができない。かといって縮小してしまうと小さな文字や数字が潰れて見えなくなる。通常の図面サイズで全体を俯瞰するため、谷原が分割してプリントアウトした図面を、美希がセロハンテープでつなぎ合わせることにした。

バレットのエンジン部品は、ネジやクリップなどの小さい構成品を合わせると一万点近くになる。その一つひとつに設計図が存在し、ネジ山の大きさ、面取りの角度、材質や強度など、全てが指定されている。しかも、それらをどうやって組み付けるかを指示するアッシー図というものも存在するため、図面だけでも膨大な量だ。

重複している部品は谷原が確認して削除していく。それでも、分割して印刷された図面の一枚一枚に目を凝らしながら、貼り合わせ、完成させていくのは、美希にとって相当根気のいる作業だった。——でも、車の図面を眺めるのは楽しい。

時間を忘れて没頭し、貼り合わせ作業を行った。

「ここまでで、もう二時間か」

谷原の呟きで、美希が壁の時計に目をやると、たしかにもう十時を回っている。

「だが、問題はこの先だ」

やっと終わったと達成感に浸っていた美希に、谷原が思いつめたような顔で言う。

「え？　この先、なにをすればいいんですか？」

「今、製造ラインを流れてるエンジン部品、つまり二期販以降のバレットに使われている部品の中に、この設計図通り作られてないものが存在するはずだ。その部品こそが、初期ロットの不具合を修正したものだ。それを照合して見つけ出す」

——つまり、もし本当に設計図と違う部品が存在したら、それこそが社内の誰かがリコールすべき車を隠しているという証拠……。

そう気づいて、美希は戦慄した。そんなことが可能なのは社内でもそれなりの地位にいる人間ではないか。

「いったい誰が……」

「犯人捜しは証拠の部品を見つけてからだ。この使用品番リストにある実部品を一点一点、この図面と照らし合わせ、設計通りに作られているか、もし、違うものがあったとしたら、その部品に不具合がないか調べていくしかない」

「この一万点近い部品をですか？」

気が遠くなりそうな話に美希は青ざめるが、谷原の意識はもう次の作業段階に進んでいた。

「これを実証するためには二期以降の部品が必要だが、新型モデルの予想外の人気にディーラーが悲鳴を上げてるような状況だ。実車は当分の間、入手困難だろう。これを他となると、あとは実際にラインを流れている部品を手に入れるしかない。これを他の役員に知られないよう、一点ずつ入手する方法をずっと考えてたんだが、誰にも疑われないようなやり方をどうしても思いつかないんだ」

「こっそり部品を工場の外に持ち出す……たしかにそれは不可能に近いですね」

キャピタル自動車では部品の数量は各工程できっちり管理されており、後工程《あと》の作業者が前工程の現場に必要なときに必要なだけ取りに行くのがルールだ。その際、部品が入っているコンテナには数量表記があり、これをキャピタル自動車では『ビルボード』もしくは『ビル』と呼ぶ。新しい在庫の箱を開封するのと同時に、ビルは剝がされて専用ポストに投函され、後で回収されたビルは実際の使用数量と照合される。

つまり、予備の部品などどこにもないのだ。だから工場から部品をこっそり持ち出すのは至難の業。しかもエンジン組み立ての工場は、美希がいた組み付けラインよりも遥かに狭い。変な行動をしたら、人目につきやすい——。

「そこのところは、どうしても製造スタッフの力を借りなければ無理なんだよ。だからといって、僕の立場で現場の人間に持ち出せとは言えない」

リスクと困難。この作業に入る前、谷原の口から洩れたふたつの単語とともに、彼が躊躇していた様子を思い出す。

思案する美希の頭にひとりの男の顔が浮かぶ。

「白取班長に相談してみましょうか。彼ならきっと協力してくれるはずです」

「白取？　誰だっけ？」

「え？　同期じゃないんですか？　年は違うけど谷原専務とは同期だと本人が言ってましたけど」

「白取……白取……」

必死で記憶を蘇生させようとしている谷原の顔を見て、美希はピンと来た。白取は一方的に谷原のことを『気の合う同期だ』と思い込んでいるのだ。

思えばキャピタル自動車には毎年、数百から数千人の新入社員が入ってくる。年度によって増減はあるものの、とにかく膨大な数だ。入社式や研修会で一堂に会する機会はあるものの、それも入社後数ヶ月の間のことで、すぐに配属先となる製造部門、間接部門、技術部門などの専門分野に分かれて別メニューの研修に入る。

白取も谷原も、車に対する思い入れが強い。研修などで、たまたま近くの席に座り、車の話で盛り上がった可能性はある。が、その後ふたりに接点があったとは考えにくい。

出世頭の谷原は同期にとって期待の星だろう。皆、彼の活躍に注目しているに違いない。そして気さくな谷原は、同期だったことは忘れ去っていたとしても、その後も黙々と働いているエンジニアに声をかけて労い、挨拶ぐらいは交わしたかも知れない。白取から見て谷原は、どんなに偉くなろうとも、永遠に気の合う同期なのだろうが……。

美希はワン・オブ・ゼムの悲哀を感じながら、

「同じ班で働いていた仲間が協力してくれると思います」

と言い替えた。

「そうか、頼もしいな」

谷原はまだ見ぬ同志を想像するかのように、力強くうなずく。

その後、該当の品番と図面が全て揃っているかの確認を行い、作業が終わったときには日付が変わっていた。

「そろそろ出ないとマズいです。いくらなんでも、真柴室長が変に思いますよね」

「うん。とりあえず、これだけのデータが揃えば大丈夫だろう。というか、あの真柴君がよく今まで僕たちを放置してたもんだ」

谷原がＰＣの電源を落としながら、意外そうに言う。

たしかに、と美希も不思議に思った。忘れ物を取りにきたと言って四時間以上、専務室に居座ってしまったのだ。作業に熱中するあまり、ここを出るときに声をかけると言ってそれっきりになってしまっている。もしかして真柴はふたりが専務室にいることを忘れて帰宅してしまったのではないだろうか。

明かりを消して専務室を出た美希は、まだ秘書室に電気がついているのを見てぎょっとした。遠方への外出や出張のとき以外、最後まで秘書室に残るのは真柴だが、いつもこんな時間まで仕事をしているのだろうか……。

気にはなったが、今はここに長居してしまったことを不審に思われない方がいい。そう考えた美希は、後ろにいる谷原に向かって黙ってうなずくと、足早に秘書室の横を通り抜けた。

「あれ？」

底冷えのする深夜の玄関には帰したはずの社用車が待っている。

「最後の日なので、やっぱり専務のご自宅まで送らせてください」

運転席から降りてきた運転手が、後部座席のドアを開け、静かに微笑む。四時間以上もここで待っていたのだ。いろいろな上司に仕えてきたであろう初老の運転手をこんな気持ちにさせるのも、谷原の人柄だろう。美希は改めて谷原に尊敬の念を抱く。

「君も乗っていきなさい」

そう言ってくれる谷原に美希は慌てて手を振る。

「いえいえ。今日は運転手さんとふたりでたくさんお話ししながらお帰りください」

美希は谷原に早く乗るようジェスチャーで促す。

逡巡していた谷原はやがて社用車に乗り込むと、すぐに窓を開け、美希に右手を差し出した。

「バレットのこと、頼んだ」

「はい。必ず事故につながる不具合を見つけてみせます」

美希はなんとも言えない寂しさを感じながらも、しっかりと谷原の目を見て、その右手を強く握り返した。次に谷原と会うときは証拠を見つけたときだと決心して。

第二章

一

谷原が会社を去った次の日、美希は谷原のいない専務室に入り、処分するよう頼まれた書類を片づけていた。

谷原に代わってバレットの事故原因を究明するということだけは決意していたが、自分の身の振り方はまだ決めかねている。現場に戻れば会社の動きは見えづらくなるが、全てを自分の思い通りに進めたがるように見える穂積副社長の秘書は自分にとって荷が重そうだ。

「あれ?」

書類をシュレッダーにかけ、最後にデスクの拭き掃除をしている途中、谷原の執務机の一番下の引き出しに茶色いA4サイズの角封筒がぽつんと残されているのを見つけた。中には古い車の型式とリコールすべき部位と理由が書いてあり、折りたたんだ図面も添えられている。

父親の半身を麻痺させたトラックだと、美希には一瞬でわかった。こんな古い書類をずっと持ち続けていた理由は『後悔』なのだろう。会社を去る人間が機密書類を持ち出すことはできない。かといって、これだけは自分の手で捨てることができずに机の中に遺した。

美希は谷原の遺言を見つけたような気持ちで、その書類を胸に抱きしめた。

「真柴室長。私に副社長秘書をやらせてください」

秘書室に戻るとすぐに真柴をミーティングルームに呼び出し、美希はそう言って深く頭を下げた。

組織から弾き出された谷原の意志を継ぐためには、社内の情報が集まる秘書室に残るのが得策だと考えての申し出だった。

真柴は冷ややかに笑った。

「竹宮さんを見ていてわかったと思うけど、穂積副社長の秘書は大変ですよ？」

真柴の目は美希の覚悟を確かめるようにまっすぐに彼女を見ている。

「頑張ります……」

自分の魂胆を見透かされそうな気がした美希は、思わず目を伏せて答えた。性格上、理不尽なことを言われて耐えられる自信はないままに。

「そう。じゃ、いらっしゃい。副社長に紹介します」

美希は新しい上司、穂積健介に会う心の準備ができないまま、副社長室へ連れていかれた。

真柴の後から穂積の執務机に近づくと、端にＩＴ系の雑誌が置かれているのが目に入る。

表紙の中央には腕組みをしてクールな笑みを浮かべている穂積。その横には『世界初。キャピタル自動車、自社でＡＩを開発』という文字が大きく載っていた。

「来月から副社長秘書をやってもらう藤沢美希さんです」

穂積は分厚いゴルフ場ガイドを眺めながら、はいはい、とおざなりに返事をした。美希の顔を見ることもせず、彼の視線はずっと豪華なクラブハウスの写真に釘づけだ。

「真柴君。もう誰でもいいけどさ。もうちょっと人当たりがよくて、上司の気持ちを忖度できる子にしてくれないと困るよ？　たしかに前の人選のときに『美人がいい』とは言ったけどさ、帰国子女とか、やっぱり僕、合わないわ」

その視線をずっとガイドブックの上に置いたまま、気もそぞろに、ブツブツ呟くように文句を言う穂積。

自社でＡＩ技術を確立し、新型エンジンのプログラム開発においても陣頭指揮を執った男。シリコンバレーの開発部隊と連携して、それら全てのプロジェクトを成功に導いた第一人者だと聞いているが、とてもそんな切れ者には見えないと、美希は首を傾げる。

「申しわけございません」

真柴は客からクレームをつけられた客室乗務員のように、美しい姿勢で頭を下げた。

「では十二月から、こちらの藤沢さんで。よろしくお願いします」

真柴の言葉に続けて、美希も「よろしくお願い致します」とお辞儀をする。

「はいはい」

結局、穂積は一度も美希の方を見ることなく、この人事が決定した。

「本当に私でいいんでしょうか？」

副社長室から廊下に出たのと同時に、美希は真柴に聞いた。穂積と真柴のやりとりを聞いて急激に不安が湧いてきたのだ。

「いいのよ。誰でも同じだから」

「え？」

「どんなに優秀な人材でも半年か、長くて一年ぐらいしかもたないのよ、穂積副社長の秘書は」

「そ、そうなんですか？　じゃあ、私は中継ぎとかそんな感じですか？」

「そうね。ワンポイントリリーフってところかしら」

美希は冗談のつもりで言ったのだが、真柴はニコリともせずに返す。どうやら、それは冗談や軽口ではなく本気らしい。美希は笑うに笑えなくなった。

秘書室に残ることを決めた美希は、穂積に挨拶をした翌日、久しぶりに白取にLINEを送った。

『今日、集まれませんか？』

『今日の五時半、来れるヤツは轟に集合』

すぐに白取が反応し、集合する理由を尋ねることもせず、飲み会の常連メンバーに招集がかかった。

一分もしないうちに工藤と都路がそれぞれ違うマニアックなアニメキャラで『OK』と返信。例によって汐川と上村は既読スルーだ。

上村は自分の利益にならないことには消極的だ。それがわかっているだけに、バレットのことで彼にまで協力を求めるのは抵抗がある。が、白取が飲み会の常連メンバー用LINEを使ってしまったから仕方がない。

そうして、その日六人全員がいつもの居酒屋の前に集まった。

「大将、今日も座敷、貸してくれるかい？」

「ああ。班長さん。いつもご贔屓にしていただいて。どうぞ、どうぞ」

いつものように店にひとつしかない奥の個室に入る。

「メンバー全員揃うのは久々だな」

そう言っておしぼりに手を伸ばす白取が、いまだに自分を班のメンバーとして扱ってくれることが美希には嬉しい。

「それで、どうだ？　秘書室は？　意外と長いこと続いてるじゃないか」

「あ。班長、五千円」

「う……」

心臓を撃ち抜かれたようなおどけた動作を見せながらも、なにげない口調で遠回しに話を切り出した白取の顔は、美希が皆に招集をかけた理由を早く知りたがっているように見える。

もしかしたら、自分が秘書室のメンバーとうまくいかず、ホームシックに陥って連絡してきたと勘ぐっているのかも知れない。元上司に心配させるつもりはなかったが、美希はなんとなく上村を警戒して本題を切り出せなかった。

「美希やん。あそこは女ばっかじゃけん、気疲れみたいなもんがあるんじゃろ」

汐川のその質問にも、

「室長はサイボーグみたいだし、天使のような顔の同僚には悪魔が憑依してるみたいだし。他のふたりは無関心を装ってるわりに、私を小バカにするときは一緒になって笑うの」

と、個性的な秘書たちの話を並べてお茶を濁すつもりが、いつしか本気で愚痴を言っている。

そうこうしているうちに、大きなお盆で料理が運ばれてきた。白取班を離れてまだ二ヶ月ほどだが、美希にはすでに懐かしい味に思える。

「それじゃ、俺、勉強があるんで」

一通り食べ終わった上村がいつものように帰っていく、このタイミングを美希は待っていた。

視線で上村の背中を追い、彼が店を出たのを確認すると同時に美希は、すぐさま座敷の襖を立て切った。そして、大きな座卓テーブルに身を乗り出す。

「バレットのことで、みんなに手伝ってほしいことがあるの」

「バレット?」

ただの飲み会だと思っていたらしい工藤と都路が、きょとんと聞き返す。

「私、どうしてもバレットの事故原因を解明したくて」

そう切り出す美希に、白取が怪訝そうな顔になる。

「そりゃあ、俺だって同じ気持ちだが……。けど、まったく原因がわからないって噂だぞ?　世界に冠たるキャピタル自動車の品質保証部でもお手上げらしいって。それを俺たちがどうやって?」

「実は……。転籍される直前に、谷原専務から不具合の原因を見つける方法を託されたの」

「え?　谷原が転籍した?」

弾かれたように聞き返す白取に美希はうなずいてから続ける。

「役員の中で谷原専務だけが、バレットをリコールすべきだって主張してたの。でも、ボードメンバーは原因不明のままリコールすることに反対だったみたい。会議の後で専務室に怒鳴り込んできた中沢社長は、このタイミングでのリコールは協業を模索してるガイアに足許を見られる恐れがあるって言ってた。けど、谷原専務は中沢社長に逆らって……」

「アイツ、潰されたのか……」

白取は悔しげな顔をして、テーブルの上に置いている拳を握りしめた。

「谷原専務は逆らえばどうなるかわかってたはずなの。それでもなんとかボードメンバーに考え方を変えてもらおうと、飛ばされるのを覚悟でリコールを主張したんだと思う」

「谷原のヤツ、そこまでして……」

親友の悲劇を悔しがるような白取の姿に、美希は少し複雑な気分になりながらも、話を続ける。

「専務には一度、体制に負けてリコールを断念した過去があって……。その後悔は私の目にも壮絶なものに見えた。だから、今度こそ、自分の全てを賭けてユーザーの安全を守ろうとしたんだ、きっと」

谷原の気持ちを代弁しながら美希は、一昨日聞かされた彼の幼少期の話、そしてアンダーソンに製造ラインを見せていたときの誇らしげな顔を思い出す。キャピタル自動車が谷原にとって憧れであり、誇りだったことは疑う余地もない。だからこそ、その会社が作っている自動車が、凶器である可能性が高いとわかったら見過ごすことができなかったのだ。美希は改めて谷原の胸中を察し、喉の奥に熱いものが込み上げる。白取も共感するように目を潤ませて唇を噛んだ。

「アイツ、黙ってれば出世街道を突き進めただろうに」

「専務は自動車が人の生活に与える豊かさと、逆に人を傷つける凶器にもなりえる危うさの両方を常に考えてるような人だった。短い期間だったけど、専務と一緒に働いて自動車メーカーのトップに相応しい人だって、心の底から思えた。リコールはそんな専務の正義だった。だからこそ、私は専務の無念を晴らしたいの。不具合部品を特定して、リコールを渋ってるボードメンバーに突きつけてやりたいのよ！　私は社内で最後のひとりになっても、死亡事故が起きる前にバレットをリコールに持ち込んでみせるわ！」

　思わずテーブルの上に拳をドン、と置いた美希に、白取が大きくうなずいた。

「わかった。上が動かないんだったら、俺たちでなんとかしよう。俺たちがこの手で組み付けた車なんだから。なにか間違いがあったっていうんなら、やり直さなきゃならねえ。リコールは俺たちにとっても正義だ」

やろう、やろう、と工藤と都路も賛成し、汐川もテーブルに肘をついて身を乗り出す。

「で？　ワシらはなにをすりゃあええんかいの？」

汐川の質問に答えるべく、美希はすぐさまテーブルの上の皿を片づけ、トートバッグから分厚い図面と品番リストを取り出した。

「これ、見てください。バレットのエンジン図面と品番リストです」

「おお！」

真っ先に設計図に手を伸ばしたのは工藤だった。目を輝かせ、ＣＡＴＩＡが描いた繊細な図面をうっとりと眺めている。「まじかー、まじかー」と小声で繰り返しながら。

「美希。お前、こんなもの、持ち出して大丈夫か？」

機密管理の重要性を熟知している白取が、さすがに心配そうな顔で眉をひそめる。

「もちろん、懲罰ものだってことはわかってるけど、社内でこれを広げて話し合うことはできないでしょ？」

万一、この動きを上層部に察知されてしまったら、邪魔をされ、なにもできなくなってしまう恐れがある。それ以前に職務規定違反で最低でも謹慎、異動は免れないだろう。専務であり、社長の娘婿でもある谷原でさえ、リコールに反対しただけで呆気なく左遷されてしまったのだから。

美希の覚悟を察したのか、白取も黙ってリストを手に取り、しげしげと眺めた。

「それにしても、よくこの図面と品番リスト、引っ張りだせたな」

「最終日に谷原専務のＩＤでダウンロードしたの」

「なるほど、役員コードでログインすれば、どこでもアクセスできるからな」

美希は急いでジョッキを口に運び、ビールで喉を潤してから続けた。

「じゃあ、最初から説明するね？　専務の話では、バレットの事故はどうやら初期販ロットに集中してるらしいの」

「は？　初期販って、俺のじゃん！」

工藤が真顔で美希を見て、目をぱちぱちと瞬かせる。

「そう。発売前の先行予約販売分。この段階で購入を決めるのはディーラーが多いじゃない？　いわゆる店舗のディスプレイ用ってヤツ。あるいは工藤みたいに試乗もせず、バレットと名がつけばなんでも飛びつくクレージーでリスキーな一般ユーザー」

無謀だと言われているのに、工藤はどこか自慢げな表情を浮かべている。褒めてないからね、と同僚に釘を刺してから美希は続けた。

「つまり、今、事故を起こしてるのは、予約して購入した熱狂的なバレットファンの車。だけど、同じ車両は日本中のディーラーにも散らばってる。バレットは今、生産が追いつかない状態だから、ディーラーの在庫分は初期販も二期分も完全に売り切れてる。ショールームの展示品が売られるのも時間の問題だわ。いや、もう売られ始めてるかも」

　美希の説明に、汐川が腕組みをして唸る。

「うーん……。たしかに今回のモデルも人気があるけえの、納品を待てんで、もう展示品でもええ、ゆう客も出てきとるじゃろ。なんせ七年ぶりのフルモデルチェンジじゃけ」

「そう。つまり、もし本当に初期販の部品に不具合があれば、展示品が出回るタイミングでまたたくさんの事故が起きる可能性がある」

「初期販だけに集中してる事故かあ。そんなの、これまであったかな」

　白取は過去の経験をさかのぼるように首を捻る。

「専務は車載カメラの事故記録を取り寄せて、車台番号を確認したって言ってたから間違いないわ」

「マジか……」

　美希の予測に、工藤がぞっとしたように自分の腕を撫でる。そしてその後で、美希に急いで確認した。

「んで、この図面はどっちの図面なんだ？　初期販用か？　それとも、二期販以降の設計図？」

「それが……。設計図は最初からこれ一種類しかないみたい。つまり、ウェブにある図面自体は初期販も今も変わってないらしいんだよね」

「変わってない？　なのに、初期と二期以降の出荷分で事故率が違うってのはいったい……」

白取が納得のいかない顔になり、手にしている設計図に改めて目を凝らす。

「ウチの品質保証部が今現在ラインを流れてるバレットの部品を抜き取り検査して徹底的にチェックしたらしいが、全て良品だったたって話だ」

そう言いながら白取は、美希が貼り合わせた図面をもう一枚、手に取る。

「同じ図面で作られてるはずなのに、今流れてる部品には問題がないってことですか？　不思議だなあ」

ぽかんとした顔で疑問を呟く都路に汐川が重い口を開く。

「誰かが別の図面を作って、こっそりすり替えたんじゃなかろうか」

「けど、ウチの図面って、設計管理部が全部データ化して専用システムにインプットしてるはずだよな……。で、設計や開発部隊の社内関係者にウェブで公開されてるんじゃなかったっけ……。そう簡単には入れ替えられないよな」

工藤がひとりごとのように呟き、首を捻る。

「じゃけえ、今、その設計管理システム、ピタゴラスで公開されとるのとは別に、修正した設計図がどこかにあるはずじゃ。誰かが不具合部品の図面だけ描き直して、不具合のある部品の金型か仕様だけを変えて良品が作れるようにしたんじゃろ」

「設計部の誰かが……」

美希は反射的に呟くが、工藤が言ったように設計管理部の責任者が管理しているデータを入れ替えるのはハードルが高い。

「なんにしても、かなり上の人間の指示なしに行われるとは思えんが……」

と続ける汐川の話に美希は納得し、頭の中で犯人捜しを始める。

「設計部の部長とエンジン組み立てをやってる第一工場の工場長とか？」

「誰が黒幕かはわからんが、いずれ、ピタゴラスのデータもすり替えられるんじゃろうな。次の丸マかなにかのタイミングでやればバレんじゃろ」

汐川の推理の後、工藤が続ける。

「けど、エンジン組み立ての現場の人間は部品が変わってることに気づきますよね？」

「えー？　てことは、設計だけじゃなくて現場の人もグルになってリコール隠しをやってるってことですか？　なんか、ショックだなあ」

意気消沈しながら呟いた都路が、リンゴジュースをストローでちゅーっと吸い上げる。美希は都路の頭に手を伸ばして撫でた。

「まあまあ、現場って言っても、私たちみたいなラインで働いてる人間じゃないと思うよ？　ラインの人間は上から『明日からこれで組み立てろ』って言われたら、ただそれをやるだけ。変更の意味なんて考えないでしょ。悪いのは、もっと上の方、例えば入江部長みたいな……」

うっかり美希は自分をあっさり秘書室へ異動させた製造本部長の名前を挙げてしまう。

「不正じゃないか！」

呑気な都路とは対照的に工藤が激昂し、テーブルを叩く。

「私もそう思う。これが見つかったら立派なリコール隠しよ」

美希が同調し、それまで黙って聞いていた白取も怒ったような表情になって、ジョッキのビールを一気に飲み干す。

「設計図は初期販から変わってないって言われて、それを信じてひたすら今流れてる部品だけを調べさせられてる品質保証部の人間もいい迷惑だな」

「班長。品証に連絡しますか？」

工藤が腰を上げかける。

「いや、待て。美希が言うように、これは上の方が主導してる可能性が高い。下手なところに話を持ってったら握りつぶされる」

「上って……」

白取の言葉に触発され、美希の脳裏に中沢の顔が彷彿とする。谷原を罵ったときの顔が。

「だいたい、ひとつの部署だけでできることじゃねえだろ。もしかしたら、設計やエンジン組み立ての上層部だけじゃなくて、品証の上の方まで抱き込まれてる可能性がある。ボトムの人間には同情するが、今、動けば、首謀者の耳に入ってしまう恐れがある」

白取がいつになく慎重な発言をする。それを見て、もしかしたら彼の頭の中にもボードの誰かの顔が浮かんでいるのかも知れない、と美希は直感した。おいそれとは口にできない誰かの顔が。

工藤は無言のまま険しい表情でバサバサと別の図面まで広げている。

「あー、でもいっそ、エンジン組み立ての工場長に確認してみるか？　といっても、リコール隠しに協力してるヤツはそう簡単に白状しねえだろうけど」

——やっぱり白取は武闘派だった。

「班長、早まらないでください。こっちの動きを知られたら、主導した人間に気づかれるかもしれない、ってさっき自分で言ったばかりじゃないですか。そうなったら証拠も揉み消されて水の泡です」

「かといって、上から指示されて秘密裏に設計変更した社員を特定することはもっと難しい。じゃあ、どうやって不具合のある部品を見つければいいんだ？」

白取班の皆が考え込む中、工藤がポンと手を打った。

「わかった！　この初期図面と違う部品が今のラインを流れてたら、その部品が不具合を解消するために設計変更された部品、つまり初期販で不具合の原因になってる部品ってことか」

「その通り！　専務もその方法を模索してたんだけど……」

「じゃあ、二期出荷以降のバレットを入手して、その辺の構成部品をバラせばいいんだな？　そしてこの図面と照合する」

工藤は目を輝かせるが、美希は「待って」と同僚の勇み足を制する。

「もちろん知ってると思うけど、新型バレットってスタンダードでも四百万以上するんだよ？　しかも、今、半年以上の納車待ち。やっと手に入れた高級車を分解されるとわかってて誰が提供してくれるわけ？」

「そりゃまあ、そうだな。俺だったら絶対貸さねえ、って、じゃあ、どうすんだよ」

眉尻を吊り上げた工藤に迫られ、美希は言葉に詰まった。

「先輩。言ってください。バレットの事故をなくすために、僕たち、なにをすればいいんですか？」

都路が瞳をキラキラさせて美希を見つめる。その純粋な輝きに、弾かれたように美希は資料を広げたテーブルに視線を落とした。

「それは……」

いざ自分の計画を話す段になって、美希は躊躇した。ここから先はさらなるリスクが伴う。谷原から託された方法を切り出す直前になって、美希は役員である谷原がなかなか自分に協力を求めることができなかった理由を身をもって知る思いだった。

――みんなを巻き込んでしまっていいんだろうか……。いや、他に頼れる仲間はいない。これ以上の事故を未然に防ぐためにもやるしかない。

そう思い直した美希は自分の中の正義に突き動かされるようにして口を開いた。

「ここにある品番の部品を会社から持ち出して、その一つひとつを図面と整合するの」

「は？　持ち出す？　どうやって？」

工藤が心底驚いたように目を見開いて聞き返す。

キャピタル自動車の生産方式では必要な部品を必要なときに必要な数だけしか供給しない。持ち出せる余剰部品など存在しないのだ。

「それをみんなに相談したかったの」

美希は部品持ち出しの方法についてはノープランであることを白状した。美希も含めここにいるメンバーは部品の持ち出しがいかに困難なことであるかを熟知している。

「僕たちがいる第四工場の最終工程を流れてくる車両からエンジン部品を持ち出すなんて不可能ですよねえ」

都路がその場面を想像するような顔をして、おっとりと呟く。美希もつられるようにして、あとはボンネットの下に組み付けるだけの状態になっている巨大部品を持ち出す都路の姿を思い描く。

「無理無理、絶対無理！　大きすぎるよ」

　美希がすぐさま却下。

「協力したいのは山々じゃが、エンジンのない車を見て見ぬふりして検査工程に送り出すことはできんのお。ジジイ、ついにもうろくしたかと言われかねん」

　汐川も真顔で言う。どこまで本気でどこから冗談で言っているのか美希にはわからなかったが、作戦が暗礁に乗り上げていることだけは明白だった。

　また全員が黙って思案を続ける。

「バレットのエンジン組み立てをやってる第一工場なら、組み立て前の部品がストックされてるぞ。一定数が決まった場所に常に保管されてるから、そこからひと晩だけ借りて、次の朝返せば不足は出ないんじゃないか？」

　そう言って工藤はニヤリと笑うが、美希はその方法に賛成できなかった。

「部外者が用もないのにエンジン工場に出入りして部品を抜き取るなんてリスクが高すぎるよ。そもそも最終組み付けの人間がそこにいるだけで不自然だよね。それに在庫部品はビルで管理されてるから、部外者が闇雲にその日の組み立て分から部品を抜くのは無理じゃない？」

「となると、エンジン組み立ての人間の協力が必要か……。しかも絶対に上層部とつながってないようなクリーンな人間が」

　さすがに無理があるとわかったのか、工藤は反論せず、別の方法を探すように自分の斜め上あたりの空気を睨む。そこにいる全員が黙って天井を見上げたり、図面を見下ろしたりしていた。

——エンジン工場に信頼できる知り合いがいれば……。

そう思ったが、実際のところ美希には第四工場以外のエンジニアに知り合いがいない。同じ会社で働いていながら部署や工場が違うというだけで、案外交流がないのだ。

縦のラインばかりが強固で、横のつながりが希薄だと言われる大企業の弊害を、美希は今さらながら痛感する。

「第二か……。そういえば気の合う同期がひとりだけいるな。それとなく当たってみるか」

白取が心当たりの人物を思い出すように言った。

班長以上になると、同じ職位の人間が集まる研修や会議に出席する機会がある。それほどの頻度ではないが、一般社員よりは交流の範囲が広い。

「気の合う同期……。その人、白取班長のこと忘れ去ってるってことはないですよね？」

谷原の反応を思い出して美希は少し不安になった。

「バカ言うな。先週、一緒に釣りに行ったヤツだぞ？　なんでソイツが俺のこと忘れんだよ」

失礼しました、と美希は大げさに頭を下げ、冗談めかす。

「まあ、リスクを伴うことだから、断られる可能性もあるが、それをペラペラ漏らすようなヤツじゃない」

「じゃあ、お願いします」

美希はもう一度、白取に向かって頭を下げた。今度は神に祈るような気持ちで。もしこれがダメならもっとリスクを伴う方法を取らなければならない。そんな美希の不安を察したように、汐川がぽつりと言った。

「美希やん。わかっとると思うが、会社から部品を持ち出すっちゅうのは機密管理規定違反じゃ」

「汐爺……」

この期に及んで正論を吐く老兵。この会社のことを一番よく知っているであろう男の言葉には重みがあり、座敷がしいんと静まり返る。

「違反じゃが、規定を破ったことを悪ととるか、異常があるとわかっとってこのまま危険な車を走らせ続けることを悪ととるか」

汐川の口から出た究極の選択に皆が息を呑む。そして、その後にどんな言葉が続くのか、そこにいる全員の視線が汐川に注がれていた。

「ワシは人命より大切なものはこの世にないと思うとる」

妻の死を二十年も引きずっている男の言葉が美希の胸に迫る。

「じゃから、バレットが誰かの命を奪う前に、なんとかせんといけん。会社がやらんのじゃったら、ワシらでやるしかない。ワシらがこの手で作っとるんじゃけえ」

工藤が汐川の話に強く共感した様子で一文字に結んでいる口を開いた。

「俺はやる。今はまだ怪我ぐらいで済んでるが、エンジンに不具合があるってことは一歩間違えば死亡事故だ。俺はバレットの犠牲者第一号になるのは御免だからな」

「いやいや、これは工藤ひとりの問題じゃないから。それが誰だろうと死なせちゃダメなんだって」

利己的な工藤に美希は反論したが、都路は泣きそうな顔になっている。

「僕も自分が組み付けた車で死亡事故が起きるなんて絶対イヤです！」

その場面をリアルに想像しているらしく、青ざめて首をぶるぶる振りながら訴える都路。

皆の顔を見回した白取が、すっと真剣な表情になる。

「やろう」

そこにいる全員が、表情を引き締め、深くうなずいた。

二

その晩、白取からＬＩＮＥで連絡が入った。いつものとは別に新しいグループトークが作られ、招待されたのは美希、汐川、工藤、都路だ。

『第一の班長と話がついた。明日の十六時、轟に集合』

その白取からのメッセージに、メンバーからは一斉に『了解』のメッセージやスタンプが並んだ。

だが、翌日は秘書業務が立て込み、美希が居酒屋に駆けつけたのは六時を回ってからになった。

招集のかけられた時間から二時間は経っている。テーブルの上の料理はあらかたなくなっていた。さすがにもう打ち合わせは終わってしまったのだろう、と美希は皆と同時に段取りを聞くことができなかったのを残念に思う。

「で、どうなった?」

「班長がお前を待つって言うから、まだ俺たちも聞いてねーよ」

工藤がつまらなそうに言ってスルメを齧り、ジョッキを傾けた。

「よかった! 大将! 生中ひとつ!」

美希が自分のビールを注文してから、白取が説明を始める。

「名前は伏せるが、俺の信頼できる同期にエンジン組み立ての班長がいる。ソイツに内密を条件に事情を話したら、ぜひ協力したいって言ってくれた」

心強い味方の出現に、おお、と皆が色めきたつ。

「とはいえ、いくら第一の人間でも部品の持ち出しは難しい。だが、例外がある」

「例外？」

と、皆が身を乗り出すのを見て、白取がニヤリと笑う。

「不良品だ」

作業中に部品の不具合が見つかった場合は、班長クラス以上の管理職が、処分するか、要調査で品質管理部に回すかを決定する。処分するとなれば、産業廃棄物用のコンテナかリサイクル用コンテナに捨てる。従って、不良品ならこのコンテナから持ち出すことは不可能ではないだろう、というのだ。

「でも、班長。ほしいのは一目見て不良とわかる部品ではなく、正常に組み立てられる部品です」

美希の訴えに、白取は、まあまあ、と落ち着くよう手の平を見せる。

「まず、ソイツが検査に通った部品に不良品が交ざってたと偽って紙袋に入れ、廃棄用のコンテナに捨てる。コンテナは午前と午後、廃棄倉庫に持ち込まれるから、俺たちは昼休みか定時後に廃棄物倉庫でその紙袋を拾い、作業着のポケットかどこかに隠して倉庫から持ち出す。そして一旦、更衣室にでも隠して、定時後、社外に持ち出し、ここで該当部品かどうか、つまり設計図通りに作られた部品かどうか検品する。該当部品でなければ、俺が自宅に持ち帰って適当に処分する。どうだ、パーフェクトだろ」

自分のプランを自画自賛する白取。美希と都路は班長が立てた作戦に手を叩く。

「完璧です。そうやって持ち出した部品を一点ずつ図面と同じかどうかチェックしてつぶし込むんですね？」

「ああ？　バカ言うな、エンジン部品は構成部品まで入れたら一万点以上あるんだぞ？」

白取のプランを称賛する美希に、工藤が反論と一緒に品番リストの束を突き出す。

「だって……」

口ごもる美希に助け舟を出すように、白取が口を挟んだ。

「いや。その必要はない。丸モ前、つまり一世代前のバレットには問題がなかったんだから、問題があるとしたらおそらく今回、新設された部品だ」

「新設部品……」

美希はおうむ返しに呟いた。

自動車部品はモデルチェンジ前の車型から新型モデルに流用されるものが多い。だが、一部の部品は新型モデルのためだけに新たに設計し直される。それが新設部品だ。

「前回のバレットと違う部品だけなら、そうたくさんはないだろ」

白取の説明に納得した様子の工藤は、ふと思い出したように口を開く。

「そういえば、俺、一世代前のバレットの設計図、研修で見ました。新設部品はこの図面を見る限り、ざっと五百点というところですかね」

工藤が図面を見つめたまま新設部品の概数を弾き出す。彼と同じ研修を受けた美希だが、バラバラになったエンジンを見学したのはわずか十五分程度だった。その短い時間で複雑な形状をきっちり頭に叩き込んでいるらしい同僚に美希は驚嘆する。

「五百か。それでも結構あるんだな。まあ、その中には共通部品もあるから、持ち出しを一日せいぜい数個として、運がよければ一日目で見つかるかも知れないし、下手したら一年ぐらいかかるかも知れない。一日に持ち出せる数によるなあ」

白取もそこは読めない様子で首を捻った。そのとき、ぽん、と手を打ったのは都路だ。

「けど、ブレーキを踏んでないのに止まったっていう証言が多いわけだから、走行系とか変速系の部品、もしくはそれに直結する部品が怪しいんじゃないですか？」

「それ！　たしかにそうだ。手伝ってくれる第二の班長に頼んでそういうのから順に持ち出してもらえばいいのよ！　グッドアイデアだよ、航大！」

美希に褒められ、都路は少しはにかむような顔になる。

「だな。トロが言うように直接エンジンに影響を与えそうな部品から順に持ち出してもらうことにしよう。エンジン組み立ての班長だし、そいつもかなりの車オタクだから、問題なくやれるだろ。よし。じゃあ、俺たちの方の役割を決めるぞ」

白取の号令で皆が同時にテーブルへ身を乗り出す。

「廃棄コンテナから部品の入った袋を持ち出すのは、俺と工藤とトロがやる。休憩時間にコンテナから取って、ブルゾンの下かポケットの中に隠して更衣室まで移動。そこで着替えるふりをしてロッカーに隠し、定時になったらロッカーから部品を持ち出してここへ来る」

白取は自分で段取りを説明しながらも、「今さらだが、これって結構リスクあるなあ」とぼやく。万一、見つかったらクビが飛ぶ、と。

「とにかく、慎重にいきましょう。で、ここに持ってきた後はどうするんですか？」

美希が先を促すと、白取は気を取り直したように手順の説明を続けた。

「コンテナからの持ち出しに成功したら、俺が昼休みにＬＩＮＥで招集をかけるから、汐爺と美希はここで待っててくれ。この座敷に集まって五人で部品の検証をやる」

白取が決めた作戦に四人が深くうなずいた。

「はいはい、お待たせー」

ちょうど打ち合わせが終わったタイミングで、轟の店主がステンレスのお盆にのせたお代わりのジョッキとグラスを運んできた。

「世界一安全な車の出荷を願って。かんぱーい！」

その夜は皆、胸にわだかまっていたものが消えたみたいな笑顔で酒を酌み交わした。

翌日の夕方も美希は秘書室を抜け出して、汐川と居酒屋『轟』の座敷で他のメンバーを待った。さっき白取から連絡があり、コンテナから更衣室までの持ち出しに成功していることはわかっている。それでも、守備よく会社の敷地から外へ持ち出すことができただろうか、と心配で落ち着かない。

基本的に工場では、手荷物は全てロッカーに入れ、私物の持ち込みは制限されている。

さすがにプライバシーに配慮して抜き打ちの持ち物検査が行われることはないが、美希の記憶にある限り、過去に一度だけ技術管理部の許可を得ないカメラ付きケータイやスマホが持ち込まれていないか、機密管理のための検査をされたことがあった。そのときも直前に告知はあったのだが……。

万一、社員通用口で抜き打ちの検査をされ、バッグやポケットから部品が出てきたらスマホどころの騒ぎでは済まない。

「うまく行きますように」

座敷のテーブルに肘をつき、美希は祈るように指を組む。警備員か誰かに見咎められたりしていないだろうかと他のメンバーの顔を見るまで落ち着かなかった。

十五分ほどして白取と工藤、そして都路が店に現れた。慎重に襖を閉めた白取が「じゃーん」と子供のようにジャンパーのジッパーを下ろし、そこに隠していた筒状の真っ黒なプラスチック部品を取り出してテーブルの上にゴロゴロとのせる。それを合図に工藤と都路も部品を出す。

手のひら大のものが一個、小指ほどの大きさのものが二個、曲がったパイプ状のものが一本、大小合わせて四つだ。

「おおー」

座敷に低い歓声が上がる。

「インテークマニホールドの一部か」

工藤が一目で部品名を言い当てた。これらのパーツが組み上がれば、枝分かれした管が特徴的な、エンジンが吸う空気などを複数のシリンダーに分配するための部品になる。

それから手分けをして部品の形状を図面から探し出し、品番コードを割り出す作業を行っていく。

「ノギスは?」

全員で計測器具を使い回しながら、実際に部品のサイズと質量、形に間違いがないかを確認する。が、汐川だけは違った。

「ワシはノギスなんかいらんて」

そう言い放った汐川が部品を撫で始めた。

「長さが一六・二五ミリじゃ。直径は一五・〇五」

と、指先の感覚だけで大きさを言い当てる。

「汐爺、そんな、あてずっぽうで」

白取が呆れ顔で言い、そこにいる全員が笑ったが、実際に都路がノギスで測定すると、その結果と百分の一ミリまで正確に合致している。

「す、すげー……。神の手だ……」

工藤が感嘆の声を上げる。

「昔とった杵柄じゃ。最終検査におったときの」

最終検査に立つ作業者の超人的な技能については、噂では知っていたものの、こうして実際目のあたりにするとまるでエスパーのようだ。

残念ながら、初日には図面と異なる部品を見つけることができなかったが、白取班はその日から毎日、轟の座敷に集まり、ビールも飲まずに部品の検証を行った。早出の日は夕方、夜勤の日は出勤前や休憩時間を利用して集合した。

いつの間にか精密部品は白取が、大型部品は体の大きな都路が、そして長い部品は長身の工藤が社外へ持ち出すようになっていた。

最初はドキドキしながら轟で待っていた美希も、慣れとは恐ろしく、徐々に緊張感が薄れていく。持ち出し係の三人も、すっかりこの作業に慣れ、一度に持ち出す部品の数は一個から五個単位になり、やがて十個以上の部品を一度に持ってくるようになっていた。

コンプライアンスと機密管理の観点からすれば、絶対に許されない行為だが、自分たちは正しいことをやっているという意識があり、皆の罪悪感は小さかった。

だが、調査を始めてからちょうど十日目の夕方、都路がポケットからサイズも形もバラバラの部品を五つ出してテーブルの上に置いてから、申しわけなさそうに言った。

「実は今日、ジャンパーの下に隠してたこの部品を、不良品倉庫から出たところで落としちゃって……。倉庫のドアを閉めて更衣室に向かおうとしたとき、このバルブみたいなやつがうまくズボンに挟めてなかったみたいで、するっと抜けて……」

その告白にはさすがに、ええっ？　と皆が声を上げる。美希はその手のひら大の丸いシルバーの部品が構内のアスファルトの上で乾いた音を立てる場面を想像した。素手で部品を持ち運ぶことなどあり得ないエリアで、こんな物を落としたらどんなにか目立つだろう。

「誰かに見られたのか？」

白取が心配そうに尋ねると、都路は悪戯が成功した子供のように顔に張りつけていた緊張を解き、へらっと笑った。

「見られてないと思います。その辺りで期間工の人たちが休憩してましたけど、こっちを見てる人はいなかったので」

「よかった。脅かさないでよ。……じゃあ、始めるよ？」

そうか、と皆も安心したところで、いつものように美希がペンとリスト、設計図を取り出した。

チェックが終わったものは、品番リストに赤線を引いて消し込んでいく。

美希は当初、対象部品がどんどんリストから減っていくのを見て満足していたが、なかなか図面と相違のある部品が見つからず、そろそろ焦りを覚えはじめていた。

最初のうち、美希は走行に影響が出そうな部品から順番に持ち出しているのだから「案外、二、三日で問題の部品が見つかるかもよ？」と、楽観的に言っていたのだが……。

やがて二週間が経ち、二百点以上の部品についての調査を終えたが、図面と異なる部品は見つからない。

それからさらに一週間が過ぎても、探し求めている部品はなかった。

肉体労働の前後を使っての作業は精神的にもキツい。なんの成果もなく一ヶ月が過ぎると、居酒屋の座敷に、どことなく倦怠感を含んだ空気が流れ始めた。

「班長。これって、ほんとに疑わしい部品順に持ち出してるんですよね？」

手にした部品と同じ形状を図面の中に探しながら、工藤がエンジン組み立ての協力者を疑うような発言をする。

「そのはずなんだがなあ」

同じような部品の寸法をノギスで測りながら、白取は自信なげに顔を曇らせていた。汐川と都路は黙々と作業をしてくれているが、この計画を持ちかけた美希は居心地が悪かった。

そうやって部品を調査する一方で、美希が副社長である穂積の秘書となる日が来た。しかし、その新しい上司が美希に与える秘書業務はまったく面白みのないものだった。

「これ、副社長用のマニュアルです」

そう言って真柴に渡されたのは、副社長から依頼された業務をそつなくこなすために歴代の秘書たちが残し、引き継いできた分厚いマニュアルだった。谷原のときにはこのような引き継ぎファイルはなかった。それだけ穂積の秘書は入れ替わりが激しいということだ。

たとえば『メール』のインデックスがついているページには、それぞれの案件ごとに返信用のテンプレートが載っている。デスクトップにはこれに対応するテキストデータもちゃんとあり、宛先や日付を変えて、ひたすら入力し続けるだけ。

礼状や案内状といった手紙の書き方や来客のもてなし方まで、このファイルさえあれば新人でも秘書が務まりそうだ。それは取りも直さず、穂積の秘書業務の中に秘書の裁量でできるような仕事は皆無ということを表していた。これだけで、穂積が秘書の能力を信用していないことがわかる。

「外出するから、この書類にハンコ押しといて。あと、メールも不要な物と必要なものを仕分けしといて。それからこっちのスピーチ原稿、言い回しがおかしくないか見といて」

毎日、膨大な雑務だけを美希に言いつけ、会議がない日は外出する。出かけるときはなにか緊急案件があれば携帯電話へ連絡するよう言われ、外出先は美希にも伝えられない。

「いってらっしゃいませ」

玄関先で社用車に乗り込む穂積に向かって笑顔を作るが、後部座席ですぐに新聞を広げる上司は見向きもしない。そして、穂積が出て行った後はまた雑務に次ぐ雑務。

「私なんかが押していいのかな、副社長印……」

不安になりながらも、美希は来る日も来る日も膨大な書類に印鑑を押し続ける。どんなに多忙でも、一つひとつの書類に目を通し、必ず自分自身の手で捺印していた谷原が懐かしく、改めて谷原に対する尊敬の念が湧くのだった。

秘書ほど上司によって充実感や達成感が左右される職種はない。

穂積との間には阿吽の呼吸どころか、微かな信頼関係すら生まれそうにない。美希にとって副社長室での業務は死ぬほど退屈だった。

三

十二月に入り、会社は長期連休前の年末進行で急に慌ただしくなり始めた。俗に『自動車業界には祝日がない』と言われる。実際、今、美希が在籍する秘書部などの間接部門は土日のみが休みの完全週休二日制だ。が、それだけだと他の業種より祝日の分だけ休日が少なくなってしまうので、盆と正月、ゴールデンウィークに十日前後の連続休暇がある。

この特異なカレンダーは『キャピタルカレンダー』と呼ばれ、キャピタル自動車周辺の商業施設までもがこれを参考に営業している。都市全体がこの巨大企業を中心に動いているのだ。

各工場も、部門によって多少の前後はあるものの、ぴたりと動きを止める。したがって長期休暇のある月は極端に稼働日数が少なくなるため、どこの部署も多忙を極める。残業や休日出勤も多くなり、交替で代休を取るような状況だ。

バレットの不具合解明に挑んでいるメンバーも休暇前の業務や作業に追われながら、それでも時間を工面して毎日全員が轟に集まっていた。

それなのに、エンジン部品の調査を始めて三十六日が経っても、まだ該当部品の発見には至っていない。さすがに居酒屋の座敷に敗戦ムードが漂い始める。

このまま見つからないのではないかという焦燥感から、部品の持ち出しは日を追うごとに一日あたりの点数が増え、大胆になっていた。未検証のアイテムは残すところ二十点だ。

このところ白取が苛々しているのは明らかだった。

「不具合の可能性が薄い物をダラダラ調べてても仕方がない。残りはもういっぺんにやっちまおう」

「班長。いくらなんでもそれは危険過ぎませんか？」

業を煮やした白取の杜撰な提案に、美希は反対した。

「いや。どんなに時間をかけたところで結果は変わらねえだろ。大丈夫だって。持ち出しもこれまでノーチェックできてるし、この忙しい時期にちまちまやってるのは時間の無駄だ」

どんなに反論したところで白取の苛立ちを抑えられそうにない。その根底には、この繁忙期にエンジン工場の協力者や轟に集まるメンバーに負担をかけているという心苦しさがある。

それを察した美希は諦め、残りの二十点は持ち出し班の三人が明日まとめて倉庫から持ち出し、一気に検証することに同意した。美希自身、このまま時間をかけて慎重に検査をした挙句、問題の部品は見つからなかった、という失望感を怖れていたからだ。

そして金曜日の夕方、白取班はいつものように轟の座敷に集まり、手分けをして持ち出し部品のチェックをしていた。

皆、無言だった。泣いても笑っても残る部品は目の前の二十個だけ。美希はいつも以上に緊張と期待と不安の入り混じる複雑な思いで、図面と部品のサイズを見比べる。

ふと盗み見た白取も、一個目の検証を終えたらしく、大きな溜息をついた後、諦め顔でふたつ目の部品に手を伸ばす。そしてその長方形の白いプラスチック部品をノギスで測定し始めるのを横目に見ながら、美希も小さなネジをひとつ、手に取った。

「あった……」

突然、白取の呟くような声が聞こえた。

「え?」

その微かな声に、他の皆がハッとしたように採寸の手を止める。美希が見た白取の顔は、宝くじでも当たったように呆然としている。

「見ろ! この白いヤツ、図面だと短辺が一二五ミリで長辺が三〇五ミリってなってるだろ?」

白取が図面に書かれた数字を指さし、今度はその箱状の部品にノギスを当て直し、再確認してから叫んだ。

「ほら！　実物は一五〇の三五〇だ！」

「マジで？」

すぐさま工藤が白取の手から部品を奪い、図面の寸法とノギスの測定値を照らし合わせて唇を震わせた。

「ほんとだ……。これ、図面よりひと回りデカいぞ！　あった……！　あったぞーっ!!」

ようやく実感が湧いたように叫ぶ工藤。念のために、と汐川が指先で測定し、都路もノギスで確認し、最後に美希がデジタルノギスで測定を行う。

「間違いないのお。縦も横も図面より大きいわ」

その後、全員が図面と実物の違いを確認し、座敷に白取班の「やったー!!」という歓声が響いた。

「あった！　ほんとにあった！　やったーっ！」

皆が手に手を取って喜び合った後、白取が「大将！　ビール！　ピッチャーで！」と勝利の美酒を注文する。久しぶりのアルコールだ。

そうやって、ひとしきり盛り上がった後で、工藤が図面を覗き込み、その部品が描かれている場所を探す。

「で、これってなんの部品だっけ？」

「えっと……品番、わかる？」

美希が工藤に部品の品番コードを要求した。

「品番は11790の22888、あとサブコードがAの02」

美希がリストを広げ、工藤が図面から該当する部品の品番を探し出して読み上げる。

「えっとお……」

美希はワクワクしながらその品番をリストの中に探した。これでやっと谷原に報告できる、と期待に胸を膨らませながら。

谷原は美希にプレッシャーを与えないようにという配慮からか、退職以来メールも電話もしてこない。美希自身も、成果が出るまでは、と連絡を控えていた。

「あ！　その品番、ありました！」

美希がそう言っただけで、座敷に拍手が沸き起こった。

「これは〝ECU格納ケース〟です！」

美希が該当部品の名称を発表した瞬間、そこにいた全員が「え？」と首を傾げる。

「ああ？　ケース？」

工藤が眉間に皺を寄せる。

「うん。ECUケースって書いてあるけど？」

「ECUって……、エンジン・コントロール・ユニットのことですか？　その容器？」

都路も怪訝そうに聞き返す。彼の言うように、ECUはエンジンをコントロールする制御システムのことだ。

今の車はほとんどの機能がコンピューターによって制御されている。雨量を感知してワイパーを動かしたり、暗くなると自動でライトがついたり、車内の気温を測定してエアコンの温度を調整したり。車種にもよるが、快適なカーライフを提供するために五十個から百個のコンピューターが搭載されている。

中でもエンジン制御のためのシステム仕様書はA4サイズで二十センチを超える厚さになるものもある。今や新型車種の開発工数、費用ともにソフトウェアの占める割合は五十パーセント以上とも言われ、そのシステムはたしかにECUに格納されているのだが……。

「そうだな、形状からしても、それはエンジンシステムを格納するための容器だな」

白取の断言を受け、工藤は激昂した。

「ケースの大きさが違ったからって、エンジンや走行に影響を及ぼすわけないだろ。箱！　ただの箱だぞっ？」

工藤に畳みかけられた美希はたじろいだ。

「そう言われてみれば、そうだけど……」

美希自身、この落胆をどこにぶつければいいのかわからず、なんだか自分が悪いことをしたような気がして一気に気持ちが沈む。

先ほどまでの座敷の中の沸き立つような空気が一変し、お通夜のように湿ったそれになる。

「はい！　お待ち遠さん！」

このタイミングで女将さんの福々しい笑顔と大きなピッチャーが届いた。誰もそれには手を伸ばさず、気まずい空気が漂う。

「とりあえず、残りも全部調べるか」

空気を変えるように、白取が軽い口調で提案した。

歓喜の直後、失意に包まれたメンバーは、黙って採寸に戻った。

それから一時間ほどで対象部品の最後の一個まで測り終わる。

「やっぱりないか……」

疲れた顔をした白取の手から、測定済みの小さな部品がコロンと落ちた。

再び、皆の視線がテーブルの上にぽつんと放置された白いケースに注がれる。

「こ、今回のバレットのＥＣＵケースって、アルミとカーボン製じゃなくてプラスチック製なんだね」

美希はぎくしゃくする空気を変えたくて、どうでもいい話をしてしまう。

「今回の新型モデルから強化プラスチック製になったんだよ」

不機嫌な顔をした工藤が吐き捨て、再び重苦しい空気が座敷の中を漂う。

ＥＣＵは熱や衝撃による影響を受けないよう、アルミとカーボン樹脂で作られているものが多い。だが、最近、社内で衝撃にも熱にも強い樹脂の開発が進み、開発チームの社員のひとりが特殊な熱硬化性樹脂を開発、特許を取得したという話を美希も聞いたことがある。会社がその社員に支払う特許料は、それだけで課長級の年収と同額であるという夢のような噂とともに。たぶん、その樹脂が採用されたのだろう。

「けど、バレットのECUってエンジンルームにないよね？」

誰にともなく尋ねながら、美希は自分が組み付けていたエンジンルーム内部の様子を思い浮かべる。

「助手席の足許だよ。エンジン組み立ての班長がわざわざECUケースを持ち出したことにも違和感は残るんだが……、エンジン部品っちゃあエンジン部品だからなあ」

「たまたま組み立て工場にあったからじゃないですか？」

白取が口にした疑問に対し、すっかりやる気を失った様子の工藤がどうでもいいように言う。

「じゃけど、これなあ……」

汐川が唯一図面と寸法の違うケースを手に取り、さまざまな角度から眺めながら口を開く。

「サイズだけじゃのうて、色も違うんじゃなあ」

「え？　色？」

美希がもう一度、品番リストを見る。

「美希やん。最後の三桁Ａの０２て言うたじゃろ？」

「うん。間違いなく、品番の末尾はＡ０２だけど……」

「最後の三桁は色番号じゃ。Ａは黒。黒にもいろいろあるけえ、そのあとの二ケタの数字で青みがかっとるとか明るい色みとか、微妙な風合いを表すんじゃ。なんにしてもＡは黒じゃ。けど、このケース、見てみい。どう見ても白いじゃろ？」

「たしかに……」

美希は汐川が手にしているオフホワイトのケースをまじまじと見つめる。

「白の色品番はＺから始まるはずなんじゃ。これじゃと、Ｚの３５番ぐらいかのう」

「つまり、この図面通り作られてるはずの初期販ロットのＥＣＵケースは黒で小さめ。今、ラインを流れてるものは白で大きめ。つまり、色も大きさも違うわけか……」

白取が腕組みをして考え込む。

「これがただの箱だったとしても、いつの間にか設計図と色やサイズが変わってるなんてことあり得る？」

美希もその違いになんらかの意味を見出そうと必死で考えていた。これまでの皆の努力を無駄なものにしたくない一心で。

感情的に訴える美希に対し、汐川は過去の経験から重々しく賛同する。

「いや、あり得ん。流れ作業でエンジン組み立てをやっとる工員は図面なんか見ん。上司から『明日からはこっちで』と言われりゃあ、そのままサイズ違いのパーツを組み立てるじゃろうが、本来、図面と違う部品がラインを流れとるゆうんは、絶対にあり得んのじゃ」

「ですよねえ。それがアリなら現場判断でどんどん部品を替えることができちゃいますもん。それって怖くないですか？」

と、都路も『やっぱりケースの違いにはなにかあるんじゃないか』という流れに乗ってきた。ところが、工藤の一言でこの潮流が止まる。

「けど、ケースがエンジンに悪影響を及ぼすなんてことも、あり得ないよな」

座敷の中が再び暗い空気に覆われる。

「そりゃそうだけど、逆にただのケースなのに、わざわざ設計変更をかけて色や形を変えるなんておかしくない？」

悪意はないとわかっていながら、美希は工藤の正論に噛みついてしまう。

「だが、どう見てもただの箱だ」

改めて部品を眺め回し、それを忌々しげにテーブルに投げた工藤が溜息をつく。

「それでも、色やサイズが設計図と違うなんちゅうこたあ、これまで聞いたことがない。いや、あってはならんことなんじゃ」

汐川も納得がいかない様子で改めて部品と図面を交互に眺めていた。

こうして白取班が導き出した調査結果は『ECUケースのサイズと色が違う以外、全部品とも異常なし』だった。

「なんでだー！」

白取は頭を抱え、他のメンバーは黙り込む。五人の絶望感は大きかった。

「問題のある部品がないってことはわかったよ。じゃあ、なんでバレットの初期販だけが事故を起こしてるんだ？」

工藤が苛々と髪の毛を掻きむしる。

事実、白取班が検証を始めてからも、バレットはすでに十数件の交通事故を起こしていた。そのほとんどが物損事故で、ドライバーや歩行者の生命に関わるような大事故でなかったのは不幸中の幸いだった。しかし、死亡事故が起きる可能性だってないとは言えない。

「直近の三件は二十代と三十代のドライバーが起こした事故だし、ほんとにペダルの操作ミスなんでしょうか？」

都路が太い眉をハの字にして、白取に疑問を投げかける。

美希も、バレットの事故に気づいたときは必ず、ニュースや新聞をチェックしている。もちろん、都路が言う事故についても知っている。彼女自身が目撃した事故を起こしたドライバーも若者だった。

白取も美希が報告した以前の事故やニュースを思い出し「うーん」と考え込むよ

うに唸ってから口を開く。

「たしかに。本当に部品単体にはなにも問題がなくて、運転手がブレーキを踏んでないとすると、可能性として考えられるのは……」

「車を制御する複数のECUに起因する誤作動かも知れんの。なかでもエンジンECUに主な原因がある可能性が高い」

白取が途切れさせた疑問に汐川が続ける。

「プログラムエラーってことですか？」

すぐさま聞き返した美希に白取が深刻そうな顔でうなずく。

「そうだ！　たとえば、なにかの拍子にアクセルを踏むと逆にブレーキが反応したり、ブレーキング機能がオンになるような誤作動が起きるとか。……でも、そんな致命的なエラー、うちの実験部が見落とすわけないですよねえ……」

自分で問題を提起しておきながら、都路は自信なげに口ごもる。

「ていうか、今回バレットに搭載されてるエンジン制御のためのECUはAIを全面的に活用して開発したんだぞ？　去年、すごい話題になったじゃないか」

そう前置きをした工藤の力説が始まった。

欧米の自動車メーカーは早くからAIの研究に着手していた。

現在、ドイツ三強メーカーであるメルセデス・ベンツ、アウディ、BMWはコンセプトカーの段階ながら既に自動化レベル4から5の技術を披露している。GMにしてもレベル3の実用化を急ピッチで目指していると言われている。

完全に出遅れていたキャピタル自動車は、二〇一六年、サンフランシスコにＡＩ研究開発機関を設立し、独自の人工知能開発に着手した。五年間で十億ドルという投資額は、日本が誇るスーパーコンピューター「京」の開発予算にも匹敵する。開発の遅れを取り戻し、巻き返しを図るため、世界中から人材を集め、他メーカーを猛追しているのだ。

自動運転という分野では他メーカーに水をあけられているキャピタル自動車だが、昨年、自社のＡＩにエンジン制御システムのプログラム開発をさせるという偉業を成し遂げた。このプロジェクトは副社長の穂積によって進められ、新型バレットへの搭載が決まったときには国内外の雑誌にも大きく取り上げられた。キャピタル自動車としては人工知能の分野においても、世界中に存在感を見せつけた形だ。

「だからこそ、今回のＥＣＵに限ってプログラムエラーはないって言われてるんだ。本当に部品に問題がないんなら、運転上のヒューマンエラーに決まってる。つまりキャピタルの車にはなにも問題はなかったってことなんだよ」

工藤はＡＩの信奉者というより、キャピタル自動車の開発したＡＩを信用しきっている。

キャピタルが活用しているＡＩは、与えられた条件の中から最適解を自ら考える高度なものだと工藤は説明する。よって、開発を進めていく上で不可欠なシミュレーションから実装までの仕様書作成であっても、人の手をまったく必要としない。もちろん、感性評価などに関わる部分では途中経過での意思決定にエンジニアの知見が必要だが、従来はエンジニアが行っていた入力作業自体も自動生成されるから、エラーが皆無なのだと工藤の薀蓄は止まらない。

「もちろんそれに加えて、うちのＩＴ開発部の人間が検証プログラムを作ってチェックしてるんだから完璧だ」

人工知能の完全無欠ぶりをうっとりと語る工藤に、美希は反感を覚える。

「でも、エラーの可能性は絶対にゼロじゃないよね？　今回のＥＣＵが完成したことをキャピタルが発表したときだって、海外メーカーとか一部研究者からは『本当にそんなことができるのか？』って懐疑的な反応もあったじゃないの」

実際、この快挙を「今の技術でＡＩだけにＥＣＵを開発させることは可能なのか？」と疑う学者もいたらしい。

そこからＡＩ信者の工藤と、ＡＩと言えど完璧ではないと主張する美希の論争が始まった。

まあまあ、と白取がふたりを制し、総括した。

「工藤が言うようにＡＩがミスをする確率は限りなくゼロに近い。だが、美希が言うようにまったくのゼロでもないだろ。だから、本当にプログラムエラーもないとわかったとき初めて、車両不具合なし、と結論づけることができるんだ」

そこで白取は一息つく。

「まあ、俺は社内の誰かが部品の設計をこっそり変えて、リコールになるような不具合を隠蔽したんじゃなくて、人工知能を活用した開発途中で発生した判断ミスによるものだと思いたいがね」

なんとも白取らしい性善説に美希は共感を覚える。

「けど……。もし、いや、万一ですけど、システムに問題があるとしたら、それって、どうやって検証すればいいんですか?」

都路がＡＩ絶対主義の工藤に配慮するように小声で美希に尋ねる。

美希が大学の授業で試作した簡単なロボットの仕様書でさえ、一センチ近い厚みになった。バグを拾うだけでも数日かかったものだが、自動車のエンジン制御システムともなれば、どれほどの数のコマンドで構成されているのか、想像もつかない。

都路の純粋な疑問に即答できず、美希はすがるような気持ちで白取を見るが、いつもは端的な指示を部下に与える頼りがいのある上司が欧米人のように肩をすくめる。

「お手上げだよ。少なくとも、ここにいるメンバーでは無理だ。専門知識のあるシステム開発者とかシステム設計者でないと」

すでに諦めモードに入っている工藤が白取の気持ちを代弁するように言い、自棄気味にピッチャーからぬるくなったビールを乱暴にグラスへと注ぎ込む。

「わしもシステムのことはようわからんが、まあ普通に考えりゃあ、人間のシステムエンジニアが開発するよりは圧倒的にミスが少ないんじゃろうなあ」

汐川にまで工藤寄りの発言をされると、さすがの美希も自信がなくなる。

――やっぱり車両側に問題はなく、事故原因はヒューマンエラーということなんだろうか。

谷原になんと報告すればよいのか、美希は泣きたいような気持ちになる。


土日を悶々と過ごした美希は、月曜日、いつものように出社してすぐに開いた社内イントラのホームページを見て我が目を疑った。

最新ニュースの欄に『戒告』という文字が躍っていた。

クリックして見た懲罰記事の対象者の欄に、白取、工藤、都路の名前がある。部品の持ち出しが発覚したのだった。

――嘘……。なんで？

モニターを見つめたまま、頭の中が真っ白になる。

――私のせいだ。

取り返しのつかないことをした、という罪悪感だけが頭の中を駆け巡る。嫌な汗が背中に噴き出すのを感じ、いてもたってもいられない。

「あー、それね」

ＰＣを見つめたまま固まっている美希の異変に気づいたらしく、隣りから奈々が椅子を寄せてきて同じ画面を覗き込む。

「よくやるよねー。『持ち出した部品をネットオークションに出品してた』って噂だよ？」

「は？」

思わず美希の口からそんな声が漏れる。

どこからそんな噂を拾ってきたのかはわからないが、彼らが部品を持ち出した本当の理由がバレットをリコールに導くための証拠集めだということはバレていないらしい。

「前にも持ち出したバンパーを売ってた人とかいたけど、そんなのでチマチマ稼ぐなんて、よっぽどお金に困ってたんだろうねー」

少しだけ胸を撫で下ろした美希だったが、ユーザーの安全を守るための白取班の行為を歪曲され、怒りが沸点に達した。

「そんな人たちじゃないから」

憤りで言い返した言葉の語尾が震えていた。花の名前どころではない。

「え？」

奈々は不思議そうな顔をして美希を見た。

「なにも知らないくせに！　この人たちのこと悪く言わないで！」

「は？　なに？　藤沢さん、ちょっと怖いんだけどお」

奈々はちっとも怖れてなどいない不敵な顔をして笑っている。それどころか、その目つきが挑発的な色を帯びた。

「まさか藤沢さん、この犯罪者の皆さんとお友達だったりした？」

「犯罪者なんかじゃないって言ってるでしょ！」

反論する美希を奈々は冷ややかに見て、嘲るように笑った。

「藤沢さんって、秘書室にいても、やっぱり根っこは製造の人なんだね」

奈々が微妙に〝製造の人〟というのを強調して言う。

「製造のどこが悪いの？　車を作る人がいて、買ってくれるお客様がいるから、会社として成り立ってるんじゃない。部署なんて関係ないでしょ！」

「理屈はそうだけど。肉体労働しかできないから車作ってるだけじゃないの？」

小馬鹿にしたような奈々の言葉が終わらないうちに、美希はドンと拳でデスクを叩き、無意識に立ち上がっていた。

「藤沢さん」

真柴に声をかけられるまで、美希はそこに上司がいることすら忘れていた。真柴は神聖な場所を穢した者を見るような不愉快そうな顔をしている。

「藤沢さん。ちょっと、こちらへ」

「あ、はい……」

こっぴどく叱られることを覚悟して、真柴の後に従って廊下へ出た。

「本気で宇佐木さんを相手にしてもなんのメリットもないわ。少し外の空気を吸って頭を冷やしてきなさい」

「は、はい……」

「副社長が急に出社されることになったら、あなたの携帯を鳴らします」

そう言われて美希は、穂積が今日は人間ドック受診のため、なにか重要な案件が発生しない限り、一日休暇を取ると言っていたことを思い出した。

「とにかくその『秘書らしからぬ顔』をどうにかしてから戻ってきなさい」

真柴は厳しい表情で命令してから美希を解放した。

ふと見た廊下の窓に、怒りと悲しみと焦りがない混ぜになったような自分の顔が映っている。

幸か不幸か秘書室を抜け出すチャンスを得た美希は、すぐに白取班がいる第四工場へ駆けつけた。しかし、すでに動いている最終工程に白取、工藤、都路の姿はなく、他所のラインの班長と見たことのない工員が、彼らの代わりに働いている。同じ工程でいきなり三人が抜けるという異常事態に慌てて他の工場の工員も含めて調整したのだろう。

なにかの間違いであってほしい。いつものように現場に立っていてほしい。そんな美希の願いもむなしく、戒告を受けたメンバーを工場内に見つけることはできなかった。

午後には懲罰委員会の決定が具体的に発表され、工藤と都路は減給処分の上、他部署へ異動となった。工藤は国内営業部へ、都路は自社工場の配管や空調の修理をする設備部へ回されるようだ。が、白取だけ処分保留で自宅謹慎の処遇が社内イントラ及び掲示板で発表された。

一旦秘書室に戻った美希は汐川の早番が終わるのを待ち、会社の近くにある喫茶店で落ち合った。

「トロが落とした部品のことが期間工の間で噂になって、廃棄倉庫付近に設置されとる監視カメラの映像がチェックされたらしいんじゃ」

開口一番、汐川がそう言った。カメラに入れ代わり立ち代わり、挙動不審な様子で出入りしている三人の映像がばっちり残っていたのだという。

「だから部品を落とした航大だけじゃなく、班長たちまで一蓮托生に……」

「工藤とトロは異動の処分が決まったが、クビにならんかったのが不思議なぐらいじゃ」

だが、こんなことが発覚したら、今後どこの部署へ行っても『私利私欲のために部品を持ち出した』という不名誉な噂はついて回るだろう。白い目を向けられるに違いない。

工藤も都路も車に触れる仕事が好きだったことを知っているだけに、美希の胸は締めつけられた。

「全部、私のせいだ……。私があんな計画を持ちかけなければ……」

それなのに、誰も自分の名前を出さなかったのだ。罪悪感に苛まれ、後悔の涙が溢れそうになるのを必死でこらえる。

「美希やん……。あんたがそがいなことを言うたら、わしらどうしたらええんじゃ」

「でも……」

「美希やんは堂々としとったらええ。間違ったことはしとらんのじゃけ」

「汐爺……」

汐川の励ましが逆に美希の涙腺を緩める。

店を出てその小さな背中を見送ってから、美希は急いで構内に戻った。異動の辞令を見て一番心配になった都路を探しにきたのだ。設備部の定時は他の間接部門と同じ五時半。現場では要領の悪かった後輩はきっと新しい職場でまだ仕事をしているはずだ。

設備部のある管理棟に向かう途中、偶然、作業着を着た数人の男たちを見かけた。都路はその一番後ろで大きな脚立を抱え、工場の裏手へ向かっている。他の男たちとの会話にも加わらず、うつむいて歩いている彼を見て気になった美希はこっそりついていき、彼らが第三工場の古くなった雨どいを新しいものに換える作業を見た。

それまでと違う寒い場所での慣れない仕事のせいか、以前にも増して都路の動きは緩慢で、不器用そうに見える。

「バカヤロウ！　しっかり押さえてろ！　そんなこともできねえのか！　お前みたいなドンくさいヤツを回されるなんて、ウチの部もナメられたもんだ」

上で作業している男が脚立を支えている都路を叱責した。それで焦ったのか、都路は上にいる男に渡すはずの金具を渡し損ね、肉の厚い手から滑り落ちた金具が彼自身の額に当たった。

美希は『あっ！』と声を上げそうになるが、他の男たちは都路の心配をする様子もなく、嘲笑うような顔をする。

「ほんとにトロいヤツだな！　そんなにノロマなくせに、よく部品泥棒なんてできたもんだ！」

脚立の上の男の罵倒に、他の作業員たちも冷たく笑う。知らず知らず、美希は拳を握りしめていた。

都路はよく白取にも怒られていたが、白取の叱責には、都路の成長を願う思いやりや愛情がこもっていた。ここで都路を怒鳴っている男たちのものとはまったく異質なものだ。

今すぐにでも物陰から出ていって、彼らを怒鳴りつけたい。だが、そんなことをすれば、都路がもっと働きにくくなることもわかっている。こうやって盗み見て、唇を噛むしかない自分が情けなかった。

——ごめんね、航大……。

美希は溜息をつきながらその場を離れ、秘書室に戻ったが、定時後、また都路のことが気になり、再び美希の足は設備部のある建物の辺りへ向かっていた。

周辺に人影はなく、美希は都路がいそうな場所をウロウロする。

——いた！

都路はひとりで裏庭の花壇の前にいた。以前、上村にバカにされたときも、ここにひとりで座っているのを見かけたことがある。大きな背中を丸めるようにして工場と工場をつなぐ渡り廊下に座り、花壇を眺めている都路の顔は悲しそうでもなく、悔しそうでもなく、ただぼんやりとした視線を葉牡丹の辺りに置いていた。その額が仄かに赤い。

美希は都路の背中にそっと近づき、後ろから絆創膏を差し出す。

「航大。おでこ、まだ血が滲んでるよ」

「美希先輩！」

美希を見て都路の顔がパッと明るく晴れる。その無邪気な表情が美希の目には痛々しく映った。

「よかったね、目に当たらなくて」

「はは……。見られちゃってたんだ」

力なく笑う都路が、大きな手の割には器用に絆創膏を開く。美希は笑顔を返すこともできず、黙って都路の隣りに腰を下ろした。

「貼ってあげるよ。自分じゃ場所がわからないでしょ」

「ありがとうございます」

ウサギのようにじっとしている都路のまだ幼さの残る顔が美希には切ない。

「それより美希先輩、バレットのリコール、どうするんですか？」

都路のその言葉は美希にとって意外だった。彼はこんな目に遭ってもまだリコールを諦めていないのだ。

「あ、うん……。これからどうするか、ちょっと迷ってる」

完全に手詰まりとなった状況で白取班がバラバラにされ、これからの調査をどうしていくか、美希の思考は完全に停止している状態だ。

「そっかあ……」

と、うつむく都路の顔は、設備部の男たちに罵倒されていたときよりも悔しそうだ。

「航大、ごめんね」

「え？　なんで美希先輩が謝るんですか？」

「私のせいでこんなことになって……。バレットのラインに戻りたいでしょ？」

「いや、別に」

都路がけろりとした顔で即答する。

「強がらなくていいよ」

「強がりとかじゃなくて、本気です。戻るんなら僕たちがやってたことは正しかったって証明してから戻りたい。バレットの事故原因をちゃんと究明してから戻りたいです！」

珍しく強い口調で主張する都路の純朴な瞳が切なくて、美希はたまらず、その丸い肩を自分の方へ抱き寄せた。

「バレットの事故原因、なんとか解明して、私がバラバラにされた白取班、元通りにするから。もう少し辛抱して」

なんの策もないままそう言った美希に、都路は素直にうなずく。

「僕、なんでもするんで、できることがあったら言ってください！」

そう言ったときの都路の顔は、設備の修繕をしているときとは別人のように生き生きと輝いていた。

四

十二月十八日。白取班の三人に戒告が出た翌日、美希にとってさらに衝撃的な通告が出た。

白取の懲戒免職、つまり解雇だった。白取には昨日すでに自宅謹慎が言い渡されている。日を置かずに懲戒免職の通達が出ることは異例だ。

——嘘……。

美希は工場の昼休み、事情を知っていそうな汐川を捜して工場の喫煙所に出向いた。各工場の一角には休憩時間と定時後だけ開放される喫煙所があり、食堂で昼食を終えた汐川はいつもそこで一服している。

「ワシも他のもんから聞いた話じゃが」

と、汐川は苦い表情をして煙を吐き、沈んだ声で切り出した。

懲罰委員会にかけられた白取は、廃棄倉庫から部品を持ち出した理由と、それを指示した人物、他に協力者がいるのなら名前を白状するよう厳しく追及されたという。

「それでも班長は最後までエンジン工場の協力者の名前を言わんかった。しかも、部下のふたりは自分の命令で動いとったんじゃ、て言うたらしい。自分が趣味で改造しとる車のエンジンに部品が必要じゃった、とかありもせん理由を作って。班長はなんとしてでも自分だけが処分を受けようとしたんじゃ」

だから白取だけ懲戒免職を言い渡されたのだ。

その言動はいかにも白取らしかった。

「班長、昨日、遅い時間にワシの家まで挨拶に来てくれてのう。部下のふたりが減給になったうえに他部署へ飛ばされてしもうて本当に申しわけない、ゆうて悔し涙を流しとった。自分のことはなにひとつ言わんと」

——班長は私たちをかばってクビになったんだ……。

美希はいても立ってもいられず、走って秘書室に戻り、恐るおそる真柴に声をかけた。

「室長。急なことで本当に申しわけないんですが、今日この後、お休みをいただけないでしょうか？」

昨日は仕事がほとんど手につかず、穂積がいないのを幸いに秘書室を出たり入ったりして過ごしたが、今日は穂積が終日社内にいるため離席が制限される。しかし、どうしても今すぐ直接、白取に会って話がしたかった。

デスクのＰＣから視線を上げた真柴は早退の理由を聞くことなく、美希の目をじっと見る。

「わかりました。今日は私が副社長をフォローします。ですが、こういう突発的なことはこれっきりにしてください」

冷たく突き放すような口調で言い、真柴は再びＰＣに視線を戻す。事情を根掘り葉掘り聞かれるよりもストレスを感じた。それでも午後休を撤回することはせず、「すみません！」と頭を下げて、秘書室を飛び出した。

着替えて会社を出たのは午後二時過ぎ。

年賀状のために聞いていた住所をナビに入力し、車で二十分ほど走って辿り着いた閑静な住宅街。だいたいこの辺だろうと当たりをつけて市街地のコインパーキングに愛車を置いた。

車を降りてからはスマホの地図アプリを頼りに白取家の番地を探す。十分ほどかけて見つけ出した一戸建てからは小さな庭の外まで、子供たちの元気な声が響いていた。

「おとうさん！　おとうさんはバレットなんだから、もっと早くはしれー！」

バレットという名称に反応した美希が、さほど広くない庭を囲む生垣の間から敷地の中を覗き込む。

今日は久しぶりの小春日和だ。十二月とは思えないほど暖かいせいか、開け放されたサッシの向こう、陽当たりのいい縁側で四つん這いになり、背中に五歳ぐらいの女の子をのせて白取がノロノロと這っている。

その女の子は額に白い解熱シートを貼りつけているにもかかわらず、恐ろしいほど元気な声で父親に檄を飛ばしていた。

いつもの鬼班長からは想像がつかないほど子煩悩な白取の姿から目が離せないでいると、今度は奥の部屋から別の女の子の声がする。

「おとうたーん！　リコたんのオムツからオシッコがもれてるよー！」

家の奥からは、うぁあん、あぁん、と幼児の泣き声が聞こえてくる。

「マジか。アコ、降りろ」

背中の女の子を降ろして立ち上がった白取と、庭先から覗いていた美希の目が合う。

「ど、どうも……」

「お、おお」

立ち上がって照れ臭そうに片手を上げた白取が、上がれ上がれ、と玄関の方を指さし、美希を自宅に迎え入れた。

家の中は足の踏み場がないほど、オモチャや衣類が散乱している。それらを片づけていいものかわからない美希は、転がっているブロックだの子供用の靴下だのをよけながら、白取が幼児のオムツを替えているリビングへ入った。

「た、大変そうですね」

他にかける言葉も見つからず、美希は思ったままを口にした。

「そうでもねえよ」

慣れない手つきで一歳半ぐらいの女の子の紙おむつを替えながら、白取がサラッと答える。

「奥さん……、いないんですか？」

まさか失職したせいで嫁に逃げられたのではないか、と美希は緊張しながら聞く。

「職安、行ってる」

「え？　職安？　って、奥さんが？　仕事探しですか？」

　昨日、免職になった夫の代わりにもう働き口を探しに行っているのだろうか。美希は白取の妻の切り替えの早さに少なからず驚かされた。

「奥さん、怒ってないんですか？」

「いや、夕べはだいぶやりあったさ」

　白取はなんでもないことのようにさらりと言うが、大企業で働いていた夫が急に失職したのだ。しかも懲戒免職という不名誉な理由で。妻にしてみれば青天の霹靂だろう。激しい口論を想像し、美希は居たたまれない思いがする。

「生活はどうなるんだとか、これから娘たちに金がかかるのに、とか責められた。けど、カミさんは俺の性格よく知ってるし、俺が間違ったことなんかしてないって部分だけは信じてるから、最後は納得してくれた。夕べ、罵るだけ罵ったら、今朝はけろっとして『仕事探してくる』って」

「そ、そうなん……ですか……」

「もともとコンクールで賞をとるぐらいの腕前の美容師なんだ。本人も復帰したがってたし、ちょうどよかった。今日から俺が主夫だよ。気楽なもんだ」

　ただ、長女が熱を出して幼稚園を休んだことと、ヘルプに来てくれるはずだった奥さんの母親がぎっくり腰になってしまったことは想定外だった、と白取が軽く笑う。

美希は、そうですか、と答えたが、それが白取の本心とは到底思えなかった。

「お前も飲むか？」

気づけば美希の目の前に缶ビールが差し出されていた。コーヒーでもお茶でもなく、こんな昼下がりに当たり前のようにビールを出す。時間帯に関係なくアルコールを飲めてしまうのは、シフトで仕事をする生活が身に染みてしまっているからだろうか。

「あ、すみません。車なんで」

そっか、と引っ込めた缶を冷蔵庫に戻した白取は、自分の缶ビールのプルトップをカシッと引き上げた。そして、美希の顔を見て苦く笑う。

「そんな顔すんな」

「でも……」

白取をこんな状況に追いやったという罪悪感で、美希は睫毛を伏せた。気持ちがどんどん落ち込んでいく。

「事故を起こす可能性があるとわかっててリコールしないような会社、こっちから願い下げだ。そんな可能性がある車を組み付けるなんて、俺にはできん。工藤もトロも同じだよ。みんなお前や谷原と同じ気持ちなんだよ。安全な車を完璧に組み付ける、それが俺たちの誇りじゃないか」

そう言われても、やはり美希は同僚を巻き込んでしまったことを後悔せずにはいられない。

「でも、私が頼んだことなのに、私ひとりなんの罰も受けないなんて……」

「バカ。お前だけが最後の希望じゃないか。なんとしても会社に残ってバレットの問題を解決するんだ。工藤とトロにも、必ず美希の力になれるときが来るから絶対に辞めるなって言っておいた」

「班長……」

美希は熱くなる胸を押さえる。

「私だって……。バレットの事故原因を見つけたいと思ってます。けど……」

困惑を表すように、美希の声はかすれていた。

「お前は谷原が見込んだヤツだ。もっと自信持て。アイツのためにも、ここで終わらせるわけにはいかないだろ」

谷原の無念が思い出され、美希は活を入れられたような気分になる。

「ただし、気をつけろよ」

不意に白取が真顔になる。

「え？　なにをですか？」

「上層部は俺たちのやったことを不審に思ってるかも知れない。本当は趣味のためなんかじゃなくて他に理由があるんじゃないかって、製造本部長からずいぶんしつこく問い詰められたんだ」

「まさかリコールの証拠を探してること、バレたんじゃ……」

「まだ全てがバレているとは思わんが、お前や汐爺もグルかもしれないって疑ってるヤツはいるだろ」

「疑ってる人間ですか？」

たしかに皆、同じ班なのだ。轟では和室を閉め切って作業をしてきたが、一緒に出入りしているところを他の社員に見られていた可能性だってゼロではない。なによりまとまりのよい白取班は第四工場では有名だった。

店内に他の社員がいなかったか記憶を辿る美希に、白取が意外なことを言った。

「昨日、上村が正社員に登用された」

「え？　このタイミングでですか？　誰から聞いたんですか？　そんな話」

「本人からメールが来たんだよ」

「は？」

懲戒処分になった上司にわざわざそんな連絡をしてくるなんて、と美希はそのデリカシーのなさに呆れる。

「なかなか正社員になれなかったから、恨んでたんだろうな、俺のことを」

「え？　班長が上村の正社員への道を阻んでたんですか？」

「まさか。俺は何度も推薦してやったよ」

「じゃあ、なんで……」

「係長が嫌ってたんだよ、アイツのこと。現場の人間をナメてるとこがあるとかどうとか言って」

白取の性格上、部下を正社員に推したなんて恩着せがましい話は本人に言っていなかったのだろう。

「完全に逆恨みですね……」

これまで上村がどんな気持ちで白取班の飲み会に参加していたのかを想像し、美希はぞっとする。

「今回、処分されたのは実際に部品の持ち出しに関わった人間だけだ。カメラに映ってる人間、つまり証拠のある人間だけが処分された。だが、上村は今回のことにお前や汐爺が関わっていないはずはないと思ってるだろ。俺たち五人はどんなときも、いつもチームだったってことをヤツは知ってる」

白取は暗に『告発者は上村だ』と断定していた。

「しかも、上村は今回のリークで課長だか工場長だか知らないが、とにかくアイツを引き上げた人間とパイプができたはずだ。証拠さえあれば、いつでもお前や汐爺を売るだろ。それだけは忘れるなよ」

はい、としっかりと返事をしながらも、孤立無援のこの状況は心細い。そんな頼りない気持ちがふと、美希にもうひとりの協力者の存在を思い出させた。

「そう言えば、協力してくれてたエンジン工場の班長さん、名前、教えてもらえませんか？　その人となら、まだなにか一緒にできることがあるかも……」

名案を思いついたような気分で睫毛を跳ね上げた美希に、白取は黙って首を振る。

「……辞めたよ。今朝、辞表出したって、電話があった」

「辞めた？　懲罰に名前も出てなかったのに、どうして？」

愕然とする美希に、白取はやりきれない、というような息を漏らす。

「プライドだよ」

プライド……。その単語を美希は心の中で復唱する。

「アイツは世界一安全なエンジンを組み立ててるつもりだった。自分の班で組み立てたエンジンが、事故を起こすとわかっていながら原因の解明もされずに放置されてることが相当ショックだったみたいだ。こんな会社にこれ以上いられないって。かといって、内部告発をする証拠もない。自分は無力だ、って嘆いてた」

「そんな……」

真実を知らなければ退職することもなかったのにと、美希は見ず知らずの社員まで巻き込んでしまったと自責の念に駆られる。と同時に、社内にたったひとりで取り残されたような孤独にも襲われた。

「ただ、電話を切る前、その班長が気になること、言ったんだ」

「気になること？」

「自分がエンジンルームにない部品まで持ち出した意味を、もう一度考えてみてくれ、って。そこで電話が切れた。気になってかけ直したんだが、それっきりつながらなくてなあ」

「エンジンルームにない部品って、ＥＣＵケースのことですか？」

「たぶん。他にも共通部品があったのかも知れんが、少なくとも図面と違うのはあれだけだった」

白取は誰が聞いているわけでもないのに声を潜める。といっても、あれはただのケースであり、それ以上のものでもそれ以下のものでもない。白取自身も腕組みをして首を捻っている。

「おとーたん、マコ、おなか空いたあ」

台所の方から声がするのをきっかけに、「じゃ、また」と美希は無理やり笑顔を作った。

玄関に引き返す途中、ちらりと見えた和室の床の間の隅に、黒い箱のようなものが見えた。

――あのＥＣＵケースだった。

五

車を置いたコインパーキングに向かい始めたとき、西の空はもうオレンジ色に染まっていた。

――谷原専務に相談したい。次はどうすればいいのか……。

それればかり考え、ぼんやりと歩道を歩いていたら、美希のすぐ後ろで自転車がキュッと停まった。

驚いて体勢を崩した美希は片方のヒールを側溝を塞ぐ排水溝の蓋に落としてしまった。思い切り踏み込んだせいで、鉄のフレームから踵が抜けない。

「やば……」

なんとかヒールを抜こうと躍起になっていたとき、車が行き交う道路の向こう側から声がした。

「ひーしょ、さん！」

え？　と顔を上げると、笑顔で手を振る朝倉の姿がある。

よりによってこんなときに、一番会いたくない男が、わざわざ反対車線の路肩に車を停めてこちらへ向かって道を渡ってくる。

反射的に逃げ出そうとした美希は、ヒールを食い込ませてしまった鉄の枠から力任せに足を抜こうとしてバランスを崩し、車道へ倒れ込みそうになる。

「わっ！」

走ってきた車と接触しそうになったギリギリのところで朝倉に手を摑まれ、白線の内側へ引き戻されていた。

――死ぬかと思った。

九死に一生を得たような気分になり、冷や汗がひと筋、美希の背中を流れ落ちる。

「秘書さん、かもとりごんべえの鴨みたいだな」

美希の恐怖を朝倉が笑い飛ばす。

「ゴ、ゴンベエ？」

「知らない？　日本昔話。寒い夜、凍った湖に浮かんだまま寝てる鴨が飛び立てなくなるのを待って捕まえる話」

「知らないし、そんな話」

美希は間抜けな鴨を想像して笑った直後、我に返って、掴まっていた朝倉の手を振りほどいた。

会社の周辺ならまだしも、こんな偶然はありえない。尾行されていたに違いない。一刻も早くこの場から逃げなければ、と思っているのに踵が抜けない。美希の額に今度は焦燥の汗が滲む。

「俺の肩に掴まって、靴脱いで、足どけて」

「え？」

「抜いてやるから、片足で立ってろって言ってんの」

乱暴な口調に圧倒され、美希は言われるがままにアスファルトにしゃがみ込んだ朝倉の肩に手をのせ、左足を靴から抜いた。

しばらく悪戦苦闘していた朝倉だったが、ついに諦めたように顔を上げた。

「ダメだな。ヒール、折っていい？」

「え？　折る？」

これは、真柴室長にスニーカーはダメだと言われ、ほしくもないのに投資した一万七千円のしろものだ。

「………」

躊躇いが沈黙となって表れてしまったのだろう、朝倉が、

「どうしても抜け、ってか？」

と、美希を見上げる顔に少女のような微笑を浮かべる。ぶっきらぼうな態度を見せておきながら、いきなり人懐っこい笑顔を見せるこのギャップは魔物だ。

ブラックリストに載っていながら、キャピタル自動車の敷地内に入り込める男。朝倉に内部協力者がついていることは疑いの余地がない。が、危険だと知りながら懐柔される、その理由もわかるような気がした。この男は人を油断させる術に恐ろしく長けているのだ。

「あ。いえ。もう結構です。ヒール、折ってください。とにかく歩ければいいので」

「あ。抜けた」

一刻も早く朝倉の傍を離れたくてパンプスを諦めた瞬間、そう真っ白な歯列を見せる。このタイミングまでもが美希には計算し尽くされたものに感じられる。

すぐさまパンプスに足を滑り込ませた美希は、朝倉との間に距離を作った。

「ありがとうございました。助かりました」

他人行儀に頭を下げると、朝倉は美希の警戒心を知っているみたいにクスッと笑い、軽く切り返してきた。

「じゃあ、メシでも付き合ってよ」

「は？」

「付き合ってくれたら、谷原がどういう人間か、今日こそ、全部教えてやるよ」

絶対になにか魂胆がある。関わらない方がいい。わかっているのに、朝倉が口にした『谷原がどういう人間か』が今の美希には気になって仕方がない。もし、谷原が尊敬に値しない人間だったら、彼との約束は価値のないものになるかも知れない。

同僚を苦しめている自分に絶望し、原因究明にも行き詰まっている今の美希には、信頼する元上司から託された約束だけが心の支えだった。その根幹となるものが揺らぐのは耐え難い。だが逆に、谷原との約束が価値を失えば、これ以上、誰かを犠牲にしなくて済む。想像するだけで、肩が軽くなるような開放感を覚える。

「アイツは人殺しだ」

揺れる美希の心につけ込むように、朝倉が、呻くような声で言った。

「え？」

想像をはるかに超えた告白に美希は一瞬動揺した。が、すぐにあり得ないと、頭の中で朝倉の話を打ち消す。

バレットに乗るドライバーの命を守るために会社を追われた谷原。そんな男が人を殺すなんて、あまりにも現実味がない。

「嘘だ、そんなの……」

笑い飛ばすつもりだったのに、語尾が微かに震える。たぶんもう何ヶ月も谷原に会っていないからだろう、と彼女は冷静に自己分析した。

そんな美希を油断させようとするかのように、目の前の中性的な顔がニコリと笑う。

「ご飯食べながら、ゆっくり話そう。んで、どこ行く?」

朝倉が美希の返事を待たずに、自分の車を置いている反対車線へ向かおうとする。

「私、行くとは言ってないけど」

「いいじゃん。メシぐらい」

美希を振り返った朝倉が、今度は駄々をこねるような言い方をする。異性を感じさせない顔と、恐ろしく軽いしゃべり方に惑わされそうになる。

「なにが目的なんですか?」

「知りたいんだよ、キャピタル自動車のこと、いろいろ」

「私、なにも知りません」

「ごまかすなよ。知ってるぞ? あんた、副社長秘書になったんだろ?」

とぼけようとした美希に、朝倉がズバリと切り返す。

「なんでそれを……」

わずか数週間前の秘書人事をもう知っている……。

「たとえそうだとしても、守秘義務があるのに会社のこと、ペラペラしゃべるわけないでしょ」

「んじゃ、ほんとにメシだけでもいいよ。俺、ひとりメシ、嫌いなんだ」

美希の返事も待たずに身軽な動作で車道を横切る朝倉の背中を見つめ、逡巡する。

——けど、このままじゃ帰れない。

少しでも不安を残して帰ったら、自分が同僚たちを巻き込んでまでやろうとしたことの根っこが揺らぐことになる。谷原ほど人命を重視している役員はいない。バレットの事故原因を解明するという使命を自分に託した谷原が人殺しだなんてことは絶対にない。

誤解か逆恨みに違いないが、朝倉が谷原専務を人殺しだというのなら、その理由を知りたい。そして必ずそれを否定してみせる。

社内で最後のひとりになっても、死亡事故が起きる前に初期販のバレットをリコールに持ち込むという強い意志を持ち続けるためには、一ミリの迷いがあっても不可能だ。

——絶対に惑わされるもんか。この男にも専務がいかに清廉潔白な男であるかを知らしめなければ。

美希は心に活を入れ、朝倉に続いて道路を渡った。

路肩に停められている白いハマーに通行人が物珍しそうな視線を向けながら通り過ぎていく。よく目立つ外車だ。

「ゴシップって儲かるんだ」

そんな嫌みをものともせず、朝倉が笑顔で助手席のドアを開ける。

「俺の車じゃない。借り物だよ」

乗り込んで見ると、カーインテリアが女性的だ。ルームミラーの金具に吊り下げられているのはスワロフスキーの白鳥。足許には豹柄のマット。妖艶に微笑む有閑マダムを連想させる。

「こんな高級車、ポンと貸してくれる愛人でもいるの？」

「愛人？　ははは。ただのトモダチだよ。たまに一緒に寝たりするけど」

「………」

やはり女性に不自由はしていないらしい。それなのに、なぜ、人妻になった真由子にそこまで執着しているのか……。キラキラと光を反射しているビジューに目を奪われながら、美希は朝倉の心理を想像する。

車のエンジンをかけた朝倉が不意に口を開く。

「谷原、子会社の部長だろ？　なんで飛ばされたの？」

美希はもう朝倉がどんな社内人事を知っていても驚かなかった。むしろ、左遷の理由や事情まではわからないのか、と意外な気さえする。そして、なるほどそれが聞きたくて自分を食事に誘ったのか、と美希は納得した。

「言えません。言う必要もありません」

頑なに口を閉ざした美希を見て、朝倉はふっと噴き出すように笑う。

「谷原に忠誠を誓ってます、って顔だな。ま、所詮アイツも種馬だからな。使えないと判断されれば飛ばされる」

「種馬？」

「わりと女系なんだよな、近藤家って」

近藤家というのは言うまでもなく、キャピタル自動車創業家の名前だ。その源流を汲む近藤陽平は現名誉顧問であり、過去にはキャピタル自動車の社長と会長を歴任した一族の重鎮だ。今でもグループ全体の人事権を持っていると言われるが、陽平には娘しかいない。現会長の近藤高嗣は陽平の妹婿だが、やはり男児に恵まれなかった。

「だから顧問の娘や孫娘の夫には、毛並みのいい男か、ずば抜けて優秀な男が選ばれる。そして、その中でも陽平顧問のお眼鏡に適った男だけがキャピタル自動車のトップに君臨することができるわけだが、そこからさらに近藤の名前を継ぐ者を選りすぐる」

「へえ」

まだ面識はないが、役員会議室の壁には歴代社長の肖像画が並んでいる。中でも陽平顧問の額縁は他の写真より一回り大きい。美希は陽平の鷹揚で穏やかな顔つきを思い出していた。

時代錯誤な話だ、と吐き捨てるように言った朝倉が走行車線に出るウィンカーを点滅させた。前回はタクシーで東京だったが、今回は明らかに逆方向に向かっている。愛車を置いているパーキングから遠ざかり、いったいどこに連れて行かれるんだろうと今さらながら不安になった。

白取の家を出たときよりもさらに西の空に浮かぶ夕焼け雲は橙色を濃くしている。

それから、しばらく朝倉は黙って車を走らせていた。

「そういえば最近、バレットの事故が多過ぎないか？」

ふと思い出したように朝倉が言う。ドキリとして一瞬、息を呑んだ美希は、すぐに気を取り直して言い返す。

「単純なドライバーの運転ミス」

自分自身まったく信じていないことを口から吐くのはストレスだったが、こんな男にリコール隠しの可能性があるなどという状況を知られるわけにはいかない。

「なら、いいけど」

朝倉が言葉に含みを持たせる。その反応に、やはりなにか知っているのだろうか、と美希の中に猜疑心が芽生えた。

「じゃあ、あなたはどう思ってるの？　バレットの事故」

「さあねえ。まあ、ブレーキを踏んでないのに車が止まるっていう不具合の原因が車両側にあるとすれば、エンジン部品か、あとはエンジンシステムのプログラムエラーとか」

――エンジンシステムのプログラムエラー……。つまり、ECUケースではなく、その中身に問題があるということか。それならエンジン工場の班長が残した言葉ともリンクしないこともない。

轟での検証がすべて終了したときにも出た疑惑が朝倉の口からも出て、再び美希の頭の中を巡る。

だが、美希にはシステムやプログラムを解明できる知り合いに心当たりがなかった。

「ここにしよ」

美希がぼんやりと次の作戦を考えているうちに車は国道を離れ、高台にある洋館の駐車場に滑り込んだ。そこは葉山の海を見下ろすレストランだった。すでに冬の陽は落ちて海は黒い天鵞絨のように広がっているが、天気のいい昼間ならさぞかしきれいだろうと眺める。

「朝倉様、いらっしゃいませ」

車を降りたふたりが建物の中に入ると、猫足のカウチソファが置かれたウェイティングスペースに黒いスーツを着たメートルが立っている。

「今日は予約してないんだけど、個室、空いてる？」

いかにも常連らしい馴れ馴れしい口調で朝倉が尋ねる。

「ご用意いたします」

通されたのはガレのシャンデリアが柔らかな光で満たす、こぢんまりとした部屋。その個室の壁にはめ込まれた額縁のような大きな窓から夜の海が見えるのも相まって、都心のホテル内にあるキャピタル自動車の役員ラウンジ以上に豪華な内装だ。

美希の目は室内の調度品に奪われながらも、心ここにあらずだった。谷原の話を聞きにきたつもりが、頭の中はもう、バレットの事故原因のことでいっぱいになっている。

「ねえ、さっき、エンジンシステムって言ったけど……」

美希が切り出したのと同時に、タイミング悪く、今度はギャルソンがドリンクリストを持ってきた。

「落ち着きなよ。話は喉を潤してからだ」

「じゃあ、ジンジャーエール。早く持ってきて」

美希はリストを見ることすらせずに注文した。

「相変わらずせっかちだなあ」

朝倉が呆れ顔で笑う。

「じゃあ、俺もそれでいいや。今日は車だから。あとは……シェフのおすすめコースで」

「かしこまりました」

ドリンクのリストを回収し、慇懃にお辞儀をしたギャルソンがテーブルを離れる。と同時に、朝倉がとぼけた口調で聞き返す。

「それで、なんの話だっけ？」

「バレットのエンジンシステムのこと」

「ああ、それだ。新型バレットに搭載されてるエンジン制御システムって、キャピタルが独自開発したAIに作らせたとかいうアレだろ？」

「そう。自動車業界では世界初となる画期的な試み、っていうのが新型バレットの売りのひとつになってる」

あたかも自分が開発した人工知能であるかのように、鼻高々で解説していた工藤の顔が思い出される。

「AIか。人間のプログラマーが作ったシステムならミスも考えられるが、人工知能に限ってエラーはないだろ」

「じゃあ、やっぱり不具合じゃなくて、ただの事故だったのかな」

「え？　秘書さん、本当はただのドライバーのミスじゃないかも知れない、って思ってんの？」

笑いながら指摘され、美希は言葉に詰まった。

「それは……」

言質を取った朝倉はニヤニヤしながら美希を見ている。美希はごまかす言葉が見当たらず、自分の中の疑惑を包み隠せなくなった。

「私がどう考えてるかは置いといて、この際だから聞くんだけど。ＡＩがプログラミングをミスすることって絶対にないのかな？」

美希は朝倉が自動車の専門誌に勤めていた経験があることを見込んで尋ねた。

「まあ、自動車に限らず、ＡＩが作るシステムは人間のプログラマーが作るものよりは圧倒的にミスが少ない。しかも、ビッグデータだのディープラーニングだののお蔭で、ＡＩは日進月歩で飛躍的にクレバーになってる」

朝倉は一般論しか語らない。それ以上の知識がないのか興味がないのか。

やはり、部品に不具合がなかったという調査結果が出た以上、あとはシステムを検証するしかない。だが、調査する前からプログラムにはミスがないとわかっているとなると、自分たちが躍起になって調査した時間も労力も無駄だったことになる。

しかも、同僚にとんでもない迷惑をかけてしまった。

散らかった部屋で娘たちの世話をしている白取の姿を思い出し、美希の胸は締めつけられる。

「じゃあ……」

　では、キャピタルのエンジンシステムは調べるだけ無駄なのだろうか。さらに踏み込んで朝倉にプログラムエラーについて聞こうとしたところに、またギャルソンが現れた。

「失礼致します」

　白い手が洗練された仕草でグラスに金色の液体を注ぐ。

「とりあえず、乾杯」

　朝倉からそう言われても、美希は乾杯したい気分ではなかったが、朝倉はお構いなく自分のグラスを、テーブルに置いたままの美希のグラスにカチンと当てた。そして、なかなかグラスに手を伸ばさない美希の瞳を覗き込む。

「やっぱりなにかあった？」

「別に……」

　美希は弱っているメンタルにつけこまれないよう軽く言って、グラスを手に取る。

「んで、谷原、なんで子会社に飛ばされたの？」

「どうしてそんなこと聞くの？　ライバルが失脚したんだから、もうどうでもいいじゃない」

　谷原がキャピタル自動車の社長になるために朝倉の恋人を奪ったという話が真実

だったとしても、もうその野望も潰えたのだ。

「そうはいかない。たとえ不幸のどん底に落ちていたとしても俺は許さない。アイツは俺の子供を殺したんだからな」

「殺した……？　あなたの子供を？」

美希の手はグラスを持ったまま空中で止まった。

「真由子が身ごもっていた俺の子供を、アイツが堕ろさせた」

真由子との結婚でキャピタル自動車トップの座が夢ではなくなった谷原。だが、そのとき真由子のお腹には、朝倉の子供がいた……。直接手を下したわけではない。とはいえ、谷原という男に全幅の信頼を寄せ、心酔していた美希にはショッキングな話だった。

「それ、ほんとに専務がさせたことなの？」

「本人が言ったんだから、間違いない」

「本人が？」

「どうやっても真由子に会えなかったから、会社の前で谷原を待ち伏せて問い詰めたんだ。そのとき、アイツが自分で言った。『お前の子供はもうこの世にいない』って」

「嘘……」

言葉と一緒に食欲を失った美希は、そのまま席を立った。

「悪いけど、ご飯食べる気分じゃなくなった。帰るわ」

きっと自分には想像も及ばない深い事情があったに違いない。美希は自身にそう言い聞かせながら、オードブルの並んだテーブルを離れようとした。

「ひーしょ、さん」

朝倉に背中を向ける美希を、歩道で呼びかけてきたときと同じトーンの声が呼ぶ。

「また、デートしよ」

谷原の話に気を取られたまま振り返ると、そこには、ハイエナだということを忘れそうになるぐらい無垢な笑顔がある。美希はなにも答えられないまま、レストランを後にした。

車で上ってきたときにはさほど勾配を感じさせない坂道だったが、ローヒールとはいえ、パンプスで傾斜のある砂利道を降りるのは難儀だった。けれど、今は狭い靴に押し込められているつま先よりも、心の方が鈍く痛む。

――谷原専務という人は、どんなに小さな命でも守る男であってほしかった。いや、なにかの間違いということもある。朝倉なんかの言葉を真に受けてはいけない。

そうした想いばかりが、美希の頭の中を巡り続ける。谷原がキャピタル自動車を去ったとき、次に彼と連絡を取るときは事故の原因を突き止めたときだ、と心に誓った美希だったが、ついに我慢できなくなった。

白取の自宅近くのパーキングに戻るタクシーを拾うため坂を降りて国道に出た所

で美希は立ち止まり、以前、業務で必要なときもあるかもしれないからと教えられた谷原の私用携帯のナンバーを検索する。

すがりつくような思いで連絡をしたが、返ってきたのは機械的な女声。

「アナタノオカケニナッタ番号ハ、現在使ワレテオリマセン……」

聞いた瞬間、拒絶されたような気分になった。美希は自分の心が急速に谷原から離れ始めるのを感じた。

六

次の日。一部の関係者だけに公開されているスケジューラー上、穂積副社長の午後の予定は、他のボードメンバーと同様に『非公開』となっていた。

通常は鍵マークのついた開示していないアポイントや私用の予定が入った時間帯でも、秘書にだけはその中身が見えるようになっているのだが、今日の午後だけはスケジュール欄は空欄で、三人とも行先を告げないまま慌ただしく出かけていった。

美希は午前中で穂積副社長の雑務をこなして秘書室に戻り、真柴とふたりきりになるのを見計らって声をかけた。

「室長。谷原専務に会うことってできないでしょうか」

「あの方はもう専務ではありません。『キャピタル・ナビゲーションの谷原営業部長』

と呼びなさい」

美希には、真柴が谷原にだけは一目置いているように見えていた。しかし、左遷された途端、こんなにも冷淡な言い方をする。組織とはこんなものなのだろうか……。寂しさを噛みしめている美希に、真柴は冷たく尋ねる。

「子会社に赴任した元上司に、なんの用があるんですか？」

「それは……」

美希自身、谷原に会ってどうしたいのかは明確ではなかった。ただ話をして、谷原の信念と情熱が以前と変わらないことを確かめ、自分たちがやったことは正しかったんだという確信がほしい。

「あなたにやってほしい仕事があります」

美希が谷原に会いたい理由を言いあぐねているうちに、真柴の方が先に口を開く。

「え？　あ、はい」

真柴の改まった言い方に美希は背筋を伸ばした。

「近藤陽平顧問の米寿のお祝いに、『秘書室から』という名目でウィスキーを届けてください」

美希は「はい」と返事をしながらも、そんな用事かと軽く失望した。

「品物は昨日、私が購入しておきました。こちらが届け先の住所です。私は他に用事があるので、あなたにお願いします。今日の一時頃、届けてください」

そう言って真柴は、デスクの引き出しから会社が出資しているレストランのロゴが入った紙袋とメモを出した。

紙袋と一緒に受け取ったメモに書かれていた住所は都内のものだったので、普段東京にはあまり行くことのない美希は、迷うことも考慮して出発しなければならなかった。

「はい……。今からすぐに行ってきます」

ただのお使いか、と大いに失望しながら美希は秘書室を出た。

会社を出た美希は最寄りの駅に向かって歩きながら、スマホで目的地を検索する。

「いったん京急で品川に出て、渋谷と三軒茶屋で乗り換えか……。世田谷なんて、生まれてから一回も行ったことないんだよね。そもそも、ウィスキーなんてわざわざ届けなくても、デパートから送れば済むことじゃん」

電車に飛び乗って吊り革に摑まった美希は、このお使いに対するありったけのクレームを内心で呟きながら、都心へと電車を乗り継いだ。

都内に足を踏み入れるのは朝倉に銀座まで連れて行かれて以来だ。が、にぎわっていた夜の銀座とは違い、ここは昼下がりの閑静な住宅地。同じ東京とは思えないぐらい、雰囲気が違う。

駅から遠ざかるにつれ、家の門構えが立派になり、一戸あたりの敷地が広くなる。

「ううわ……。ここ?」

坂を上りきった所に、高級旅館のような景色が広がっていた。どこまでも続く重厚な塀。立派な車寄せのある門の向こうに見えるのは武家屋敷かと思われるような瓦葺きの屋根だ。

美希は気後れしながら『近藤陽平』と書かれた大きな表札の下にあるインターフォンを押した。

「あ、あの。キャピタル自動車秘書室の藤沢です。お届け物に参りました」

「どうぞ、お入りください」

スピーカーから聞こえた声の後、自動で開いた門戸の中を見てさらに啞然とする。外観もさることながら、敷地の中の立派さも美希の想像をはるかに超えていた。

軽く百坪を超えそうな大邸宅の前には、それよりさらに広い面積の日本庭園。敷き詰められた玉砂利の上、門扉から玄関まで大きな飛び石が続いている。苔むした石の上を慎重に歩き、ようやく建物の前に着いた。それを見計らうように、近藤陽平の奥方らしき上品な和服姿の女性が玄関先に現れる。大らかな笑顔に気持ちが和む。

「わざわざどうもすみません。真柴さんからお電話ありました」

「こちら、秘書室からのお誕生日祝いです」

「ありがとうございます。あら、このお酒、主人が好きな銘柄なんですけど、今は品薄で百貨店にも出回ってないんですよ？　よく見つけてくださって」

それを聞いて美希は、真柴から渡された紙袋が秘書室でいつも使っている老舗デパートのものではない理由を知った。どこの小売店にも在庫がないので、会社が出資している系列レストランにあったものを確保してもらったのだろう。さすが秘書室長だと美希は恐れ入る。

機転の利いたプレゼントに奥方は満足そうだ。

「もうすぐ裏のお庭でパーティーが始まりますから、もし、よかったら、秘書さんも食事していらしてください。すぐにご案内させますから」

「あ、でも……」

真柴から今日のパーティーは、キャピタル自動車創業家の重鎮、近藤陽平の米寿のお祝いと聞いている。政財界の大物がここに集うのだろう、と想像した美希はさすがに畏れ多い気がして躊躇う。

遠慮しようとした美希に、奥方は有無を言わせず、使用人らしき女性を呼び、裏庭に案内するよう指示してしまった。なりゆきで案内の女性に従いながら、美希はそっと尋ねる。

「私なんかがいてもよろしいんでしょうか？」

「今日は近しいお身内だけのお祝いですから。奥様もああおっしゃってますし、どうぞどうぞ」

使用人と思われる年配の女性も奥方と同様、気さくな口調だ。

──うわ……。

裏庭と聞いて表の庭より狭い場所を想像していた美希だが、案内された邸宅の裏はちょっとした森だった。

「旦那様は夏でも冬でも、お庭で肉やら魚介類やらを豪快に焼いて召し上がるのがお好きなんです。少々お寒いかも知れませんが、楽しんでいらしてください」

背の高い木々に囲まれた庭に、モダンなテントやタープが配置され、その下に円卓と大きなカウンターが設えられている。その所々に屋外ヒーターが置かれていた。

ひときわ大きなテントの下に、見るからに有名店のシェフといった風格ある料理人が数名、バーベキューコンロや簡易キッチンで腕をふるっている。

見れば、スケジューラーに『非公開』とだけインプットして外出した、ボードのメンバーが三人とも顔を揃えているではないか。

彼らの中心に立っているのは温厚そうな微笑を絶やさないひとりの老人。

──あれが、陽平顧問……。

美希は秘書室の資料写真や役員会議室の肖像画でしか見たことがなかった近藤家の重鎮をさりげなく観察した。

実物は小柄な好々爺の風情を見せているが、恐ろしいほどの存在感がある。その口許には笑みを湛えているが、眼光には鋭さと厳しさが宿っていた。

近藤陽平を囲み、その顔色を窺うように、ボードのメンバーが飲み物を片手に談笑している。少し離れた場所では、女性だけのグループが食事を楽しんでいる。ボードメンバーの奥方や娘、孫たちと思われるそちらは他人行儀に気を遣い、互いを牽制し合うような空気が漂っている。

「本当にお身内の方だけなんですね」

秘書室で取り仕切るパーティーはたいてい数百人単位だが、ここには三十人ほどの人間しかいない。

「旦那様は、月に一度はなにか名目を作って、こうしてご親族の皆さんを招集されるんです」

「近藤家のご親族……。では谷原専務……いえ、谷原部長も来られるんですか？」

「ええ。もう、ご家族でお見えですよ」

それを聞いて、美希は自分の心に一条の光が射したような気がした。

「え？　どちらに？」

周囲を見回して谷原の姿を求める美希に、女性は困ったようなトーンで言葉を濁す。

「真由子様のご家族は、いつもこの奥の広場でピクニックをしておられます。こちらへはあまり……」

「私、以前は谷原専務付きの秘書だったんです」

どうにか、その広場とやらに案内してもらえないものかと思い、美希は谷原との関係を説明したが、案内の女性はただ、そうですか、とうなずいただけ。

「では、ごゆっくり」

さっきまでの打ち解けた態度が嘘のように急によそよそしくなり、美希をその場に置き去りにした。

——奥の広場……。

どんだけ広い土地なんだと、呆れながら見れば、近藤家の広大な裏庭を出たところに林道があり、なだらかな丘のような小山の中腹に人影が見える。

——あれかな……。

美希は裏口を出て遊歩道のようになっている小路を上った。十二月にしては暖かく、ようやく平らな場所へ出たときには背中がしっとり汗ばむのを感じた。

木立の向こうに白いラグが敷かれ、薄紅色のショールを羽織った女性がこちらに背中を向けて座っている。たぶん、あれが谷原真由子なのだろう。なんとか横顔だけでも見たいと足を進めかけたとき、不意に子供の声が林間に木霊した。

「パパー。あとでサッカーしよ？」

思わず足を止めて声の方に視線をやると、谷原が二歳か三歳ぐらいの小さな男の子を片手で抱き、もう一方の手で小学生ぐらいの男の子の手を引いている。思いもよらぬ父親の表情。白取もそうだったが、職場にいるときとは違う、父性愛に溢れた優しい笑みを浮かべている。

やがてこちらにも料理人と使用人が現れ、談笑する一家に飲み物をサーブし、食事の準備を始める。

家族水入らずの風景に割り込んで深刻な話をすることが躊躇われ、美希は木陰から幸せそうな家族を見つめた。

目の前のピクニックは、絵に描いたような一家団欒。真由子の皿に料理を取ってやる谷原と、母親に甘える仕草を見せたり、父親の話を聞いて無邪気に笑ったりしている子供たち。彼らだけを温かく幸せな空気が包んでいるように見える。

不意に、美希の鼓膜に朝倉の声が甦った。

『アイツは俺の子供を殺した』

そうやって、この家族を手に入れたのだろうか。美希の気持ちは暗く濁る。谷原はそこまでして、キャピタル自動車の社長になろうとしたのだろうか。今もここに家族を連れてきているということは、まだその野望を捨てていないのだろうか……。

その一方で、谷原が真由子の話をしたときの初々しい表情が目に浮かび、どれが本当の谷原かわからなくなる。美希は声をかけることができないまま、木の陰に立ち尽くしていた。

部品に不具合がないとわかった今、次はどうすればいいのか。プログラムを調べるにはどうすればいいのか。仲間の人生を狂わせてしまった自分は許されるのか。

尋ねたいことが山ほどあったのに。

美希はそのまま引き返し、誰にも挨拶することなく、近藤家の邸宅を出て秘書室に戻った。そして、真っ暗な闇の中にいるような気持ちで、穂積から言いつけられたゴルフコンペの景品リストを作る。

夕方になって真柴が部屋を出た後、

「谷原さんに会えた？」

と、いきなり椅子を寄せてきた宇佐木奈々に尋ねられた。

その甘く囁くような声でようやく我に返った美希は、書類整理の手を止める。たった今、押印した書類の印影は醜くブレている。

先日の言い争いの後、ふたりの間にはギクシャクした空気が流れた。が、翌日にはもう、奈々はケロッとしていた。それまでと変わらない様子で、何事もなかったかのように、「藤沢さん。朱肉貸してえ」と、美希に話しかけてきたのだ。その無邪気な顔を見たとき、美希も本気で相手にするのが馬鹿馬鹿しくなった。

「藤沢さん、お酒持って世田谷に行ったんでしょ？　『親族会』のお使いっていつも真柴室長が自分で行っちゃうから、珍しいなって思って」

「え？　あ、ええ」

奈々の言葉を聞いて美希は、初めて真柴が『谷原に会いたい』という自分の願いを聞き届けてくれたのだと気づいた。

「真由子さん、見た？」

好奇心を剝き出しにするとき、奈々の瞳はいつも子猫のそれのように輝く。

「えっと……。後ろ姿だけ」

「なんだ。誰も見たことないって言うから興味あったんだけど。どんな顔なのかしら。中沢家の令嬢。真柴室長は知ってるはずなのに、何度聞いても会ったことないって言うのよ？」

奈々はその姿を想像するように天井を見上げる。

美希は肩幅の狭い、ほっそりした女性の背中を思い出していた。カラーリングも施していないと思われる肩までの黒髪。クリーム色のセーターの袖口からのぞく華奢な手首。

「たぶん、美人なんじゃないかな。後ろ姿からのイメージだけど」

「今度、会う機会があったら、ちゃんと顔見て報告してね」

「あ、うん……」

「それはそうと、藤沢さん、穂積副社長とうまくやれそう？」

いきなり話題を変え、今度は美希と新しい上司の折り合いを探ってくる。

「え？　ど、どうかな……」

穂積は外出や出張が多く、あまり副社長室にいないため、まだ自分との相性はわからないが、歴代の秘書が一様に短期間で交代しているという話を聞くと、うまくやっていく自信はない。

「副社長ってなに考えてるかわからないタイプじゃない？　裏で黒いことしてそうだよね」

「そう？」

「だって、あの人の顔、どことなく時代劇の悪役みたいじゃない？」

奈々の他愛もない妄想を上の空で聞きながら、美希は木漏れ日の中、谷原が自分の家族のために甲斐甲斐しく立ち働いていた姿を思い出す。

多幸感溢れる一家団欒を見てしまったことを後悔していた。谷原のあの笑顔が、まだ自分の中にくすぶる野望を成し遂げるためのものなのか、それとも単によき家庭人としてのものなのかわからない。

七

仕事で気を紛らわすことができない土曜日は、迷いが深まる。

両親は千葉の親戚の家に出かけ、家の中でひとり悶々としていた美希はこれといってすることもなく、気晴らしに家を出た。近所の商店街ではクリスマスセールが始まっていて、電柱に括りつけられているスピーカーからマライア・キャリーのソプラノがアーケード街に大音量で降ってくる。母に頼まれたクリスマスケーキの予約だけして、他はなにを買うでもなく、三十分ほどで来た道を戻る。

このところ暖かい日が続いていたが、さすがに陽が翳ると風が冷たい。

自宅に帰る最後のブロックを曲がりながら、美希はウィンドブレーカーのジッパーを上げる。

「うー、寒っ」

そのとき、ふと自宅前に佇む不審な女性の姿を見つけた。その女性は美希の家の玄関の前に立ち、伸び上がるようにして表札を撫でている。

肩までのふわりとした髪。白いコートとサーモンピンクのスカートに包まれた、華奢な体つき。遠目にも、その上品な雰囲気が伝わってくる。美希はその姿になんとなく見覚えがあるような気がした。

うちになにかご用ですか？　と聞く前に、美希の気配に気づいたらしく、女性の白い顔がハッとこちらを向く。体の角度が変わった瞬間、スカートが揺れて、淡い色の向こうに隠れていた白杖が見え、美希は息を呑んだ。

素朴で清純な美しさを持つその女性の顔には見覚えがない。きっと家を間違えているのだろう。それを知らせようとした美希に、女性が尋ねる。

「藤沢さんですか？」

え？　と、驚いて今度はじっくりと女性の顔を見たが、やはりその瞳のフォーカスは美希の姿を捉えることができないらしく、僅かに右側に逸れていた。

遠くを眺めるような視線と口許にはおっとりとした微笑。全身から育ちのよさそうな、物静かな空気が漂っている。

「は、はい……。藤沢は私ですが……」

その声に美希の逡巡を感じ取ったのか、彼女は慌てたように自分の素性を明かした。

「あ、ごめんなさい。私、谷原の妻です」

「ええ!?」

谷原真由子が目の不自由な女性だとは想像だにしなかった。だが、言われてみれば、顧問の邸宅でピクニックをしていた女性の雰囲気に酷似している。後ろ姿に見覚えがあったのはそのせいだったのか、と美希はようやく気づいた。

こうして彼女を目前にしても朝倉と谷原との間で複雑な関係になった人物だとは想像しにくい。思わず目の前の女性をまじまじと観察してしまう。

「いきなりごめんなさい。実は、あなたにお話があって……。真柴さんにあなたの住所をうかがってしまいました」

その声にはここまで訪ねてきておきながら、どこかまだ迷っているようなトーンが含まれている。

「それは構わないのですが……。奥様。どうぞ、中に入ってください」

薄着に見える谷原真由子を気遣い、美希は彼女を家の中に通そうと、手を取る。

――いつからここで待ってたんだろう……。

彼女の手は冷え切っていた。

「すぐにお茶を淹れますから、こちらへ座っててらしてください」

一ヶ月半ほど前、谷原を通したのと同じ和室に真由子を案内した美希は、温かい飲み物を淹れようとキッチンへ立った。そのとき、ふと目を落とした真由子のスカートの膝下がひどく汚れていることに気づく。脛のあたりにも、何度も転んだような痣がある。

「奥様、まさか、ひとりでここまで来られたんじゃ……」

「……はい。誰にも知られずにここへ来たかったんです。手伝いの方にお遣いを頼んで、その隙にタクシーを呼んで……。でも、ひとりで外へ出るのはこんな風になってからは初めてのことで……。この有様です」

訥々と言った後、真由子はおっとり笑った。自分の無謀な冒険を思い出すように。

だが、それはかなり勇気の要る外出だったに違いない。そこまでして彼女がここへ来た理由を考えながら、美希は急いでキッチンへ行き、お湯で湿らせたタオルと温かいココアを用意した。

「どうぞ」

美希は軽く音を立てるようにしてマグカップを真由子の前に置いた。そして右手を取り、そっとタオルを持たせる。

「ありがとうございます」

擦り傷の見える汚れた手の平を拭いながら、小さく頭を下げる真由子。

その白い指先がカップの位置を探り当てた。

「美味しい。体が温まります。こんなに細やかな気遣いをしてくださる秘書さんがついてくださってて、谷原は幸せですね」

それを聞いて美希は、真由子がまだ自分を谷原の秘書だと思っているのだ、と気づいた。おそらく谷原が専務でなくなったこと、会社を追われたことも知らないのだろう。

だが、事実を告げたら、真由子は自分に話したいという『なにか』を隠してしまうかも知れないと思い、美希は沈黙を守った。真由子が谷原の下で働いている人間を訪ねてきた理由の中に、揺れ動いている自分の気持ちに決着をつける手がかりがあるような気がして。

「それで、お話って……」

美希から切り出すと、真由子は言いあぐねるように睫毛を伏せたが、すぐになにかを決心したように顔を上げる。

「最近、谷原の様子がおかしいんです」

「専務の様子が？」

それは故意ではなく、自分が最も尊敬していたときの呼び方で元上司を呼んでしまった。間違っても『谷原さん』なんて気軽に呼ぶことはできない。

「谷原はなにか大きな問題を抱えてるんじゃないですか？　ＣＭＣでなにかあったんですか？」

真由子がテーブルに身を乗り出したとき、彼女の細い指がカップに当たり、倒れそうになる。咄嗟に美希が手を伸ばし、マグカップを摑んだ。

「ご、ごめんなさい」

真由子が慌てた様子でカップの場所を探りながら謝罪する。動揺していた美希は少しだけ時間を稼げたような気持ちになりながら、彼女の指先をマグカップに導いた。

「大丈夫ですよ。カップ、倒れていません」

「すみません……」

一気にまくしたてた自分を反省するように、真由子はうつむいた。どのタイミングで真実を伝えるべきか悩みながら、今度は美希の方から真由子に質問する。

「様子がおかしいって、どんな風におかしいんですか？」

「谷原はもともと、会社でのいざこざや個人的な悩みを家庭に持ち込むような人ではありませんでした。それでも声のトーンや動作の気配で、なんとなく、わかるんです。その日が彼にとっていい日だったか悪い日だったか、が」

目が不自由な彼女には僅かな音の違いが谷原の様子を知る手段だったのだろう。

「けど、今はまったくわからないんです。まるで、ずっといい日が続いているみたいに明るいんです。そんなこと、あり得ないのに」

美希は言葉を失った。と同時に、近藤家の裏山で楽しそうにピクニックをしていた谷原の姿を思い出す。

キャピタル自動車での立場が変わったことを家族に告げず、これまで通りに振舞っている。そして、真由子も谷原の異常に気づかないふりをして笑っていたのだ。

――あんなに幸せそうに見えたのに……。

谷原が秘密にしていることを自分が暴露してしまっていいものだろうか、と美希は悩んだ。

谷原のことだ。自分の名誉を守るために黙っているのではなく、家族に心配させないために秘密にしているのだろう。

「藤沢さん。なにかご存じありませんか？」

「すみません。私には心当たりがありません」

やはり、谷原が秘密にしていることを自分の口から伝えるわけにはいかない。

「そう……ですか……」

真由子は失望したように溜息をついた。

「ごめんなさいね、家にまで押しかけたりして。秘書をしてくださっている方ならなにかご存じかと思ったんです」

立ち上がりかけた真由子を、美希は「あの」と、反射的に呼び止める。

「奥様。ひとつだけ、聞かせていただけませんか」

「え？」

真由子は意外そうに聞き返しながら、再び座布団の上に座り直した。

「朝倉広樹とあなたの関係を教えてください」

美希にとっては悶々と抱え続けた疑問だが、彼女にしてみれば思いもよらない質問だったのだろう。朝倉の名前を聞いた真由子は声にならない驚嘆の息を口から漏らし、たじろぐように身を引いた。

「いきなりプライベートなことを聞いて、すみません」

美希自身、不躾な質問をしているということは重々承知している。が、心の中でずっとくすぶっている疑惑にいい加減、白黒つけたい。それ以上に今を逃せば、もう谷原の妻に会う機会はないだろうという焦りもあった。

「藤沢さん……、広樹を知ってるんですか？」

伏せた睫毛の下で瞳が揺れ、声が震えている。

「何度か会ったことがあります」

美希は最小限の事実を答えるに留めたが、やはり真由子の口は重く、じっと黙り込んでいる。朝倉の言ったことがすべて彼の妄想と嫉妬による邪推であればいい、と祈るような気持ちで美希は真由子に詰め寄った。

「お願いです。真実を教えてください。朝倉は谷原専務のことを、出世のためになら手段は選ばない男だと断言しました。出世以外のものはすべてオプションだと。私はそんな人についていこうとしてるんでしょうか？」

「違います！　谷原はそんな人じゃありません!!」

毅然と顔を上げた真由子は、この家に来て初めて怒りの表情を露わにした。が、やがてその顔に悲哀が混ざり、観念したように口を開く。

「なにからお話しすればいいかしら……」

ぽつりとそう言葉を零した真由子は、谷原の汚名をそそぎたいという一心に見えた。

「谷原と結婚する前、私は朝倉と交際していました」

「やはり、専務が朝倉からあなたを奪ったんですね……」

「それは違います。私が自分で谷原との結婚を決めたんです」

絶望的な気持ちになる美希の言葉を制し、真由子はきっぱり否定した。

「大学二年のときでした。広報の仕事に興味があった私は、父に頼んで余市での新型車の撮影に立ち合わせてもらったんです。そこでカメラマンだった朝倉と知り合いました」

冬の北海道……バレットのポスター撮りのことだ。徐々に明かされ始める真実に美希は固唾を呑む。

「そのとき、撮影現場には谷原専務もいたんですよね？」

「ええ。でも、当時の私の中では、父の会社の社員という認識しかありませんでした」

真由子はそのときの自分を思い出すようにクスッと笑った。

「将来のために、そこで働いていたスタッフのみなさんにいろいろな質問をしました。もちろん、当時は広報部長だった谷原にも」

「でも、当時はそれだけだった、ということですか？」

「ええ。少なくとも谷原に対しては……。でも、一目惚れってあるんですね。広樹……いえ、朝倉を見たとき、私は一瞬で恋に落ちて、彼に夢中になってしまったんです。周りにどんなに素敵な人がいても他の人は目に入らないぐらい」

つまり、そのときの真由子は目が見えていた。いったい、なにがあったのだろうか。

「父はかねてより、私を中沢家とつり合う、それ相応の格式ある家に嫁がせたいと考えてました。たとえばグループ会社の経営者とか銀行家とか、キャピタル自動車にとっても利益になる結婚です。私自身もいずれそういう結婚をして、父を支える人の妻になるのだと思ってた。なのに、朝倉と出会ってからの私は、どうしても彼以外の人との結婚を考えられなかったんです」

真由子はその当時の気持ちに戻ったように熱い口調で訴える。あまりにお嬢様すぎると、朝倉のような奔放で破滅的な男に惹かれてしまうのかも知れない、と美希はうなずく。

「私は父に逆らって朝倉との交際を続けました。母は父に私の育て方が悪かったと責められて毎晩泣いていました。それでも、私は彼を諦めることができなかった」

そこまで一気に喋った彼女は「けれど……」と花が萎れるように、静かにうつむいた。

「駆け落ちすることにした私たちは、イタリアで新しい生活を始めることにしたんです。彼が好きな南イタリーの港町に小さな家を借りて。けど、空港へ向かう途中、居眠り運転のトラックが対向車線から中央分離帯を飛び越えてぶつかってきて……。助手席にいた私は大怪我を負いました。三日間ほど、自分の目が光を失っていることにも気づかないぐらい、体中の裂傷や骨折の痛みに苦しみました」

親不孝者の娘に天罰が下ったんです、と彼女は笑う。目許に悲哀を漂わせて。

「病院のベッドの上で目が覚めて……。最初は夜なんだ、と思いました。けど、失明したとわかったとき、私はやっと自分の無力さを思い知りました。動くこともできない病室で、絶望感と向き合い、反省する時間だけをたっぷり与えられて……。退院する頃にはもう両親に逆らう気力はなかった」

うつむいている彼女の頰を伝った涙が、カーディガンの胸に落ちる。

美希は喉になにかが詰まったようになって、相づちを打つことさえできなくなった。

「病室に母だけが残ったときに朝倉のことを聞きました。彼は奇跡的に軽傷で済んだ、と。これ以上、娘につきまとうなと父からそれなりの金銭を与えられ、二度と私に会わないと約束した、と」

その日の失望が甦ったように真由子の白い顔が青ざめる。

「実際、朝倉が見舞いにくることはなく、電話すらありませんでした。本当に捨てられたんだ、って思い知りました。考えてみれば、彼と過ごした期間はとても短くて、彼の本質が理解できていたかと言われれば自信がなくて」

朝倉の話とはずいぶん乖離している。たぶん父親である中沢が、娘に朝倉を諦めさせるため、母親につかせた嘘なのだろうと美希は推測した。はたして朝倉は真由子が重傷を負ったことや失明したことを知っているのだろうか。

「私は無気力になって、退院した後も半年ほど自宅に引きこもっていました。その私に父が『お前をもらってくれる男がいる』って言いました」

「それが……谷原専務……だったんですね……」

美希の予想に、真由子が細い指先で涙を拭いながらうなずく。

『貧乏人の子が！』

先日の谷原に対する中沢の暴言が思い出され、美希の中に嫌悪が湧き上がる。けれど、谷原は中沢に侮られていることなど百も承知で、彼女の過去を引き受けようとしたのだろうか。それは自分の野心の代償として……？

美希の中にさまざまな憶測が渦巻く。

「けど……。私、そのとき、広樹の……朝倉の子供を身ごもってたんです。それが駆け落ちした理由のひとつでしたが、担当医が女医さんだったので、独身の私に配慮してくださったんでしょう。両親に知られることはありませんでした」

涙を流しながら、嗚咽をこらえて語る真由子の告白に、美希は自分の心臓が凍りついていくのを感じる。谷原を人殺しだと罵り憎む朝倉の顔が彷彿とし、その先を聞くことを怖れたが、真由子の懺悔を止めることはできなかった。

「縁談は勝手に進められていきました。でも、私は妊娠していることを両親に打ち明けられなかった。言えば『堕ろせ』と言われるのがわかってたから。私にはボロボロに傷ついた体の中で生き続けていてくれた命が愛おしかったんです。捨てられたとわかっていても、そのとき私はまだ朝倉を愛してたから。でも、もう永久に彼と結ばれることはないということもわかってた……」

美希は息をするのも忘れて真由子の頬を伝う涙を見つめていた。

「悩んだ挙句、私は谷原との何度目かのデートで、それを彼に打ち明けたんです。そしたら、彼は『産んでいい』って即答してくれた。『その代わり、これから君が産む子は全て僕たちの子供だ』って、真剣な声で」

「……ああ」

美希の口から思わず声が漏れる。谷原はやはり谷原なのだ。心から尊敬する上司。朝倉にどんなに恨まれても真由子とお腹の子供を自分の家族として守ろうとする彼の覚悟を聞き、全身の緊張が緩み、ほっと安堵の溜息をつく。

真由子は谷原の寛大さにすがる決心をし、母親にだけ自分の妊娠とその真実を打ち明けた。だが、退院するとき、医師に自分の怪我や傷の状態を克明に聞いていた彼女は、谷原の気持ちには当初、懐疑的だったという。

「最初、谷原は出世のために私と結婚したんだろうと思ってました。火傷や肉が抉られた痕は指で触るだけでわかりましたから。けど、そんな私に彼は『北海道で会った後、ずっと気になってた』と告白してくれました。『傍にいてくれるだけでいい。それだけで、僕は会社を世界一にするどころか空だって飛べそうな気がするんだ』って」

が、そのときの彼女は完全に自信を失い、内向的になっていた、と細い声を沈ませる。だから、谷原が野心や同情からそんな風に言っているのだろうと思い込んでいたのだと。

「卑屈になってた私に、谷原は『あの頃の君は君自身の中に眠ってる。僕が必ずあの頃の君に戻してみせる』と言って、本当に努力してくれました……」

一瞬、真由子の顔に満ち足りた微笑が浮かんだ。美希も真由子の話をするときの谷原が彷彿とし、そのときの照れ臭そうな顔が脳裏をよぎる。

「谷原は私の目になりたいと言って、いろいろな所へ連れ出しては、目の前の風景がどんなものかを教えてくれるような人でした。私の手を取って、海の水や植物を触らせてくれた。だんだん、私も彼と一緒ならどこへでも行ける気がして。私が笑うと彼も嬉しそうな声になった。それが嬉しくて私はもっと笑った……」

生まれてきた子供も、我が子のように可愛がってくれたと、真由子は続けた。

「朝倉に捨てられて、世界の片隅にたったひとりで置き去りにされたような孤独を抱えていた私が、彼に傾くのにはそう時間はかかりませんでした」

谷原は真由子が朝倉を選んだ後も、ずっと彼女のことを想っていた。だから、どんな状況であったとしても、彼女の全てを受け入れたのだ。

美希は静かに心を震わせていた。谷原は自分が想像していた以上に深い愛と大きな懐を持った男だったのだと思い知らされて。

「じゃあ、いつから外出を控えるようになったんですか？　朝倉は専務があなたを家の中に閉じ込めてると……」

「それは……。父の命令でした」

「中沢社長の？」

「事故の後、父は私を表には出したがらなくなった。男と駆け落ちをしようとして、目まで見えなくなって……こんな姿になった私を人目に晒したくなかったのでしょうね。自動車メーカーの社長の娘が、交通事故でこんな体になったなんて外聞が悪いですし。父はとてもプライドの高い人なので、私のことをあれこれ詮索されることも嫌だったんでしょう。それがわかってしまうと、私も外出する気が萎えてしまって」

　中沢には大企業の社長としての体裁もあっただろうが、実は朝倉がまだ会社や谷原の周囲をウロついていることを知っていたのではないだろうか。

「結婚した後も、私を外へ連れ出そうとしてくれる谷原に、私は『出かけたくない』と嘘を言いました。それが私の本心ではなく、父の意向であることを谷原が知ったら、ふたりの関係は壊れていたかも知れません。谷原が、そういう真っ直ぐな人だとわかっていましたから、私は嘘をつき続けました」

　左遷のことを知らない真由子は、自分の嘘のおかげで中沢と谷原がうまくいっていると信じているようだった。

「事故以来、父はもう、私にはなにも期待していないように見えました。でも、最初に生まれた子が朝倉の子供だと知らない父は、孫ができたことをとても喜び、人が変わったように、また娘として私に接してくれるようになったんです。母と私が『早産だった』とつき通した嘘を疑いませんでした。よっぽど嬉しかったのでしょう。女系の近藤家にとって男子は貴重な存在ですから」

　その語尾に微かな軽蔑が交じるのを聞きながら、美希は谷原が、中沢から投げつけられた「意外に手の早い男だからな」という言葉を甘んじて受けていた姿を思い出す。多分、結婚前にデートを重ねている間に妊娠してしまったことにしたのだろう。

「それでも、あなたが近藤顧問のお宅にだけは出かけている理由は、キャピタル自動車での谷原専務の立場をよくするためですね？　つまり、奥様も専務のことを大切に思っておられる」

「あの人を嫌いになれる人なんて、そうそういないでしょう。ましてや、全身全霊で私と子供たちを守ってくれる人です。本当にありがたく、大切に思っていました」

真由子の口許に漂った笑みはすぐに消え去り、その表情は沈んだ。

「それなのに、私はそんな谷原を裏切ってしまったんです」

――裏切った？

美希は意外な話の展開を訝りながら真由子の言葉を待つ。

「私は知らなかったんです。朝倉が谷原に接触してたことを。あれからもう六年以上経ってるし……」

そう言って言葉を途切れさせる真由子の表情に微かな恋慕が含まれているように見え、美希は複雑な気持ちになる。少なくとも、朝倉に嫌悪を感じている顔ではない。

「二ヶ月ほど前、谷原が朝倉のコートを自宅に持ち帰ったんです」

「ああ……、あのときの……」

美希はいつの間にか専務室から消えた朝倉のコートを思い出した。谷原は処分に困ったコートを自宅に持って帰っていたようだ。

そこまで話した真由子はひとつ小さな溜息をついた。

「視力を失った分だけ、私は嗅覚が鋭くなりました。あの日、リビングに漂っていたコロンの匂いで、そこに朝倉がいると勘違いしてしまったんです。そこにいるのが谷原だと気づかずに、グリーンノートの香りがする方へ駆け寄ってしまった……。すぐに『なにかが違う』と気づきました。でも、溢れる涙は止められなかった。谷原を愛することで封印し、彼と本当の家族になることで葬り去ったつもりの想いが一気に溢れて……。きっと、あのときの私は、恋い焦がれ、待ちわびていた相手を見つけたような顔をしていたでしょう」

「…………」

真由子を想い、見守り続けてきた谷原は、駆け寄ってきた妻の表情から全てを読み取ってしまったに違いない。妻へのプレゼントを決めかね、少年のように頬を染めて彼女との出会いを語っていた谷原を見ているだけに、そのときの彼の気持ちを想像すると、美希は心が潰れそうだった。

一方で、子供を宿し、駆け落ちまでした朝倉がいつか自分を迎えに来てくれるのではないか、と心のどこかで考えてしまう真由子の気持ちも同じ女性としてわかるような気もした。美希の胸が切なく痛む。

「谷原は私がいまだに朝倉を待っていたことを悟って、出て行ってしまいました。私はリビングを出る谷原の足音と、床に落ちたコートの手触りで状況を知り、愕然としました。その夜遅くに、真柴さんから連絡があって、彼は仕事で徹夜になると」

あ、と美希は小さく息を呑む。

あの、谷原がバーで動けなくなるほど泥酔した夜のことだ。真由子が他の男を思い続けていたことを知った谷原の気持ちは察して余りある。

「私はバカです。谷原の子供を産んでおきながら……。あれほど大事にしてくれる谷原の傍にいながら……。心のどこかで、まだ朝倉を待ってたんですから」

真由子の目から取り返しのつかない後悔が溢れ、頬を伝った。

「けど、次の日、いつものように帰ってきた彼はなにも言わなかった。そしてそれから今までずっと、それまで通り、よき夫、よき父親です」

声を押し殺すようにして、さめざめと泣き続ける真由子にかける言葉が見つからず、美希は黙ってハンカチをポケットから出して彼女の手に握らせ、そのまま横に座った。真由子の複雑な胸中に寄り添うように。

「目は……よくならないんですか？」

「視神経の一部が壊れてしまっているそうです。お医者様から新しい治療法の提案もあったりしたんですが……」

語尾を曖昧に濁すような言い方は、積極的な治療をするつもりがないようにも聞こえる。

「治るかも知れないのに、試されないんですか?」

「見えない方が幸せなこともあるんです。むしろ今は……、谷原の顔を見るのが怖い……」

語尾を震わせ、うつむいた真由子は美希が渡したハンカチで両目を覆い、すすり泣いた。

ひとしきり涙を流した真由子はようやく顔を上げ、寂しげに笑った。自嘲するように。

「失いかけて初めて、谷原の存在がどれだけ自分にとって大切なものだったか、自分がどれほど彼を好きだったかを思い知りました。彼が帰ってきてくれるまで、不安と自己嫌悪でおかしくなりそうだった。でも、彼はなにもなかったように帰ってきてくれた。だから私は彼の何倍も苦しもうと決めました。今度こそ朝倉との記憶を葬って、谷原のためになんでもしようと」

そう言った直後、真由子はなにかを思い出したように深刻そうな顔になって手探りで美希の肩、腕、そして手に触れ、最後に指先を摑む。

「けど、あのときは谷原が苦しんでいるのがわかったんです。これまで通りの自分でいるためにもがいていることが……。けど、先月のはじめあたりから、彼がなにを考えてるのかまったくわからなくなったんです。今の私は、彼の声や彼の立てる物音を全身で聞いています。だからわかるんです。なにかが起きたと。きっと仕事のことなんだろうと思って父に聞いたけど、教えてもらえなくて」

谷原が子会社への転籍を命じられたのは先月五日。真由子が谷原に異変を感じた時期と一致する。

「谷原は『自動車事故のない世界をつくりたい。でもその世界は、運転が楽しめる豊かな車社会であってほしい』と常々言っていました。そういう理想も今はまったく語らなくなって……」

自動車作りの本流から外され、自分自身の手でバレットの事故原因を解明することも不可能になった。キャピタル自動車の社長になり、会社を世界一のボディメーカーにする、という野望も潰えた。理想を語る立場ではなくなった谷原は自分の存在価値を見失い、無気力になっているのかも知れない。

「今まで通り優しい夫であり父親であることは変わらないけど……。まるで、息をしていないように思えるんです」

それは真由子にしかわからない感覚なのだろう。美希の指先を摑んでいる真由子の手にギュッと力が入る。

「あの人を助けてもらえないでしょうか？　谷原のためになんでもすると決めたのに、朝倉のことがあって、私、怖くてなにがあったのか聞くこともできないんです」

それは哀願するような言い方だった。が、すでに谷原の秘書でなくなった美希は返事に詰まる。

「私にできることがあれば、お力になりたいとは思いますが……」

助けようにも、先日かけた電話番号は変えられていた。立場上、就業時間内に業務とは関係のない子会社に出向くのも不自然だ。有給でも取って訪ねればいいのだろうが、それが谷原にとって迷惑になるかも知れない。美希もまた自分がどう行動したらよいか考えあぐねていた。

「ごめんなさい。今できることはなにも……」

美希のかすれた声で、彼女の苦しい胸のうちを察したように、真由子は力のない声でそうですか……と呟くように言った。

「ありがとうございました。聞いていただいて」

弱々しい声で礼を言った真由子が頭を下げる。

「奥様。タクシーに乗れる場所までお送りします」

美希はこの部屋に入ったときと同じように、真由子の手を取って国道までエスコートした。

「すみませんでした。突然、押しかけたりして」

失意を隠せない真由子の顔を見て、美希は思わず「なにか私にできることを探してみます」となんの解決策もないまま言ってしまった。そう言わずにはいられないぐらい、美希は真由子に対して憐憫の情を覚えている。そして、今、絶望の中にいるであろう谷原に対しても。

谷原真由子をタクシーに乗せ、部屋に戻った美希はベッドに倒れ込んで天井を見つめながら、聞いたばかりの話を反芻した。

『これから君が産む子は全て僕たちの子供だ』

谷原はそう言ったという。誰の子供であろうと真由子の中に宿った命を大切に思ったのだろう。話を聞けば聞くほど、谷原の真由子への深い愛情が感じられた。

そして、交通事故で負傷した彼女にいつも言っていたという言葉の深さを思う。

『自動車事故のない世界をつくりたい。でもその世界は、運転が楽しめる豊かな車社会であってほしい』

谷原がボードメンバーと対立してでも、リコールを主張した理由はモーターカンパニーとしての責任からだけでなく、真由子の心と体に大きな傷痕を残した交通事故の悲惨さを嫌というほど知っているからなのだ。彼は事故のせいで半身不随になった美希の父親の姿も知っている。

――専務は、父の事故のことを辞める直前まで悔やんでいた。もう十年も経っているというのに、わざわざ自宅に寄ってくれるほど気にかけていたのだ。

リコールに持ち込めなかったために起きた事故は谷原の中で風化することなく、会社を追われる日までずっと棘のように心に刺さっていた。谷原の机の引き出しに唯一残されていた告発書類。そして『あの人を助けてもらえないでしょうか?』と言った真由子のすがりつくような声。

——そうだ。私にはまだやれることがあるはずだ。専務のやろうとしたバレットの事故原因を究明するためにできることが。これ以上、不具合による被害者を出さないためにやれることが。

それだけが自分にできる白取班への償いであり、谷原の無念を晴らす方法なのだ。

第三章

一

谷原真由子の懺悔を聞いた翌週の月曜日。美希は改めてバレットの事故原因を追及すると決心して会社に向かった。

白取班を解散させてまで取り組んだ部品の検証でわかったのは、ＥＣＵケース以外の部品に設計変更された形跡がないということだけ……。

雑務以外を任されない美希は、副社長室の秘書席で出張スケジュールを作成していた。バレットの事故原因について想像を巡らせながら。

「君さあ、その髪形とメイク、どうにかならないの？」

役員用の重厚な肘かけイスに踏ん反り返り、雑誌を眺めていた穂積が不意に高圧的な口調で言った。

穂積が手にしているのは、工業新聞社が発行している月刊誌『イノベーション・

バレー』のバックナンバーだ。十月号の表紙にはキャピタルのIT部門を任されている穂積副社長とAI開発の第一人者であるガイアCEO、アンダーソンが握手をしている写真が使われ、ふたりの対談が見開き六ページに渡って掲載されていた。

カーメーカーであるキャピタル自動車が僅か一年余りでエンジン制御システムを開発できるほどのAIを完成させたことにアンダーソンが驚嘆したという記事だ。よほどそれが嬉しかったのか、二ヶ月以上前に発行された雑誌をいまだにデスクの上に置き、こうしてときどき眺めている。

「え？　私の髪形とメイク……ですか？」

「なんかさあ、いい言い方すればボーイッシュ？　ってヤツなんだろうけど」

もっと女性らしくしろ、というようなことをねちねち言う。そんなセクハラぎりぎりの発言をしておいて、再び視線を雑誌に落とす穂積。美希はその態度と発言にムッとしながらも、愛想笑いを浮かべる。

「はい。前向きに善処しまーす」

後しばらくの間、副社長秘書というワンポイントリリーフを続け、会社の中枢に居座るために。そんな美希の図太い態度も気に入らないのか、穂積は粘着質な小言を続ける。

「グロスっていうの？　ああいうちょっとキラキラした口紅とか、君は塗らないの？」

「はあ……。そういうの買ったことなくて」

穂積はこれ見よがしに大きな溜息をひとつついた。

「クリスマスイブにそんなんじゃ、寿退職も遠そうだね」

そういえば今日はクリスマスか。恋人のいない美希にとっては特別な意味も持たない日だからとくに予定もない。

生産性のないハラスメントじみた会話がしばらく続いた後、美希は穂積の出張スケジュールに出国便のチェックイン時間やラウンジで寛げる時間などをインプットしながら、クリスマスよりもバレットだと、その事故原因について考える。

それにしても、なぜECUケースの色や形だけが変わっているのだろうか。そもそもバレットのECUケースはエンジンルームにはなく、他のエンジン部品を圧迫したり干渉したりする可能性はゼロなのだ。にもかかわらず、第二工場の班長はあれを持ち出した。たぶん、彼もなにか気になることがあったのだろう。

だが、美希が実際に見て触れたケースは、どう考えてもただのケースだった。

行き詰まる美希の思考回路に、ふと朝倉が口にした言葉が点滅する。

『あとはエンジンシステムのプログラムエラーとか』

カーソルをホテルのイラストの上に置いたまま、美希の手が止まった。白取班が部品を検証した末に出した結論も『あと考えられるのはプログラムエラーぐらいしかない』というものだった。

いくらＡＩが開発したといっても、エンジンを制御するコンピューターに絶対問題がないとは言い切れないのではないだろうか。そう思う一方で、バレットフリークの工藤からは『今回のシステムは完璧なプログラムだ』と耳にタコができるほど聞かされたのも思い出す。

万一、プログラムに問題があるとしたら、今後どんな事故が起きるかわからない。だが、プログラムの検証は誰にでもできることではない。しかもＡＩの作ったプログラムの不具合を探すとなると、相当な専門知識が必要だろう。結局、思考はそこで止まってしまう。

「ああ、そうだ。君。午後のテレビ会議はガイアともつなぐから、三十分前にリハーサルしといて」

「あ。はい。承知しました」

すぐに美希は自分のスケジューラーに上司の指示をインプットする。

退屈な業務が終わり、秘書室に戻った美希は凝った首をぽきぽきと回しながら、なにげなく窓から外を眺めた。少し前まで黄葉していたプラタナスの並木はすっかり葉を落としている。

「あ。朝倉だ……！」

敷地の中にこそ入っていないが、またなにか嗅ぎ回っているのか、正門の守衛室の辺りをウロウロしている。その姿を見た瞬間、美希は朝倉の言った『魔法のＩＤ』

の存在を思い出した。

そのＩＤを作った人間が社内システムに精通していることは容易に想像できる。ひょっとしたら人知れずエンジンプログラムのデータにもアクセスできるのではないだろうか。

美希は行先ボードに『外出』とだけ殴り書きをして秘書室を飛び出した。本館を出て、全速力で構内を横切る。

「朝倉……さん！」

結構な回数会っているにもかかわらず、なんと呼んでいいかわからず、詰まりながらも『さん』をつけた。

「なんだ、秘書さんか」

どうやら美希のことは眼中になかったらしく、その目にはいつもの虎視眈々とした光がない。別の獲物を待っていたのかも知れない。

「ちょっと話があるんだけど」

「へえ、珍しいじゃん。秘書さんの方から俺に用事があるなんて。どんな魂胆？」

美希の本心を見透かすように朝倉が笑う。

「まあ、暇だし、話ぐらい聞いてやるよ。そこのコーヒーショップでよければ」

自分をわざわざ銀座のクラブや海が見えるレストランまで連れ回した男とは思えない、と美希は呆れながらも素直に頭を下げた。

カウンターで注文したコーヒーがふたつ、小さなテーブルの上に並んだところで、朝倉が怪訝そうな表情を浮かべる。

「それで、話ってなんだよ」

まるで別人だ。谷原の秘書でなくなった自分には興味がないのか、それとも自分からは大した情報は得られないと諦めたのか。ひょっとして、自分より口の軽そうな社員でも発見したのかも知れない。理由はわからないが、露骨に扱いが雑になっている。それでも美希は挫けずに続けた。

「前に魔法のＩＤの話、してたよね？」

「ああ」

「それ、作った人、うちの会社の鉄壁のセキュリティを破れるってことはプログラムとかシステムに相当な知識のある人だよね？」

「まあな」

相づちも素っ気ない。退屈そうな顔で、のらりくらりととぼけるように答え、だるそうに足を組み替える。

「紹介してほしいの、その人」

「は？　無理に決まってるだろ。なんで俺が自分の協力者をあんたに紹介しなきゃならないんだよ」

「その人のこと、誰にも言わないし、迷惑かけないから」

「無理無理。俺の大事なネタ元だ」

朝倉は美希を手で追い払うような仕草をする。

「そもそも、なんでソイツに興味があるんだ？」

相手が要注意人物だけに美希は一瞬、返答に困ったが、他に手だてもなく、彼女は先に腹を割って話す決心をした。

「あなたも前に言ってたでしょ？　最近のバレットの事故の件。たぶん初期販のバレットには問題があるの。そう思って部品を調べたけど、問題はなかった。もう疑うところはエンジンを制御してるシステムしかないの」

美希は真剣に訴えたが、朝倉は鼻で笑ってコーヒーカップに手を伸ばした。

「だからって、なんで俺がキャピタル自動車の不具合を見つける手伝いをしなきゃならねえんだよ。俺にはなんのメリットもない」

「メリットとかそういう問題じゃないでしょ。人の命に関わることなのよ？」

「というか。むしろキャピタルがそのシステムの問題とやらのせいで世界的に信用を失って崩壊してくれたら清々する」

「そんな……」

こちらの必死の説得にも朝倉は無関心だ。このままでは協力を得られない。美希は目の前の男の心をなんとか動かせないものかと知恵を絞る。

——朝倉の気持ちを揺さぶることができるのは真由子の存在だけだ。

美希は覚悟を決めて口を開く。

「あなたの呪縛を解いてあげる。だから、私の知りたいことを教えて」

「は？　俺の呪縛？」

朝倉が嘲笑うような顔で聞き返す。

「面白いこと言うね、あんた。けど、もういいや。あんたの釣りの戯言に付き合ってる暇はないんで」

不愉快そうな顔をして立ち上がりかけた朝倉の腕を、美希は咄嗟に摑んだ。

「私、真由子さんに会ったの」

そう切り出すと、朝倉は弾かれたような顔をした。そして疑念と困惑が混在するような表情のまま、もう一度、美希の向かいに腰を下ろす。

「どうして外出しない真由子が谷原の秘書でもなくなったあんたに……」

「正直、私も驚いたけど……本当なの。真由子さん、私を自宅まで訪ねてきた。私がまだ専務の秘書だと思い込んで。専務が左遷されたことを知らないのよ」

短い沈黙の後、朝倉はなにかを恐れながらも、それでも聞かずにはいられないような顔になる。

「あいつ……、どんな感じだった？　元気なのか？」

そのこわばった表情に美希も戸惑いを覚える。真由子の存在だけが朝倉の心の琴線に触れることができると思ってはいたが、ここまで動揺を見せるとは。

「真由子さん、体が不自由だった。目が見えなくて……。足も少し引きずってた」

美希が告白すると、朝倉は息を呑んだ。

「あのときの……あのときの事故のせい……なのか……」

尋ねる声は乾き、かすれている。

やっぱり知らなかったのだ。睫毛を伏せ、落ち着きなく瞳を揺らしている朝倉を見てそう確信する。

「本人は駆け落ちしたときに事故に遭ったって言ってた」

「そんな……」

絶句した朝倉は、何度も「そんな……」と呟いた後、両手で頭を抱える。

「事故の後、本当に一度も会ってないんだね……」

朝倉は顔を伏せたまま首を振る。

「別々の病院に運ばれて……。真由子の状態はまったくわからなかった。どこの病院に入院してるかは身内以外には教えられないって言われて。心配で。退院してから毎日のように真由子の自宅にも行ってみたが、会えなかった」

呻くように言った朝倉は沈痛な表情を両手で隠す。

軽傷だったとはいえ、自分も負傷した身で真由子の自宅付近を歩き回る朝倉が彷彿とし、胸が詰まる。

「あの事故がなければ、中沢社長は真由子さんを谷原専務と結婚させる気はなかったそうよ。もっと会社に有利な相手と政略結婚させるつもりだった。けれど、彼女は家名を傷つける存在になってしまった。だから、社内の有望な社員と結婚させてその存在を隠した」

朝倉はうつむいたままで、美希の声が届いているのかどうかわからなかった。それでも美希は続ける。

「私、一度だけ谷原専務が歩けないほど酔っ払ったのを見たことがあるの。少ししてバレットのリコールのことで他のボードメンバーと揉めてることがわかったから、きっとそれを悩んでアルコールが過ぎたんだと思ってた。けど違った。あなたのせいだった」

それを聞いた朝倉はようやく落ち着きを取り戻した様子で顔を上げ、

「は？　俺のせい？　俺には谷原を泥酔させるような存在価値ないだろ」

と、自分の存在を卑下するように笑う。

「あなたが専務室に忘れたコート……。専務はたぶん、捨てるに捨てられなくて、かといってずっと職場に置いておくこともできなくて、処分に困ったんだと思う。しばらくして、自宅に持ち帰ったの。そのコートについていた香水の匂いで、真由子さんはそこにあなたがいると思ったらしいわ。そこにいるのが専務だと気づかずに駆け寄ったそうよ」

そう語った真由子を美希は思い出していた。

「……真由子さんは心のどこかであなたを待ってたのよ、ずっと」

「嘘だ」

朝倉が怒りの形相になって否定する。

「嘘じゃないわ。真由子さん本人から聞かされたんだから」

美希は瞳に力を込めて朝倉の目を見つめた。嘘や冗談ではないと知らしめるために。

「その夜、私はホテルのバーに、酔って動けなくなった専務を迎えに行ったの。専務は思い詰めたような真っ青な顔してた。あのとき、今でも真由子さんがあなたを待ち続けてたことを知ってショックだったんだと思う。専務はずっと真由子さんのことを好きだったから……」

朝倉が訝るような顔になり、ずっと？　と聞き返す。

「専務は真由子さんがあなたを選んだ後も、ずっと彼女のことを想ってたのよ」

「アイツも真由子のことを？　違う、アイツは出世のために――」

考えたこともなかったのか、啞然とする朝倉に美希は首を横に振った。

「谷原専務がどういう人間か、一緒に仕事をしたことがあるんなら、あなたにだってわかるはずよ？　いくら自分の野心のためだからって、好きでもない女性と結婚するような人じゃない」

朝倉は美希の言葉を否定することができず、かといってうなずくこともできない様子でただ黙然と聞いている。

「どんな事情があったにせよ、谷原専務は真由子さんとの結婚を心から喜んで受け入れた。本気で真由子さんを愛してたのよ。だからあの夜、谷原専務はらしくもなく、酩酊するほどお酒を飲んだ」

朝倉は黙り込んでなにも言わない。いや、驚きのあまりなにも言えないのだ、と美希はその心中を察した。だが、さらに衝撃を与えなければこの話は終わらない。谷原勇人がどういう人間か、その真髄を知ってもらわなければ。

美希は腹をくくって口を開いた。

「私、専務が家族でピクニックをしている様子を見たわ。専務が手を引いてた男の子、小学校の一年か二年ぐらいに見えた」

「え？　小学生？」

その年齢を逆算したのか、朝倉の顔から血の気が引く。

「真由子さん、どうしても堕ろせなかったのよ。あなたの子供を」

愕然として美希を見ている朝倉の唇が『嘘だ……』と動く。けれど、声にはならなかった。

「そして谷原専務は……その子供を産むことを許した」

すると朝倉は急に好戦的な表情になり、噛みつくように言い返してきた。

「は？　じゃあ、なんでお前の子供はもういないなんて言ったんだよ！」

「専務はこう言ったそうよ。『これから君が産む子は全て僕たちの子供だ』って」

「……っ！」

「お願い。私、真由子さんから頼まれたの。専務を助けてほしいって。専務は今、死んだようになってるって」

「もうやめてくれ」

真実を知った朝倉は、打ちのめされたようにがっくり項垂れたままだ。その予想以上のダメージを目の当たりにし、美希は話を続けていいものかと迷いながらも再び哀願する。

「私、専務からバレットのことを託されたの。今、専務のためにできることはそれしか思いつかない」

バレットの初期販車がリコール対象であることを証明できたら、谷原専務の主張が正しかったことになる。ボードメンバーとの確執は解けないかも知れないが、彼が心残りだったことをやり遂げれば、少しは心が楽になるかも知れない。

「お願い。これは真由子さんのためでもあるのよ」

朝倉は「もういい」と低い声で言い、自身の威厳を取り戻すように立ち上がった。

「俺にはキャピタルの車が事故を起こそうがどうしようが関係ない」

「あ、ちょっと！」

引き留める美希の声に朝倉は振り返りもしなかった。

二

「ただ今戻りました」

全身全霊を傾けて朝倉と話した後、抜け殻のようになりながらも美希はいつものように外出から戻ったときの挨拶をして秘書室に入った。

「藤沢さん！」

席に戻るよりも先に真柴の厳しい声が飛ぶ。

「は、はい！」

何事かと美希が急いで真柴の席に行くと、「今、何時だと思ってるの？」と強い口調で聞かれた。

「え？　あ、えっと。一時ですが……」

ちゃんと休憩が終わるまでに戻ってきている、と今さら安堵しながら腕時計から目を上げた後で美希はハッとした。

「す、すみません！　副社長から言われた昼イチのテレビ会議リハーサルを忘れていました！」

会議の三十分前、つまり十二時半にシリコンバレーにあるガイア本社の会議室と接続し、映像と音声の確認をするよう言いつけられていたことを失念していた。

頭を下げ、すぐに会議室へ行こうとした美希を、真柴が呼び止める。

「待ちなさい。その件はもうこちらで対処しました。ですが、私が気づくまで、待機していたガイアのスタッフの皆さんを十分ほどお待たせすることになってしまって、副社長はご立腹です」

「……すみません」

「それで、そろそろ違う秘書に代えることになりました」

「え？」

「まったく。ワンポイントリリーフにもならなかったわね」

呆れたように溜息をつく真柴を見て、美希は焦った。このまま秘書を外されたら情報を得ることができなくなる。

「私、あとどれぐらい副社長の秘書をやってられるんでしょうか？」

「は？」

美希のピントのずれた質問に、真柴はちょっと怪訝そうな顔をしたが、机上のタブレットを素早く操作して会社のカレンダーをチェックした。

「年末だし、派遣を頼むとしてもそんなにすぐは無理だから、あと一ヶ月、年明けしばらくしてからになるでしょう。引き継ぎもあるし、一月いっぱいってところかしらね」

「たった一ヶ月……」

「これでも長い方です。その日まで絶対に副社長の逆鱗に触れないようにしなさい。次の人材が手当てできるまでにあなたが外されたら、他のメンバーに迷惑がかかります」

それだけ言って、真柴は冷たく背を向けた。

——部品の検証でさえ一ヶ月以上かかったのに、そんな短い期間で完璧だと言われているＡＩのミスを見つけることができるのだろうか。

そもそもそのミス自体あるのかないのかわからないのだ。もし見つからなければ、また違うアプローチをしなければならなくなる。そうなったら完全にタイムアップだ。もうダメかも知れない。終業後、美希は気弱にバレットのことを考えながら会社を出て、外の社員駐車場へと向かった。

「おい」

低い声に振り返ると、表情のない朝倉が立っている。

「クリスマスイブだからな。プレゼントだ。あんたに俺のＩＤを作った男を教えてやる」

「ほんとに？」

副社長秘書をクビになるタイムリミットを言い渡され、踏んだり蹴ったりのイブだったが、目の前に現れた朝倉が救いの御子《みこ》に見える。

「ただし」と言葉を切った朝倉に、美希はなにを言われるのかと気を引き締める。

「ただし、真由子に会わせてくれたら、だ。それができたら連絡先を教えてやる」

いきなり提示された朝倉の交換条件に、美希は戸惑った。

「会って……どうするの？」

「会ってアイツの口から真実を聞きたい。それだけだ」

つまり美希から聞いただけでは信用できないということらしい。それほど朝倉にとって信じがたい話だったのだろう。

「アイツが本当にあの事故のせいで大怪我をして失明してしまったんなら、それは俺のせいだ。謝っても謝りきれない」

その言葉にはまだ真由子の現状が信じられない、いや、信じたくないという気持ちがこもっているように美希には聞こえた。

「アイツは俺を待ってたのに、なんで会えるまで通い続けなかったのか……。谷原と結婚する前になんとしてでも会うべきだったんだ」

「でも……」

「谷原に迷惑をかけることはしない」

その言葉にはこれまでのような敵意が感じられず、朝倉の本心だと思われた。

「わかった。それは信じる。けど、今さら真由子さんに会ってなにを話すつもりなの？」

「アイツが本当に幸せなのか、会ってそれを確認したいだけだ」

だが、真由子は美希に『今度こそ朝倉との記憶を葬る』と言っていた。その彼女が朝倉に会うだろうか。

「伝えてみるけど……。でも、真由子さんがあなたに会うかどうかは」

「とにかく伝えてくれ。俺が会いたがってることを」

畳みかけるようにそれだけ言って、朝倉は自分の連絡先を記した紙を手渡すと力ない足取りで夕闇に消えていく。

車に乗り込んだ美希は自宅へと向かってハンドルをきりながら、傷だらけになって自分を訪ねてきた真由子のことを思い出した。

『あの人を助けてもらえないでしょうか?』

ふいにその声が鼓膜に甦った。自分に今の専務の立場を変えることはできないかもしれない。けれど、託された約束を果たす努力をしたい。二度とリコール対象車を見逃さないという信念を専務に貫かせてあげたい。

そう考えた美希は急遽、車の方向を変え、谷原の自宅がある鎌倉山へ向かった。

このまま本当に朝倉と真由子を会わせていいのかどうか判断がつかないままに。

美希が谷原の自宅を訪れるのは二度目だ。前回同様、坂の半ばにある有料駐車場に車を停め、山の手へと勾配のきつい坂道を上った。そのモダンな邸宅は閑静な住宅地の中ほどにあり、周囲は高く重厚な壁で覆われている。

一度目は会社の用事で訪れたが、真由子には会っていない。外からも見える広い車庫には車がなかった。グループ一律の就業時間は過ぎているが、谷原はまだ帰宅していないようだ。訪問の用件を思いつけないまま、谷原家のインターフォンを押す。

「あの……。キャピタル自動車の藤沢と申しますが」

緊張しながら名乗ると、会社名が威力を発揮したのだろう、エプロン姿の家政婦らしき女性が門扉を開けて対応に出てきた。

「奥様にお会いしたいのですが」

美希の遠慮がちの打診に、家政婦は不信感を露わにしてぴしゃりと言った。

「真由子お嬢様はどなたにもお会いになりません。お引き取りください」

彼女をお嬢様と呼ぶあたり、実家の中沢家の使用人が嫁入りのときに一緒についてきたのだろう。長い間真由子に仕えているのか、本人に確認するまでもないと言わんばかりだ。

「そうですか……。お邪魔しました」

そう言って美希がその場を去ろうとしたとき、美希を追い払おうとした女性が門扉の隙間からもう一度顔を出し小声で、あの、と呼び止めた。そして左右にきょろきょろと警戒するような視線を走らせた後、素早く小さな白い物を差し出す。

「お嬢様からです」

囁くような声と一緒に受け取ったそれは紙切れを小さく畳んだものだ。女性はそのまま扉を閉めた。その様子があまりにも慌ただしかったので、美希も咄嗟にそれをポケットの中に隠す。

車を置いた駐車場に戻ろうと坂道を下りた美希は一台のクラウディアとすれ違った。

「あ……」

自分の横を通り過ぎる見覚えのある独特の車体色に目を奪われる。

役員モデルだ。雲母の塗料を含んだモスグリーンのクラウディアは、近藤家とキャピタル自動車の役員だけに所有が許される特別色だった。その後部座席に社長の中沢が座っている。孫の顔でも見に来たのか、その隣りには子供服の有名ブランドの紙袋がふたつ置かれていた。

今は折り合いが悪いであろう谷原の留守中を狙ってきているのかも知れない。谷原の家の中に中沢と通じている者がいて、谷原の動向を逐次、中沢に流しているのだとしたら先刻の使用人の態度も納得できる。

——たとえ専務がキャピタル自動車の本流を外れても、孫たちには近藤家の総領となる可能性が残っているということか……。

美希には、女系と言われる一族に生まれた希少な男児を手なずけようとする中沢の本心が透けて見えたような気がした。

さりげなく振り返ると、中沢を乗せた車は空っぽだった谷原家の車庫に滑り込んでいく。

「やっぱり……」

家政婦らしき女性の慌ただしい対応は、間もなく訪れる中沢を警戒してのことだったのだ。インターフォンから聞こえた音声で美希の来訪を知った真由子が、自分と中沢が鉢合わせすることを回避させようと画策したのだろう。

気付かれなくてよかった。いくら秘書室に来て四ヶ月ほどとはいえ、中沢も美希の顔ぐらいは覚えているだろう。

美希は乗り込むとすぐに車を発進させ、信号待ちの隙にポケットから紙切れを出して開いた。そこには真由子が急いでしたためたと思われる『明日お電話ください』という不恰好な文字が並んでいる。そして、携帯番号と思われる数字の列が右下がりに連なっていた。


その夜、美希はなかなか寝つけなかった。

朝倉からの伝言を本当に真由子に伝えていいのか、まだ迷っている。せっかく真由子は過去を忘れる決心をしたのに朝倉がまだ自分に執着していることを知ったら気持ちが再び揺れるかも知れない。美希自身、事故によって引き裂かれたふたりへの同情心が強くなってしまった。それだけに今ふたりを会わせることに危うさを感じる。

だが、朝倉に魔法のＩＤを作った人間を紹介してもらうためには彼の願いを叶えるしかない。キャピタル自動車の鉄壁のセキュリティを破り、社内のあらゆるシステムに精通しているらしい朝倉の『ネタ元』なら、新型バレットのシステムを解析するなんらかの手段を知っているかも知れないのだから。もはやそれは最後の砦だった。

悶々として寝返りを繰り返しているうちに、美希はいつの間にか沼のような眠りの底へ落ちていた。

三

「美希ー！　起きなさーい。遅刻するわよー」

階下から聞こえる母親の声で、美希はハッと目を覚ました。スマホのアラームは一度起きて止めたらしく、時刻を見れば七時半。いつもより三十分も寝坊している。

――ヤバい。

急いで身支度を整え、トーストをコーヒーで流し込んで家を出た。通勤中も考えることは、真由子に電話すべきかどうか、それればかりだった。

副社長室の中にある秘書席に座れば、エンジンプログラムの開発に携わっていた副社長、穂積のパソコンを知らず知らず見つめている。

始業のチャイムが鳴るのと同時にガチャリとドアノブが回る音がして、美希の両肩がびくりと跳ねた。必死で気持ちを落ち着け、意識していつもよりゆっくりと立ち上がる。

「おはようございます」

「ああ、おはよう」

副社長の穂積はいつもよりムッツリとした顔をしているが、昨日の美希のミスについても真柴に秘書の変更を命じたことについてもなにも言わなかった。

「メール、君の端末に転送しといたからマニュアル通りに返信しといて」

「あ、はい」

いつもの雑用にげんなりしながらも美希は急いでPCのメール画面を開いた。膨大な量の未読メールが連なっている。

「あ、それと。聞いたかもしれないけど、僕の秘書、君とは違う人にお願いすることにしたから。あと一ヶ月だけど、気を抜かずにやってよ?」

「は、はい。すみません」

とくに詫びる気持ちはわかないまま反射的に謝った美希は真柴から渡された副社長用の分厚いファイルを開く。テンプレート通りの返信メールを作成しながら、昼休みに真由子に電話をかけるべきか、そればかりを考えていた。

——真由子さんを朝倉に会わせれば、彼女の未練が深まり、真由子さんだけでなく谷原専務も不幸になるかも知れない。

それは美希が一番恐れている展開だった。だが、ここで不具合の探求を止めるわけにはいかない。早く初期販バレットをリコールするための事故原因を特定しなければ、今後どれだけのユーザーが事故によって不幸になるかは想像もつかない。

ただ、朝倉みたいな男のためにＩＤを作るような倫理観のない人間が、バレットのシステムを解析する作業に協力してくれるのだろうか。

考えを巡らせ続けた美希は、昼の休憩に入る五分前になって、やっと心を決めた。

とにかく昼休みになったら電話をかけて朝倉の気持ちを告げ、どうするかは真由子に任せよう。朝倉が会いたいと言っている以上、真由子にはその事実を知る権利があるという結論に至ったのだ。

もし真由子が『朝倉には会わない』と言えば、バレットの事故原因解明は諦めるか他の方法を考えるしかない。美希は刻一刻と十二時に近づくＰＣの時間表示を見つめた。

「ああ、君。今日はお昼ここで食べるからさ、駅前のうな重、買ってきてよ。特上ね」

「え？」

昼のチャイムと同時に、更衣室かどこか人気《ひとけ》のない所に駆け込んで、真由子に電話をするつもりでいた。チャイムが鳴る寸前にイレギュラーな依頼を受けた美希は必要以上にリアクションしてしまう。

「なに？　なにか予定、あったっけ？」

そのリアクションが美希のプライベートな事情だとは思っていない様子の穂積は、自分の予定を見直すように美希のＰＣを覗き込む。

「あ、いえ。なんでもありません」

「別に君は十二時ちょうどにランチしなくても、好きなときにここでお昼食べられるでしょ？」

美希が自分の昼食時間を削られる心配をしていると邪推したのか、穂積が仏頂面になる。

「あ、いえ。そういう意味では……。わかりました。すぐに行ってきます！」

うな重となると往復三十分、待つ時間もあるから最低四十分はかかる。ただ、行く途中に歩きながら電話はできる。美希は急いで秘書室を出て、会社とは駅を挟んで反対側にある創業六十年の老舗に向かい、足早に歩きながらスマホとメモをポケットから出し、番号をタップした。

「はい。谷原でございます」

美希からの電話だと予想していたのか、すぐに応答したその声は緊張しているように聞こえた。

「奥様、私です、藤沢です」

知らず知らず美希は声を潜める。

「藤沢さん……。昨日はすみませんでした。父がこちらへ来る予定になっていたので、お会いできなくて。それで、なにかわかったんですか、谷原のこと？」

尋ねる真由子の声が揺れている。昨日の訪問が谷原に関することだったと思っているのだろう。

「あ、すみません。谷原専務のことではないんです」

「え？　じゃあ……」

「朝倉が……。朝倉広樹があなたに会いたいって言ってるんです」

真由子が息を呑む気配が聞こえる。が、短い沈黙の後、彼女はキッパリ答えた。

「藤沢さん……。伝えてくださってありがとう。でも、私……会えません……」

真由子の答えは当然だ。が、美希は切り札となるであろう言葉を続けた。

「実は私、谷原専務から頼まれたことがあるんです。リコールにつながるぐらい大きな問題を抱えている車の事故原因の解明です」

「谷原があなたに……。つまり、彼は今それができない立場にいるのですね？」

薄々谷原の異動に勘づいているような言い方だったが、どうしても谷原がキャピタル自動車本体から子会社へ転籍したことは美希の口から言えなかった。谷原が妻に隠している真実には触れないまま、美希は説明を続ける。

「今、行き詰まっていて……。朝倉の協力なしには進まないんです。彼はあなたに会わせてくれたら協力すると言ってるんです」

自分の口から出た真由子を惑わせるような言葉に、美希は罪悪感を覚えた。いくら谷原の無念を晴らし、本懐を遂げさせるためとはいえ、真由子を利用していいのだろうか、と電話越しに短く逡巡する。しかしここで断られたら、バレットの事故原因を突き止めることもできなくなる。美希はそのまま沈黙を守った。

長い静寂が続く。

「……でも」

やがて発せられた真由子の声からさっきまでのきっぱりとした拒絶の語勢が薄らいだ。夫のためでもあると告げられた真由子は弱々しく『でも』と三度繰り返した後で、美希に尋ねた。

「それは本当に谷原のためになることなんですか？」

――きた。

真由子を朝倉に会わせることと、事故原因の解明が頓挫すること。どちらも谷原の望むところではないだろう。けれど、そのどちらを谷原がより望まないか、美希は想像し、言葉を重ねた。

「専務はあなたが朝倉に会うことを望まないと思います。あなたを愛しているから。でも、専務はそれと同じぐらいキャピタル自動車を愛し、誇りに思い、人を傷つける事故を憎んでいます」

短い間ではあったが、美希が谷原を見ていてわかった企業人としての人となりを真摯に真由子に伝える。最後の判断は、あくまでも真由子にゆだねようと考えながら。

「わかりました。会います。だから、あなたは朝倉に協力を要請してください」

「あ、ありがとうございます！」

真由子の返事は朝倉に会いたいからなのか、美希に夫との約束を遂行させたいからなのか、美希にはわからない。だが、いずれにせよバレットの事故原因の究明を続けられる可能性がつながった。

「今日なら谷原は九州地方出張のため不在です」という真由子の言葉で、美希がこれ以上の戸惑いを差し挟む余地はなくなり、ふたりの面会は今夜になった。

「では七時頃、私がタクシーで奥様をご自宅にお迎えに行きます。秘書室でよく利用する料亭を予約いたしますね？　ご自宅から二十分ぐらいのところです」

そこは『離れ』を予約すれば、駐車場から個室までプライバシーが完全に保たれる料亭で、つい先日も穂積が人工知能の研究開発のことで文部科学省の大臣と秘密裡に会食をした。

「わかりました。お待ちしてます」

そう答える真由子の声は消え入りそうに細く、本当にこれでよかったのだろうか、と美希を不安にさせた。

思いのほか長引いた通話を終了した美希は、気を取り直して鰻屋に急いだ。そして、持ち帰りカウンターで穂積のリクエストを注文するが、藍染めの作務衣を着た恰幅のいい店番がホクホク顔で告げる。

「残念。お昼のうな重、終わったよ？」

「嘘……」

美希の脳裏に穂積の嫌みな顔が浮かぶ。一刻も早く美希を排除して、自分好みの新しい秘書を迎えようとしている顔が。

——バレットのエンジンシステムを解析するまでは、なんとしても副社長室に居座らなきゃいけないのに。

「な、なんとかなりませんか？」

「無理だね。覚えときな。ウチは十二時半には完売だから」

四千五百円もする特上が開店から一時間ほどで売り切れとは、美希にとって想定外だ。

美希は藁にもすがる思いで真柴に電話をかけた。

「室長。すみません。この辺りで副社長の納得されるうな重を買えるお店ってないでしょうか？　ご贔屓の駅前の店は売り切れでして」

相談しながら、こんなどうでもいいことを泣きそうになりながら訴えている自分が情けなくなる。

スマホから、はあ、と溜息が聞こえた後、真柴が「店主と替わりなさい」と命じる。『ない』というものをどうするんだろうと訝りながらも美希はすぐに持ち帰りカウンターの窓をこじ開け、店主を呼んでもらった。

奥から出てきたいかにも頑固そうな丸刈りの男は、美希から受け取ったスマホを耳に当てると同時に笑みを漏らす。

「へえへえ。真柴さんの頼みじゃあ、仕方ねえなあ。キャピタルさんにはいつもご贔屓にしてもらってるし。夜のヤツを焼いてやるよ」

スマホを美希に返す店主を拝み、真柴に礼を言った。

「室長！　ありがとうございます！」

美希は店主から返されたスマホを耳に当てて、深く頭を下げたが、すでに通話は切られていた。

「ずいぶん時間がかかったじゃないか」

昼休み終了時刻ギリギリに届けたうな重に、穂積は不機嫌そうな顔をする。が、焼き立ての味は満足のいくものだったらしく、食べ始めるやすぐに機嫌がよくなった。

「明日は朝一番の飛行機だから、これを食べたら帰らせてもらうよ。君も今日の仕事が終わったらフレックスで帰っていいから」

穂積は明日から三日間、上海モーターショーの打ち合わせで中国出張となっている。あっという間に高価なうな重を平らげた穂積は、執務机の上を手早く片づけた。そして、帰りがけ、大量の書類が入った段ボール箱をふたつ、秘書席にドンと山積みにする。

「君。この書類シュレッダーしといて。あと、こっちは発行部署に返却ね」

再び執務机の脇に戻った穂積はハンガーにかけたコートを羽織ってから、壁のカレンダーを眺めた。

「出張明けから冬季連休に突入か。帰国は最終便になるし、たぶん会社には寄らないと思うから、休み中なにかあったらメールして。外からスマホで確認するから」

じゃあ、よいお年を、とおざなりに言って穂積が副社長室を出る。結局、定時までは帰れそうにないと美希は恨めしくその背中を見送った。

四

美希は会社から谷原家までの時間を計算し、なんとか雑用を片づけて六時には会社を出た。

車は会社の駐車場に置いて電車を乗り継ぎ、鎌倉駅で降りる。駅前からはタクシーに乗り、そのまま鎌倉山に向かう。そのバックシートにもたれながら、美希は六年ぶりに会う朝倉と真由子がどんな会話をするのか想像したが、最初に交わす挨拶さえ思いつかない。

谷原の自宅が近づくにつれ、美希の心はザワザワと落ち着かなくなった。

——もし、ふたりが再会することによって専務の家庭が壊れるようなことになったら……。

よりによって今日はクリスマス。消え残る想いが再燃するには最高の日。悪い予感しかしない。

「すみません。ここでしばらく待っていてください」

美希は運転手にそう言い残してタクシーを降りる。

ちょうど、谷原家の玄関から、真由子が家政婦の手を借りて出てきたところだった。その顔からは朝倉への感情は読み取れない。

「お母さーん。いってらっしゃーい」

「お土産買ってくるから、いい子にしててね」

が、突如家の中から聞こえた子どもたちの声に、真由子は笑みを浮かべた。母性の滲み出す表情と子供のもとへ戻るという当然の約束に美希は安堵した。

「奥様、こちらです」

美希はすぐさま真由子に声をかけ、彼女がタクシーの後部座席に乗るのを手伝った。

「また、こちらまでお送りしますので」

後から真由子の隣りに乗り込んだ美希はすぐに窓を下ろし、心配そうな顔で立ち尽くしている家政婦を安心させるように言う。

車がゆっくりと邸宅の前を離れてから、美希は真由子に頭を下げる。

「今日はありがとうございます。来ていただいて」

「だって谷原のためなんでしょう？　私、彼のためならなんでもする覚悟をしたんだもの。これぐらいなんでもないわ」

なんでもない、と言いながらも、その表情は緊張で硬化しているように美希の目には映る。

考え込むような短い沈黙の後、真由子は呟くように言った。

「失いかけてその大切さがわかることって、あるのね。頭ではわかってるつもりでも、実際そんな状況になってみなければわからないということが」

それは朝倉に会ってももう気持ちは揺らがない。絶対に谷原を選ぶという意味なのだろうか。

そうですね、と軽々しく相づちが打てないほど、真由子の言葉が美希の鼓膜に重く響く。

「窓を開けてもいい？」

意識して肩の力を抜こうとでもしているように、真由子が明るい声で尋ねる。

「ええ、もちろん」

美希が答えると、真由子は指先でパワーウィンドウのスイッチを探り、窓を半分ほど下げた。冷たい冬の夜風が真由子の黒い髪を撫でている。

「気持ちいい」

そう呟く真由子は満ち足りた顔をしている。隣りにいる美希は寒さに震えているというのに。

「奥様……。本当はもっと外出されたいんじゃないですか？」

朝倉や谷原の口から聞かされた学生時代の真由子は、とても活発そうな女性だった。彼女は「真由子でいいわ。私も『美希さん』って呼ぶから」と友達のように笑ってから続ける。

「いいの。事故に遭うまでの私は自分の好き勝手に生きていたけど、今は家族のためになる生き方をしたいの。父に逆らわないことが谷原と子供たちのためになるのならそうしたいのよ」

「真由子さん……」

美希はその毅然とした表情を見て、きっと朝倉と会わせても大丈夫だと愁眉を開く。

それでも真由子を朝倉とふたりきりにする勇気はなく、美希は図々しいと思いながらも彼女を案内した和室に一緒に入った。

すでに床の間の前には朝倉が座っている。美希は真由子の手を取り、座布団の位置とテーブルの高さを教えた。ひとりでは室内の様子がわからず、歩き方もぎこちない真由子を見て、朝倉が息を呑むのがわかる。

美希以上に聴覚が鋭いはずの真由子にもその気配が伝わったはずだった。

「じゃあ、私は隣りの部屋にいますから」

そう言って下がりかけた美希の手を、真由子が摑んだ。

「いて、ここに」

それは朝倉とふたりになることを怖れているというよりは、美希に見届けてほしいという思いから出た言葉のように聞こえる。

「わかりました」

小さくうなずいた美希はふたりの会話の邪魔にならないよう、部屋の隅に控えた。それでも居たたまれない気持ちになって上目遣いに朝倉を見るが、彼に美希を気にする様子はない。というより、真由子以外は眼中にないといった様子だ。

「マユ……」

すでに向かいに座っている朝倉が、真由子の姿を見て言葉を途切れさせる。

「広樹……。元気だった？」

優しく微笑んだ真由子の目尻から一筋の涙が零れる。美希は見てはいけないものを見てしまったような気持ちになり、その涙から目を逸らした。

その瞬間、朝倉はかつての恋人を抱き締めたい衝動に駆られたのか、座布団から腰を浮かす。が、すぐに思い直したように座布団の上に座り直し、口許を緩めた。

「俺は変わりないよ。俺のことより……」

真由子の体を心配しているらしい朝倉の言葉を、真由子が遮る。

「広樹、お願い。谷原の力になってほしいの」

頭を下げる、そのすがりつくような声音から、谷原はまだ『息をしていないような』状態が続いているのだと美希は察する。

真由子の必死な表情から朝倉は彼女の気持ちが今は完全に谷原に向けられていることを悟ったのだろう、大きく目を見開いて絶句した。

「マユ……。俺は……」

「私、彼のためになにかしたいの」

朝倉のもどかしさが部屋の隅にいる美希にも伝わってきたが、真由子はまるでその言葉を遮るかのように哀願を続ける。

「私たち、谷原に大切にしてもらってるの。本当に、もったいないぐらい大切に……。だからお願い。彼に力を貸して」

彼女はあえて『私たち』と言った。暗に、自分が宿していた朝倉の子供も含めて愛されている、と伝えたのだ。

真由子の言葉の意味を理解したのか朝倉は呆然とした顔になって、しばらくの間じっと真由子を見つめている。が、やがて寂しそうな笑みを浮かべた。

「マユ。本当に幸せなんだな？」

それは最後に確認するような問いかけだった。

真由子が泣き顔に笑みを混ぜ、何度もうなずく。それを見て、堪えきれなくなったようにうつむいた朝倉の頬をいく筋もの涙が滑った。

ふたりは決して触れ合うことなく、料亭の大きなテーブルを挟んで別々に落涙している。すすり泣く声に胸を締めつけられた美希は思わず立ち上がり、そっと真由子の背中を撫でてから、隣りの部屋に移った。今度は真由子も止めようとはしない。

僅か五分ほどで襖の開く音がした。美希のいる和室の横の廊下を、朝倉らしき足音が歩き去る。

「真由子さん」

六年間待ち続けた男と辛い再会をした真由子の気持ちを慮りながら、美希は控えの間を出て彼女のもとへ戻る。

「これ、広樹が私の手に持たせていきました。なにかわかるかしら？」

まだ少し目尻の赤い真由子は、晴れ晴れとした顔で笑っている。その様子に心底ほっとしながら、彼女の白い指が差し出したものに視線を走らせた。

「これはうちの社員の名刺です！」

長方形のカードの隅にＣＭＣのロゴがある。

――庶務？

朝倉のネタ元が社内の人間であることは想定内だった。が、内通者はシステム開発部やＩＴ推進部の人間だと勝手に想像していた美希は、真由子から渡された名刺を仔細に眺めたい気持ちを抑えて、真由子をねぎらった。

「ありがとうございました。もしかしたら、別の角度から事故原因にアプローチすることができるかも知れません」

よかった、と大役を果たした真由子が肩の荷が降りたような顔をしてニッコリと微笑む。

「せっかくなので、お食事していきましょ？」

テーブルにはなにも並んでいない。今ごろになって、美希はまだフロントに連絡を入れていなかったことに気づく。密談に使われることの多いこの部屋には、こちらから頼まない限り誰も近づかないのだ。

「私、一度、美希さんとお食事したかったの」

無邪気な声で真由子に請われ、美希も即答する。

「はい。喜んでご一緒します。すぐに食事の用意をしてもらいますね」

テーブルの端に置かれている丸いボタンを押すと、すぐに仲居さんが現れてお茶とおしぼりを供したが、こちらが話しかけない限りは喋らない。それがこの離れのルールだ。

美希がドリンクメニューを読み上げ、食前に苺の果実酒を選んだ真由子は、指先で形状を確認しながら背の高いグラスに口をつけた後、谷原のことを話題にした。

美希はいつものようにビールを頼み、真由子の話に耳を傾ける。会社では一分の隙もないように見える元上司だが、家では油断しているのか、敷居につまずいたり、ちょっと低くなっている場所の鴨居に額をぶつけたり、と案外おっちょこちょいだということや、暇さえあれば時間も忘れて車のプラモデルを作っていることなど、美希には意外なエピソードもあった。

美希も会社での谷原の様子を話す。

「細かいことはなにもおっしゃいませんでした。自分の背中を見せて私にも進むべき道を示すような、本当にいい上司でした」

実際、谷原の器の大きさや聡明さ、気配りの細やかさは、穂積の秘書になってさらに強く痛感させられることになった。だが、谷原にまつわるエピソードを語ってしまった後で、それらがすべて過去形になっていることに気づく。どうやってごまかそうかと、おたおたする美希を真由子が軽く笑った。

「やっぱり……。薄々そうじゃないかと思ってました。谷原、グループ会社かどこかへやられたんですね」

「それは……」

「わかっています。彼が自分から打ち明けてくれるまで待ちます。あなたが彼のやり残したことをやり遂げてくれたら、きっと自分の口から言ってくれると思うから」

他の役員の誰よりも会社を愛し、車を愛している谷原がキャピタル自動車の本流から外され、感情を失ったようになっている。真由子にそうなってしまった理由や、彼は間違っていないということを伝えられないのが苦しい。だが、これだけは言うことはできない。それはすなわち彼女の父親を刺すことにほかならないのだから。

懐石コースの最後に饗せられたフルーツを食べ、フォークを置いた後で美希は真由子に誓った。

「私が、専務の手足になりますから」

真由子の色素の薄い瞳が微笑んでいた。

五

次の日、穂積の海外出張をいいことに美希は副社長室にこもっていた。午前中に雑務を終え、昼食後の手が空いた時間に社内イントラを検索する。

——横山拓朗《よこやまたくろう》。

朝倉が真由子に渡した名刺の男はやはり『総務部庶務課』の所属だ。ただ、各部のホームページに掲載されている庶務課の座席表によると、横山の席だけは本社ビルの六階にある人事・総務エリアではなく、なぜか技術棟の地下二階にある第三倉庫内となっている。

いったいどういうことだろう。総務部は間接部門の中でも比較的休みが取りやすく、残業も少ないと言われる部署だ。社内の働き方アンケートではいつも、働きやすい職場、異動したい部署という項目でナンバーワンの人気を誇る。

環境のいい部署で働いているはずの男がブラックリストに載っている朝倉のような男とつながり、社内情報を売るような真似をしているのはなぜなのだろうか。

夕方、美希は総務部のページにあった座席表をプリントアウトし、そのOA用紙を頼りに、横山がいるはずの技術棟へ向かった。

本社本館の向かいにある技術棟の地下二階通路へ下りていくと、省エネのためか二本の電灯の内一本が外されている。薄暗い照明が照らす壁にはドアが等間隔に並んでいるが、そのドアには窓もなく防火扉のような閉塞感がある。

本当にこんな所で総務部の人間が仕事をしているのだろうか。入社して三年目だが、こんな所へ来るのは初めてだ。

「あった……。総務部庶務課第三グループ倉庫内分席……」

一番奥の突き当たりの扉に、名刺と同じ部署名のプレートがある。

コンコンとノックした音が通路に響き渡って、不気味だった。返事はない。美希は恐るおそるドアを引き、「すみませーん」と少し大きめの声で言う。

やはり返事はない。仕方なく中に入り、もう一度、声をかける。

「横山さーん。横山拓朗さん、おられませんかー？」

室内には本社工場用の備品が貯蔵してあるらしく、ずらっとスチールのラックが並び、その上には整然と大小の段ボール箱が並んでいる。その列は二十近くあり、一番奥が見えないほど長い。

唖然としている美希の足元に、コロコロコロとメタリック調のボールのような物体が転がってきた。

「え？」

カシャン。その継ぎ目もないように見えた滑らかな球体は、花弁が開くように四つに分かれ、中から足が出て蟹のような形になる。

「す、すごい……」

大学で機械工学を専攻していた美希の目にも、このメカがいったいどんな構造なのか、まったく想像がつかない。

「オ名前ヲ、ドウゾ」

機械の蟹もどきが喋った。

「ふ、藤沢美希ですけど……」

真面目に名乗った後で、こんなわけのわからない物体に向かって敬語で喋っている自分をひどく滑稽に思う。

「フジサワ・ミキ。秘書部秘書室。従業員コード、１８５３０２４」

「…………」

オモチャだと思って甘く見ていた美希は、蟹もどきのスペックの高さに絶句した。

「今月ノトイレットペーパー消費量ハ、計画ヲスデニ15パーセント、上マワッテオリマス。電球ハ、９パーセント、上マワッテオリマス」

コールセンターの再配達受付の自動音声より遥かに滑らかな日本語。どうやらここに来る人間の対応をするロボットらしい。

「え？　ここ、なにする部署？」

首を傾げる美希に蟹もどきが続ける。

「ソレ以外ノ備品ガ必要ナ場合ノミ、オ申シツケクダサイ。該当ノレーンニゴ案内シマス」

そこまで聞いてやっと、会社が外部委託している清掃業者が備品をもらいに来る場所だとわかった。

「すみません。私、備品がほしいわけじゃなくて……。横山さんという人に会いたいんですけど」

機械に向かってそう告げると、蟹もどきはまた、カシャンと軽い音を立てて球体に戻り、コロコロコロと転がってきた方角へ戻っていく。

「横山になんか用か」

奥から声がする。美希はラックの間を歩き、奥へと足を進めた。

カタカタカタと軽やかな音がする方を見ると、部屋の隅にデスクがひとつあり、男がひとりパソコンに向かっている。髪の毛はボサボサ。眼鏡をかけた痩せぎすの、いかにもオタク風の男だ。

「このロボット、あなたが作ったの？」

「ああ、ここに来る人間相手にいちいち喋るのが面倒だからな」

ほとんどコミュニケーションの必要がない部署なのに、それすらも代理のロボットにやらせる。なるほど、ここで働くにはもってこいの人材だ。

「もしかして……、あなたが横山拓朗さん？」

「だとしたら？」

この受け答えだけでも、ひと癖ありそうだと美希はげんなりする。まともに話して協力が得られるのだろうか。

だが、こちらにも切り札がある。この男が社内規定に違反して機密情報を外部に漏らしていることを知っているのだ。

「実は私、朝倉広樹さんにあなたの名刺をもらって来ました。あなたにお願いがあって」

交渉を優位に進めるため、美希は初っ端から朝倉の名前を出して切り込んだ。

「朝倉？」

その名前を出しただけで怖気づくと思っていたのに、横山はきょとんとした顔になる。

「朝倉……、朝倉……。ああ！　あのパパラッチか！」

ようやくピンと来た様子だったが、悪びれるどころか親近感を露わにした表情に美希は拍子抜けする。こちらはお前の悪事を知っているぞと言っているのに、横山の顔には好意を持っている相手のことを思い出したときのような嬉しそうな笑み。

——なんなの、この人……。

自分のやったことに罪悪感すらないのだろうか。美希は怒りを通り越して呆れ返る。想定外の反応をする相手に、どう接していいかわからずひたすら戸惑う。逆に美希の方が辺りを見回し、声を潜めてしまう。地下倉庫に他に人影はないのだが。

「あの……。実は私、バレットの事故を調べてるんです」

「ああ。そういえば、最近よく聞くな」

横山はとくに関心のない様子でＰＣの画面に視線を戻して答える。

「それで？」

「あ、えっと……。最初はエンジン部品を疑って、一つひとつ持ち出して図面と照らし合わせて潰し込んでみたんですけど、これといって問題はない感じで……」

完全に相手のペースにはまり、美希は自分が部品の持ち出しに関わっていたことを口走ってしまい、己の迂闊さを悔やむ。

「マジで？　あんたひとりで、エンジン部品を全部調べたの？」

が、横山は初めてまともに美希の顔を見た。同類を見つけたように眼鏡の奥の小さな瞳が見開かれている。

「あ。いえ。ひとりでやったわけじゃなくて……」

しまった……。またも口を滑らせてしまった。横山が異常なほど自然体だからだろうか、言う必要のないことまで言わされてしまう。

「なんだ。仲間とつるんでやったのか」

横山はもう美希への興味を失ったように再び画面に視線を戻し、キーボードを叩き始める。

「でも、一緒に部品を調べた仲間もバラバラにされてしまったわ……」

仲間の境遇を思い出し、美希は胸が塞がる。そんな彼女の情動にはまったく興味がないように、「それで？」と、横山はモニターを見つめたまま続きを催促する。

多少は興味があるようだと美希は意気込み、話を進めた。

「あとはもう、エンジンを制御するプログラムを疑うしかなくて。けど、ＡＩが作ったプログラムを検証するなんて、できる人、周りにいないんです」

「それで？」

やはりこちらを見ることなく、キーボードの上で指先を動かしながら尋ねられる。

「それで……助けてくれませんか、プログラムの解析」

「は？　なんで俺が？」

ここまで聞いておいて、横山は思いもよらなかった依頼をされたような口調だ。

「なんでって……。このままじゃ、また事故が起きるのよ？　私たちの会社が作ってる車のせいで、誰かが傷ついたり死んだりしてもいいの？」

熱くなる美希の言葉から、いつの間にか敬語が吹き飛んでいた。が、横山に効果はなく、

「そういう話、興味ないや」

と相変わらず美希の方を見ようともしない。あまりにも飄々と躱され、なす術を失った美希は最後の手段に訴える。

「興味があろうがなかろうが、やってもらうわ。できないとは言わせないわよ？　あんな魔法のIDを作れるんだし、社内システムにも精通してるんでしょ？　それならＡＩが開発したエンジンプログラムのことだってわかるわよね？　それでも手伝ってくれないって言うんなら、朝倉に社内の情報をリークしたり、自由に出入りさせたりしてること、告発するわよ？」

美希は畳みかけるようにそこまでを一気に言うと、彼の横顔を睨みつける。

美希自身、こんな脅しめいたことを言っている自分に驚いていた。だが、朝倉から入手した名刺、横山の存在だけが頼みの綱なのだ。なんとしてもこの男の気持ちを動かしてプログラムの解析に協力させなければ、またゼロから計画を練り直さなければならない。

「いいよ言っても。俺、この会社自体にも、もうあんま興味ないし、マジでもう辞めちゃおっかなあ」

「ええっ？」

意を決して脅迫したにもかかわらず、まったく効果がない。気の抜けたカウンターパンチに美希は腰が砕けそうになる。

「ねえ、あなた、どうしてこんな地下室みたいな所で働いてるの？　総務部よりIT推進部とかシステム開発部の方が絶対向いてると思うけど。左遷されたの？」

それまでは気を遣って喋っていた美希だが、半ばヤケになって横山のプライバシーに踏み込んだ。

「だって、あのボールメカを作れる才能があるのに……」

その一言に反応した横山が、それまでとは別人のように嬉々として説明を始める。

「わかる？　あのロボット面白いだろ？　自動車用の運転サポートシステムをアレンジして作ったんだ。外観も、球体になったときには継ぎ目がなくなるように設計して」

「わかる。私も機械工学専攻してたから、あれがどれぐらいすごい物かわかる。わからないのは、そんな天才が、なんでこんな所にいるのかってこと」

ロボットの話になると雄弁だが、自分の境遇については口が重い。それでも横山はロボットを褒められたのがよほど嬉しかったのか、「どうして？」ともうひと押しすると、急にスイッチが入ったように話し始めた。

「最初システム開発部に配属されて、そこからＩＴ推進部に追いやられて、ＩＴ推進部からここに飛ばされたんだよ」

「え？　なんで？」

「システム開発の課長に『こんなこともわからないのか』って言った」

「マ、マジで？」

「あとはＩＴの部長を『無能だ』って言った。それだけだよ」

「それだけって……」

つまり上司の不興を買って地下の在庫部屋に追いやられたらしい。どこまでもコミュ障な男のようだ。

「それより。あんたの経歴も変わってるな」

そう言われ、美希はふと横山が眺めている画面を覗き込む。と、そこには彼女自身の所属部署や職位に関する経歴が映し出されている。どうやらさっきの球体が収集した情報とリンクしているようだ。この技術、やはり只者ではない。

「ていうか、それって基幹職以上の上司しか閲覧できないはずじゃ……」

「会社のセキュリティなんてチョロイもんだよ」

そう言いながら横山が軽くエンターキーを叩くと、秘書室の中でも一部の人間しか見ることができないはずの情報が一覧となって現れる。役員の学歴や家族構成。

しかも写真付きだ。

――やっぱり、この男しかいない。この男ならECUのプログラムを解析することだってできるはず。なんとしても協力を取りつけなければ……。

秘書でいられるタイムリミットも迫っている美希はじりじり焼かれるような焦りを感じる。

「じゃあ、いくら払えばやってくれるの？」

「え？　金？　見かけによらず下品だね、あんた」

横山が鼻で笑う。

「金で買えるようなものにもあんま興味ないんだよね。もう三億ぐらい稼いだし。FXと仮想通貨で」

「………」

美希には横山の行動基準がわからなかった。なぜ『もうあんま興味ない』と言いながらも、いまだにキャピタル自動車で働いているのかも含めて。

「じゃあ、なんのために朝倉にIDを作ってやったの？」

横山はうーんと考え込んだ後、

「なんとなく面白そうだから？」

と語尾を上げる。美希にも共感を求めるかのように。

「朝倉って言ったっけ？　人たらしなんだよな、アイツ。詳しいことは教えないいくせに『復讐』とか俺をくすぐるようなワードを並べるし、俺の嗜好を一発で見抜いてさあ。いろいろ面白い写真、見せてくれて」

「あなたの嗜好？」

「そうだ！　あんたも前はラインにいたんだろ？　なら、なんかレア物、持ってないの？」

　それまでとは別人のようにキラキラした瞳がレンズの向こうから美希を見上げる。

「レア物？」

「珍しい部品とか。普通では手に入らないもののことだよ。俺、コレクターなんだ」

「ぶ、部品？」

「部品が無理ならレアなノベルティでもいいけど？」

「ノベルティって、車を買ったときに先着百名様がもらえるストラップとかキーホルダーとか、そういうヤツ？」

「はは。百人も持ってたらレアにはならないだろ」

「そ、そっか。じゃあ、どういうノベルティなら……」

「もういいや。あんたに話すだけ無駄だった。んじゃ、俺帰るわ」

「え？　ちょ、ちょっと待ってよ！」

　言葉の途中で一方的に会話を打ち切られた美希が壁の時計を見ると、ぴったり五時半。彼はOAチェアの脇に置かれていたバッグを摑み、立ち上がった。

「ちょっと！　バレットの事故はこれからもっと増えるかも知れな……」

追いかけようとした美希の足許に例の球体型ロボットが転がってきて行く手を阻み、甲高い声を発した。

『時間外。時間外。備品ノ引キ渡シハデキマセン』

美希がロボットに気を取られている間に、倉庫の鉄の扉がバタンと閉まった。

六

その日、美希は汐川を居酒屋『轟』に誘った。

LINEを送ったのは横山拓朗にいいようにあしらわれた後、二交替の一直目が終わって三時間以上が経った六時過ぎだ。汐川は相変わらずLINEが苦手らしく、美希が送信したトークはいつものように既読スルーだった。

現場の人間にとっては、下手をすると自宅でメッセージに気づくかも知れない時間帯。こんな中途半端な時間に呼び出すのは心苦しかったが、ちゃんと店に来ていた汐川を見て、美希の心は温かくなる。

ふたりきりの座敷は寂しい。白取も工藤も都路もいない、ガランとした空間に、背中を丸めた汐川がひとりちんまり座っている。こんなに広い部屋だっただろうかと美希は思わず個室を見回した。

気を取り直した美希は汐川の向かいに座り、染みだらけのメニューを眺める。

「と、とりあえず、ビールにしよっかな」

「ワシもそれでええ」

汐川とふたりっきりで飲むのは初めてのことで、美希はなんとなく話のきっかけが摑めないでいた。

余計に寂しくなりそうなので乾杯もせず、お互い無言で最初のジョッキを空にした後、汐川の方から切り出した。

「ほいで、美希やん。今日はなんの話じゃった？」

今までと変わらず温厚そうな微笑を浮かべる汐川。その顔を見て、美希はまたバレットの話を持ち出していいのだろうかと迷いながらも口を開く。

「実は知りたいことがあって。汐爺なら知ってるかもって思ったの」

「ほお？」

「汐爺、ウチの会社で手に入るレア物の部品って、なにか知らない？」

「ほおじゃのお。昔は試作品のエンブレムをネコババするような輩もおったがの」

汐川は突き出しの揚げ出し豆腐を箸で半分に割りながら、ぽつりぽつりと答える。

「試作のエンブレムかあ。たしかにレアだよね。市販されてるエンブレムなら廃車にするとき手に入るだろうけど、採用されなかったヤツなんて絶対入手できないもんね」

「昔は自分が作った物で、あんまし値の張らんもんは上が自分の裁量でくれたりしたもんじゃけど、今はいろいろと管理が厳しいけえ」

「だよねえ」

美希はとりあえず頼んだ酢の物をつつきながら溜息をつく。

「それがどねえした?」

「あ、ううん。ちょっと友達に頼まれて」

これ以上、仲間を巻き込みたくないという気持ちが美希に全てを語ることを躊躇させる。

「変わった友達じゃの」

「うん。かなりの変人。百個しか配布されないノベルティをレアじゃないとか言うから困っちゃう」

「ほうか。ほんなら家の倉庫の奥の方、探しとくけえ」

「え?　ほんとに?　ありがとう!　もし、ほんとにレア物が出てきたらすごく助かる」

「捨ててなけりゃええがのお」

と、心当たりがある様子で言った後、汐川は現在の第四工場の様子を語った。配属されてからずっと白取班でやってきた美希には白取も工藤も都路もいないラインの様子は想像できない。

「そうそう、この前、白取班長が言うとったような色気のある人妻がラインに入ってきたんじゃ」

「え？　そうなの？」

聞き捨てならない情報に、美希は身を乗り出す。

「じゃけど、爪が割れた言うて三日で辞めてしもうたんよ」

「へ、へえ、そうなんだ」

女性のアルバイトはなかなか続かないと汐川は嘆く。

「他には？」

「上村が正社員になって、製造から生産管理部へ行ったんちゃ。本人の希望でデスクワークやっとったそうなんじゃが、周りの社員についていけんで退職したそうじゃ」

「え？」

——他人を陥れてまで上司に取り入り、念願の正社員になったというのに……。

美希は思わず溜息を漏らした。白取のいない最終組み付けラインは烏合の衆だと汐川が諦め顔で笑う。

「ラインがしょっちゅう止まって、このところ残業ばっかりじゃ」

「そう……なんだ……」

お互い口数が少なくなったまま酒が進み、汐川はいつもの『泣きモード』に入った。

「辞めさせられた班長や、よそへやられたみんなには申しわけないが、ワシはなにがあっても工場で死ぬ」

――出た……。

今日はいつもよりペースが早いなと思いながらも、美希は「うん、うん」と汐川の悲しい昔話に付き合う。

今日は都路がいないので、美希がタクシーで汐川を自宅まで送った。明かりのついていない一軒家の前でタクシーを降りるとき、汐川が上着の内ポケットを探り、布で作ったお守り袋のようなものを取り出す。

「さっきの話じゃが、美希やん。これじゃあ役に立たんかのう？」

そう言いながら、その袋の中から『N．SHIOKAWA』の文字が刻まれた金属プレートを出して美希の方へ寄越す。

「これは？」

「ワシが初代バレットの限定エンジンの組み立てをやっとったとき、自分が完成させたエンジンに装着しとったネームプレートじゃ。そのときはエンジニアが五人ほどおったかのお。限定生産が終わって解散式のとき、当時の課長が記念にゆうて、それぞれの名前が刻まれたプレートを一個ずつつくれたんじゃ」

「ええっ！」

美希は暗い中でも輝くばかりのゴールドのプレートを月明かりにかざす。手に大きさ以上の重量を感じる。

「そうは言うても、初代バレット数百台のエンジンにこのプレートがついとるんじゃが、当時このプレートは組み立て工程でエンジンにばっちり溶接されとったから、車を解体するときに外そう思うても、こんな風に裏がつるんとした綺麗な状態にはならんのじゃ」

「つまり溶接前の完全体はこれ一個。これを持ってることが匠の証なんだね？」

「そういうことになるかのう。限定車の組み立て工に選ばれたときの誇らしさを思い出すと、現場で起きる少々のことは我慢できたんじゃ。まあ、ワシのお守りみたいなもんじゃの」

こんな希少なものを持っていながら、居酒屋での汐川はこのプレートのことに触れなかった。肌身離さず持っている匠の証を渡そうかどうしようか迷っていたのだろうか。

「そんな大切なもの、もらえないよ」

「ええんじゃ」

恐縮して汐川に返そうとする美希の手を汐川が両手で包み、プレートごと握らせた。

「ワシにはこれを遺してやる身内もおらん。じゃから、美希やん、これを大切にしてくれる人間に渡して、必ずまた誰かに受け継いでくれるよう頼んでくれんか」

「汐爺……」

工場で死ぬ、と言い切る汐川の孤独を、美希はひしひしと感じた。

「わかった……ありがとう、約束する」

車に残った美希は、真っ暗な玄関の鍵を開ける汐川の背中を切ない気持ちで見守った。

七

上司が海外出張の間、役員秘書の仕事は劇的に減る。現地に随行秘書がいることもあり、時間的に余裕ができるため、このタイミングで有給を取得する秘書は多い。穂積もフライト時刻が過ぎた頃から、ぴたりとメールや電話による指示が途絶えた。

だが、上司が戻った瞬間に秘書は殺人的な雑務に追われることになる。自分も冬季休暇が終わる年明けは、間違いなく雑用の嵐に巻き込まれるだろうと、想像するだけで今から胃が痛む。

「藤沢さん。副社長、もう出国した?」

そう尋ねるのは同じく上司が海外視察でベルギーに飛んだ社長秘書の三雲香苗。

彼女もどこか晴れ晴れとした顔だ。あと二日で仕事納めということもあり、秘書室の空気も心なしかいつもより軽い。

いつも以上にあっさりとした秘書ミーティングが終わった直後、美希は秘書室を抜け出して技術棟の地下に向かった。

「これって、どうかな？」

美希がおずおずとポケットから出した汐川のプレートを見た途端、横山の瞳孔が大きく開く。

「マジか！」

美希が差し出したプレートの価値を、一瞬で見抜いたらしく、横山が声を弾ませる。

「どこで手に入れたんだよ、こんな希少アイテム！」

触ることすら憚るように、横山は様々な角度から美希の手の上にあるプレートを見る。

「汐爺……じゃなくて汐川さん本人からもらったの」

「え？　あんた、汐川直正と知り合いなのか？」

「前の部署で一緒だったから」

「マジか。汐川直正ってまだ現役だったのか。知らなかった……」

まさか汐川が五回も定年延長をしているとは思わなかったらしく、横山は愕然としている。

「ていうかそっちこそ、なんで汐爺のこと知ってんの？」

美希が聞き返すと、横山は呆れたような顔になる。

「知ってるもなにも伝説のエンジニアじゃないか。うちの限定車プロジェクトの大半で組み立てスタッフに選ばれてる技能者。一流中の一流だ。その人の接着前のネームプレートを入手するなんて……すげえな、あんた」

そう言いながらも、横山はまだプレートから目が離せないでいる。

「ねえ。これ、あげたら協力してくれる？」

「え？　これを俺に？　またまたそんな冗談を」

これまでの言動が嘘のように、へりくだった態度だ。

「いや、協力してくれたら、ほんとにあげる。その代わり、横山さんが死ぬ前には必ず誰かに渡して、後世まで残すって約束してください」

「げっ……。なんだよ、その縁起でもない約束は」

「そういうオプションがついてるの、このプレートには」

「わ、わかった。引き継ぐ引き継ぐ」

「じゃあ、はい。大事にしてね」

と、美希からそっと手渡されたプレートを愛おしそうに眺め回しながら横山が尋ねる。

「それで、俺はなにをすればいい？」

これでやっと対等な立場になれた、と美希は実感した。昨日、汐川からこのアイテムの説明を受けたばかりの美希は、横山がとくに滑らかな裏面を重点的に眺めている様子を見て、彼が相当な目利きのコレクターなのだと知る。

「その前に聞かせて。あなた、社内のシステムには詳しいみたいだけど、エンジンシステムのこともわかるの？」

「まあ、ひととおりは」

言葉は控えめだが、その瞳には自信がみなぎっている。

「じゃあもうひとつ聞くけど、ＡＩが開発するシステムって本当に完璧なの？」

美希はずっと気になっていた質問を横山にぶつけた。

「そのＡＩ自体が完璧ならな」

短くも意味深に答えながら横山はプレートを大切そうにティッシュで包み、作業着の胸ポケットに納める。

「ＡＩが完璧なら？　ＡＩは完璧なものじゃないの？」

「誰が検証した？　そのＡＩが完璧だって」

「それは……」

横山から挑むように質問され、美希は二の句が継げない。

「ＡＩは凄い凄いって思いがちだが、厳密にはＡＩはまだ誰も完成させられてないってこと知ってるか?」

「なんとなくは。これまでも一過性のAIブームがあって、今回が三回目の波だって聞いたことはあるけど……」

最近は自動車に限らず、家電などの汎用品にも『人工知能搭載』を謳い文句にしている商品が多い。だが、それは『人工知能もどき』であり、多くの学者や専門家が目指す完成形ではない。大学の講義の中で、准教授が熱く語っていたのを美希は思い出す。

「AIってのは本来、人間の脳と同等以上の機能を持って初めて意味がある。人間と同じように物事を認識し考えて、そのうえで恐ろしいほどの速度で学習して計算し、答えを弾き出すことができて初めて完成なんだよ。たしかに近年、ディープラーニングだのビッグデータだの機械学習によって開発は著しく進んだ」

「ええ。たしか、ニュースで『AIが猫を見て猫と認識できるようになった』って」

「そう。まだその程度だ。まあ、それは自動運転より凄いことなんだが」

たとえば、人間は自分の目で猫を見れば即座にそれは『猫』だと認識する。しかし、AIは人間が与えた大量の情報知識から『耳が三角で、髭があって、尻尾があって、毛むくじゃらの生き物』だが『大きさや全体の形状から、犬ではなく、ネズミでもない』という風に膨大な情報を取捨選択してやっとそれが『猫』だという回答に到達し、認識する。もちろん、それを瞬時にやってのけるわけだが、ここまでの研究と開発に莫大な時間と金と人材を費やしているのだ。

「とはいえ、さっきも言ったようにＡＩはここ数年で飛躍的に進歩した。ひとつのアルゴリズムを与えたら、勝手に深層学習を繰り返す。このままいけば計算上はシンギュラリティの日を迎える。そのとき世界は大きく変わる」

その完成したＡＩ技術を手中に収める者は世界を支配できると言われていることは、美希も認識している。

そこから横山の話は現実的かつ商業的な方向へとシフトしていく。

「完成したＡＩ技術のコアな部分をパソコンのＯＳだとしたら、自動運転はその上に乗ってるパッケージソフトみたいなもんだ。コアの部分がわからない限り、永遠にシステム解析はできず、自社でそのソフトを開発することもできない。永久に言い値で買わされる。だから、ＡＩ開発で出遅れてるキャピタルは焦ってるのさ。一番美味しいところを他社に持ってかれるんだからな」

「でも、まだ、ＡＩはその域に達してないんだよね？」

「そうだ。けど、シンギュラリティに到達してない現段階でさえ、人間はＡＩの開発速度に到底ついていけない。そしてその差はどんどん広がっていく。もっとも、それが人類にとって影響を及ぼすかどうかは検証が必要だが、永久に追いつけないものを誰がどうやって完璧だって検証するんだ？」

美希には、もはや人間の手が及ばない、と横山が婉曲的に言っているような気がした。

「じゃあ、完璧かどうか検証できないプログラムを自動車に載せてるってこと？」

そんな美希の不安を横山は一笑に付した。

「とはいえ、プログラムのベースとなる部分を指示するのは人間だ。その後の計算や予測を積み上げてプログラミングする作業をＡＩが行うわけだが、その恐ろしい速度で完成された膨大なコマンドが完璧かどうかなんて、誰も細部までは実証できない。理論と結果でしか」

「結果って……」

「事故だよ」

「事故……」

横山が言い放った究極の結果に美希は凍りつく。

「ＡＩの問題はプログラムのブラックボックス化だと言われてる」

「ブラックボックス化？」

「ＡＩが驚異的なスピードで書き上げる膨大なコマンドをひとつずつ検証することは難しい。無数にある『選択』の組み合わせをどうやって処理したのか、つまりどうやってＡＩがその『解』を導き出したのか、人間には途中の『式』の部分がわからない。事故が起きて初めてデバッグや検証不足だった項目が浮き彫りになる。逆に言えば、起きるまでどの項目をどのくらい検証すれば事故が起きなかったのか、人間にはわからないってことだ。にもかかわらず、キャピタルはＡＩが開発したＥＣＵシステムを採用した。俺には成果を焦っての暴挙にしか見えない」

「ブラックボックス……。つまり、人間にはなにが起きるかわからない、人を殺す可能性だってあるってこと？　そんな恐ろしいものをキャピタルは自動車の心臓部に搭載してるの？　ろくに検証もせずに？」

「もちろん、プログラムがあるところには検証ソフトというものが存在する。自動車メーカーとしての知見もあるし、検証プログラムも同時に開発してるはずだ。一定の精査と予測はできるし、実車の走行テストではさまざまなシチュエーションを想定して行っただろう。ただ、それにも限界がある。プログラミングの判断をＡＩに任せれば任せるほど開発速度は上がるが、リスクの幅も広がる。究極の姿がターミネーターやマトリックスの世界だ。ま、『人間を殺すな』っていう抑止力を持ったコマンドを設定しないマッドサイエンティストなんて存在しないと思うが」

　横山はさも面白いことを言ったように笑うが、美希はまったく笑えない。

「もしかしたらバレットの事故はシステムのエラーが原因で起きてるかも知れないの」

「ふうん。ありえないことじゃないな。けど、最近は事故減ってないか？」

「たぶん今、製造されているバレットのシステムは修正されてるんだと思う」

「なるほど。じゃあ、ＡＩにもう一度、目的関数を入力して作業させたんだな。小手先で一部バグの修正を図ったんだろう」

「けど、ディーラーにある展示車は初期販がほとんどだから、この先どうなるか。ユーザーの手に渡る前にどうにかしてエラーを修正しなきゃ……」

美希は自分の口で説明しながら、大学時代の経験からプログラムエラーを見つけるのがどんなに大変な作業であるかを思い出していた。たとえ横山が天才的なハッカーでも、エンジン開発に携わっていない人間がECUのエラーを見つけ出すことができるのだろうか。

「エラーを見つけるだけなら簡単だ」

今さら不安に襲われる美希の心を読んだように、横山は軽い口調で言ってのける。

「初期と現行の違いを見つければいいだけだろ?」

「それは……そうだけど……。いったい、どうやって」

「新旧ECUのプログラムが描かれたAIによる開発プロセスを入手できればいいんじゃないか。あとはAIを使って比較プログラムを組めば結果なんてすぐ出るだろ」

「簡単に言うけど、つまり、あなたもAIを使えるってこと?」

本来なら専門のエンジニアにしか扱えないシロモノだ。MITを卒業している穂積ならまだしも……。だが、そんなことは当たり前であるかのように横山の話は続く。

「ついでに、問題があると思われる旧ECUが手に入れば、エラーの検証は完璧にできる」

「初期販バレットのECU……」

それを聞いたとき、美希の頭の中にバレットを愛してやまない男の顔が浮かぶ。

「初期販のバレットを持ってる元同僚に心当たりはあるんだけど……。貸してくれないだろうな、たぶん」

バレットの事故原因究明には協力的な工藤だが、さすがに分解するとなれば難色を示すに違いない。

「ECUってやっぱり取ったら車、動かなくなるよね？」

「当たり前だろ。そのコンピューターがエンジンをコントロールしてるんだから」

「やっぱ、貸してもらうのは無理かな……。けど、とりあえず、新型バレットのECUが格納されてる場所はわかるわ。で、新旧のプログラムの方は？」

「初期販のECUが手に入ってから探す」

無駄になる可能性のあることはしないと言わんばかりだ。

「自社の開発プログラムって、もちろんレベル5の機密でしょ？　そんな簡単に手に入るの？」

「そっちは任せろ。一般社員から役員まで、会社のネットワークにつながってる全員の端末がここから覗ける。システム開発部の関係者だけがアクセスできるローカルエリアに置かれてる可能性もあるが、ＩＴ部門の上級役員のＩＤで専用回線に入れば楽勝だ」

天才は余裕のある口調で言った。

八

十二月二十八日、仕事納め。社内には浮き立つような空気が流れていた。

午後になって真柴が外出した。上司不在の秘書室で、奈々は机の下でこっそりネイルにトップコートを塗り重ねている。いつもは真面目な三雲も暇を見つけては旅行ガイドをちらちら見ている。

定時を過ぎてから、美希は工藤のスマホを鳴らした。

「これからちょっと話があるんだけど」

「何時？　どこ？」

その事務的な言い方は現場にいたときのままだ。自分に協力したせいで、営業部なんて柄にもない部署に回され、少なからず恨まれているのではないかと思っていた美希は少し安心する。

「今から。正門のところで」

美希は通話を切るのと同時に待ち合わせ場所へ向かう。すぐに、まだ仕事があるのか、背広の上に間接部門の社員が着るブルゾンを羽織った工藤が足早にやってくる。

「話って？」

挨拶も社交辞令もないが、美希にはこの素っ気なさが懐かしい。

「バレットのＥＣＵ、貸してくれないかな？」

無理を承知で美希は単刀直入に頼んだ。工藤には婉曲な表現や遠回しなアプローチなどまったく通用しないことを知っているからだ。

「そんなもの貸したら動かなくなるじゃん」

「さすが工藤。よくわかってる。でも、プログラムの検証にどうしても必要なの」

茶化されてムッとしたのか、工藤は美希の冗談にニコリともせずに無言でポケットを探り、キイを出して美希に放り投げる。

「車、第三駐車場のＡブロックに置いてある」

「え？　いいの？　すぐに返せないよ？　というか壊れる可能性もあるよ？」

「好きにしろ」

慌てて言う美希に、工藤はそれだけ言って踵を返した。

「工藤……」

不愛想ながら、工藤が快く愛車を差し出したことに美希は感銘を覚えた。彼もまだバレットの事故原因を突き止めたいという熱い思いを持ち続けてくれているのだ。

美希が去っていく同期の後ろ姿を見送っているとき、新しい部署の上司だろうか、速足で近づいてきた白髪の男が工藤の背中をポンと叩き、親しげに声をかけている。並んで歩いていく工藤の横顔が笑っていた。見たことがないほど爽やかに。

——ルックスも悪くないし、案外、営業向きなのかも。

一瞬、自分が巻き込んだせいで彼が異動になったことを忘れてしまうほど、今の工藤は楽しそうに見えた。

正直、工藤の異動を知ったとき、自主退職を促すための人事なのではないかと邪推した。コミュニケーション能力が低い工藤に営業なんてできるはずがないと思い込んでいたからだ。ところが、意外なほど元気そうな工藤を見て、美希は少しだけほっとした。

工藤に感謝しながら美希はすぐさま駐車場へ走り、助手席のドアを開け、シートを後ろにずらした。

キャピタル車は通常エンジンルームにＥＣＵがある。が、新型バレットのＥＣＵがエンジンルームにないことは組み付けをやっていたからわかっている。

美希は敷いてあるフロアカーペットを外に出し、プラスチックのピンを引き抜いてスカッフプレートを外した。そしてフロアマットをめくると、ＥＣＵが格納されているケースの上部が姿を現す。

――あった……。

発見したケースにつながっている三種類のコードを外す。

「やった……！」

轟で見た白いケースとは違う、設計図通りの一回り小さい黒いＥＣＵケース。美希はそれごと摑むと、急いで横山のいる地下へ引き返した。

「横山さん！　これ！」

美希が差し出した箱状のものを見て横山は、おお！　と目を輝かせた。

「じゃあ、俺もプログラム探しに入るか」

そう宣言した横山の指先はキーボードを叩き続け、ずっと画面に目を凝らしたまま説明を続ける。

「ときどき、穂積のＰＣをハックしてたんだが、アイツ、ちょくちょくボードでもいじれないはずの各エンジニアが作業してるプログラムデータにアクセスしてたんだ」

「それって、穂積も社内でハッキングしてたってこと？」

キャピタル自動車では専門のエンジニアが分業してプログラム開発や検証を行う。機密管理上、ひとりのエンジニアがいじれる部分は限られているのだと横山が説明した。

「新旧ふたつのプログラムを引っ張り出したら、ＡＩを使って、比較ソフトを組む。

ふたつのプログラムを比べて検証すれば、エラーが見つかるはずだ。その部分のコマンドをECUに信号化して送ってみて異常を確認する」

「どれぐらいかかるの？」

「まあ、十日もあれば解析できるだろ」

「そんなに早く？」

「とにかく終わったら連絡するから、あんたのLINEのID、寄越せ」

言われるがままに美希がスマホを出して表示したLINEのQRコードから横山が手早くIDを取り込んだ。

「他に私にできることはない？」

美希の申し出に、そうだなと横山が腕を組む。

「検証の参考として、それぞれの事故の状況が知りたい」

「バレットが関係する事故のニュースを集めればいいの？」

「いや、もっと生の情報だ」

「は？　生？」

「事故を起こした本人に聞くんだよ、事故が起きたときの状況を。天気とか気温とか走った道路の状態とか。あと、重要なのはドライバーがその前後でどんな運転操作をしたか」

横山の意図することがわからず、「は？　天気？」と聞き返す美希に、横山は勘の悪いヤツだと言いたげな顔をする。

「ニュースや新聞じゃわからない、事故当時の状況を詳しく聞いてくるんだよ」

「いいけど……。どうやって事故を起こした人の連絡先を調べればいいわけ？」

警察に問い合わせても事故を起こしたドライバーの個人情報なんて教えてもらえないだろう。以前、ちらりと見た車載カメラの解析データにも、さすがに所有者の住所や電話番号は記載されていなかった。

「ほら。これ、保険会社のデータベースから拾った該当者リストだ」

ＰＣの脇に伏せられていた紙の束を押しつけられる。

「いったい、どうやって……」

もはや入手経路を聞くのも恐ろしい。横山自身、意味ありげに笑っただけで質問には答えない。

「けど、交通事故を起こした本人に事情聴取するなんて警察関係者でもない限り不審に思われるよね」

「そこを口八丁手八丁でうまくやるんだよ」

他人との会話をロボットにやらせるような人間の発言とは思えなかったが、他に手伝えることはなさそうだ。美希は自信がないままうなずいた。

九

美希が秘書室に戻ると、ちょうど宇佐木奈々がいつもより遅めの退社をするところに鉢合わせた。

「あれ？　藤沢さん。まだいたんだ……」

驚いたような顔で奈々がぎこちなく笑う。その髪の毛はいつもより大きなウェーブに巻かれていて、メイク直しもバッチリだ。

「宇佐木さんはこれからデート？」

いつにも増して華やかな奈々の装いを見て、なんとなく察する。今やバレットの事故原因を追及することにすべてを賭けている自分とは対照的に、同僚はアフター5を謳歌している。それが羨ましくないわけではないが、今の美希には別世界の住人にしか見えない。

奈々は美希の質問に有耶無耶な笑顔を返しておいて、逆に尋ねた。

「藤沢さんはまだ仕事？」

「あ、うん。副社長、今夜遅くに帰国するんだけど、このまま休みに入っちゃう予定だから今のうちにやれることをやっとこうと思って」

「ご愁傷さま。じゃ、悪いけど、お先に失礼しまーす。よいお年を～」

「あ、お疲れ様でした。よいお年を」

エレベーターに乗り込んだ奈々を見送った後、秘書室へ戻る途中で、今度は会長の近藤高嗣とすれ違った。

「お疲れさん」

こちらは上機嫌で、すれ違いざま美希の肩をポンと叩いてエレベーターホールへと去っていく。ダンディーな整髪料の香りを残して。

会長も今日は晴れ晴れした顔をしてるなと思いながら、美希は秘書室に戻る。案の定、ドアを開けるともう真柴しか残っていない。

「藤沢さん。どこに行ってたの？　捜したのよ？　いくら副社長が外出や出張の多い上司だからと言って、自分も自由にしていいわけではありません」

美希は真柴の苦言にドキリとする。離席をただのサボリだと思っていればいいのだが……、いや、よくはないが、自分の動きを不審に思われているとしたら危険だ。

「す、すみません。以後、気をつけます」

頭を下げた美希に、真柴が彼女を探した理由を告げた。

「深夜便になると思いますが、副社長は一度、こちらにお戻りになるそうです。夜中なので在席の必要はありませんが、こちらに寄られる前に副社長室を４Ｓしておきなさい」

『整理・整頓・清掃・清潔』の頭文字をとって『４Ｓ』。これに『躾』を加えて５

Sという企業もあるが、キャピタル自動車では入社前に『躾』がなされているのは当たり前であるとして、日ごろから前述の四つを実践し、とくに週末や長期連休前に徹底して職場環境を整える。

「わかりました。これから行ってきます」

真柴に頭を下げた美希は誰もいない副社長室に入り、自席の卓上カレンダーをしみじみ眺める。

明日から会社は冬季休暇に入る。せっかくエンジンシステムの解明着手まで漕ぎ着けたというのに九日間もの長い休み。美希は穂積の秘書でいられる日数を数えた。稼働日にして二十日ほどしかない。

まだシステムの検証が終わらないのに、副社長秘書を交代しなければならない日は刻一刻と近づいている。今のうちにできることをやらなければと気持ちばかり焦るが、システムについてはなにひとつ手伝えることはない。

こんな状態では休みに入っても気が気でない。美希は、もどかしさを抱えながら副社長室の片づけを始めた。三日前、穂積が残していった廃棄書類がまだ秘書席の上に山積みだ。昨日、半分ほどシュレッダーにかけたが、部屋の一角がゴミ袋で占拠され、断念して今日に持ち越していた。

残りの書類を切り刻んでしまおうと、念のため確認がてらざっと眺めていく。取引先の昇格者リストだったり、グループ会社の受勲者リストだったり、直接車づくりの仕事には関係のなさそうな書類ばかりだ。機密書類は秘書がいない間に自らの手で破棄するあたり、穂積の用心深さを物語っている。

どこまでも人を信用しない上司だと思いながら溜息をついた美希の手の中でスマホが震え、ＬＩＮＥ電話の着信を告げる。横山からだ。

「問題が発生した」

その声音がいつもと違う。微かな苛立ちのようなものを含んだ語調に美希の左胸がドキンと鳴った。

「どうしたの？」

美希はなんとか気持ちを切り替え、早口で聞き返す。

「社員全員の権限を駆使していろいろ調べたが、初期販バレットのＥＣＵは、プログラムも仕様書もひとつしかない」

「ひとつだけ？　どこにも？」

機密管理は徹底しているが、それ以上に社内の『見える化』も推進されている。どんな部品の設計図であっても、どんな単純なプログラムであっても、必ずどこかにデータがあり、かなり限定されるが関係者は自分に関係する部分のみ閲覧できるようになっているはずだ。

もちろんプログラム開発に関わらない一般社員がアクセスすることはできないが、キャピタル・ネットワークならどこにでもアクセスできると豪語する横山が見つけられないとは……。

「初期販のプログラムなんて、本当にあるのか？」

「ある。絶対。だって、明らかに初期にだけ事故が集中してるんだから」

やはり、誰かが意図的に隠蔽しているのだ。美希はそう確信する。

「だが、こんな重大なプログラムの保管場所を変えるなんてことを、ＩＴ技術者が独断でやるはずがない。上層部の指示があったに違いない。エンジン開発部かシステム開発部のトップか、もしくはその両方を管轄するＩＴ部門のトップか。とにかく役員クラスの判断がいる」

「ＩＴ部門のトップって……、穂積副社長!?」

「本当に初期販ＥＣＵに使われた旧プログラムが存在するなら、誰かがデータを引き揚げたことになる。だが、それは絶対、どこかにあるはずだ。修正履歴を残してしまうのは、プログラマーの性だからな」

「どこかって……」

「あんた、穂積の秘書なんだろ？　アイツのＰＣ、触れないのか？」

どうやら横山は、少なくとも穂積の管理しているＰＣの中には修正前のシステムデータが保管されていると踏んでいるらしい。美希の目は執務机の上にある上司のパソコンに吸い寄せられる。すぐにも動こうとした瞬間、横山の「いつも使ってるパソコンじゃないぞ」という声が引き留める。

「え？」

「そこに社内イントラにつながってないPCはないか？　俺の端末から覗けないってことは、今はネットワークへ接続されてないってことだ。つまり、ネットワーク接続を自由に切り替えられる特別回線のPCがどこかにあるはずだ」

美希は執務机の引き出しを片っ端から開ける。

「あった！」

三つ目の一番深い引き出しにノート型のPCが一台ある。それは今まで穂積が使っている場面を見たことのないPCだった。

「どうすればいいの？　立ち上げるの？」

心が逸る美希の手が震える。

「待て。その前に確認するが」

と、横山が急に改まった口調で前置きする。

「もし、そのPCの中に修正前のプログラムが残ってたとして、現行のプログラムと相違点があったとする。それが事故につながるようなエラーをこっそり修正した形跡を示すものだとしたら、これはボード主導の重大なリコール隠しってことになるが、いいのか？　会社ぐるみの犯罪を暴くことになるぞ？　自分のやろうとしてることがわかってるんだろうな？」

「それは……」

経営陣によるリコール隠し。もしもそれが発覚すれば、これまで先人が築いてきた企業の信用は失墜し、販売台数にも大きな影響が出るだろう。今さらながら、自分がやろうとしていることの重大さに背筋が冷えた。

ここ数年、キャピタル自動車の国内販売台数は第一位、世界市場においてもドイツメーカーに次いで第二位という確固たる地位を維持している。今や他の自動車メーカーに先駆けてAIの最先端技術を確立し、世界第一位の座を虎視眈々と狙っている優良企業の上層部がリコール隠しを先導しているとわかれば、その名声はあっという間に地に墜ち、経営も厳しくなるに違いない。――しかし……。

「もし、キャピタル自動車がシステムの不具合に気づいていながら、初期販のバレットをリコールしないのだとしたら、そんな恐ろしいこと、絶対に許されない」

まるで自分の口を通して谷原が喋っているようだ、と美希は不思議な感覚に囚われる。

「どんなことになっても、私は谷原専務の示した正義についていく」

美希の返事に、横山は「わかった」と低く応じる。

「予備機の電源を入れろ」

美希は電話を片手に持ったまま、急いで穂積のPCを立ち上げた。

「オッケー、立ち上げたわ。でも、パスワードがかかってる」

穂積は自分が使っているパスワードを誰にも教えない。秘書である美希や真柴にさえも。

「穂積が使っているパスワードは三種類だ。重要機密用と一般的なデータに使用するもの、それとプライベート用だ。それぞれの有効期限が切れたら、末尾に1ずつ足してる。これから機密用のパスワードをあんたのＬＩＮＥに送る。試してくれ」

「どうやって、副社長のパスワードを……」

絶句する美希の耳に、横山が軽く笑う声が届く。

「たまに、ふだん上層部が使ってる端末の裏画面でパスワード入力を拾ってるんだ」

「裏画面で？」

ＰＣになんらかの問題が発生し、トラブルシューティングがうまくいかないときなど、専門知識のない社員はＩＴ推進部に依頼してリモートで解決してもらうことがある。そんなとき、ＩＴ推進部のシステムエンジニアは相手の端末を裏画面で覗きながら遠隔操作し、問題を解決する。つまり横山は本人の許可なくリモート接続し、相手の画面をこっそり覗いているということだ。だが、パスワード入力のタイミングはいつ訪れるかわからない。それをじっと待っていたのだろうか……。

横山の執念深さと悪質さ、そして罪悪感のなさに美希は驚愕する。とはいえ、今はこの天才ハッカーだけが頼みの綱だ。

「ビンゴ。すごい。ほんとにログインできたわ」

美希のＬＩＮＥに送られてきた十六桁もあるパスワードによって、いとも簡単に第一関門を突破できた。

「あるわ！　フォルダがたくさん並んでる！　生産中の車種と開発中の車種のコード番号がついたフォルダ。バレットの車種コードがついたフォルダもあるわ」

「バレットのフォルダをクリックしてみろ。細分化されたフォルダはないか」

横山の言う通り、バレットのフォルダの中には、さらに各パーツの名前がついたフォルダがある。

「ある。でも、設変だけで五十個以上ある。あとは修正とか……。新設というのもあるわ」

「その中にECUのフォルダがあるだろ？」

横山の指示でそのフォルダをクリックすると、さらに膨大な数のファイルが出てきた。

「ECUだけで気が遠くなるぐらいファイルがあるんだけど」

「あとは俺が探す」

ここからの作業は、美希では埒が明かないと言わんばかりだ。

「は？　ネットにつながってないのにどうやって？　回線がつながってないとリモートで裏画面を見ることもできないんじゃないの？」

「穂積はボード専用の回線を使ってる。そのPCも立ち上がると同時に専用回線につながるよう設定されてるはずだ」

「たしかにボードの三人は特別な回線を使ってるけど、代表権のない人間はアクセスできないわ」

「どんな回線だろうが、つながってさえいれば穴は開けられる」

「穴？」

「外からの攻撃には鉄壁の要塞も、小さい穴なら中からはいくらでも開けられる。今から俺のＰＣにつなぐ方法を教えるからコマンドを打ち込め」

横山曰く、一般の社内回線の方から役員用ネットワークにはアクセスできないが、役員用ネットワークの端末からなら社内イントラにアクセスできるらしい。

美希はスマホを耳と肩の間に挟み、横山の指示に従って真っ黒な画面にコマンドを打ち続けた。

「オッケー。見えた！　あとは俺がやる」

スマホから横山が低く笑う気配が伝わってきた。そのワクワクするような顔が目に浮かぶようだ。

「ここからの作業には、少し時間が必要だ。今日の穂積のスケジュールはどうなってる？」

「副社長は海外出張中よ。最終の飛行機で成田に着くから帰社は早くても十一時過ぎね」

そう答えながら美希は壁の時計に目をやる。

「今、八時前。あと三時間か。それだけあれば十分だ」

「なにをするつもり？」

「穂積のＰＣから修正前の初期版ＥＣＵのプログラムと仕様書を探し出す」

美希と同じようにスマホを肩と耳の間に挟んで腕まくりをする横山の姿を想像する。

「で、他に私でできることは？」

「その部屋に誰も入って来ないように見張っといてくれ。これから該当するファイルを見つけて、データを抽出する。その後、回線の穴を塞ぐまでにかかる時間は一時間ほどだ。すぐに作業に入る。一旦、切るぞ」

「了解」

通話を切った美希はＰＣ画面に目を走らせ、作業が始まったのを見ると、手元のスマホでストップウォッチのアプリを立ち上げて『60分』と入力した。

そわそわと落ち着かない気持ちを宥めながら、美希はキャビネットの整理をして、机上を片づけ、観葉植物に水を与えた。その間も、気づけば視線が穂積のＰＣに向かってしまう。

なるべく気にしないようにして室内を整える。

どれくらい時間が経ったのだろう。スマホのストップウォッチを見ると、残り時間は十六分。ＰＣ画面はリモートで勝手に動き続けている。作業は着々と進んでいるのだろう。

——よし。

美希はPCを起動させたままの状態で一旦、副社長室に鍵をかけ、秘書室に戻った。真柴から離席が多いと注意されたばかりだ。副社長室の整理整頓にかかる時間はせいぜい三十分ぐらいのものだろうと考え、データの抽出作業が終わる前に一度、真柴に顔を見せておこうと思ったのだ。

「お疲れ様」

秘書室に戻った美希をねぎらった真柴が「これ、後で見ておいてね」と一枚のスケジュール表を差し出した。年始に仕入れ先で行われる賀詞交歓会の出席役員についての資料だ。十一月頃にはすでにどの会社の会合にどの役員が出席するかは決まっているのだが、役員は多忙であるため、急な予定が入ることが多々あり、ぎりぎりまで変更と調整に追われる。スケジュール更新はすでに三度目だった。

またか、とうんざりしながら最新情報を受け取る美希に、ああそうだ、と真柴がなにげない口調で衝撃的な情報を口にした。

「さっき上海の支社から連絡が入りました。予定より早く仕事が片づいたので、副社長が早い便で帰国されることになったそうです」

「は、早い便って……」

「成田便をやめて七時半着の羽田便に変更されました。一時間ほど前に社用車で空港を出られたようなので、もう間もなくこちらへ到着されます」

「え？　間もなく？」

　ぎくり、と美希の心臓が軋んだ。

「連絡……、もらってませんけど……」

「私も、よ。副社長のスマホの調子が悪いらしくて。空港に着いてから、タブレットで運転手にメールを入れたようです」

　仕事が早く終わった役員が、時間を無駄にしないために飛行機や電車の時間を変更することはよくある。が、普通はもう少し余裕を持って秘書に連絡が入る。

　美希は自分の背中に一気に冷や汗が噴き出すのを感じた。

「ちょ、ちょっと、副社長室を片づけてきます」

「え？　まだ片づいてないの？」

　真柴の声を背中で聞き流し、慌てて副社長室へ引き返す。ストップウォッチの残り時間は六分。画面はまだ動き続けている。ジリジリしながら横山に連絡を入れた。

「予定が変更になって、もうすぐ副社長が戻ってくるわ」

「あと五分でダウンロードが完了する、引き延ばせ」

　早口で緊急事態を告げる美希に、横山は簡単に命じる。

「は？　引き延ばすって、どうやって……」

「多少バッファがあるはずだからPC画面に張りついてろ。終了、とメッセージが出たらすぐに電源を落としていい。とにかくもたせろ」

「は？　引き延ばすの？　それとも画面に張りつくの？　どっち？　両方は無理だって！　私の体はひとつなんだから！」

反論している途中で通話が切られ、代わりに内線が鳴った。その音にドキリと肩を震わせ、恐るおそる受話器を取る。

「副社長が玄関にお着きになりました。お荷物があるようなので、私がお迎えに出ます。あなたは副社長室の片づけを続けなさい」

手際の悪い美希に苛立っているような真柴の声だ。

「は、はい。すみません……」

返事をして受話器を置いた美希は、ストップウォッチとＰＣの画面を交互に睨んだ。机の上を拭いているふりをしながら。

作業の予定残り時間があと三分となったところで、ドアの向こうから真柴と穂積の声が聞こえてきた。どうやら副社長室の扉のすぐ前で立ち話をしているらしい。

ぎょっとしながら美希はその話し声に聞き耳を立てる。

「あら。副社長。襟元に汚れが……」

「ああ。現地の空港で軽く食事をしたときにこぼしたかな」

「おしぼりをご用意しましょうか？」

「いいよ。もう書類を置いて帰るだけだから」

「でも、こういうのってすぐに洗わないと落ちなくなりますよ。せっかくのオーダーメイド。こちらでお拭きしましょうか？」

心臓が早鐘を打つ。通路に留まって染みを落とすのか、それとも、そのままこの部屋に来てしまうのか、予想がつかない。

——早く……！

データの抽出がバレたら全てが水の泡になる。見つかる前にＰＣの電源を落としてしまおうか。だが、作業はまだ途中……。

——あと一分三十秒……！

あと二分だけ雑談をしてくれることを祈りながら、美希は固まったまま画面を凝視する。

「そうでしたか。申しわけございません。現地法人にはこちらからよく根回ししておいたのですが……」

「まあ、予定通りのブース面積を確保できたし、結果オーライだったんだがね」

いつの間にか、真柴と副社長の話は襟の染みからモーターショーの打ち合わせの件に移っている。

——あと、四十五秒……！　お願い！　早く。早く。早く。

美希は額に噴き出す汗を拭い、画面を見つめていた。

——あ！

アプリのストップウォッチが残り三十秒となったとき、画面に『終了』という文字が出た。その瞬間、端末がシャットダウンされ、ブラックアウトする。横山がリモートで電源を落としてくれたのだ。

慎重に扱う余裕もなく、美希は即座に上司のラップトップを閉じて元の引き出しに放り込んだ。元通りの位置だったか確認する暇もなく、引き出しを閉めると同時にガチャリとドアノブを回す音がして、穂積が姿を現す。

「お疲れ様でした」

真柴と穂積の雑談がなければ、完全にアウトだった、と美希は胸を撫で下ろしながら、これ見よがしに机を拭く布巾を強調しつつ、できるだけ平静を装って頭を下げた。

「ああ。なんだ、まだいたの？」

そう言いながら席に座ると、穂積は引き出しを開け、今、美希が片づけたばかりのノートパソコンを出してデスクに置く。それを見て、美希は肝を冷やした。

これまで自分の前で開いたことのないＰＣをなぜこのタイミングで確認するのだろうか。

「ねえ、今日、君以外の人間がここに入った？」

画面に目を向けたままの穂積の質問に、片づけを装う美希の左胸はドクンと鈍い痛みを伴って脈動する。

――まさか、イントラへの接続やログイン記録が穂積のｉＰａｄと共有されているのでは……。

「い、いいえ……。私以外の人間は入室していないと思いますが……」

美希は断言を避け、やんわりと答える。

「そう」

その短い返答には、システムに関する専門知識のない秘書が興味本位で自分のＰＣを触ったとしても、大勢に影響がないという安堵が含まれているように聞こえた。

が、

「うん？」

と、今度は怪訝そうな顔をする穂積に、美希の左胸が再びドキンと鳴る。

「ど、どうかされましたか？」

美希は緊張しながら聞き返した。

「明日から寒くなるの？」

その質問に美希はホッとした。どうやらインターネットで日本の天気を確認しているだけらしい。

「そのようです。暖かくなさってください」

「うん。じゃあ僕は疲れたから、これで失礼するよ」

そう言って、ＰＣを閉じ、再び引き出しに戻した穂積はさっと書類をしまうと、ようやく執務机を離れた。

「じゃ、年明けにね」

「よ、よいお年をお迎えください」

笑顔を作ってそう答え、副社長室を後にする穂積の後ろ姿を見送ると、美希はへなへなと椅子に崩れ落ちた。

十

この冬期休暇はいつになく憂鬱なものだった。横山に言い渡された宿題、バレットの事故について生の情報集めをしなければならないからだ。

――見ず知らずの人間に事故のことを根掘り葉掘り聞かれるなんて、絶対、不愉快だよね。

しかも今は年末だ。追い返されるのを覚悟で、自宅から近い中区のドライバーの自宅を訪ねてみた。住宅街の中にあるその家は由緒ありげな大きな日本家屋で、美希はその佇まいに萎縮しながらも、使命感に突き動かされるようにして呼び鈴を押す。

「す、すみません。藤沢と申しますが……」

「は？　どちらさん？」

それはATモデルのバレットで走行中、交差点に進入したところで急にブレーキがかかったような状態になり、そこへ信号が変わって左折してきた前方不注意の乗用車がぶつかってきて車が横転した、という老人の第一声だった。

不審そうな声を出しながらも玄関先まで出てきてくれたバレットユーザーは、これから出かけるところだったのか、アメリカの有名なゴルフブランドのポロシャツに上質そうな麻のパンツをコーディネートしている。その福々しい顔からは、大手企業の年金で老後を悠々自適に暮らしているような余裕が感じられる。

「で、ご用件は?」

「えっと……」

下手にキャピタル自動車の社名を使い、『おたくの社員に変なことを聞かれた』などと苦情が上がっては大変だ。

「す、すみません。大学で自動車事故のヒューマンエラーについて調べてまして」

そう説明しても、やはり怪訝そうな顔をされた。やはり学生というのは厳しいものがあるか。それでもゼミの課題で、と言ってなんとか頼み込むと、

「けど、おかしいんだよ。車に問題はないので、アクセルと間違えてブレーキを踏んだんだろうと言われたんだが、もう五十五年も運転していて、ペダルの踏み間違いなんて一回もしたことない。それなのに」

と納得がいかない様子で話し始めた。

「あの……。事故が起きたときの状況を教えていただけませんか？　お天気とか路面状況とか運転中のアクシデントとか」

「お天気ねえ……。それ、覚えてないと事故は認知症のせいとかそういうことになるわけ？」

「あ、いえ。決してそういうわけでは……」

冷や汗をかきながらメモを取りつつ、三十分ほど話を聞いたあと、友人らしき人物が迎えにきて、彼はゴルフバッグを抱えて家を出た。「あれ以来、運転するのが恐ろしくてねえ」という言葉を美希に残して。

だが、こうして訝りながらも話してくれるのはマシな方だったと美希はすぐに知ることになる。不快感を露わにして激昂されたり、無視されたり、中には事故の記憶が甦ったのか、泣き出す女性もいた。

さらに、アポなしでの訪問のため、不在のこともある。さすがに大晦日と正月の三が日を避け、動ける日は朝から晩まで移動と訪問を繰り返し、なんとか横山のリストのうち、関東圏在住の該当者十名の半分の自宅を回った。

その途中経過を横山に報告しようとしたが、ＬＩＮＥは既読にならず、通話も出ることはない。外部からの連絡を遮断して解析に集中してくれていると信じ、美希は聞き込みに最善を尽くした。

が、なにをしているときも、穂積の予備ＰＣをいじったことがバレてないか、抽出したデータは事故原因の究明に十分な要件を満たしているか、真柴は自分の行動を不自然だと思っていないか、など不安材料が頭をよぎり落ち着かない。

中でも一番の心配は、ＥＣＵのプログラム検証でなにも発見されなかったら、ということだった。もしそんなことになれば今度こそ事故原因の解明は打つ手がなくなり、頓挫する。会社を追われた谷原も白取も、ラインを外された工藤も都路も、みんな犬死だ。

——だが、現実に、初期販システムのプログラムは社内ウェブから消えている。そこにはなにか理由があるはずだ。

美希は祈るような気持ちで休暇を過ごした。

そして迎えた仕事始めの日、明け方、横山からＬＩＮＥが入った。枕元に置いたスマホの微かな振動で目を覚ました美希は、寝ぼけ眼のまま『すぐに在庫部屋へ来られたし』というプログラムエラーが見つかったとも、見つからなかったともわからない、新年の挨拶すらないトークを見る。

「え？　今すぐ？」

ベッドヘッドの目覚まし時計に目をやると、午前六時過ぎ。それでも待ちわびていた連絡にいっぺんに目が覚め、すぐさま会社に向かった。

美希は急いで駐車場に車を置き、横山のいる管理棟の地下の分室へ駆け込んだ。

「どう？　見つかった？」

ドアを開けるのと同時に叫んだ美希だったが、駆け寄ろうとした横山のデスクの周囲に寝袋やペットボトル、栄養補助食品の空箱が散乱しているのを見て足が止まる。

「ま、まさか……。横山さん、ずっとここに寝泊まりしてたの？　九日間も？」

「ああ。検証作業が面白すぎて。まあ、ときどき銭湯には行ったが、それ以外はここに籠ってた」

それがなにか？　と言いたげな横山に、美希は気持ちを切り替えて尋ねる。

「それで、なにかわかったの？」

「まあ、落ち着けって」

美希を諌めた横山は、わかりやすいようにという配慮からか、二台のＰＣモニターに初期版と現行のプログラムをそれぞれ映し出して説明を始めた。

「バグの定番、メモリ・リークは知ってるか？」

「あ、うん。何回目かにメモリが解放されなくなるってアレでしょ？」

「そう。もちろん、ＡＩはぬかりなく、あらゆる場合を想定してシステムを構築していた」

そこまで聞いて、やっぱりなにも見つからなかったのか、と肩を落とす。が、横山は平常通りの口調でこう続けた。

「たしかにＡＩにミスはなかった。だが……」

と言葉を区切ってから、「ここだ、見てみろ」とPCのモニター画面の一ヶ所を指さす。

しかし、美希には数字とアルファベットの羅列にしか見えない。彼女が大学時代に組んだプログラムとは桁違いの複雑さだ。

「初期販と比較して、違うだろ?」

「どういう動作のためのコマンドなのかはよくわからないけど、単純にコマンドの行数が増えてるのはわかる」

「そう。ここが『人間の手によって修正された』部分だ」

「どういう修正がされてるの?」

一刻も早く結論を聞きたい美希を「その前に」と横山が遮る。

「調査の結果はどうだった?」

「あ、ちょっと待って」

美希がポケットから引っ張り出した小さな手帳を開く。そして聞き込みした内容をバディに伝える刑事のように、メモを見ながら報告を始める。

「結局、話が聞けたのは事故を起こした人の中で関東圏在住の十人のうち五人だけだった」

「半分か。まあまあだな」

千葉や栃木にまで行ったのに、人の苦労も知らないで、と美希は横山の反応に内心むっとしながらも報告を続ける。

「私が通勤中に事故を目撃したドライバーからも話が聞けたわ。二十代の男性よ。マンホールかなにかの上でスリップして、焦ってハンドルを切ったら手がウィンカーに当たった。けど、その後は普通に走ってたのに、急にブレーキがかかったような状態になって、後続車に追突されて中央分離帯に乗り上げたそうよ。調査の結果、車に異常がなく、アクセルではなく間違えてブレーキを踏んだって言われたみたい。本人は納得していなかったけど」

「道路のコンディションと天気は？」

「私も通勤に使ってる道なんだけど、あの頃は工事してて場所によって少し段差があったかも。たしか路面は明け方の雨で濡れてたわ」

全ての報告を聞き終わったあとで、なるほど、と横山がうなずく。

「元のプログラム、つまり初期販のＥＣＵだと一定の条件が揃った状況下では必ずＥＣＵが誤作動する。タイヤの空転や急ハンドル、トランスミッションやシンクロナイザーに負担がかかったような状態。ただ、それらがたまたま組み合わさる頻度は少ない。だが、条件さえ揃えば確実にエラーが起きる」

「よくわかんないけど、いくらレアケースだったとしてもＡＩが条件の組み合わせを想定しないなんて、そんなミスある？」

「ＡＩのミスじゃない。人のミスだ」

「え？」

それは美希にとって意外な説明だった。

「このプログラムからわかることは、開発期間短縮のためにあらゆる局面での判断をＡＩに委ねてることだ。ユーザーの生命を守るために一万通りのパターンを検証しろ、というコマンドを入れても、効率を優先するためには八千回で十分だ、という答えをＡＩが自ら弾き出せば、その通り実行する。それについてはあとから人間がきっちり検証すべきだったのに、それが不足している」

「嘘でしょ……」

キャピタル自動車の下請けや現場は『百回叩け』と言われたら、絶対に百五十回は叩く会社や社員ばかりなのに、と美希は唇を嚙む。

「ウチのＡＩが作ったＥＣＵプログラムは実にお粗末だ。明らかに条件の想定不足であり、検証不足。だが、ＡＩは自分で手を抜いてるわけじゃない。これはＡＩを開発した人間が、安全と利益を同時に求めた結果だ。ＡＩは人間が設定した優先順位を尊重しただけ。つまり、クソ野郎が作ったＡＩはクソだってことさ」

「どんなに低い確率だったとしても、起きるとわかってる事故を見過ごすプログラムなんて、それはもはや殺人プログラムじゃないの！」

「プログラムの比較結果によると、穂積はそれに気づいて一部のバグを修正してシステムの誤作動が起きないようにした。だが、そんな未熟なものに、未熟なものを書き換える、小手先の修正なんてやったら、よけい変なものができてしまう。これはＡＩのミスというより、人のミスだ。この先、マジでなにが起こるかわからんぞ」

美希は憤怒で血圧が上がりそうだというのに、横山は薄く笑っている。

「ＡＩだって迷っちまうよな。『安全を第一に考えた人による命令』と『自らが導き出した開発期間短縮のための策に基づく命令』そのどちらも正しいと解釈できる命令を前に二者択一を迫られてしまったんだから。そして根本的な矛盾を抱えたＡＩにミスが発生した。これがすべての元凶だ」

「はあ？　そんな不完全なものがあっていいの？　人を殺してしまったら後戻りできないじゃないの！」

怒りで体温まで上昇したような気分の美希だったが、なにもなかったような顔をして黙々と球体ロボットを磨いている横山を見ているうちに少し落ち着いてきた。

「これ、誰に報告すればいいの？　ＡＩが勝手に変更したコマンドがＥＣＵに組み込まれてること」

必死で訴える美希を見て、横山は小バカにするような笑みを浮かべる。

「誰に言っても、最後は穂積に握り潰されるに決まってるじゃないか。あの男がシステム開発を管轄してる限りは」

「じゃあ、他のボードメンバーに穂積の隠蔽を暴露して……」

「は？　あんた、こんな重大なリコール隠し、穂積の独断でやってると思ってんの？」

思いもよらない指摘に、美希は「え？」と横山を見る。

「気づいたのは穂積かもしれないが、隠蔽はボードが関係部署に指示して、会社ぐるみでやってるに決まってるじゃないか」

「嘘……」

絶句する美希の頭の中を冬季連休中に事情聴取したドライバーたちの顔がよぎる。運転する喜びを失ってしまった者たちの顔を。

「許せない！　谷原専務と社長の中沢が言い争ったとき、原因もわからないのに、今、リコールしたらガイアとの協業の力関係に影響が出るって言ったのよ？　あのときすぐにリコールしとけば、こんなにたくさんの事故は起きなかったんだ！」

美希は怒りに任せ、手帳を横山のデスクに叩きつけた。

「じゃあ、事故はこれからもっと起きるってことよね？」

「いや、それが一概にそうとも言えないんだな」

美希の激昂をよそに、横山はこの状況を面白がっているような口調で言う。

「どうして？　これからディーラーにある在庫車も市場に出てくるのよ？」

「バレットはそもそも車にこだわりのあるヤツが買う車だ。だから購入後にエンジンをチューンナップするユーザーも多い。つまり、やろうと思えばキャピタルはカーディーラーやらカー用品店に手を回して、チューンナップのために持ち込まれた初期販バレットのＥＣＵを丸ごと現行品と交換することだってできる。販社に残っていれば交換はもっと簡単だ。あの経営陣ならやりかねん。そうすれば、事件は完全に隠蔽できるからな」

「じゃあ、チューンナップしないユーザーは？　彼らは放置されるじゃない」

「そういうことになるな。ま、母数は多少少なくはなるが。ちなみに、あんたが認識しているかわからんから一応言っておくが、修正をかけたプログラムでさえも、まだなにが隠れてるかわからんぞ。リコール隠しの証拠としては十分だが、プログラムの全てが検証できたわけじゃないからな」

「そんな……。どうしよう。やっぱり早くリコールしなきゃ」

「知らん。そんなことは俺には関係ない。だが、もらったレア部品の対価は払う。今日の夕方までに初期販バレットと現行のＥＣＵがどう書き換えられているか、比較データを一般人の目にもわかりやすい形にして渡す。どう使おうがあんたの勝手だ」

突き放すように言われ、美希は途方に暮れた。これまで事故原因を解明するため、がむしゃらに突き進んできたが、やっと摑んだ原因は会社の経営陣による隠蔽、しかも今後のキャピタルに大きな影響を及ぼすリコール隠しの証拠でもあった。

――どう考えても、私ひとりの意思では決められない。

考えあぐねる美希の脳裏に谷原の顔が彷彿とする。今夜、横山が用意してくれる証拠を持って、谷原専務に相談しに行こう。そう美希は心に決めた。

備品倉庫から何事もなかったかのように秘書室に出勤し、出席したミーティングは手短に終わった。秘書たちはすぐにそれぞれが担当する役員室へ散っていく。

「あけましておめでとうございます」

事務的に新年の挨拶を口にしながら、犯罪者を見るような気持ちで見た穂積の様子は、それまでと変わらない。この男が人命に関わるシステムエラーを隠蔽しているのだと思うと、平常心を保つのもままならない。だが、まだ自分のやっていることを知られるわけにはいかない。告発の方法がわからないのだから。

その日に限ってセクハラまがいの発言はなく、時折観察するような目で自分を見ている穂積を美希は不気味に思った。それでもなんとか気持ちを落ち着かせ、美希はいつものように穂積の前に立つ。

「本日は九時から賀詞交歓会となっております。仕入れ先の皆様へのご挨拶をお願い致します。午後一時からは経営会議、その後、三十分の休憩を挟みまして……」

スケジュールの連絡が終わってから、雑務をこなして秘書室に戻った。そして美希がPCを立ち上げると、横山から社内メールが届いていた。

『今夜、どこかで会おう。SDを渡す』

いよいよ、リコールに持ち込む証拠がまとまったのだ。

美希は身が引き締まる思いだった。

『会社の近くにある轟に六時半でどう？』

そう美希が轟の地図とともに返すと、すぐに『了解』という短い返信が届いた。

穏やかに流れていた時間が忙しなく動き始めたのは十一時を過ぎた頃だった。

——あれ？

秘書室でなにげなく見た穂積のスケジュールに、変更が入っている。本来であれば今は、ＣＭＣ主催の賀詞交歓会が行われている本社大ホールで一次取引先のトップたちと談笑しているはずの穂積のスケジュールが、完全に非公開になっている。他のボードメンバーの予定も、やはり閲覧することができなくなっていた。今朝の穂積の様子を少し訝しく思っていた美希は、なんとなく嫌な予感がして会議室の利用状況を見た。今日は一日中空いていたはずの役員会議室が終日使用中になっている。

竹宮クレアが退職してからずっと、ボード会議の開催案内は美希の仕事だった。それが、美希を通さずに誰かがボードに招集をかけ、会議室を押さえたのだ。

——大切な取引先のトップを放置してボード会議なんてただ事じゃない。

今朝、美希とスケジュールについて話をしたときには、変更はもとより決定を急ぐ案件があるような素振りはまったくなかったのに。心臓がドクリと痛みを伴ってうねる。

――まさか、データを抽出したのがバレたんじゃ……。

気持ちがざわつき、落ち着かなくなった美希は、なにかの間違いであってほしい、と祈りながら秘書室を出て役員会議室の前まで行ってみる。

――使用中。たぶん、中にいるのは穂積……。

やはり、なにかあったのだ。が、目の前の扉を開けて確かめる勇気もなく、足の裏まで血の気が引いたような気分でドアの前に立ち尽くす。

ポーン。不意にエレベーターが到着する音が廊下に響き、美希は思わず給湯室に身を隠した。そこから廊下の様子を窺うと、近藤と中沢がバタバタと役員会議室に飛び込んでいくところだった。

ボードメンバーはそこに閉じこもったまま昼休みも出てこなかった。

しかし、朝の穂積の美希に接する態度はこれまでと変わらなかった。美希は自分に落ち着けと言い聞かせ、急ぎの案件である明日の会議資料を作ることに専念する。

結局、二時頃になって真柴が三人の昼食手配をしたが、真柴自ら役員会議室に運んだだけで、こちらに情報が共有されることはなかった。

いつ終わるともわからない会議だったため、秘書たちは異変に気づきながらも全員、秘書室で雑務をこなしている。

が、やがて定時を迎えたとき、役員会議室の扉が開く音がした。慌てて秘書たちが廊下へ様子を見に行くと、ボードメンバー全員が顔色を失ったまま会議室を出てきた。彼らはそのまま廊下を駆け抜けていく。穂積だけがちらりと美希を一瞥したが、自分の想像を否定するようにすっと視線を引き剝がす。美希にはその目が「こんな使えない秘書が私のPCを操作できるはずがない」と言っているように思えた。

奈々と三雲が三人を追いかけたが、「君たちはいい」と強い口調で制した中沢の声とともに、目の前でエレベーターのドアが閉まる。エレベーターホールの窓から取り残された全員で下を見ると、夕闇の中、すでに社長車が待機していた。

三人は茫然と顔を見合わせる。

「ウサギちゃん、会長からなにか聞いてる？」

社長秘書の三雲香苗もわけがわからないといった様子で、顔を曇らせている。

「いいえ、なにも。私になんの連絡もなく出てくなんて、今までにないし、わけわからないですう。今日、外出の予定、なかったはずなんですけど……」

しかし、後ろに立っていた真柴だけは落ち着き払った顔で、「黙って与えられた仕事をやりなさい」とふたりに注意を与えた。

こうしてボードメンバーたちが、秘書室の誰にも行く先を告げずに会社を出て行くという異常事態となった。

美希は油断すると自分の足が震えそうになるのを感じながらも黙って仕事を続けることしかできないでいた。

十一

ボードメンバーが出かけてからの一時間をじりじりしながら過ごした美希は、六時になるのと同時に秘書室のデスクを片づけ、冬の夜道を横山の待つ轟へ向かった。

襖を引くと、横山がひとりでポツンと座敷に座っている。さすがに、会社の信用を根幹から覆すような事実を暴いた緊張感は彼も感じているのか、飲み物を注文することもせずにじっと畳の上に視線を落としていた。

「持ってきてくれた?」

バレットの事故原因を納めたSDのことを尋ねると、横山はポケットから一センチ四方ほどのケースを取り出す。

「バッチリ。素人が見ても初期販と現行プログラムの相違点と問題点がわかるようにしといた。今ここで、軽くレクチャーするわ」

ようやくいつもの不敵な笑みを浮かべた横山から説明の順序や画面表示の手順を聞いたあと、美希は渡されたSDのケースを受け取り、ハンカチに包んで大切に鞄にしまった。

これでやっと谷原の悲願を達成できる。美希は谷原のもとを訪れる自分を想像し、胸が熱くなった。

「本当にありがとう」

美希が頭を下げると、珍しく横山はぎこちない笑みを浮かべた。

「そのデータのことだが、実はひとつだけ不安材料がある」

「不安材料?」

「アクセスのログを消す暇がなかった」

「え? ログを? でも、副社長権限でログインしたんだよね?」

今日のボードメンバーの狼狽ぶりを目の当たりにした美希は、嫌な予感が現実になったことを覚りながらも、まだ半信半疑で聞き返す。

「ああ。だから、不正アクセスのアラームが鳴ることはなかったが、データを抽出した形跡を消す時間がなかった。穂積自身はその時間帯にログインした記憶がないだろうから、ログを閲覧されたらヤバい」

「嘘でしょ……」

「といっても、その時間帯、副社長室にはあんたしかいなかったわけだし、穂積もあんたに鉄壁のセキュリティを破る能力があるとは思ってないだろ」

まさにそんな目で穂積に見られた記憶も新しい美希は、胸のざわつきを抑えられない。ボードメンバーが緊急会議を開いたり、慌しく会社を出ていったりしたのは、やはり不正アクセスに気づいたからだったのではないか。いや、そうに違いない。

横山が祝杯も上げず、座敷でじっと座っていた意味がわかり、美希の心臓は早鐘のように脈打ち始める。

「もしかしたら、もうバレてるかも。今日、役員たちが緊急会議をして長時間出てこなかったうえ、そのまま揃って外出したの……。大丈夫……かな」

美希はざわざわする気持ちを押し鎮めながら、大切な証拠を入れた鞄に目をやる。

「まあ、俺の会社のPCの証拠は消してるから、データを抽出したことがバレたとしても、誰がやったかはバレてないはずだ。俺はしらを切り通すことができるけど、役員フロアの防犯カメラにはその時間帯、あんたが副社長室に入った映像がばっちり映ってるだろ？　あんたは気をつけたほうがいい」

自分は大丈夫だが美希はヤバい、と平気な顔をして言う横山の神経を疑う。

「気をつけろって言われても……」

ただ、副社長が海外出張中に長時間そこにいた言いわけぐらいは捏造しておかねば、と苦しい溜息をつく。

「んで、これからどうするんだ？」

「私が尊敬する元上司に渡す」

事前に訪問を告げてから行くのが礼儀だろうが、あの家政婦の警戒ぶりからしても、谷原の自宅に連絡を入れるのは危険だ。ましてや自分は今、機密持ち出しの疑いがある社員になってしまっている。

「俺も一緒に行こう」

それまで美希たちがやっていることに無関心だった横山が、どんな心境の変化か、自分の摑んだ証拠の先行きを見届けようとしている。

「ありがとう。エキスパートの横山さんが一緒に説明してくれると助かる」

「よし」

横山が眼鏡の奥の瞳を光らせ、立ち上がった。

「大将。ごめんなさい。ちょっと急用ができたので、また来ます」

美希はなにも注文しないまま店を出てしまうことを店主に詫び、横山と一緒に会社の来客用駐車場へと向かった。

道すがら、横山は中学生の頃、両親を立て続けに病気で亡くし、身寄りもなく天涯孤独であること、奨学金で大学まで卒業し、自動車が好きでキャピタル自動車に入社したもののシステム系の上司とはそりが合わず、異動を繰り返した挙句、三年前からあの倉庫へ追いやられていることなどを語った。

「まー、居心地は悪くないよ。うるさいヤツもいないし、自分のペースで仕事ができるし、なによりなんでもし放題だからな」

「そうなんだ……」

これまで自分のことを話さなかった横山だったが、やっと心を許してくれたような気がした。

「俺、なんの得にもならねえこと必死でやる人間って、嫌いじゃないんだ。あんたを見て、キャピタルにもまだそういう馬鹿、いたんだなって感心したよ。いや、馬鹿ってのはいい意味で」

独特な言い回しで褒めているつもりらしい横山。最初はそんな素振りを一切見せなかったくせに、と美希は苦笑する。

そして、美希は初めて横山に、これから会いに行く谷原のことを話した。彼が、自分の父親の事故をずっと気にかけていたことや、ＡＩが支配する未来においても自動車をいかに輝かせ続けるかを考えていたこと、そして証拠がないうちから被害者を出さないためにリコールを主張したせいで子会社へ追いやられたことを。

「たとえ数ヶ月でもそんな上司の下で働けて、あんた、幸せだったな」

その言い方はどこか寂しそうだったが、すぐに気を取り直したように、いつもの飄々とした顔に戻る。

「おい」

不意に、背後で低い声がした。ぞっとするような鋭利なトーンに、ふたりが同時に「え?」と振り返ったその瞬間。

美希は暗がりの中、銀色の棒のようなものが自分の頭上で閃き、振り下ろされるのを見た。なにがなんだかわからないまま、身を縮めた美希の間近でびゅっと空気が鳴り、間髪を容れず、ゴツ、と鈍い音がする。

「うっ……!」

呻いた横山が肩の辺りを押さえ、ガックリと地面に膝をつく。

「横山さんっ？」

美希が反射的に手を伸ばした横山の体は、今度は背後から蹴られ、その勢いで地面に突っ伏した。

――誰？

美希が振り返ると、そこにはガラの悪い男が五人、ニヤニヤしながら立っている。男たちはそれぞれ個性的なタトゥーとボディピアス。一目見ただけで半グレと呼ばれる連中だとわかる。

「なに……」

革ジャンを着て鉄パイプを持っている男が横山の脇を歩いて美希の方へ近づく。その男の足首を、倒れている横山の手が掴んだ。

バランスを崩してよろけた男はちっと舌打ちをして、他の男たちに命じる。

「おい、立たせろ」

その男がリーダー格なのだろう。すぐさまふたりの男が、倒れている横山の両脇を抱えて立たせる。

「いいカッコすんじゃねえぞ、おら」

革ジャンを羽織った男が、鉄パイプをゴルフクラブのように軽々と振り、今度は横山の腹を殴った。ドンと鈍い音がする。ううう、と呻いた横山が体をくの字に曲げ、その場に跪く。

「やめてーっ！」

震えながら叫び、駆け寄ろうとする美希の体は別の男に背後から羽交い絞めにされた。もがく美希の目の前で、男は鉄パイプを振り続け、横山の頭と口から流血する。

容赦ない暴行を受けた横山は再び地面に倒れ、もう呻き声すら上げず、ぐったりと動かない。

「お願い！　もうやめて……！」

美希が哀願したそのとき、微かな音とともに一瞬、辺りが昼間のように白く光った。横山を痛めつけることに夢中になっていた男がハッとしたように手を止め、周囲を見回す。

「誰だ！」

しかし、辺りには人影もなく、静まり返っている。チッと舌打ちをしたリーダー格の男が、美希を羽交い絞めにしている男に目配せをした。

「あ……」

美希を拘束していた男の腕が緩み、美希は前のめりに膝をついた。目の前に倒れている横山の体は微動だにせず、その生死もわからない。

恐怖で動けないまま、横山を見つめている美希の前に、鉄パイプを持ったままの男がしゃがんだ。

「出せ！」

「え……？」

なんのことかわからず、美希は震えながら男を見ていた。

「データ、持ってるだろ？」

どうしてこの男がそれを知っているのか、美希にはわからなかった。だが、この窮地を切り抜けるためにはSDを渡すしかない。そう思ったが、美希の体は金縛りにあったように動かない。

男は硬直したようになっている美希の上着のポケットを探ったが、なにも見つけられず舌打ちをする。

「どこだ」

凄まれ、知らず知らず瞳が地面に落ちた鞄に向かう。

「これか」

美希の鞄は逆さまにされ、中身が男の足許に散乱する。恐怖に支配されている美希の体は思うように動かず、男はハンカチやティッシュの中から小さなプラスチックケースをつまみあげた。

「あったぞ！」

終わりだ……。茫然とする中、美希の頭にその言葉だけが巡る。

男は美希から奪ったSDの入ったケースを掲げるようにして他の男たちに見せた。そして、再び美希の前に屈み、怯える彼女に、

「ビビらせるだけのつもりだったのに、コイツが邪魔しやがるからうっかりやりすぎた」

と、忌々しげに言い放つ。そして、今度はトーンを落とし、美希の耳元で囁いた。

「いい子にしてないと、今度はあんたがこの男みたいになるからな」

その声が穂積のそれと重なった。

「行くぞ！」

革ジャンの男が右手を振ると、男たちはあっという間に走り去っていく。

「横山さん……横山さん……！　横山さんっ！」

腰が抜けたようになって動けない美希は遠巻きに震えながら声をかけ続けたが、横山の反応がない。

——救急車、呼ばなきゃ……。

そう思っているのに、恐怖で混乱していたのか美希は、無意識のうちに白取の電話番号を呼び出していた。

「班長……」

「美希？」

「班長っ！」

「どしたあ？」

久しぶりの連絡だったせいか、嬉しそうな声が返ってくる。

「助けて……。助けてください……」

訴える声は体と一緒に震えていた。

「美希！　お前、今どこにいるんだ！」

瞬時に美希の様子がおかしいと直感したのだろう、白取がそう尋ねた。

「轟の裏通りを来客用駐車場の方へ何メートルか……いや距離はよくわからなくて……」

「わかった！　とにかく、そこにいろ！」

白取が怒鳴るように言った後、通話が切れた。美希は這うようにして横山の側へ寄る。

「横山さん！　しっかりしてください！　横山さん！」

その体をそっと揺さぶるが、横山は目をつぶり、苦しそうに眉根を寄せたままだ。

べっとりと手についた血と、彼の表情を見てやっと、頭が回り始める。

「そうだ。救急車。救急車、まだ呼んでない」

班長に電話するより先に呼ぶべきだったが、指先が震え、たった三つの数字を押すだけのことがうまくいかない。

そのとき、遠くで救急車のサイレンが聞こえてきた。確実にこちらへ近づいてくる。まだ連絡していないのにと思いながらも、美希は救われたような気持ちになりながら、左折して自分たちの方へ向かってくる赤いターンライトを見つめた。

白取が駆けつける前に救急車が到着し、横山はストレッチャーに乗せられた。なんとか立ち上がった美希も車内に乗り込み、救急隊員の隣りに座る。

「喧嘩ですか？」

「いえ。一方的に襲われて」

点滴を用意する救急隊員に、美希が状況を説明する。

人差し指の先に小さな医療用センサーをつけられた横山のバイタルが小さなモニターに折れ線や数字となって現れていた。聴診器を首にかけた隊員が、横山の体に手を触れて怪我の程度を確認しながら、「頭部に裂傷、鎖骨と肋骨に骨折がみられますが、バイタルサインは安定してます」と助手席にいる隊員に報告する。

「大丈夫なんですか？　命は無事なんですか？」

美希は必死に尋ねるが、隊員は、「今、ここではなんとも……」と言葉を濁す。

「横浜市内で受け入れ可能な病院があればお願いします、どうぞ」

救急車の助手席の方から無線によるやり取りが聞こえてきた。

その間も横山は痛みを堪えるように低い唸り声を漏らしている。

——生きてる……！

「横山さん、しっかり……」

なにもできない美希は、ぎゅっと握りしめられている横山の右手を握った。巻き込んでごめんなさい、と心の中で繰り返しながら。

救急車はさほど走ることなく、磯子にある総合医療センターに着いた。『救急』の文字が光る入口から病院内に運び込まれた横山に付き添い、美希も通路を走った。が、看護師から集中治療室の前で待つよう言われ、引き離されてしまう。

「大丈夫なんでしょうか？」

追いすがる美希の質問に、看護師は表情を曇らせる。

「だいぶ強く頭を打っているようなので、今はまだなんとも……この方のご家族は？」

「い、いえ、身内の方はいないようで……今は私が」

そう言った美希に看護師はうなずき、去っていく。しばらくそこで茫然と立ち尽くしていた美希の前に、警察官がふたりやってきて警察手帳を見せた。

「消防と病院から連絡がありまして。現場の状況から集団で暴行を受けた傷害事件のようだと」

美希は被害者である横山の身元や、襲われた状況、奪われたものがないかなどを聴取されたが、横山のことが心配で、うまく答えられなかった。ＳＤのことも言っていいものか判断がつかず、言葉を濁してしまう。

「こちらでも捜査しますが、落ち着かれたらご連絡ください」

若い警察官が今日の聴取を諦めたように連絡先のメモを手渡すと、年配の警察官の方が、

「大丈夫ですか？　ご自宅までお送りしましょうか？」

と、美希を気遣う。

「いえ。ここにいます」

再びひとりになった美希は横山の無事をひたすら祈りながら、集中治療室の前で待ち続けた。けれど、医者や看護師が出入りするばかりで、本人が病室に運ばれる様子はない。

一度だけ、出てきた看護師が美希に近寄ってきて、どうぞ、とアルコールの染み込んだ大判の脱脂綿を差し出した。

「あ……」

気づけば自分の手は血まみれだった。治療室の扉が開くたびにそちらを見ていた美希も、腕を拭きながら少し冷静になる。横山は当分出てきそうにないと諦めて、ついに廊下に置かれている長椅子に腰を下ろした。

そのとき頭にぱっと浮かんだ事実に愕然とする。

――もしかして、穂積副社長が招集した緊急会議は、不具合隠蔽の証拠を取り戻すための打ち合わせだったんじゃ……！

今日に限って会社のメールシステムを使ってＳＤのことや待ち合わせ場所の話を

してしまった。

さっきの暴漢がデータを奪ったこと、またよすぎるタイミングにそうとしか思えない。美希はかつて中沢が言った、リコールはしない、という断固とした言動を思い出し、今さらながら横山を巻き込んでしまったことを後悔していた。

やがて、リノリウムの床を走るバタバタという足音が聞こえた。白取が集中治療室の前まで走ってきて、ハアハアと息を切らしている。消防署に電話をしてこの病院を聞いたのか、ちょうど見かけた救急車の後ろを車でついてきたのか、美希にはわからなかった。が、とにかく元上司の姿を見て、心の底から安堵の息が漏れた。

「班長！」

立ち上がった美希はやっと足の震えが止まり、声を発する。

「美希！　お前、大丈夫なのか！　なにがあったんだよ!?」

怒ったような顔で美希の両肩を摑み、美希の足許から頭までを何度も見回す。それでようやく美希の無事を確信したらしい。

「ああ、よかった！　なんともなくて」

と全身から空気が抜けたように安堵の息を吐く。

「私は大丈夫です……。でも、横山さんが……。プログラムの解析を手伝ってくれた人が襲われて……」

横山の名前を口にしただけで、また全身が戦慄する。

「襲われた？　どういうことだ」

「ガラの悪い男たちが……横山さんを殴ってこんな……」

思い出すだけで全身が震え、立っていられない。美希は顔を覆ってその場に崩れそうになる。

「美希。わかった。もういいから」

宥めるようにそう言いきかせながら、白取は美希を長椅子に座らせる。

「班長。私、ついに手に入れたんです。初期販のシステムエラー。厳密にはエラーじゃなくてシステムの検証不足みたいなんですけど、とにかく事故の原因を解明したんです。総務部の横山さんという人に協力してもらって。けど、それはそのまま、会社のリコール隠しの証拠でもあって……」

「それ、本当なのか？」

白取が息を呑む気配がした。

「でも……。でも……。襲われて……証拠のＳＤ、奪われてしまいました。横山さんは殴られて……い、今集中治療室に……血が、……血だらけで、わ、私、どうすれば……」

途中から嗚咽が混じり、声にならない。

「さ、さっき警察が来たんですけど……横山さん、た、助かるかわからなくて……」

「わかった。もういい。これ以上、危ないことはするな。もう、バレットの事故には関わるな」

白取が強い口調で言った。

「でも……」

自分が始めた調査のために白取班をバラバラにし、白取自身を免職に追いやってしまった。さらに協力してくれた横山までも生死の境をさまよわせてしまっている。自分のせいで……。

それでも、結果を出さないまま、ここで止めてしまっていいのだろうか。それではみんな犬死だ。美希はブルブルと首を振った。

「もう、いいんだよ。もう十分だ。お前はよくやった」

「でも、このままじゃ……」

「いいんだ、もう。仲間が傷つけられるぐらいなら、俺は――バレットの事故に目をつぶる」

白取は美希の目を見て何度もうなずいた。白取の言葉が胸に沁み、安堵の涙が溢れる。

得も言われぬ解放感と、途中で放棄するという情けない気持ちとが、美希の心の中でない混ぜになって言葉にならない。歪む顔を両手で隠し、慟哭する美希の背中を、白取の温かい手が撫でる。「もう十分だ」と何度も繰り返し言いながら。

ようやく体の震えが収まった頃、美希の心に白取の幼い娘たちの顔が浮かんだ。

「班長。すみませんでした、こんな時間に呼び出したりして。奥さん、心配されるといけないので、もう帰ってください」

ようやく白取の家庭を思いやるだけの余裕が生まれた。

「あ、うん……」

美希が目尻を拭いながら見た白取は、きまり悪そうに後頭部をガシガシ掻いている。

「カミさんと娘たちは実家だ」

「実家？」

「別居中なんだよ」

「え？」

思わず目を瞬かせた美希に、白取は苦笑する。

「まあお互い、慣れない生活に苛々してたっていうか、なんていうか。とりあえず冷却期間を置こうって感じで。といってもカミさんの実家、目と鼻の先だしな」

「すみません……」

「なんでお前が謝るんだよ」

「だって……」

「前にも言ったろ。俺には事故を起こすような車は作れねえんだよ。リコールを隠すような会社で働くのも御免だ。なけなしのプライドが許さねえ」

そう言った白取は自分の発言を冗談めかすように、へら、と笑った。

「家まで送ろうか？　それとも今日は横山ってヤツについてるのか？」

「容態がわかるまで、ここにいます」

彼の安否がわからないうちはここを離れるわけにはいかない。美希は再び罪悪感に苛まれる。

「そっか。あんまり無理すんなよ？　気をつけて。絶対タクシーで帰れよ」

白取は優しく笑って踵を返し、両手をスエットのポケットに突っ込んで去っていく。美希にはその後ろ姿が、心なしかひと回り小さくなったような気がした。

十二

結局、病院で待ち続けたものの深夜十二時を過ぎても横山との面会は許されず、ＩＣＵから出てきた医師の「大丈夫ですよ。ヤマは越えました。明日は面会できると思います」という言葉を信じ、美希は帰路に就いた。

タクシーを降り、周囲を警戒しながら自宅に戻った美希は、結局まんじりともせずに朝を迎えた。

目を閉じると、数時間前に目の当たりにした凄まじい暴力が目蓋に甦り、ベッドの上に跳ね起きる。それを何度も繰り返した。

『いい子にしてないと、今度はあんたがこの男みたいになるからな』

そう囁かれた言葉が鼓膜に染みついている。

明け方になってやっとうとうとしかけたとき、目覚まし時計が鳴った。

「もう朝か……」

ぼーっとした頭のままベッドを降りて、いつものように台所へ行き、食卓につく。

「美希。どうしたの？　昨日はずいぶん遅かったみたいじゃない。早く食べないと遅刻するわよ？」

母、秀子の声にハッと我に返り、美希はようやく自分の目の前にハムエッグとトーストが置かれていることに気づいた。いつもの朝食なのに胃がせり上がってくるような感覚に襲われる。

「ごめん。お母さん。寝不足でちょっと食欲ない……」

そのまま洗面所に向かうが、ついに口を押さえ、トイレに駆け込んで吐き気と戦った。できるだけ昨夜のことを思い出さないようにしていたが、この後、出勤する自分を想像しただけで波のような嘔吐感が繰り返し込み上げる。

状況から考えて、横山を襲った半グレにあの凶行を指示したのはボードの誰かだろう。いや、全員がグルである可能性の方が高い。朝倉が昔、半グレに襲われたという話が甦る。今はもうそれすら信じられる気がした。

出勤すれば否が応でも、穂積の顔を見ることになる。どんなに考えないようにしていても、体が会社へ行くことに拒絶反応を示していた。

必死で自分を奮い立たせ、ブラウスの上にジャケットを羽織ったが、家から出られなかった。外で、あの男たちが待っているような気がして恐怖で足がすくんでしまったのだ。

外面は紳士然としている経営陣が、裏では反社会的な連中を利用している。美希はそのギャップに心底恐怖を感じていた。

玄関に立ち尽くしている美希に、洗面所から廊下に出てきた高史が明るく声をかけた。

「美希。あの専務さん、元気にしてるかい？」

いきなりしばらく会っていない上司のことを尋ねられ、美希は一瞬、言葉に詰まりながらも、なんとか笑顔を作る。

「あ、うん。お元気よ」

「そうか。そりゃなによりだ。キャピタルはいつかきっとあの人を必要とする日が来る。その時はお前がしっかり支えるんだぞ」

それだけ言い残し、車椅子で遠ざかる父の後ろ姿を見て、谷原ほど日本一の自動車メーカーのトップに相応しい人はいない、と思った夜のことを思い出す。谷原が会社を去った日の決意を。

お前が戦わなくてどうするんだ、と高史の背中が言っているように見えた。

その日、美希は午前休を取り、病院へ寄って精神安定剤をもらってから出社した。そういった種類の薬を飲むのは初めてだったこともあり、念のため、車を諦めて電車通勤にした。

「急に午後出社になって、申しわけありませんでした」

できるだけいつも通りに副社長室へ入った美希を見た穂積は、一瞬、表情をこわばらせ、不自然に目を逸らした。

──やっぱりこの男が……。

疑惑が確信に変わる。証拠はないが、間違いない。

横山の意識は戻っただろうか。救急車で彼が苦しんでいた様子を思い出し、心配と同時に怒りが込み上げる。あれは傷害罪じゃない、殺人未遂だ。

それでも美希は表情を変えないよう、いつものように、スケジュールの確認を行った。

「本日は午後からCMCサンフランシスコのAI研究所とのテレビ会議が入っております」

穂積は違和感を隠すことすらせず、しばらく呆れたような顔で美希を見ていたが、

「君はなかなか神経が図太いようだね」

と、不敵な顔をして笑う。その不気味な微笑にも、美希は平静を装って秘書席に座った。と同時にふつふつと怒りが込み上げる。

――この男はなぜ平然としていられるのだろう。社員を傷つけてでも、リコールを隠蔽することを選んだ最低な男――犯罪者ではないか。

いつものように副社長宛ての郵便物を眺め、必要なものとそうでないものに分けた。が、緊張と恐怖と怒りとで頭の中が混沌とし、まったく作業が捗らない。

そんな美希を尻目に、穂積はもういつもの調子を取り戻し、ゆったりと新聞を読んでいる。

その日も会議続きだった穂積は、定時になって副社長室に戻ると、執務机の上を片づけてからすっと立ち上がった。

「今日はマッサージの予約を入れてるから、これで失礼するよ。君も気をつけて帰りなさい」

珍しく上機嫌だが、『気をつけて』という言葉が美希の耳に嫌な余韻を残す。

そしてなにげない仕草で美希の肩をポンと叩いて副社長室を出ていく。ぎょっとした美希は、なんとか頬を緩めて立ち上がり、「お疲れ様でした」と頭を下げて穂積を見送った。

ひとりになった部屋で粟立つ両腕を撫でる。

右肩に残った感触が美希に横山を殴りつけた鉄パイプを思い出させ、幾度となく背筋が凍った。

穂積がいなくなった後も、気づけばペンを持つ自分の手が震えている。

――もうこれ以上戦うのは無理かも知れない……。

美希は無力感に苛まれていた。


その日の深夜、汐川から初めてのトークがグループＬＩＮＥに送信された。

目から飛び込んできた文字に、美希の全身が凍りつく。

『工藤が自殺』

――嘘……。

それまで自分を苛んでいた恐怖の記憶が一瞬で消滅したような気分で、すぐさま汐川に電話をかけたが、ずっと話し中でつながらない。美希と同様、他のメンバーが事実確認をしているのかも知れない。

その衝撃的なＬＩＮＥの後に続く投稿はなにもない。皆、まだ見ていないのか、見ても返信ができないほど動揺しているのか……。美希はグループＬＩＮＥに急いで返信した。

『汐爺、今どこ？　私、どこに行けばいいの？』

『工藤は金沢区の救急中央病院に運ばれたらしい。俺はもう向かってる』

返してきたのは汐川ではなく白取だった。

美希は、外出着に着替えるのももどかしく、パジャマの上にコートを羽織って部屋を飛び出した。

「美希？　こんな時間にどこ行くの？」

階段を駆け下りる音に気づいたのか、台所から母親が顔を出す。が、質問に答える余裕もなかった。

家を出て、中のパジャマが見えないよう、コートのボタンをきっちり留めながら、タクシーの拾える国道に向かって走った。

タクシーに乗ってからも、なにか新しい情報が入らないかとずっとＬＩＮＥのグループトークを睨んでいたが、誰からも送信がない。

16号線沿いにある総合病院の夜間救急入口に駆け込み、暗い通路を走りながら汐川に電話をした。

「汐爺！　どこにいるのっ？」

「五階の五〇一号室じゃ。エレベーター降りてすぐ右の部屋じゃけ」

声を押し殺すような返事が返ってきた。

——うん？　病室？

一命は取り留めたということなのだろうかと訝りながら美希はエレベーターに飛び込み、階数表示の『五』のボタンを忙しなく押す。

わずか十数秒、それすらケージの中の静寂が耐え難い。

こんなに急いで駆けつけたのに、いざ病室の前まで来ると中に入ることが躊躇われた。そんな自分に気合を入れ、美希は深呼吸をする。

静かに扉を引いて病室に入ると、轟で部品検証を行った白取班のメンバー全員が集まっていた。同僚の間から美希が恐るおそるベッドに横たわる工藤を見ると、彼は目を閉じ静かな寝息を立てている。

——え？　寝てる？

拍子抜けして周りを見渡す美希の気持ちを知ってか知らずか、付き添っている女性が「家では変わった様子もなかったんですが……。といっても、普段から無口でなにを考えてるのか、母親の私でもわからないんですけど」と語尾を沈ませる。

いつものようにパリッとした背広を着て、いつものように無言で家を出た。

そして夜の九時頃、警察から電話があったのだと工藤の母親は言う。

帰宅途中の駅のホームから線路に飛び降りようとした工藤は、周囲の人たちに阻止され、引っ張られて倒れたはずみに柱に頭を強打したという。

目撃者の話では、一番前に立っていた工藤が、突然鳥のように優雅に両腕を広げ、ゆっくりと前のめりに落ちそうになったという。明らかに事故ではない。

「とりあえず、会社に電話しなきゃと思ってあの子のスマホを見たら、登録されている電話番号はたった四件しかなくて、四人とも『白取班』というグループ名で括られていました。そのグループの一番上が『汐川さん』だったので、すぐに連絡差し上げて……」

そう語る工藤の母親だという女性は説明する口調もしっかりしていて、美希の目に恐ろしく気丈に映った。

「命に別状はなくて、明日には退院できるってお医者様はおっしゃってるんですけど、この子の気持ちの方が心配で」

そう言って溜息をついた工藤の母親は、「私、ちょっと下で飲み物、買ってきますね」と病室を出て行った。

美希にはその笑顔が息子を失いかけた母親のものとは思えないほど明るく、違和感を覚える。足音が遠ざかったのを見計らって、美希は汐川に抗議した。

「汐爺！　自殺なんてＬＩＮＥしたらびっくりするじゃない！」

「いや、後から『未遂』って送ったんじゃが」

と、汐川は不器用な指先でハイエンドモデルのスマホを撫でながら首を傾げる。

美希がポケットからスマホを出して確認すると、確かに『工藤が自殺』という送信からだいぶ経った後に『未遂』という文字が入力されている。送信時刻は数分前。たぶん、美希が病院に着いた頃だ。

「まだ、うまいこと使いこなせんけえ、時間がかかったんじゃ」

美希は体の中に漲っていた焦燥を、はあと口から吐き出す。

「とりあえず無事でよかった……。けど、なんで工藤が……。営業の仕事、楽しんでるのかと思ったのに」

年末に会った工藤は美希の目にも新しい仕事になじんでいるように見えた。けれど思い返せば、フラグは立っていたような気がする。

ガラにもなく、爽やかな人あたりのよさそうな笑顔。なにより愛車の鍵を簡単に渡してくれたこと自体が、よく考えれば異常事態だったのだ。あれほどバレットのことを熱く語る男が、そう簡単に愛車を——それも心臓部をいじられることを知っていて——他人に渡すはずがない。

美希は青ざめている同僚の寝顔を見つめた。

同じように工藤の顔を見下ろし、ホッとしたような顔で、涙ぐんでいる都路が、

「僕、涼介先輩のツイッター、たまに見てたんですけど……。営業の仕事やりたくないみたいでした」

と悲しそうに言う。

「そうなの？」

美希には工藤が営業の仕事に悩んでいたことも、SNSで見ず知らずの人間に発信していたことも、どちらも意外だった。

都路は堪えきれなくなったように目尻をこすりながらも続ける。

「でも、フォロワーの人たちは涼介先輩のことなんてなにも知らないのに、無責任に『大企業で働いてるくせに甘えてる』とか『そんな根性のないヤツは生きてる価値ない』とか好き勝手なこと言って……。涼介先輩、そんなのスルーすればいいのに、真剣にいちいち相手してました。僕、別人に成りすまして一生懸命励ましたん

ですけど、否定的な言葉の方が影響力大きくて、だんだん涼介先輩の存在価値を否定するような書き込みばっか増えてきて……」

都路の言葉に耳を傾けていた白取が、ベッドの上の工藤に摑みかかるように彼の両肩を揺さぶった。

「工藤！　お前、なんで俺たちに相談しねえんだよ！　なんで、自分のこと知りもしないヤツの言葉なんか信用するんだよ！」

と、もどかしそうに訴える。

「班長、やめてください！」

美希と都路が慌てて白取をベッドから引き離した。

「離せ！　俺がコイツの考えを叩き直してやる！」

白取の怒鳴り声が病室の天井に響いた。

「人は見かけによらんもんじゃからの……」

汐川が溜息をつき、その言葉の重さに皆、口をつぐむ。

工藤はきっと、他の皆も環境が変わって大変だということがわかっていたから、相談しなかったのだろう。

——全部、私のせいだ。

美希はもう何度目かわからない深い後悔の息を吐き、涙を流してしまわないよう上を向いて、白い天井にはびこる見えない敵を睨む。

「よかったらこれ、召し上がってくださいね」

そのとき、大きなレジ袋を両手に提げた工藤の母親が病室に戻ってきた。待合室あたりで見かけた自販機コーナーではなく、近所のコンビニエンスストアまで行ってきたらしい。袋からは調理パンやスナック菓子、スポーツドリンク、コーヒーなども顔を出している。

美希は自分が工藤を本来の仕事から遠ざけ、ストレスを与えてしまったのかも知れないということを、工藤の母親に伝えるべきか迷っていた。

「あ、お母さん。もう、工藤が無事だということがわかったので、我々も失礼しますから」

白取が遠慮しても、工藤の母親は甲斐甲斐しくパイプ椅子を並べる手を止めない。

「そうおっしゃらずに、もうちょっとここにいてやってください」

そう言った途端、工藤の母親が初めて表情を崩し、声を震わせた。

「この子、手がかからない子だったんです。成績がよくて真面目でおとなしくて。けど、中学生になった頃から、友達がひとりもいなくなったみたいなんです。その理由はわからないけど」

その告白に、病室の中がしんと静まり返る。

「高校のときも大学のときも、誰かと外出したり電話したりすることもなかった……。だから、いつか孤独に耐えられなくなって、こんな日が来るんじゃないかって思ってたんです。だから、驚きました。まさか夜中に心配して駆けつけてくれる同僚の方がこんなにいたなんて……不謹慎ですけど、あの子にもこんなに支えてくれた人がいたんだってちょっと嬉しくなってしまったんです」

工藤の母親は堪えていたものが溢れ出したように口元を押さえた。

言われてみれば白取の恰好はほとんど部屋着といっても過言ではない、ゴムの伸びきったスエットの上下だ。汐川も都路も同じように着の身着のまま、そしてそれは美希も同じだった。

工藤の母親は嗚咽を抑えるようにして、

「でも、涼介は就職してしばらくしてから、ちょっと変わったな、と思ったんです」

と声を振り絞る。

その『変わった』瞬間を美希は目撃していた。ラインに配属された後、何度注意されても、小さい声でぼそぼそとしか話さない工藤の胸倉を白取が鷲摑みにして、『はっきり喋れ！　ここは命に関わる現場だぞ！』と怒鳴ったときだ。その翌日から工藤は白取の後をついて回るようになった。孤独だったライオンが、群れのリーダーと認めたボスに付き従って群れに加わるように。

それから徐々に美希や都路、汐川とも普通に喋るようになった。たぶん、あれがきっかけだったと美希は懐かしく思い出す。

真面目で成績がよく口数も少ない工藤には、これまで白取のように本気で怒ってくれる存在がなかったのかも知れない。

工藤の母親は息子の前髪を撫でながら、呟くように話す。

「お酒を飲んで帰ってきた夜はお風呂で鼻歌を歌ったりしたこともあったんですよ、もう私、信じられなくて……。だからすっかり安心してたんですけど」

やはり、工藤を追い詰めたのは、職場環境の変化による『孤独』だ、と美希は確信した。

白取班に配属されるまでの工藤はたぶん『仲間』を必要としなかった。それだけに、仲間を得て、失うことに免疫のない工藤の喪失感は計り知れない。その孤独をどうしていいかわからず、ＳＮＳにのめり込み、無責任な声に追い詰められて自己否定してしまったのだろう。

工藤の心情を理解した美希は、耐えられなくなって口を開いた。

「ごめんなさい。私のせいで……」

「違うだろ！」

美希の謝罪を白取の荒々しい声が遮る。

「でも……」

美希が言葉を途切れさせたとき、ベッドに身を乗り出すようにして工藤の口許に耳を傾けていた都路が叫んだ。

「ちょ、ちょっと、涼介先輩がなんか言ってますよ！」

え？　と病室にいた全員がベッドの周りに集まる。

「う……ぅ……」

たしかに、その唇が微かに動いている。そこにいる全員が口を閉ざし、病室が静かになった。

「美希……。次は……フィルター……調べる……のか……」

かすれた声で、工藤は確かにそう言った。

美希は工藤の手を強く握る。

「フィルターはもう調べたよ。部品じゃなくて、システムに異常があったの。大丈夫。もうすぐリコールに持ち込めるから」

安心させたい一心でそう言った。

美希の声が眠っている工藤の意識の深層に届いたのか、彼の表情がみるみる緩んだ。美希はその顔に涙が出るほど安心した。

が、その直後には重い現実がのしかかってくる。せっかく摑んだ不正の証拠を奪われてしまったという現実が……。

美希は両手をぎゅっと握りしめた。

――やっぱり、ここで止めるわけにはいかない。なんとしてもあの証拠を取り戻さなければ。

美希は仲間たちの顔をそっと見回すと、自分自身にそう誓った。

ずっと目を伏せたまま黙々と雑務をこなす自分を、従順になったと勘違いした穂積が満足そうに見ている。そんな気がして、美希は仕事も手につかず忸怩たる思いでうつむいたまま唇を噛む。

十三

その日の帰り、横山が入院している病院へ立ち寄った。

「横山拓朗さんの同僚で藤沢といいますが、面会、今日は可能でしょうか?」

受付で面会の可否を尋ねると、横山の容態は安定し、今は集中治療室から個室に移されているという。が、まだ意識は戻っていないようだ。

病室のあるフロアへ上がり、静かに個室へ入ると、四十歳ぐらいの看護師が横山のパジャマの胸元を整えている。体を清拭していたらしく、美希に気づいてタオルを片づけ、場所を譲るように脇へ寄った。

「先日、付き添われていた方ですね?」

うなずくと、彼女は美希に彼の状態を告げる。

「CTとMRIで脳や脊髄に異常が見られないことは確認したんですけど、末梢神経のどこかが傷ついて麻痺してるんですかね……。今朝から右手の指だけ開かないんですよ。綺麗に拭いてあげたいんだけど、固く握り込んでしまってね」

「麻痺が……残るんですか？」

「残るかどうかは、まだわかりません。もう少し時間を置いてから詳しく調べる予定なので。では、なにかあったらコールしてください」

看護師は元気づけるように明るく言って病室を出て行ったが、美希は愕然として横山の寝顔を見つめた。

看護師の女性が言うように、横山の右手はぎゅっと握りしめられたままだ。プログラマーの手に麻痺が残るなんて致命的だ。どれぐらい時間をかけてリハビリすれば、この手が再び開き、以前のように軽やかにキーボードを打てるようになるのだろうか。

――私はいったい、どれだけの人の人生を狂わせれば、この戦いを終えることができるんだろう……。

暗然としてうつむいた美希の目から流れ出した涙が顎を伝い、横山の右手に落ちた。その瞬間、横山の指が微かに震えた。

「え？」

ぎこちなく開いた手の中には小さな正方形のケース。美希が居酒屋で受け取ったのと同じＳＤのケースだ。

「嘘……」

言葉を失う美希の目の前で、横山が眩しそうにゆっくりと目を開ける。そして、かすれた声で呟くように言った。

「握り過ぎて痺れた……」

「な、なんで……！」

絶妙なタイミングで横山の意識が戻り、右手の指が開いたことと、奪われたはずのＳＤが目の前にあることに美希は混乱を隠せない。

「リスク分散だよ。複製を作っとくのは基本だ」

「ていうか横山さん！　大丈夫？　私のことわかるのっ？」

慌ててナースコールに伸ばしかけた美希の手を横山が遮った。

「やめろ。まだ早い」

「どうして？　意識が戻ったこと知らせなくていいの？」

「ずっと意識はあったんだよ。ＩＣＵにいるときから。けど、上着のポケットに入れてたコピーのことがずっと気になってて」

今朝、この個室に移された後、痛みのせいで不自由な体をなんとか動かして、クローゼットにかけられていた上着からＳＤを取り出したのだという。

「ええっ、じゃあ証拠はあるのね!?」

「ああ」

それを聞いて、美希は膝が抜けるほどの安堵を覚えた。

「よかった……。けどなんで、意識ないふりなんて……」

「意識不明の方がいろいろと都合いいだろ。病院にスパイがいないとも限らない。けど、このコピーを渡そうにも、お前がなかなか来ないから、体拭いてくれる看護師に指をぎゅうぎゅう開かれそうになってビビッたわ」

美希には横山の警戒心が痛いほどわかる。突然、理不尽な暴力に見舞われたことのある人間にしかわからない恐怖が。

「ごめんね……。こんな目に遭わせてしまって……」

横山はだるそうに、小さく首を振った。

「いいよ。面白かったから」

横山らしい飄々としたコメントに美希の顔は泣き笑いになる。

「今度こそ、誰にも渡さないから！」

美希が誓うと、彼は晴れ晴れとした表情を浮かべた。

「で、これからどうする？」

自分自身は動けないだろうに、横山はワクワクするような顔になる。これでこそ横山だ、と美希は口許が自然に緩むのを感じた。

「もちろん谷原専務に報告して、一緒にボードメンバーを糾弾するつもりよ。それでもリコールに踏み切らないようなら、内部告発するわ！」

美希の言葉を聞いた横山は、その場面を思い浮かべるように、ふふ、と笑った。

「俺が解析した証拠、穂積のヤツに突きつけるのか。見たいな、キャピタルのＩＴ

トップが俺の能力に屈服するときの顔……」

会心の笑みを浮かべたが、横山は笑うとまだ胸のあたりが痛むらしく、少し顔をしかめた後、美希にSDを渡した。

「やっぱナース呼んで。ちょっと痛み止め、もらうわ」

軽い口調で弱音を吐く横山。あれだけ殴られたのだ、本当はまだあちこち痛むのだろう。意識のないふりを続けるのも辛かったに違いない。

——横山さん、本当にありがとう。

美希は横山の体調を気遣い、看護師が駆けつけたのを見届けてから、SDを大事に財布にしまい、そっと病室を後にした。

新たなSDが手に入った。すぐにでも谷原に知らせたい。協力してくれた白取班の仲間にも。

病院の玄関を出た美希はこのまま谷原の自宅へ向かおうとしたが、ふと、朝倉が鎌倉山の谷原の自宅周辺で襲われたという話を思い出し、躊躇する。今、谷原家に近づくのは危険ではないか。

仕方なく、インターネットで谷原が勤務するキャピタル・ナビゲーションのホームページを探してみる。当然のことながら代表電話しかわからず、仕方なくそこにかける。

「藤沢美希と申しますが、営業部の谷原部長おられますか」

すぐ出た相手に会社名は告げずに尋ねてみた。

「谷原は外出中で、戻りは夜の八時頃になります」

「そうですか。またかけ直します」

八時か、と溜息混じりに呟いて時計を見ると、あと一時間ほどある。もう一度、小さく息を吐いて見上げた空には痩せた月が出ていた。

このSDは横山が命がけで守ってくれた大切な証拠だ。直接会って、しっかり手渡したい。

その思いがだんだん強くなった美希は、スマホでキャピタル・ナビゲーションの住所を調べてから、病院の玄関を離れた。

「ひーしょ、さん」

広い道へ出たところで、今やすっかり聞き慣れてしまった声に呼び止められる。

「朝倉……」

初めて会ったときと同じ、軽妙で摑みどころのない口調と表情。美希の歩く速度に合わせるようにゆっくりと近づいてきた銀色のテスラのハンドルを握っているのは朝倉だった。

「あんたを探してたんだ」

真由子が幸せだということに納得した彼が、再び自分の前に姿を現すとは思ってもみなかった。

「どうしてここを……」

横山を紹介してくれたことは感謝しているが、この男に煮え湯を飲まされた経験が甦り、美希は思わず身構えた。

「俺がちょっかい出してる秘書はあんただけじゃない」

その言葉で、クリスマスの頃、自分に対して急に素っ気なくなった朝倉の態度を思い出す。

とはいえ、真柴や香苗が要注意人物に関わるとは思えない。消去法で残るのは奈々だけだ。しかも、今日は入院中の友人を見舞うために定時で帰ることを伝え、緊急の際に備えて彼女に自分の立ち寄り先を教えてしまったのが災いしたようだ。

「な、なにか？」

美希ができるだけよそよそしく尋ねると、朝倉はこれまでになく真摯な態度で、

「この前、マユに会わせてもらった礼を言ってなかったし」

と、小さく頭を下げ、爽やかに笑う。

「お礼なんて……。天才ハッカーを紹介してくれただけで十分だわ」

穏便に話を打ち切り、速やかにこの場を去ろうとする美希に、朝倉は「話がある、乗ってくれ」と今度は真顔になった。

「え？」

だが、その態度にただならぬものを感じた美希は、すぐに助手席へ回った。サイドシートに座った美希に、朝倉が雑誌を一部差し出した。

「来週発売の『イノベーション・バレー』最新刊だ。毎月、知り合いの編集から発売前にゲラを手に入れてるんだが、今回の記事、あんたが言ってたヤツじゃないかと思って持ってきた」

イノベーション・バレーは工業新聞社が発行する月刊誌で、主に最先端技術や発明、特許に関する記事が特集されている。数ヶ月前、ＡＩによる自動車開発の記事で穂積がガイアとの対談で表紙を飾ったあの雑誌だ。

「この誌面でキャピタル自動車は、今後開発する全車種にバレットと同じ、ＡＩが開発したＥＣＵを搭載することを発表する。工業新聞の朝刊にもほぼ同時にこの記事が載るだろう」

「嘘……。こんなところで公表するなんて、もう後に退けないじゃない！」

美希は急いで雑誌のページをめくった。

朝倉が言うように、巻頭のカラーページにはボードメンバーが三人並んで笑みを見せている。見出しには、『日本メーカーの挑戦。巨人、ガイアとの協業路線を捨て、独自に開発した人工知能でエンジンから車両までを設計開発。自動車の未来が変わるとき』という文字が躍っている。しかも、『各車種の新型モデルへの搭載は半年後から順次』と小さく記載されているではないか。

美希は思わず、「ダメよ、こんなの！」と叫んでいた。

「キャピタルが使ってるＡＩは不完全なものだってわかったの。それに、もしかしたら、バレットの初期販エラーはまだほんの一部かもしれない。全てが解明されていない以上、これからどんな不具合が起こるかわからないシステムなのよ」

「リコール隠しか。すごいことやってくれるじゃないか」

朝倉がパパラッチの血が騒ぐと言いたげな含み笑いを見せる。

美希はもう一度雑誌の記事を確認した。怒りと不安が湧き上がる。

「今すぐ谷原専務に知らせなきゃ」

スマホの端に表示されている時間は七時四十五分。

「そろそろ専務が会社に戻る時間だわ」

「じゃあ、キャピタル・ナビゲーションまで送ってやるよ。その雑誌も持っていくといい」

最初からそのつもりで朝倉はここで待っていたのだろうか。美希は「ありがとう」と素直に頭を下げ、シートベルトを締めた。

「あと、これ」

次の信号で苦い記憶のあるＩＣレコーダーと同型のものを手渡された。

「な、なに？」

そのスティック状のツールを見るだけで、朝倉と初めて会った日の場面が甦り、差し出されたレコーダーを受け取るのが躊躇われる。

「俺の大事なネタ元を襲った半グレどもに指示を出してたのはキャピタル商事の山《や》井《い》という常務役員とつながってる大物フィクサーだ。政治家なんかもよく使う足のつきにくい男だが、この中に山井が『キャピタル自動車の中沢からの依頼だ』って言ってる声がばっちり入ってる」

キャピタル商事はCMCグループの一社であり、商社としての機能だけでなく、不動産の管理や売買も行うため、昔から裏社会にもコネがあると噂されている。

とはいえ、企業の応接室や会議室に仕込むのとは違い、闇社会の大物の自宅や事務所に盗聴器を仕かけるのは、命に関わる作業だろう。

「こんな盗聴記録、どうやって手に入れたの？」

ようやくICレコーダーに手を伸ばした美希は、今まで感じたことのない種類の畏怖を覚えながらそのスティックを眺める。

「蛇の道は蛇。そういう輩にアンテナを張ってないといけない人種がいるのさ」

それを聞いた美希の網膜に、銀座で一度だけ見たサングラスの男の姿が彷彿とする。

「けど、あなたのネタ元って、横山さんのことでしょ？　どうして彼が襲われたことまで知ってるの？」

もちろん、そんな情報は奈々に伝えていない。

「てか、俺、あの場所にいたから。見るかい？　あんたと横山が襲われてる写真」

あの夜のことを思い出すだけで美希の背筋がぞくりと凍りつく。

「見たくない」

即答した美希は、横山が暴力を振るわれている最中に、辺りが白い光に包まれたことを思い出した。あれはカメラのフラッシュだったのだ。

「ていうか、あのときあの場所にいたんなら、なんで助けてくれなかったのよ！」

「いやいや俺、そんな腕力ないし。写真撮ったら逃げるのがパパラッチの習性だ。ぼやぼやしてたらデータを取り上げられたり、ボコられたり。とにかくロクなことないから、俺たちはヒットエンドランが鉄則だ」

「人でなし」

「なんとでも言え。けど、ちゃんと救急車呼んでやったろ？」

――あれも？　まだ呼んでない救急車が来たのも、朝倉の仕業だったんだ……。

それにしても、と朝倉が嘲笑う。

「中沢は自分の手を汚さずに、会社に不都合な人間を脅迫し、遠ざけるためにあらゆるコネクションを利用してる。自分が首謀者だとわからないよう、間に何人も人を挟んでな」

「中沢社長が……」

いつも一流企業の社長らしく紳士然としている中沢の姿を思い出して美希は戦慄

するが、谷原を罵倒したときの別人のような顔も見ている。

「リコール隠しに反社会的グループの利用。こんな有様じゃあ、キャピタルは終わりだな。しかも全員が近藤家ゆかりの人間ときてる。このインパクトは大きい。なんなら、その音声と暴行写真を使って俺がすっぱ抜いてやろうか」

「それは……」

そんな音声がテレビで流れでもしたら、世間がキャピタルグループを見る目は百八十度変わるだろう。なによりリコール隠しは海外市場にも大きな影響を与える。国内外でボディメーカーとしての信頼を失うのは間違いなく、経営の根幹が揺らぎ、会社が傾くかも知れない。そうなれば、日本経済自体が大打撃を受ける。

今さらながら美希は責任の重大さに怖気づいた。

「会社、これからどうなるんだろ……」

「まだひとりだけ、会社の窮地を救う力量のある人間がいるじゃないか。近藤家の末席に」

そう言った朝倉は、どこか誇らしげな顔をしていた。

十四

「この辺りだ。じゃあな。頑張れよ」

市営地下鉄の駅にほど近いオフィス街の一画に車を停めた朝倉が、白い歯列を見せる。

「ありがとう」

美希も笑顔を返し、車を降りた。

ずっと敵だと思っていた男と、こんな風に笑顔を交わす日が来るとは思ってもみなかった。しみじみした気持ちになりながら美希は銀色の電気自動車が走り去るのを見送る。

——よし。

念のため財布を確認し、SDがあることを確かめた美希は、キャピタル・ナビゲーションの建物を探した。

スマホで位置を確認した雑居ビルの入口にテナント名を刻んだプレートがあり、三階に『キャピタル・ナビゲーション㈱／神奈川支社』の名前がある。

「ここ？」

つい二ヶ月前までキャピタル自動車の巨大な本社ビルの役員フロアにいた谷原が、さほど大きくもない雑居ビルの一角に追いやられている。これは明らかに中沢に逆らったことへの見せしめ、報復人事だろう。

戸惑いながら美希は廊下に面した扉をノックした。

返事はない。ただ、中からは流暢な英語が聞こえてくる。

「Mr. Anderson, will you examine the co-operation with CMC once again when bord of CMC will ask you?」

それが谷原の声だということが美希にはすぐにわかった。会話のところどころにガイアの社長、アンダーソンの名前も聞こえる。

「All right. I'll call again next week」

途中の会話はよく聞き取れなかったが、谷原がまた来週、と言って、受話器を置く音が聞こえた。

美希はもう一度、扉をノックし、中からの「はい」という返事を待って、ドアノブを回した。

二十ほどのデスクが並ぶ事務所には、もう谷原の姿しかない。

「藤沢君……」

驚いたように大きく見開かれた目が美希を見る。

「専務。ご無沙汰してます」

谷原がキャピタル自動車を去ってから二ヶ月しか経っていないのに、懐かしさで美希の胸は熱くなった。

「君がここに来たということは、見つけてくれたんだな?」

言葉を詰まらせる美希を見て谷原が、驚きの表情から一変して期待に顔を輝かせる。

「はい。不具合は部品ではなく、ＥＣＵのプログラムにありました」

「そうか。全部話してくれ」

うなずいた谷原は、向かいのデスクから椅子を引っ張ってきて美希を座らせた。

「たくさんの人がバレットの不具合の究明に賛同し、協力してくれました」

――そして、傷ついた。

あえて飲み込んだその言葉が胸につかえ、次の言葉がうまく出ない。

「大変だったんだな……。本当に申しわけない」

美希の様子を見ただけで、これまでの受難を察したのか、谷原が深々と頭を下げる。

「いえ」

首を振った美希は気持ちを落ち着かせ、白取班を巻き込んで部品を検証した結果、初期販と現行部品の違いはＥＣＵの格納ケースしかなかったこと、その後、社内の天才プログラマー、横山の協力を得てシステムエラーを発見したことを報告した。

結果、穂積がエラーのあるプログラムをこっそり修正し、経営陣ぐるみでリコール隠しを行っていた証拠を摑むことはできたが、そのために多くの仲間を傷つけ、犠牲を払わせてしまったことも……。

「つい先日も、私と一緒にいた協力者のひとりが半グレの集団に襲われました。証拠を収めたＳＤカードを狙われて」

「まさかボードメンバーがそんなことまで……」

信じられない、とかぶりを振った谷原は目を伏せて苦しそうな息を吐く。その顔を見ると、半グレを雇った張本人が彼の舅であり、真由子の父親である中沢だという事実は言い出せなかった。口に出さない代わりに、美希は朝倉から受け取ったICレコーダーを差し出した。

「これは？」

「私も信じたくありませんが、ここに証拠の音声が入っているそうです」

「キャピタル商事の重役が、その筋の人間にSDカードの奪還を依頼している声が入っているそうです。朝倉広樹が提供してくれました」

「朝倉？　信用できるのか？」

「エラーを解析してくれたプログラマーを紹介してくれたのも、彼です」

朝倉の協力など予想だにしていなかったのだろう、谷原は愕然とした表情で美希を見つめる。

「レコーダーに収められている内容はまだ聞いていません。これをどうするかは専務にお任せします」

微かな逡巡を見せた後、谷原は意を決したようにうなずいた。

「わかった。考えよう」

「それと、半グレによってオリジナルのSDカードは奪われましたが、コピーが手元に残りました。この証拠があれば、ボードのメンバーにバレットのリコールを迫ることができます」

そう言って、美希はＳＤの収まっているケースを谷原のデスクに置いた。

「このことをボードメンバーは？」

「少なくとも穂積副社長はプログラムにエラーがあったことを知ってます。だから、こっそり書き換えた。これはその証拠でもあります。しかも修正前のプログラムと仕様書データを見つけたのは穂積副社長のサブＰＣの中です」

「だが、慎重派の穂積が独断でやるとは思えないな」

「同感です。穂積副社長は私がこのデータを抜き取ったことに気づいた途端、ボードメンバーを招集したようなので」

「そんなことをして、君は大丈夫なのか？」

「私ももう覚悟を決めました。証拠もここにあるので、私も専務と一緒に最後までボードと戦います」

わかった、とうなずいた谷原は一度うつむくと、次の瞬間、強い瞳でこちらを見据えた。

「やはり、キャピタルはＡＩの開発を急ぎ過ぎた。その分野だけは人工知能の先駆者であるガイアに全面的な協力を求めるべきだったんだ」

それを聞いた美希は、谷原が初めてキャピタル自動車を訪れたアンダーソンに、キャピタル自動車のもの作りのルーツとも言える限定車の手作業工程を見せたのを思い出す。

「それで先ほど専務はアンダーソン氏と連絡を取っていたんですね」

「なんだ、聞いてたのか」

と、谷原は少しバツが悪そうに笑ってから、電話の主旨を説明した。

「さすがにキャピタルがガイアとの協業路線を捨てたことを知ったときには絶望したが、もし、キャピタルの経営陣が考えを改めて、再び協業を申し入れてきたときにはぜひ前向きに検討してほしい、ってアンダーソン氏に頼んでたんだよ」

——そこまで会社のことを……。

もう経営の中核にはいない谷原が、キャピタル自動車の未来のためにまだガイアとつながっている。その信念と粘り強さに美希は圧倒された。

——やっぱり、谷原専務は変わってない。

真由子は谷原が息をしていないように見える、と美希に訴えた。だが、どういう転機があったのかはわからないが、今、谷原はちゃんと復活し、キャピタル自動車のために最善策を模索している。いや、今いる場所でもできることを見つけたから、立ち直れたのかも知れない。

「もちろん僕の今の立場ではすぐにどうこうできることじゃないのはわかっているつもりだ。ただ、ボードの誰かが思い直してガイアにすがったとき、袖にしないで考えてほしいと思ってね」

だが、あのメンバーが心を入れ替えるとは、美希には到底思えない。

「これから先も、彼らにそんな謙虚さは生まれないと思われますが……」

かも知れないが、と谷原が苦笑する。

「ただ、急がないと、問題のＥＣＵがどんどん搭載されてしまうんです。見てください」

美希は先ほど朝倉から受け取った月刊誌『イノベーション・バレー』を谷原に差し出し、判断を委ねた。

しばらく谷原は真剣な表情で記事を読んでいたが、やがてなるほど、と呟いて雑誌を閉じる。

「だが、国交省だのマスコミだのに内部告発はしたくない。ボードメンバーにこの証拠を突きつけて自発的なリコールを迫りたい。ＡＩ開発という会社の将来を占うプロジェクトに致命的な欠陥があったとなれば、一時的に企業のブランド価値は下がるだろうが、会社としての誠意を見せるのが、長い目で見れば一番傷が浅くて済む」

真剣な瞳を美希に向け、谷原は強い口調で続けた。

「だけど、プライドと保身の塊のようなボードメンバーがそう簡単に自分たちのミスを認めるでしょうか？」

「そうだな。果たしてボードメンバーが話し合いに応じるかどうか……」

考え込むように言葉を途切れさせた谷原が、「だが」と腹を決めたように顔を上げる。

「こっちにはリコール隠しの証拠となるSDカードと、裏社会との癒着を暴くICレコーダーの音声がある。コピーを作って送りつけたら、少なくとも、社長の中沢と副社長の穂積は交渉の席に来るだろう」

とはいえ、あの中沢のことだ。ここらで許してやるから本社に戻ってこれまで通り自分たちの下でおとなしく働けと懐柔してくるか、逆に手を替え品を替え脅してくるか……。美希は卑劣な男が打つ次の一手を想像する。

「そうですね。どちらにしても、呼び出しには応じるでしょうね」

うん、と不敵に瞳を光らせた谷原が断言する。

「キャピタル自動車の販売台数は世界二位だが、安全品質は世界一だと僕は自負している。だからこそ、絶対に事故は起こしてはならない。事前に防げるものは防ぐ、それが我々モーターカンパニーの正義だ。たとえ、リコールすることによって、売上が世界最下位になろうとも」

それでこそ谷原だ、と美希は深くうなずいた。

「ボードとの話し合いの日時と場所はなんとか調整して実現させる。SDは当日、君が持ってきてくれ。君と仲間が見つけたという、新旧で色と大きさの違うECU

ケースも」

「ケースも、ですか?」

聞き返す美希に、谷原は黙って意味ありげに笑う。

「では、対決の場で会おう」

そう言って改まった表情で谷原が右手を差し出す。美希は谷原の双眸をしっかりと見つめ、その大きな手を握り返した。谷原のできなかったことをやり遂げると約束したあの日と同じように。

「ありがとう」

その谷原の言葉が美希の胸にじんと沁みた。

十五

一月十一日。冬季連休が明けて最初の金曜日。あれから穂積を含めたボードメンバーは、出社したりしなかったりが続いていた。

今日もまだ誰も出社していない。スケジューラーは『非公開』で埋め尽くされている。相変わらず担当秘書にも知らされない行動が繰り返され、いつしかそれが常態化しつつあった。穂積に至っては、あれから一度も出社していない。それは美希にとって不気味な沈黙だった。

その日、昼の休憩時間を見計らうように、谷原から美希に連絡が入った。

「ボードメンバー全員から連絡があった」

谷原の第一声に、美希はデスクで食べていたサンドイッチを放置したまま、急いで秘書室を出た。電話を耳に当てながら給湯室へ移動し、声を潜める。

「本当ですか？　意外と簡単に食いつきましたね」

「ああ。効き目がなければ実物を送りつけようと思ったんだが、写真とＳＤデータの存在を匂わせただけで反応したよ。全員が申し合わせたように、どこへでも出向くって言うから、明日の午後一時、三人をキャピタル自動車の第四工場に呼び出した」

「明日？　土曜日に第四工場ですか？　たしか明日は本社工場、どこも稼働してないと思いますが」

谷原の意図を測りかねながら、美希は今月の操業カレンダーを頭の中に思い浮かべる。

「動いてなくていい。ただ、あそこでボードメンバーと話をしたいんだ」

そう語る谷原の声には自信と緊張感が漲っている。

「わかりました。私も行きます！」

美希も腹をくくった。谷原と一緒にいる自分を見たら、途端に穂積は『今すぐクビだ！』と叫びそうだが、いっそその姿を見た方が会社への未練もなくなるだろう。

「陽平顧問にも同席してもらえるよう、真由子から頼んでもらってる。わざわざこっちまで来てもらえるかは不明だが」

それを聞いて、美希はふたりの関係が修復されつつあるのを感じ、安堵した。

「わかりました。それまでにＥＣＵケースも用意しておきます。今まだあのケースは白取班長が持ってるんです」

「彼には本当に申しわけないことをした。だが、今の僕には彼を復職させるだけの力はない。それどころか、今回のことが内乱と取られてしまったら、僕自身、二度とキャピタルと名のつく会社にはいられなくなるだろう」

「いえ。たとえ口添えしていただいたとしても、班長は今のキャピタル自動車に戻る気はないと思います。事故が起きるとわかってるような車は作れない、って言ってましたから」

美希が答えると、谷原は押し黙った。

「あの、お願いがあるのですが、明日、私の仲間を全員、同席させてくださいませんか。全てを見届けさせてほしいんです。せめて彼らに、自分たちのやったことは間違ってなかった、会社のためになったんだ、という自信と誇りだけは取り戻させてあげたいから……」

訴えながら、白取班の一人ひとりが目に浮かび、美希の目頭を熱くする。

「ああ。君ならそう言うかも知れないと思って第四工場を指定したんだ」

力強く言って谷原は電話を切った。

結局、その日、ボードメンバーは全員、会社に来なかった。朝、真柴は連絡を受けたが、理由は誰にも知らされなかった。

今頃、明日の谷原との対決に向けて三人、額を突き合わせて作戦を練っているに違いない。

そわそわと落ち着かない美希を、ときどき真柴がじっと見ていた。その視線に気づくたびにハッとして仕事に戻る。

――真柴はきっとこの異常事態に私が関わっていることに気づいている。

美希はそう直感していた。今にも呼び出されるのではないかと怖くて、副社長室に移動し、ひとり、仕事に集中するふりをする。もしすべてが明るみに出た場合、真柴は谷原とボードメンバーどちらにつくだろうか。

そんな疑問が湧くが、すぐに愚問だと打ち消す。真柴は私情に動かされることはない。彼女は秘書室をうまく回すことだけに専念しているのだから。

そして、迎えた土曜日。

部品の検証に協力してくれた白取班のメンバーには、昨日のうちにＬＩＮＥで招集をかけてある。ひとつ間違えれば会社にいられなくなること、同席するかどうかは本人の意思に任せることとともに今日のことを伝えた。

谷原との約束は、第四工場に午後一時。

白取の提案で、その前に一旦、轟に集合して昼食をとっていくことになった。

「お疲れ様です」

美希が座敷に入ると、そこには汐川、都路、そして工藤が座っていた。

「ねえ、工藤。あんた、もう大丈夫なの?」

恐るおそる尋ねる美希に、工藤は「なにが?」と返してきた。

頭を打ったせいか、どうやら怪我をしたときの記憶が曖昧らしく、自分が電車に飛び込もうとしたことは記憶にないという。ただ、なんとなく会社には足が向かず、今は呑気に有給消化中のようだ。

「汐爺もいいの? クビになったらラインで死ねないかもよ?」

「そのときは会社の正門の前で死んじゃる」

汐川がニヤ、と片方の口角を上げる。冗談とは思えないから怖い、と美希は苦笑した。

そこへやって来た白取が、緊張の面持ちで座布団の上に正座するのと同時に口を開いた。

「この戦いはここから始まった。皆、今日も腹をくってここに集まって来てくれたと思う」

そう言って、メンバーの一人ひとりをしみじみ眺めてから続けた。

「だが、全員が討死する必要はない。今回は元班長という肩書に免じて、俺だけ行かせてくれないか」

頭を下げる白取に、他のメンバーが抗議した。

「班長が行くんなら俺も行きます」

退院したばかりの工藤がきっぱりと意思表明する。

「たぶん、僕はその場ではなにも言えないと思いますけど、絶対この目でなりゆきを見届けたいと思います」

自分が戦力外だということはわかっていながら、同行したいと都路もやんわり主張する。

「あとで『話し合いの結果はこうなりました』ゆうて報告されても、ワシは納得できんけ。キャピタル自動車の生き字引として、今回の件もしっかり記憶に刻ませてもらおう」

汐川も後には退かない口調だ。

「班長。皆をクビにしたくない気持ちはわかります。でも、ここまで一緒に戦ってきたんです。もう諦めて全員連れてってください。もちろん、私も含めて。はい、これ」

と、美希が差し出したのは、今は会社に立ち入ることができない白取のために、昨日のうちに用意した『魔法のＩＤ』だ。昨日、横山に言われて地下倉庫にある彼のデスクの引き出しを開けたら、十数枚、謎のＩＤカードが出てきて美希を唖然とさせた。

しばらく黙り込んでいた白取が、ようやく決心したように、わかったと重々しくうなずくのを見て美希が口を開いた。

「じゃあ、これまでのことを説明するね」

そこで美希は、ＡＩが開発したプログラムに問題があったことを告げた。それを突き止めるまでの道のりと、まだ大怪我をして病院にいる横山のことも。

「そろそろ時間じゃ」

やがて汐川が年代物の腕時計に視線を落とすと、皆の表情が固く引き締まった。

「よし、行くぞ！」

白取の号令で全員が店を出て、歩いて会社へ向かった。

これからボードメンバーの悪事を暴く。皆の顔は、緊張感の中にも、どこか期待に満ちているような表情だ。


ボードの誰かが開錠したのだろう、非稼働日には施錠されているはずの第四工場の入口が開いている。中に経営のトップスリーが待っているかと思うと、美希でさえドキドキするのだから役員クラスと接する機会がほとんどない現場の人間は尚更だろう。

「し、失礼します！」

意を決したように扉を押したものの、緊張からだろう、裏返った声を出した白取を先頭に五人全員が一気に中に入った。いつもと違い、まったく音のしない工場に、スーツ姿の男たちがこちらを向いて立っている。

ボードの三人は、こちらを見て一様に目を瞬いた。

「なんだ、お前たちは」

ぞろぞろ入ってきた白取班を見て、中沢が声を荒らげる。これから重要な話をしようという時に、部外者が入ってきたという顔で。自分が処罰した社員の顔すら知らないようだ、と美希は失望した。

ただ、穂積だけは美希をじっと睨みつけている。その射るような視線に、思わず睫毛を伏せる。それでも、自分を奮い立たせ、美希はあえて穂積と視線を合わせた。

一刻も早く、谷原が来てくれることを祈りながら。

ボードメンバーと白取班が睨み合い、どちらが先にどう口火を切るのかという状況で、不意に美希のスマホが電子音を立てた。見慣れない番号がスマホに表示されている。

「もしもし?」

皆の注目を浴びながら慌てて電話に出ると、やはり聞き覚えのない男の声が、自分はタクシーの運転手だと告げた後、事故に遭って谷原が怪我をし、代わりに自分が連絡をしたと告げる。待ち合わせの時間に少し遅れると伝えてくれと言われた、と。

美希の背筋に冷たいものが走る。

美希は思わず横目で中沢を見る。美希の様子だけで全てを察したように、ニッと唇の片端を持ち上げた中沢の顔には、卑しい笑みが浮かんでいた。穂積も笑いを噛み殺すような顔だ。

「主役が来ないみたいだし、今日のところはこれでお開きにするかね？」

まるで谷原が来られなくなることを知っていたような言い方で会長である近藤がそう言った。それを見た美希の中で疑惑が確信に変わる。また、いつものルートで半グレを使い、事故を起こさせたのだ、と。

「谷原に伝えとけ。日を改めて社長室へ来いと」

それにしても、彼らがやけに急いでこの場を終わらせようとしているように感じ、美希は訝る。

「いいえ。それでは私からお話しさせてもらいます」

美希は覚悟を決めるとそう宣言し、持参したＰＣを開く。そのとき、ギイと入口の方で音がし、ひょこ、と小柄な老人が現れた。

「よ、陽平顧問……」

ボードのメンバーのそれまでの横柄な態度が一変し、恐縮しきった様子で頭を下げる。それを見た美希は、彼らが谷原をこの場に来させまいと画策し、一刻も早く解散しようとしていた理由を知った。

三人は陽平がここに現れるという情報を得ていたのだろう。そして、顧問の前で谷原に糾弾されることを恐れたのだ。

「いいよ、続けなさい」

少し離れた場所に立ったまま、腕組みをした近藤陽平はおっとりと促す。

「それでは私が知っていることを全てお話しします」

そう前置きしてから、美希は続ける。

「まず、この動画を見てください」

美希はＰＣにＳＤをセットし、タッチパッドに人差し指を置いて操作してから、画面が皆に見えるように掲げた。

ＰＣ画面に現れたのは一定サイクルでハイとローを繰り返すきれいな波形だった。

「これは初期販バレットのＥＣＵが正常な信号によって動いているときの波形を撮影した動画です」

ところが、と言いながら美希が画面をスクロールする。

「イレギュラーな条件、つまり天候や路面の状態と急ハンドルに、ウィンカー操作など、いくつかの状況が複雑に重なったとき、初期販ＥＣＵが示す反応波形がこちらです」

それまで一定だった波形が一気に乱れ、穏やかな波が乱高下を繰り返す。

美希は外的要因やイレギュラーな運転操作によってトランスミッションやシンクロナイザーに負荷がかかった場合、ＥＣＵが異常な反応を示し、結果、車はしばらく走行したあと、急にエンジンを停止することを説明した。

「この異常は初期販のＥＣＵにのみ起こっています。次にこのプログラムデータを見てください」

美希の指がデスクトップ上の別のファイルを開く。今度は数字やアルファベットがふたつの画面に分割されて並ぶ。

「初期販バレットのプログラムと、それ以降のバレットのプログラムとを比較したものです」

美希は、横山が誰の目にも違いがわかるよう、抜き出したコマンド部分の相違点にマーカーを入れてくれた部分を指す。

「現行プログラムでは先ほどのようなＥＣＵの異常反応が起きないよう、問題箇所のコマンドだけが修正されていることがわかります。これは専門の技術者でないと、いいえ、このプログラムを開発したＡＩを熟知した人間でないと書き換えられない高度なプログラミングであり、社内ではそのトップである穂積副社長の許可なしに触れられるプログラムではありません」

美希の説明が終わらないうちに、穂積が食ってかかった。

「私が変更したという証拠はどこにある？　自分の検証作業不足に気づいたシステム開発の『誰か』が勝手にやったんじゃないのか？　つまらん言いがかりは許さんぞ！」

「それなら変更される前のプログラムもその『誰か』のアクセスできる場所にあって、権限者の間で共有されているはずです。修正前の仕様書やプログラムデータがどこにもなかったんですよ？　まるで最初から二期以降のプログラムしかなかったかのように」

美希が負けじと言い返すが、穂積は、ふふっと低い声で笑った。

「どこを探したって？　君は過去のプログラムがデータバンクに管理委託されていることを知らないのか？」

「え？　データバンク？」

そんな話は横山から聞いていない。ＩＴ部門については門外漢である美希は急に自信を喪失し、言い返す言葉が見つからない。

システムに関しては穂積の方が上手だ。ここに専門家である横山がいない限り、太刀打ちできそうもない。

入院中の横山に電話するしかないと美希が携帯に手をかけたとき、入口の向こうから不自然な足音が聞こえてきた。

「谷原専務……！」

ギギ、と弱々しい音がして、少しだけ開いた扉の間に半身を割り込ませるようにして谷原が現れた。そのスーツは所々が擦り切れ、泥だらけになっている。破れた肘や膝の辺りには血が滲み、額を押さえているハンカチも血で染まっていた。

「顧問。こんな恰好で失礼します」

足を引きずりながら陽平顧問にだけそう言った谷原は、ボードメンバーを見ることもなく、真っ直ぐに美希のもとへと向かってくる。その姿を全員が唖然として見つめていた。

「藤沢君。ECUケースを」

どこか痛むのだろう、谷原が顔をしかめながら美希に要求した。

美希と白取が同時に二種類のケースを差し出す。ありがとう、とうなずき両方を手に取った谷原が、美希の説明を引き継ぐ。

「では別の角度から話しましょう。初期販のバレットには、こちらの黒いECUケースが使われていました。だが、設計変更がされた形跡がないまま、今はこちらのひと回り大きい白いケースに変わっている」

そこまで言ったあと、谷原は挑むような目でボードの三人をひとりずつ見据えた。

「ケースの変更はあなたが指示したんですよね？　穂積副社長」

「私はそんな指示はしてない。それに、中身の話ならともかく、ケースなんて私の専門外だ」

「いや、これは中身の話ですよ、副社長。システムエラーに気づいたあなたは、誰が見ても初期のＥＣＵと、改良したＥＣＵが区別できるようにケースの色を変えたんじゃないですか？　その時点で今後トラブルが起きることを想定して。つまり、トラブルのある初期販のＥＣＵが修理工場に持ち込まれたとき、整備工でもすぐにわかるように色を変えたんです」

「く、くだらん妄想だ」

　穂積の目が明らかに陽平顧問を意識しながら、谷原の言葉を否定する。

「だいたい、どうして、新旧ふたつのＥＣＵはサイズが違うんですか？　僕は最初、そこに違和感を覚えた」

「そ、そんなことは設計に聞いてくれ。い、色のこともだ。私は知らん」

「初期販バレットのケースは短辺が一二五ミリで長辺が三〇五ミリ。二期以降の出荷分は短辺が一五〇ミリで長辺が三五〇ミリ。一グラムでも軽量化を目指すのがボディメーカーです。それがわざわざサイズを大きくした意味がわからない」

「だから、それは設計に……」

「いいえ。これは単なるケースの話ではありません。エラーに気づいたあなたはＡＩにもう一度、目的関数を入力して作業をさせ、一部バグの修正をさせた。だが、これを秘密裡に行うための時間は十分になかったんでしょう。マザーボードのダウンサイジングが間に合わなかったために、ＥＣＵ全体のサイズが大きくなってしまった。そうじゃないですか？」

「私は知らん」

「トラブルだけじゃなくて、ＥＣＵがチューニングされることも想定してたんじゃないですか？　いくつかのディーラーやカーショップに確認しましたよ。そこの整備の責任者が、とにかく黒いケースが搭載された新型バレットが入庫したら、白いケースのＥＣＵに変えろ、とキャピタル自動車の品質保証部から指示されたと」

「そ、それは品証部の部長が勝手に……」

「僕が転籍したキャピタル・ナビゲーションはキャピタル自動車の品質保証部と密に連携しています。顧客のクレームがダイレクトに入る会社ですからね。品証部の部長の山崎《やまざき》さんとも懇意にさせてもらってる」

「や、山崎と……」

　穂積の顔にようやく狼狽の影が現れる。切り捨てようとしたトカゲの尻尾を、谷原はしっかり押さえていたのだ。

「彼はなにも知らなかったんでしょう、エンジンルームにあるのならまだしも、なぜ他の部品にまったく干渉しないはずの場所に格納されてるＥＣＵケースの変更を指示されたのか理解に苦しむと言っていました。そしてそれを指示したのはあなただと」

「そ、それは……」

「整備工場や量販店に指示しておけば、わかりやすくかつ迅速に初期販のＥＣＵを回収できる。確信犯です。そもそも、この修正前のデータはあなたのサブＰＣから吸い出したんですよ、穂積副社長！」

「く……」

穂積は呻くような声を上げ、真っ赤になった顔を伏せた。

塵ひとつない工場の床にしばらく沈黙が落ちた。

「中沢社長。あなたはナカザワ電子工業の子会社から車載カメラの解析データを集めてましたよね？」

「そ、それがどうした。メーカーとして当たり前のことじゃないか」

「それはご立派な心がけだが、新型バレットの発売から一ヶ月も経たないうちに、あなた宛てにラボからデータが届くようになったと聞いてますが」

つまり、かなり早い段階でプログラムエラーに気づいていたのではないか、と谷原は疑惑の目を向ける。しかし、中沢はもう谷原の話など聞いていない様子で、陽平顧問の方を向き、口を開いた。

「今、新型バレットをリコールしたら、我が社は大変な損害を被ります。ＡＩによる開発も同じです。私たちは会社のブランド価値を守るために必死だったんです」

中沢の言いわけの上に穂積が言葉を重ねる。

「中沢社長のおっしゃる通りです。人工知能や自動運転の分野でも我が社は世界トップレベルでなくてはならない。我々にこのタイミングでのミスは許されない、いや我が社のAIに失敗などあるはずがないんです！」

しかし、谷原はふたりの訴えを一笑に付した。

「仕方ないじゃないですか。我々の実力は所詮それぐらいのものだったんですから。人工知能に関しては、ガイアより十年以上スタートが遅れているんです。無理に自社開発しようとしたそのプライドが命取りだったんですよ。他社に負けまいと焦って開発したせいで、エンジンECUの検証項目しかAIに検証させなかった。もっと多角的にコマンドを与えるべきだったんです。エンジンだけでなく他のECUやシステムとの連携も検証するよう指示しなければならなかったのに。命と利益。その矛盾するふたつの命題をAIに与えたことも失敗だ。それよりも、我が社には愚直な品質管理、他社には真似できないものづくりへの情熱と文化がある。だから今回もリコールをして、この不具合に対し、誠実に向き合うべきなんだ」

谷原は不自由そうに足を動かし、ラインの傍へ行き、箱に手を伸ばし、小さなネジをひとつ手に取った。それはかつて美希の父親の工場でも作っていたような単純なビスだ。

「たとえば、この部品。キャピタルの下請けは『無作為に百個選んで百回検査すること』という品質規定があれば、百五十個選んで百五十回検査するような会社ばかりです。その理由は、自分の会社で作った部品がキャピタルの製品に使用されているという誇りと、自動車というものが人の命に関わる乗り物だということを熟知しているからだ」

美希はそれを聞いたとき、父親の部品に対する誠意と情熱を思い出した。小さな部品が詰まった段ボール箱を送り出すときの慈しむような表情を。

「我々は下請けの彼ら以上に、慎重でなければならないはずだった。それなのに、あなたがたは人命よりも、目先の利益やつまらないプライドを優先したんだ。協業が不利なものになっても、頭を下げてでも、ＡＩの開発はガイアに委託すべきだった」

谷原の冷静な分析に、中沢がカッとなったように口を挟んだ。

「そんな説明を株主が受け入れるとでも思うのかっ！」

「嘘を重ねてもいずれ破綻し、傷口は大きくなるだけです。保身のための嘘よりも、誠実な説明を重ねるべきだ。我々のプライドは役員室にではなく、ここにあるんです」

谷原は足を引きずりながらラインへ寄った。

「僕が、今日ここで話をしたいと言った意味がわかりますか！　あなたがたに現場を見てほしかったんです。下請けの手で一個一個、大切に作られた部品が、前工程でしっかり組み立てられ、この最終ラインでドライバーの安全を祈りながら組み付けられるんです。彼らの地道な努力、自社製品に対する情熱と誇りがわかりますか？」

谷原は熱い言葉とともに、美希に視線を向けた。バトンを受け取った気持ちで、今、どうしてもこの場所で、谷原が言う現場の情熱と誇りを伝えたいと美希は口を開く。

「この白取班長は現場の全てを熟知しています。作業に一点のミスもないように、そして、皆が安全に作業できるように、自分は嫌われ役になってでも、厳しく指導してます。口は悪いけど強い責任感と誇りを持ってこのラインに立っている私たちのリーダーです。そしてこの汐爺……、いえ、汐川さんは中学校を卒業してからすぐ、このキャピタル自動車に就職しました。青春どころか人生のすべてをこの会社に捧げた人です。私たちが尊敬してやまない本物の匠です。そして、この工藤は頭はいいけどコミュ障で、この会社に入って初めて仲間と一緒に汗を流す喜びに出会えました。バカみたいに、本当にバカみたいにバレットを愛してる男です。それから、このトロ……都路は車が好きで好きで大好きで、不器用だけど、とにかく毎日愚直に働いてます。私たちはキャピタルの車が世界で一番安全な車であると信じて、一台一台、誠実に組み付けてきました！　事故のない世界を実現させたい、その一心で……！」

美希が悔しさに声を震わせ、言葉を途切れさせた後を谷原が引き継いだ。

「思い出してください。我々の先輩たちが、ここで初めて世界に認められる国産自動車を完成させた歴史を。それをどれだけ誇りに思って仕事をしてきたかを」

谷原が目を向けた中沢はわなわなと唇を震わせ、副社長の穂積は頬をぴくぴく引きつらせている。会長の近藤は黙って谷原を睨みつけていた。

「お前はクビだ！　たとえどんな小さな会社でも、キャピタルと関係のある会社にはいられないと思え！」

そのとき、激昂する中沢の声を遮るように、陽平がぐるりと一同を睥睨し、パンパンと手を打った。

全員がぴたりと口を噤む。

「近藤君。君はなにか弁明したいことがあるかね」

名誉顧問が、会長であり、妹婿である近藤高嗣に尋ねる。

「わ、私はなにも知りませんでした。なにも報告がなかったので。監督不行き届きとおっしゃるなら、その責めは負いますが……」

中沢と穂積は自分たちをあっさり切り捨てた近藤を睨んだが、逆らうことはできないと諦めたようにうつむいた。

ゆっくりとそこにいる全員の顔を見回した顧問が、谷原に向かって口を開いた。

「谷原君。君は、その誠実な説明とやらで、株主を納得させる自信があるのかね？」

陽平の声には重みと迫力がある。見た目は小さな体の老人なのに、美希は自分の背筋が伸びるのを感じた。

会うのは二度目だが、キャピタル自動車創始者の孫にして、労働争議や世界的な大恐慌を乗り切ってきた中興の祖と言われる男だ。そして、あの汐川が神のように崇めるだけあって温厚な表情の中で瞳の奥に刃物のような鋭さを秘めている、と美希は初めて間近で見る陽平に圧倒されていた。

「できるという確信はありません。だが、僕なりの自信はあります」

「じゃあ、臨時の株主総会を招集して、この件を君自身が君の口から株主に説明しなさい」

その言葉には、ボードメンバーだけでなく、谷原自身までもが驚いた顔になる。

「議題はバレットのリコールが遅れたことの釈明と謝罪。ふたつ目は役員の交代だ。中沢社長と穂積副社長は退任。近藤会長はこの件が片づくまでは留任。後始末ぐらいできるだろう」

驚くほどの即断に、一同は言葉を失った。

「そして、社長候補には谷原君、君の名前を入れなさい。もちろん株主の承認を得られれば、の話だがね」

「ちょ、ちょっと、待ってください、顧問！」

中沢と穂積が悲鳴のような声を上げるが、陽平は彼らを無視して出口へと向かう。ふたりは慌てて陽平の後を追い、身振り手振りで必死になにやら弁解しながら一緒に工場を出ていく。

会長の近藤は首の皮一枚で代表権を維持できたからか、不遜な態度のまま、忌々しげに谷原を見た。

「うまくやりおって。だが、株主総会はそう簡単には切り抜けられんぞ」

そんな捨て台詞を残し、近藤は大股で歩いて工場を後にした。バタン！　と入口のドアが乱暴に閉められる音。

そして、ボードメンバーは全員いなくなった。

知らず知らず凝り固まっていた肩の力が抜け、美希は無意識のうちにほうっと吐息を漏らしている。

それからさらに数秒間の沈黙があった。

陽平が下した審判のあまりの速さに、美希も他のメンバーも、しばらく状況が呑み込めないでいた。

が、ようやく美希の口から、

「嘘……。これって会社がバレットのリコールを認めるってことだよね……」

という言葉が漏れた。

それでやっと、白取班の全員が、その事実に気づく。

「そうだ……。やったんだな、俺たち……」

まだ半信半疑の様子で白取が茫然と呟く。

「やった！　やったぞー！」

工藤と都路が抱き合って歓喜の声を上げる。汐川も目を潤ませて、うんうん、とうなずいていた。

皆が喜び合う姿に、やっと実感を得たのだろう、さっきまで放心状態だった白取が男泣きしている。その想いが皆に伝播するかのように、汐川、工藤、都路も号泣し始める。自分たちにはなんの見返りもないのに。そんな彼らの純粋さが美希の胸に迫る。

「谷原専務！　おめでとうございます」

美希は隣りに立っている谷原の手を握った。

「おめでとう、はまだ早いよ。自分たちの利益に聡い株主たちが、リコールを推進した僕をそう簡単に受け入れるとは思えないからね」

谷原は慎重な言葉を返しながらも、満足そうな顔をしている。

「だが、これで、やっとバレットを安全な車に……」

そう言いかけた谷原の声が途切れ、唐突に美希が握っている指が力を失った。

「専務？」

ユラリと後ろに傾いた谷原の体を、美希はなんとか支えた。そしてそのときやっと、谷原の手を握っていた自分の手が血まみれになっていることに気づく。

あまりにも気丈な谷原の振る舞いと場の雰囲気に圧倒され、美希は今の今まで、彼が交通事故に遭った直後だということを忘れていた。

「専務！」

美希の声に、大丈夫だ、と体勢を立て直し、自分の両足でしっかりと立った谷原は、白取班の一人ひとりの顔を見て、満足そうに微笑んだ。

エピローグ

谷原は肋骨を二本と右足首を折る大怪我をしていたが、医者が止めるのも聞かず、わずか二日で退院した。

そしてすぐにバレットのリコールに着手した彼は、今のところは問題がないとされている二期以降のバレットも全てその対象にした。これは国内外で大きなニュースとなり、メディアに大きく取り上げられた。これまで偽装や隠蔽がなかった優良企業であっただけに、リコール隠しと言われても仕方のない初動遅れの衝撃は大きく、その多くは批判的な内容だった。

バレットの初期モデルは販売されていない海外市場においても、ここぞとばかりに、キャピタル車の不買運動が始まる。日本経済はどうなるんだ、と心配する声が国の内外から起こった。これまで築いてきたキャピタル自動車の信頼性が揺らぎ、創業以来、一度も譲ることのなかった国内販売第一位の座を、これまでずっと二位に甘んじていた極東《きょくとう》自動車に取って代わられた。

こうして『テッパン株』と呼ばれていたキャピタル自動車の株価は最大で三十パー

セント目減りした。

谷原は陽平顧問のはからいで、あのボードメンバーを呼び出した日の翌々日、一月十四日付けで、社長代行としてキャピタル自動車に戻った。異例の仮人事だった。

顧問の近藤陽平によって事実上、ボードを解任された中沢と穂積だったが、中沢は往生際悪く、謝罪のためと称し、陽平顧問の自宅に日参しているという噂だ。が、メディアは権力を失った者に対して容赦がない。朝倉が入手したICレコーダーの音声と同じものがどこかからリークされた。前後して傷害事件に関する捜査が始まり、中沢と反社会的勢力とのつながりが暴かれつつある。

中沢と穂積が会社から追放された一月十四日。

この日付で谷原の臨時秘書となった美希は谷原とともに株主総会の準備に着手し、そこから怒濤の日々が始まった。

「こんなときに株主総会を開くなんて自殺行為だ」

と主張する近藤会長の意見を押し切り、調整に次ぐ調整の末、二月十日、臨時株主総会が招集された。谷原は最短の準備期間を経て臨時株主総会を開くことに決定したのだ。

この日は日曜日。これまでのキャピタル自動車では、平日を選んで株主総会を開催してきた。そうすれば当然、普通の会社員は出席が難しい。そこにサクラとなる社員を送り込み、スムーズに議決が行えるようにするのだ。これはキャピタル自動車に限ったことではなく、大手ならどこでもやっている慣例のようなものだ。が、谷原は違った。わざわざ日曜日を選び、社員の出席も要請しなかった。結果、会場は、株価の暴落に物申したい株主で満員となった。

美希は谷原と一緒に総会で株主から出される質問を想定し、連日徹夜で説明資料を作ったが、そんなものはなんの役にも立たなそうだ。

「金返せ！」

「詐欺師！」

「人殺し！」

冒頭の会長挨拶から野次が飛び、暴言が渦巻く。

美希は谷原と一緒にステージの袖に控え、会場の様子をじっと見守っていた。

「だから、やめとけって言っただろ！　もう少しほとぼりが冷めてからやればいいんだ、総会なんて」

株主たちの罵声を浴びただけでなにも発言させてもらえないまま、袖に引っ込んできた会長の近藤が谷原を一喝し、自分の役目は済んだとばかりに会場を後にした。

次にステージに現れた谷原の姿に、会場は、なにがあったんだ？　という疑問符のような一瞬の沈黙に支配された。彼が松葉杖をつき、額にもまだ包帯を巻いているからだ。

しかし、すぐに漣のようなざわめきが起こり、再び怒声が飛ぶ。

「詐欺の次は芝居か！」

「そんな恰好で来たって誰も同情しないぞ！」

谷原がリコールに関する説明を始めても、株主たちは聞く耳を持たず、怒りの声は収まらない。

「どうやって落ち込んだ売上を回復するつもりなんだ！」

「無配なんてことにならないだろうな！」

「退職したボードのメンバーはどうやって責任取るんだ！」

「アイツらに高い退職金、払ったりするんじゃねえぞ！」

それらは全て想定していた質問とはいえ、恫喝するような株主の口調に舞台袖にいる美希の身が縮む。

彼らにしてみれば、安定株だと見込んで買ったキャピタル自動車の株価が暴落しているのだ。年金代わりにしたり、生活費の当てにしたりしている株主も少なくない。彼らの怒りは当然と言えた。

しかも原因は、経営者によるリコール隠しと思われても仕方のない不具合車への対応の遅れ。株主の怒りの矛先は辞職した経営陣と会社の隠蔽体質に向いた。

「役員全員に土下座させろ！」

「これまでの役員報酬を回収して差損を補填しろ！」

「会社を売れ！」

「そうだ、そうだ！」

会場全体が怒りの塊となっている。とそのとき、ガツッ！　と音がして谷原が額を押さえ、ウッと呻いた。

紳士物の靴が美希の目の前まで転がってくる。あれが、まだ包帯の残る谷原の額に当たったのだ。彼の額の包帯に鮮血が滲んでいるのを見て、美希は声を上げた。

「警備！」

谷原の方へ駆け寄りながら警備員を呼んで暴漢を排除しようとした彼女を、谷原が毅然とした表情で手のひらを見せて止めた。

「大丈夫だ！」

「谷原社長……」

そうだ、これは禊の儀式だ。高圧的な態度をとっては、いたずらに株主を刺激するだけだ。美希は唇を噛んだ。

そのまま谷原は演壇を離れ、松葉杖をついてステージの下へ降りていく。まだ傷が完治していない谷原が、株主によってもみくちゃにされてしまうのではないかと危惧した美希は、急いでステージを降り、少しでも谷原の盾になれればと隣りに張りつく。

が、美希の予想に反し、会場は再び静まり返った。安全なはずの壇上から自分たちと同じフロアに降りてきた谷原に、株主たちは驚いたのだ。

「申しわけ……ありませんでした……」

谷原は声を振り絞り、深々と頭を下げる。その真摯な姿が、美希には神々しくさえ見えた。

そのまま数十秒が過ぎた後、やっと谷原がゆっくりと顔を上げた。そのまま黙って立つ様子に、会場がざわめきだす。

「ここでひとつ、発表があります。聞いてください」

その言葉と同時に、谷原の指示で美希が作成した資料がスクリーンに映し出される。

「弊社がシリコンバレーに開設したＡＩ関連の施設を全てガイアに売却します」

会場にどよめきが起こった。

キャピタル自動車は三年前から、エンジン制御システムを開発するためのＡＩと自動運転システム開発のため、五年で十億ドルを超える投資計画を立て、アメリカにＡＩ関連の研究所や子会社を作った。それでもドイツの大手ボディメーカーなど、先行で開発を進めていた同業他社に遅れをとっており、その焦りが今回のことに結びついたと言える。

たしかにこの研究機関を手放せば、一時的な余剰金を得ることができるだろう。だが、それは即ち、自動車産業にとって豊穣なる未来の一部を諦めるということでもある。

目先の利益と将来手にするはずの莫大な利益。

その選択を自分たちが迫られたかのように株主たちは黙り込んだ。

「代わりに、ＡＩの先駆者にしてビッグデータの覇者でもあるガイアと協業契約を結びます」

その発表に会場が再びざわつく。

美希は固唾を呑んで株主たちの表情を見守る。

ついにキャピタル自動車は独自のＡＩ開発路線を諦め、ゆくゆくはガイアの自動車部門としてその軍門に降《くだ》る道を選んだのかと考え、失望しているであろう彼らを。

「年内にガイアと共同で新たに『Ｃ＆Ｇテクノロジーズ』という自動車に特化したＡＩの開発を行う会社を立ち上げます。出資比率は弊社が五十一パーセント、ガイアが四十九パーセントです」

会場がまたどよめいた。美希が見た谷原の横顔は、どうだ、と言わんばかりに自信に満ち溢れている。

これまでガイアは、世界中の大企業を次々と呑み込み、その傘下に納めてきた。その巨人がキャピタル自動車とは互角の契約を結んだのだ。

キャピタル自動車がガイアと協力して自動車産業に特化したＡＩを開発する。しかも、主導権はキャピタル自動車に渡すという発表に、歓声が湧き起こった。

ガイアがキャピタル自動車を対等なパートナーと認めたのだ。

会場のどよめきが、やがて盛大な拍手に変わる。それは株主たちがキャピタルの復活を確信した瞬間だった。

胸の震えが止まらないまま、谷原が壇上に戻るのを支えた美希は、舞台袖に戻ってふと目をやった会場の隅に、見覚えのある紳士を見つけた。

――陽平顧問……。

鳴りやまない拍手の中、しばらくの間、じっと谷原を見ていた彼は満足そうに笑って会場を後にした。

総会後すぐに谷原を正式に社長として迎えたキャピタル自動車は、誠実なリコール対応によって信頼を取り戻し、ガイアとの提携によって、わずか数週間の間に株価も販売台数もＶ字回復の兆しを見せ始めた。

バレットに搭載されているシステムも、ガイアによって修正され、新生バレットが四月に発売されることになった。

そのポスター写真は、なんと谷原直々の指名で朝倉が撮ったのだ。

朝倉の提案で、撮影は世界ラリー選手権のコースで行うことになった。

世界ラリー、通称ＷＲＣは四十年以上にわたって、スプリント・ラリーの最高峰として君臨し、欧州ではＦ１に勝るとも劣らない人気を誇っている。

このレースは交通が遮断された一般道を市販車ベースのマシンで走り、タイムを競うタイムアタック競技だ。舗装路（ターマック）、未舗装路（グラベル）、雪道（スノー）などの異なるコンディションで行われ、ラリーごとにコースのキャラクターが大きく異なる。それらの移動区間（リエゾン）では他の一般車と同様交通ルールを守って走らなければならないのも、このラリーの特徴のひとつだ。

さまざまな条件の道を複数のドライバーが交代で走る。まさにバレットの、一度は疑われた複雑な条件下での安全走行性を世界に示すことができる最高の舞台とも言えるラリーだ。

朝倉は三種類の道路を疾走するバレットを狙った。一枚は街路樹が美しい石畳、そして次は荒野の中の一本道、最後は雪深い山道。街ではノーブルに、荒野では雄々しく、雪山ではスタイリッシュに。背景によって同じ車種とは思えない空気を醸し出す車体を、朝倉は最高の角度とタイミングでフィルムに収めた。

「どの写真も最高の出来栄えで、どれを採用するか迷ってしまったよ。これなんか、古い教会の屋根に登って撮ったそうなんだ。同行した広報が落ちやしないかと見て冷や冷やしたそうだよ。こっちは雪に埋まって何時間も待って撮ったそうだ」

正式に社長秘書として復帰した美希は、朝倉の撮影秘話を我がことのように誇らしげに語る谷原を、微笑ましい気持ちで眺めた。

最終的に、郊外の雪道を疾走する写真が宣伝用ポスターに採用された。雪と泥にまみれ、悪路に傷つきながらも力強く疾走する黒いクーペは、走る喜びを知っているファンには堪らない。

バレットの新型モデルには予約注文が殺到した。

すべての計画が当たる。谷原なら近い将来、キャピタル自動車を世界トップの座に押し上げてくれるはずだ、と美希はなんの不安もなく信じることができた。


そして三月の終わり、ひとつの事件が起きた。

会長である近藤高嗣のスキャンダルだ。

彼は陽平顧問から前ボードメンバーの後始末を任されていたが、臨時株主総会後もずっと、自分の進退を明らかにしないまま、役員フロアに居座り続けている。

総会の後、陽平顧問が体調を崩し、病床にあることを幸いに、このままずっとここに居座るつもりなのだろうと、その厚顔無恥な態度に、美希は苛々したり、呆れたりした。

居座るだけならまだしも、近藤は最近、経営方針や人事のことにまで口を出し始め、年若い谷原を下に見るような言動が増えた。

そんな矢先、三雲香苗が一冊の週刊誌を秘書室に持ち込み、真柴がいない隙に美希のデスクに置いた。

「もう、見た?」

「え？　なにをですか？」

思わせぶりな香苗に、美希はぽかんと聞き返す。「これよ」と含み笑いをした彼女の手が開いたページには、会長の近藤が社用車の後部座席で若い女性と濃厚なキスをしている写真。二枚目は一緒にホテルの部屋へ入っていく写真。

「え？　う、宇佐木……さん……？」

黒い帯で目許こそ隠されているが、同僚である人間にはその髪形や服装から一目でそれが奈々だとわかる。しかも、近藤の方は顔がはっきりと写っているから、いつも一緒にいる姿を見慣れている者は、写真の女性が奈々であると確証を得てしまう。

「よくやるわ。あんな年寄りと」

奈々のことを相手にしていないように見えた香苗だが、その言動を快く思っていなかったのだろう。吐き捨てるように言う。

十代に見えないこともない雰囲気を醸し出すアイドル系の女性が、八十近い老人と抱き合い、キスをしている姿は見る者にグロテスクな印象を与えるだろう。

『キャピタル自動車の現会長、近藤高嗣氏の熱い夜。経団連会長も務めた財界の大物、一泊二十万のスイートルームに孫ほど年が違う部下と二連泊』

添えられているなんとも下品なキャプションも読む者の嫌悪感を煽る。

近藤高嗣は経済界の代表的な立場でメディアへの露出も多い男だ。そのギャップに好奇の目が集まるのは間違いない。

「だから今朝、正門前を記者がうろうろしてたのか……」

株主総会前後にかけて、会社の近くでテレビクルーや記者の姿を見ない日がなかったせいか、感覚が麻痺している。美希は中継車やプレスの腕章をした人間を見慣れてしまったと笑った。

「けど、いったい、誰がこんな写真を……」

同僚である美希でさえ、ふたりの関係に気づかなかった。よっぽど社内の事情に精通した人間でなければこんな写真は撮れないだろう。そこまで考えた美希の動きが止まる。

——まさか、朝倉？

リコール隠しの証拠を手に入れた美希を、子会社にいる谷原のもとへ送り届けて以来、朝倉が美希の前に現れることはなく、これが彼の仕業なのかどうかはわからない。が、美希にはどうしても、今回のスキャンダル写真が朝倉の谷原への置き土産に思えて仕方がない。

その写真が掲載されたことを知ったのか、その日、奈々は無断欠勤した。一方の近藤は、頑なに『あれは自分ではない』と主張し、潔白だと言い張っている。

「会長が帰られます。藤沢さん、私と一緒に来てください」

定時後、真柴に呼ばれ、そう言われた。今日、奈々の代わりは真柴が務めている。

「え？　私もですか？」

出勤時に、会社の正門前にいた記者やレポーターたちの標的を知った今、美希は憂鬱な気分になる。

「記者の皆さんに釈明をされるそうです」

美希はその厚顔無恥な決断に驚かされた。

「記者たちが会長を囲んでマイクを突きつけてきたら、あなたが盾になってください」

「え？」

——自分が蒔いた種なのに、なんで私が会長を守らないといけないんですか？

喉まで出かかった言葉をぐっと吞み込む。心の中で反論が渦巻くが、真柴は有無を言わせない。

「私からの業務命令です。会長が記者たちに発言される間、邪魔をさせないように」

「わかりました……」

美希は不承不承、席を立った。

「会長。このタイミングで、しかも本社前で会見されるのは考え直された方がよろしいのでは……」

近藤は秘書のアドバイスを聞くような男ではない。それを一番わかっているはずの真柴が助言する。たぶんあとで、自分は諫めた、と言うための保険なのだろう。

エレベーターの中で真柴からやんわりと熟慮を促された近藤だが、やはり聞き入れなかった。

「秘書ごときが私に意見するつもりか！　いいから、記者を玄関の前まで入れろ！　そして、私が不倫現場に行ってないことを証言しろ！」

真柴を一喝した近藤は、悪びれることなく正面玄関から外へ出る。その様子は堂々としたものだった。

車寄せのルーフ下に、カメラやマイクを持った記者らしき人間たちがうろついていた。それでも、近藤は臆することなく彼らの前に立つ。

「来たぞ！」

「近藤会長！　この写真、本当に会長なんですか！」

「この五十歳以上年下の女性とは、もう一線を越えられたんですか？」

記者が押し寄せてきて近藤を囲む。

「少し下がってください！」

記者たちをなんとか押し戻そうとしている美希は足を踏まれ、マイクで小突かれた。

「痛い！　イタタタ……！」

そのうえ、興奮した記者たちの唾が振りかかる。

しかし、当の本人は涼しい顔で、まあまあと両手で記者たちを諌めるゼスチャーをしてから口を開いた。

「先に言っておきますがね、私は業界でも愛妻家として知られた男です」

美希にはそれが義兄である陽平顧問に配慮した前置きにしか聞こえない。

「真柴君。君はあの写真が撮られた日、私がずっと会長室で仕事をしていたことを知っているな？　ここにいる記者諸君に真実をお伝えしないか」

会長の後ろに控えていた真柴が静かにうなずき、落ち着いた様子で愛用のタブレットに指先を触れた。

「十二月二十八日、会長は十八時に退社され、社用車で横浜駅方面に向かわれました。その後、会社にはお戻りになっておりません」

「え？　真柴君、君はなにを言って……」

動揺する近藤をチラリと見た真柴は、けろっとした顔をしている。

「今、会長が真実をお伝えするように、とおっしゃったので」

それをきっかけに、近藤は記者たちの質問攻めにあい、もみくちゃにされた。その勢いで美希は輪の外へ押し出される。

「きゃっ！」

ついに地面に転んで悲鳴を上げた美希の目の前に、真柴の白い手が差し出された。

「行きましょう」

美希は真柴の手に摑まりながら、全て彼女の思い描いた通りに事が進んだのだ、と直感する。

「わざとやったんですね？」

美希の質問に真柴は「まさか」と笑った。その顔を見て、美希の脳裏にもうひとつ、彼女の『故意』ではないか、と思い当たる記憶が甦る。

「真柴室長。以前、中沢社長宛の事故分析データをわざと間違えたふりして谷原専務の書類に忍ばせたりしませんでした？」

その質問にも真柴は「まさか」とだけ答えて笑う。だが、美希は目撃していた。株主総会の決議で谷原の社長就任が株主たちの拍手をもって承認されたとき、会場の一番後ろに立っていた彼女が会心の笑みを浮かべ、目尻の涙を拭っていたのを。

こうして近藤高嗣も陽平顧問の逆鱗に触れ、キャピタル自動車を去った。


数日後。美希自身には冬の厳しさが緩むかのように温かいニュースが舞い込んできた。

四月一日付けの人事異動が内示として発表され、不当に解雇された白取と他部署に追いやられていた工藤と都路が現場に戻ったのだ。

解雇は不当だったが、工場から部品を持ち出すこと自体は懲罰に値する行為だ。それでもお咎めがなかった理由はそれが品質調査を目的とした役員指示、つまり谷原からの指示だったということを谷原自身が証言したからだ。

ちなみに、白取は、第四工場の班長から係長へ昇進を打診されたらしい。だが、『就業時間の半分をパソコンとにらめっこしてるなんて仕事、俺には無理だ。俺は現場にいたいんだ！』と言って断ったというのだ。『どうしても係長が必要だっていうんなら、辞めた第一の班長を呼び戻してアイツにやらせろ』とわけのわからないことを言って抵抗したという。余談だが、それで本当に自己都合で退職した人間が呼び戻されて昇進したというのだから驚きなのだが。

白取が言うように係長は管理職であり、主な仕事は工程の管理と報告書の作成だ。よっぽどのことがない限り、係長がラインに入ることはない。

たしかに、白取に係長は似つかわしくない役職だと美希は納得する。が、昇進の話を断ったことを、復職が効いたのかようやく家に戻ってきてくれた奥さんに吹聴したところ、『給料、いくら上がると思ってんのよ！』と激しく罵られたという。だが、最後には『あなたはやっぱり現場よね』と理解してくれたというから、美希はこっそり白取を見直したのだけれど。

その一連の話を、美希は工藤から聞いた。その様子を語る工藤は、以前よりも生き生きとして見えた。

退院した横山はちょうど一週間前、ガイアとキャピタル自動車が作った新会社に出向となった。谷原が株主総会で発表した、あのＡＩ開発を行う合弁会社『Ｃ＆Ｇテクノロジーズ』だ。

横山が渡米する前日、轟で白取班による壮行会が開かれた。横山は白取お気に入りの開発コード当てゲームにおいて、都路と互角の戦いを繰り広げ、場は大いに盛り上がった。そして、汐川の昔話に涙ぐむという意外な一面も見せ、宴会の最後には老兵の手を取り、

「これ、ありがとうございました。一生、大切にします。いや、死ぬ前には誰かに託しますけど」

と、ポケットから恭しく取り出した汐川のネームプレートを見せた。それは美希が手渡したときよりもピカピカに磨かれ、美しいクリスタルのケースに収められていた。

美希はというと、実は三日前、真柴に呼び出され、四月以降も谷原の秘書を継続するように求められていた。だが、その場でそれを固辞し、第四工場での白取のもとでの現場作業を希望した。

美希が秘書として勤務する最後の日は、朝からずっと雨が降っていた。

デスクの片づけも終わり、美希の退社時間が近づく秘書室に谷原が顔を出した。

「やっぱり気は変わらないか？　君が秘書室に残ることを望んでいるのは僕だけではないんだが」

どうやらギリギリまで慰留しに来てくれたらしい。

「え？」

「真柴君からの要望でもある」

「マジっすか……」

目を丸くする美希の秘書らしからぬ言葉遣いを真柴が咳払いして窘める。

「……じゃなくて、真柴室長、本当に私を必要だと言ってくださるんですか？」

美希は秘書室長を振り返る。

「あなたには気が遠くなるほどの伸びしろが感じられるので、ひょっとして私の後釜になれるかも知れないと思って」

「私が秘書室長ですかっ？」

「ええ。二十年後ぐらいには」

谷原と美希は、相変わらず辛口の真柴に顔を見合わせて苦笑いする。

「室長にそう言ってもらえて光栄です。嬉しいです。でも、やっぱりスカートとかガラじゃないんで」

「あら、そうなの？　だんだん見慣れてきたんだけど。あなたの制服姿、だいぶマシになったわよ？」

再び苦笑した美希は「では」と私物を詰め込んだバッグを肩にかけた。

「今日まで秘書室でお世話になり、ありがとうございました」

ふたりに向かってしっかりと頭を下げ、廊下へ出たところで、美希はふと谷原を振り返った。うん？　と首を傾げる谷原を、美希は手招きして廊下へ呼び出す。プライベートな話だと察したのか、外へ出た谷原が秘書室のドアを静かに閉めた。

「社長。ひとつだけお願い、聞いていただけますか」

「もちろん」

どんな頼みかを聞く前から引き受けてくれるこの度量と自分への信頼に感動する。

「厚かましいお願いなんですが、私の結婚式で主賓としてスピーチしてもらえないでしょうか」

「はは。そんなことか。望むところだ」

そう言って笑い飛ばした後、谷原はふと真顔になる。

「というか、君、いつ結婚するんだ？」

「え？　いえ、まだ、これから相手を見つける段階なんですけど」

じゃあなぜ今？　と首を傾げる谷原を見て、美希は自虐的に笑った後、自分の結婚式で号泣する父親の姿を頭の中に、ちらと思い描く。キャピタル自動車の社長自らやってきたら、泣く前に卒倒するかも知れない。しかもそれがあの谷原だと知ったら……。

「それと」

美希は、ひと呼吸おいてから再び口を開く。

「最後にひとつだけ、お伝えしたいことがあります」

「え？　あ、うん……」

　まだなにか頼みごとがあるのかと、美希の顔を見る谷原。

「差し出がましいことを言うようですが、もう大丈夫です、真由子さんは社長のことしか見ていません。私が保証します。私が言いたかったのはそれだけです」

「は？　なんで真由子のことを君が……」

「じゃ、私はこれで失礼します」

「え？　ちょっと！　藤沢君！」

　やっぱり今も谷原の唯一の弱点は真由子らしい。珍しく焦ったような谷原の声が追いかけてくるのを背中で聞きながら、美希はスキップしたいような気分で階段を下りた。

　故意にエレベーターを使わなかったのは、この役員フロアからゆっくり遠ざかりたかったからかも知れない、と美希は自己分析する。あれほど苦手だったこの場所が、今は少しだけ離れがたい。ちっぽけな感傷と大きな開放感に浸りながら、美希は軽快な足取りで一歩一歩ステップを踏みしめて地上に降りる。

　帰る前に第四工場を覗いていこう。生まれ変わった新型バレットに世界一安全なエンジンを一刻も早く組み付けたくて、体がうずうずしている。

　本社本館を出ると、雨はもうすっかり上がっていて、濡れたアスファルトが太陽の光をキラキラと反射している。ちょうど工場の自動シャッターが開き、品質チェックを終えたばかりの車体がテストコースへ向けて走り出すのが見えた。

美希は知らず知らず駆け出していた。仲間たちが待つ場所へ。

誇りを取り戻した栄光の生産ラインに向かって――。

本書はフィクションです。

◉監修　有限会社ＮＡＣ　西村直人

◉取材協力　学校法人日栄学園　日本自動車大学校

執筆にあたり、方言についてを角山和子様に、自動車全般に関するお話を自動車機構Ｎ社Ｋ様に、その他にも多くの方々に貴重なお話を聞かせていただきました。
ご協力くださった全ての皆さまに、心より感謝いたします。

◉主要参考文献

『人工知能は人間を超えるか ディープラーニングの先にあるもの』
松尾豊　角川ＥＰＵＢ選書

『図解入門 最新人工知能がよ～くわかる本』神崎洋治　秀和システム

『製造現場から見たリコールの内側』五代領　日本実業出版社

『自動運転で伸びる業界 消える業界』鶴原吉郎　マイナビ出版

『２０２０年、人工知能は車を運転するのか ～自動運転の現在・過去・未来～』
西村直人　インプレス

保坂祐希（ほさか・ゆうき）
二〇一八年、本作でデビュー。大手自動車会社グループでの勤務経験がある。二〇二〇年九月に「黒いサカナ」が刊行された。

リコール

保坂祐希

2020年12月5日　第1刷発行

発行者　千葉 均
発行所　株式会社ポプラ社
〒102-8519　東京都千代田区麹町4-2-6
電話　03-5877-8109(営業)　03-5877-8112(編集)
ホームページ　www.poplar.co.jp
フォーマットデザイン　bookwall
組版・校正　株式会社鷗来堂
印刷・製本　中央精版印刷株式会社

N.D.C.913/540p/15cm　ISBN978-4-591-16844-8

落丁・乱丁本はお取り替えいたします。小社宛にご連絡ください。
電話番号　0120-666-553
受付時間は月～金曜日、9時～17時です(祝日・休日は除く)。

P8101419

ポプラ社好評既刊

黒いサカナ

保坂祐希

絶滅危惧種でありながら日々食卓にあがり続ける、身近な「ウナギ」。いまだ生態に多くの謎が残る高級食材の流通をめぐり、巨大スーパーと裏社会の人々、そして元総会屋が暗躍する。しかしその裏には国が躍起になって隠蔽する戦慄の真実が隠されていた――。「リコール」の著者が贈る、食の不正を暴く社会派エンタメ企業小説。

ポプラ社好評既刊

シークレット・ペイン

夜去《よさり》医療刑務所・南病舎

前川ほまれ

はからずも医療刑務所へ期間限定の配属となった精神科医の工藤。矯正医官となった彼が見たのは、罪を犯しながらも民間と同等の医療行為を受けている受刑者たちの姿。自身の過去から受刑者たちに複雑な感情を抱く工藤。さらに彼の気持ちをかき乱したのは、医師を志望するきっかけを作った男との鉄格子を挟んだ邂逅だった……。『跡を消す』で鮮烈なデビューを飾った著者が描く、社会派エンターテインメント大作。

ポプラ文庫好評既刊

あずかりやさん

大山淳子

「一日百円で、どんなものでも預かります」。東京の下町にある商店街のはじでひっそりと営業する「あずかりやさん」。店を訪れる客たちは、さまざまな事情を抱えて「あるもの」を預けようとするのだが……。「猫弁」シリーズで大人気の著者が紡ぐ、ほっこり温かな人情物語。